Karen Kingsbury
GROßE TRÄUME

Karen Kingsbury

# Große Träume

*Mission Hollywood – Band 1*

**Über die Autorin:**
Karen Kingsbury war Journalistin bei der Los Angeles Times. Seit einiger Zeit widmet sie sich ganz dem Schreiben christlicher Romane. Sie lebt mit ihrem Mann, 3 eigenen und 3 adoptierten Kindern in Washington.

Bibliografische Information Der Deutschen Bibliothek
Die Deutsche Bibliothek verzeichnet diese Publikation in der Deutschen Nationalbibliografie; detaillierte bibliografische Daten sind im Internet über http://dnb.ddb.de abrufbar.

ISBN 978-3-86827-459-2
Alle Rechte vorbehalten
Originally published in the U.S.A. under the title: Take One
Copyright © 2009 by Karen Kingbury
Translation copyright © 2014 by Karen Kingsbury-Russell
Translated by Silvia Lutz
Published by permission of Zondervan, Grand Rapids, Michigan
www.zondervan.com
German edition © 2014 by Verlag der Francke-Buchhandlung GmbH
35037 Marburg an der Lahn
Umschlagbild: iStockphoto. com / LPETTET
Umschlaggestaltung: Verlag der Francke-Buchhandlung GmbH / Christian Heinritz
Satz: Verlag der Francke-Buchhandlung GmbH
Druck und Bindung: CPI Moravia Books Pohorelice

www.francke-buch.de

# Kapitel 1

Chase Ryan fragte sich, ob genug Sauerstoff im Flugzeug war, um ihn von San Jose nach Indianapolis zu bringen. Er setzte sich auf den Fensterplatz in der Boeing 737, schob seine Laptoptasche vor sich auf den Boden und schloss die Augen. *Tief durchatmen,* sagte er sich. *Ruhe bewahren.* Aber die Aufgabe, die ihn erwartete, raubte ihm seinen inneren Frieden. Am Montag würden Chase und sein bester Freund Keith Ellison in Bloomington, Indiana, mit der Arbeit anfangen und zwei Millionen Dollar ausgeben, die andere Leute investiert hatten, um einen Film zu drehen, von dem sie hofften, dass er das Leben seiner Zuschauer verändern würde.

Selbst in den seltenen Momenten, in denen dieser Gedanke ihn nicht in Panik versetzte, konnte Chase die leise, besorgte Stimme seiner Frau Kelly hören, die ihm die Realität vor Augen hielt: „Nur zwei Millionen Dollar, Chase? Im Ernst?"

Auf dem Weg zum Flughafen hatte sie wieder damit angefangen. Mit weiß vortretenden Fingerknöcheln umklammerte sie das Lenkrad. „Und wenn euch das Geld ausgeht, bevor der Film fertig gedreht ist?"

„Das wird nicht passieren." Chase richtete den Blick eisern nach vorn. „Keith und ich kennen das Budget."

„Und wenn es nicht so läuft, wie ihr geplant habt?" Ihr Körper war angespannt, die Augen voller Angst. Sie warf ihm schnelle, nervöse Blicke zu. „Falls etwas schiefläuft, werden wir den Rest unseres Lebens die Schulden dafür abzahlen."

Sie hatte recht, aber das wollte er nicht zugeben. Es war zu spät, um einen Rückzieher zu machen. Die Schauspieler sollten in zwei Tagen am Set eintreffen, und die ganze Filmcrew wäre ab morgen in Bloomington. Das Projekt hatte begonnen, die ersten Rechnungen mussten bezahlt werden. Ihnen blieb keine andere Wahl, als weiterzumachen und in ihrem Budgetrahmen zu bleiben. Sie mussten Gott vertrauen, dass sie diesen Film für zwei Millionen Dollar drehen und ihre Botschaft vom Glauben an Gott besser und eindrücklicher vermitteln konnten als jeder andere Film, der je gedreht worden war.

Einen Misserfolg konnten sie sich einfach nicht leisten.

Sie kamen am Flughafen an, aber bevor sie Chase aussteigen ließ, drehte Kelly sich noch einmal zu ihm herum, tiefe Sorgenfalten zwischen den Augenbrauen. Sie war erst einunddreißig, aber in letzter Zeit sah sie älter aus. Vielleicht lag es daran, dass sie anscheinend nur noch lächelte, wenn sie mit ihren zwei kleinen Töchtern Macy und Molly spielte. Sorgen schwangen in ihrer Stimme mit. „Vier Wochen?"

„Hoffentlich weniger." Er weigerte sich, etwas anderes als Optimismus zuzulassen.

„Du rufst an?"

„Natürlich. Jeden Tag." Chase schaute sie an und die bekannte Liebe zu ihr regte sich in seinem Herzen. Aber früher war sie nie so besorgt gewesen. Er brauchte jetzt den Glauben, den sie gezeigt hatte, als sie in Indonesien gelebt hatten. „Entspann dich, Schatz. Bitte."

„Ich versuche es." Sie seufzte laut und verkniff sich nur mühsam einen zweiten Seufzer. „Warum habe ich solche Angst?"

Er fühlte mit ihr. „Kelly." Seine Worte waren leiser als vorher und er versuchte verzweifelt, sie mit seinem ruhigen Tonfall zu überzeugen. „Glaub an mich. Glaub an diesen Film. Du hast keine Ahnung, wie sehr ich das brauche."

„Ich versuche es." Sie schaute nach unten, und es dauerte eine Weile, bis sie den Kopf hob und ihn wieder ansah. „In Indonesien war es einfacher. Wenigstens war im Dschungel die Mission leichter."

„Leichter?" Er schmunzelte, jedoch ohne Humor. „Indonesien war nie leicht. Wir hätten jederzeit verhaftet oder getötet werden können. Wir hätten uns mit Malaria oder zig anderen Krankheiten anstecken können. Jeder Tag barg dieses Risiko in sich."

Die Falten in ihrem Gesicht entspannten sich ein wenig, als ein Lächeln um ihre Lippen spielte. Sie berührte mit dem Finger sein Gesicht. „Wenigstens hatten wir einander." Sie schaute ihm tief in die Augen und küsste ihn. „Ehrlich, Chase. Du musst doch sehen, warum ich mir Sorgen mache. Es ist nicht nur das Geld."

Er hatte einen schnellen Blick auf seine Uhr geworfen. „Du hast Angst, dass wir nicht rechtzeitig fertig werden und dass wir dadurch unser Budget überziehen und …"

„Nein." Sie erhob nicht die Stimme, aber die Angst in ihren Augen hinderte ihn daran weiterzusprechen. „Siehst du es denn nicht?" Verlegenheit lag in ihren Worten. „Du bist jung und attraktiv und begabt

…" Ihr Lächeln war jetzt traurig. „Du arbeitest mit schönen Schauspielerinnen und Filmleuten zusammen und … Ich weiß auch nicht, das alles macht mir Angst."

Sie rückte nicht mit der Sprache heraus und gestand nicht ihre tieferen Gefühle, die sie ihm eine Woche vorher anvertraut hatte: dass sie das Gefühl hatte, mit den Leuten aus Hollywood nicht mithalten zu können. Chase litt mit ihr und war wegen ihres mangelnden Selbstvertrauens frustriert.

„Hier geht es nicht um die Filmindustrie. Es geht um ein größeres Missionsfeld als damals in Indonesien." Er schob die Finger in ihre dichten, dunklen Haare, zog sie an sich heran und küsste sie noch einmal. „Vertrau mir, Schatz. Bitte."

Dieses Mal widersprach sie ihm nicht, aber die Sorge in ihren Augen blieb, als er seine Taschen nahm und vom Auto wegtrat. Er schrieb ihr eine SMS, als er durch die Sicherheitskontrolle gegangen war, und versicherte ihr noch einmal, dass er sie liebe und dass sie sich keine Sorgen zu machen brauche. Aber sie antwortete nicht. Obwohl er dringend Schlaf gebraucht hätte, konnte er ihren besorgten Blick und Tonfall immer noch nicht von sich abschütteln. Und wenn Kellys Ängste eine Art Vorahnung in Bezug auf den Film waren? Vielleicht benutzte Gott sie, um Keith und ihm zu sagen, dass sie die Sache abblasen sollten, bevor sie alles verloren.

Sobald er im Flugzeug saß, legte er den Sicherheitsgurt an und starrte aus dem Fenster. Im Gegensatz dazu stand Keiths Frau voll und ganz hinter ihren Plänen. Ihr Vater war sogar einer der Investoren. Außerdem studierte Keiths Tochter Andi seit Kurzem an der Universität von Indiana in Bloomington. Durch die Dreharbeiten würde Keith ein wenig Andis neues Lebensumfeld kennenlernen, wofür er sehr dankbar war. Andi wollte Schauspielerin werden, und ihre Mitbewohnerin studierte anscheinend Theater. Beide Studentinnen sollten in ihrem Film Statistenrollen bekommen. Keiths gesamte Familie konnte es also kaum erwarten, dass die Dreharbeiten begannen.

Chase biss sich auf die Unterlippe. Von Anfang an waren alle Sorgen wegen des Films nur von ihm und Kelly gekommen, aber jetzt, da er nach Indiana unterwegs war, durfte Chase sich nicht von seinen Ängsten gefangen nehmen lassen. Er musste sich voll und ganz auf den Film konzentrieren.

Er ignorierte den Stein in seinem Magen, während er sich an das kalte, harte Plastik lehnte, das das Flugzeugfenster umrahmte. Der Film, den sie drehten, hatte den Titel *Der letzte Brief* und handelte von einem Studenten, dessen Leben aus dem Gleichgewicht geworfen wird, als sein Vater einen plötzlichen, tödlichen Herzinfarkt erleidet. Der Student ist nicht sicher, wie er weiterleben soll, bis seine Mutter ihm einen Brief zeigt. Einen letzten Brief von seinem Vater. Dieser Brief führt Braden auf eine Entdeckungsreise, bei der er erkennt, wie wichtig Glaube und Familie sind, und schließlich in eine strahlende Zukunft, von der Braden vorher keine Ahnung hatte.

Die Geschichte war ein Gleichnis, eine Illustration des Verses in Jeremia 29,11: „Denn ich allein weiß, was ich mit euch vorhabe: Ich, der Herr, werde euch Frieden schenken und euch aus dem Leid befreien. Ich gebe euch wieder Zukunft und Hoffnung." Chase hatte keinen Zweifel daran, dass dieser Vers sie an jedem Tag der Dreharbeiten begleiten würde.

Er schloss die Augen. Fast konnte er schon die Filmmusik hören, die in ihm die Gefühle hervorrief, die die Kinobesucher erleben würden. Er konnte die Bilder sehen, die über die große Leinwand tanzten, und malte sich aus, wie seine größten Erwartungen übertroffen wurden.

Aber der Weg dorthin führte vielleicht über eine Million Meilen steiniger, beschwerlicher Straßen voller Schlaglöcher.

Sie standen immer noch am Gate und warteten darauf, dass das Flugzeug zur Startbahn rollte. Chase blinzelte und starrte aus dem Fenster zum blauen Himmel über dem Flughafen hinauf. Jeden Tag war der Himmel in dieser Woche wolkenlos blau gewesen, was Chase und Keith als sehr passend empfunden hatten. Denn trotz Kellys Ängsten und trotz des ganzen Drucks, den diese Entscheidung mit sich brachte, war der Moment gekommen, von dem Chase und Keith schon so lange träumten und den sie genau geplant hatten – der Höhepunkt ihrer jahrelangen Überzeugung, dass Gott sie benutzen wollte, um die Welt zu verändern. Nicht auf einem Missionsfeld in Indonesien, sondern in vollen Kinos in ganz Amerika. „Oak River Films"[1] nannten sie sich. Diesen Namen hatten sie aus dem ersten Psalm abgeleitet, der ihnen sehr wichtig war. Chase hatte die ersten drei Verse vor langer Zeit auswendig gelernt:

---

[1] Oak River: Eichenfluss

*Glücklich ist, wer nicht lebt wie Menschen, die von Gott nichts wissen wollen. Glücklich ist, wer sich kein Beispiel an denen nimmt, die gegen Gottes Willen verstoßen. Glücklich ist, wer sich fernhält von denen, die über alles Heilige herziehen. Glücklich ist, wer Freude hat am Gesetz des Herrn und darüber nachdenkt – Tag und Nacht. Er ist wie ein Baum, der nah am Wasser steht, der Frucht trägt jedes Jahr und dessen Blätter nie verwelken. Was er sich vornimmt, das gelingt.*

Oak River Films. Mit diesem Namen sollte deutlich werden, dass alles, was er und Keith unternahmen, in der Freude an Gott wurzelte und in dem Glauben, dass sie für Jesus Frucht bringen wollten, wenn sie ihre Projekte nah an seinem lebendigen Wasser pflanzten. Chase rutschte auf seinem Sitz vor. Er wiederholte diese Bibelstelle noch einmal im Geiste. Warum machte er sich um das, was vor ihnen lag, so große Sorgen? Er glaubte doch, dass Gott sie nach Indiana schickte, um diesen Film zu drehen, nicht wahr? Er drückte sich auf den dünn gepolsterten Sitz. *Atme. Beruhige dich und atme.*

Dieser Film würde in der Welt der Hollywoodfilmproduktionen für sie alles entscheiden. Das sei kein Problem, hatte er sich gesagt, als sie mit diesem Abenteuer begonnen hatten. Aber je näher der Flug nach Indiana gerückt war, desto stärker war der Druck gewachsen. Sie hatten gut gemeinte Anrufe von Investoren bekommen, die fragten, wie die Arbeit lief, oder die sich erkundigten, wann die Dreharbeiten begannen. Sie waren nicht nervös und zweifelten nicht daran, dass ihr Geld bei Chase und Keith in guten Händen war; sie waren einfach neugierig.

Genauso wie alle, die mit dem Film zu tun hatten, neugierig waren. Keith erledigte diese ganzen Telefonanrufe. Er war der ruhigere von ihnen. Sein Glaube war grenzenlos. Es war Keiths Entscheidung gewesen, den Film mit Geld von Investoren zu drehen, statt sich an ein Studio zu verkaufen. Produzenten, die ihre Projekte selbst zahlten, behielten die inhaltliche Kontrolle über den Film, und Chase und Keith wollten die Botschaft ihres ersten Films von niemandem verändern lassen. Sie ließen sich auch nicht davon beirren, wie leicht sie Geld von einem Studio bekommen könnten.

Doch in manchen Momenten machte sich Chase um alles Sorgen. Um seine Frau und seine kleinen Mädchen zu Hause und darum, ob das Produktionsteam den ehrgeizigen Drehplan einhalten könnte, den sie aufgestellt hatten. Er massierte sich mit dem Daumen die Stirn. Seine Sorgenliste war endlos lang. Er müsste mit Schauspielern fertigwerden, die ein starkes Ego hatten, unter anderem mit einer Schauspielerin, die den Oscar gewonnen hatte, und mit zwei anderen bekannten Stars – beide standen in dem Ruf, talentiert, aber schwierig zu sein. Er musste dafür sorgen, dass alle gut zusammenarbeiteten und sich an ihren Vier-Wochen-Plan hielten, und er durfte das aufgestellte Budget nicht überziehen. Er machte sich Sorgen, dass weder Geld noch Zeit ausreichte, und er fragte sich, ob Gott wirklich von ihnen wollte, dass sie in einer so verrückten Welt wie Hollywood arbeiteten.

Chase atmete tief ein und langsam wieder aus. Die weißhaarige Frau neben ihm las in einer Zeitung, aber sie warf hin und wieder einen Blick in seine Richtung. Wahrscheinlich suchte sie nach einer Gelegenheit zu einem Gespräch. Chase stand der Sinn nicht danach, sich zu unterhalten. Er schaute wieder aus dem Fenster, und ein Bild tauchte vor seinem geistigen Auge auf: das Bild von einem Apartmentgebäude, das mit Absperrbändern abgeriegelt war. Die Erinnerung stammte aus seiner Schulzeit im San Fernando Valley, als ein großes Erdbeben Südkalifornien getroffen hatte. Der angerichtete Schaden war groß gewesen, aber ein bestimmtes Apartmenthaus hatte es am schlimmsten getroffen. Innerhalb weniger Sekunden war das dreistöckige Gebäude zusammengebrochen. Ein einziges Stockwerk war übrig geblieben, da das Gewicht der oberen zwei Stockwerke zu groß für das erschütterte Fundament gewesen war.

Ein Schauer lief Chase über den Rücken.

Das könnte ihnen in ein paar Monaten passieren, falls die Dreharbeiten nicht gut liefen, falls das Fundament ihres Budgets das Gewicht dessen, was alles daraufgepackt wurde, nicht trug. Chase fühlte das Gewicht bereits auf seinen Schultern.

„Entschuldigen Sie." Die Frau neben ihm tippte an seinen Arm. „Ist in Ihrem Sitz eine Ausgabe der Zeitschrift *SkyMall?* Meine fehlt."

Chase schaute nach und fand, was die Frau wollte. Er reichte ihr lächelnd die Zeitschrift. „Das hilft, die Zeit zu vertreiben."

„Ja." Sie hatte freundliche, blaue Augen. „Besonders während des Starts. Ich finde fast immer etwas für meinen lieben, kleinen Max. Er ist ein Mischling, wissen Sie, halb Cockerspaniel, halb Pudel. So ein süßer Hund."

„Das glaube ich gern." Chase nickte und schaute wieder aus dem Fenster. Dieses Projekt war mit großem Druck verbunden; das hatte er von Anfang an gewusst. Er und Keith waren die Produzenten. Das war unausweichlich mit Aufregung, Staunen, Angst und Sorgen verbunden, denn mit jedem Dollar, den sie für diesen Film bekommen hatten, mit jeder Chance, weil ein Investor sich in den Film einbrachte, wuchs die Gefahr, dass etwas schieflaufen könnte.

„Fragst du dich manchmal", hatte Chase Keith vor ein paar Tagen bei einem Sandwich in einem Fastfood-Restaurant gefragt, „ob wir nicht einfach in Indonesien hätten bleiben sollen?"

Keith hatte nur dieses langsame Lächeln aufgesetzt, das über sein Gesicht zog, wenn sein Vertrauen nicht aus ihm selbst kam. „Wir sind an der Stelle, an der wir sein sollen." Er biss von seinem Sandwich und wartete, kaute und schluckte. Er schaute Chase tief in die Augen. „Ich spüre es tief in meinen Knochen."

Wahrheit und Aufrichtigkeit. Darum machte sich Keith Sorgen. Die Wahrheit der Botschaft, wenn der Film fertig war und der Öffentlichkeit vorgestellt wurde, und der ehrliche, glaubwürdige Umgang mit den Schauspielern und der Filmcrew, den Investoren und den Studios. Für Keith war jeder Tag eine Prüfung, da Gott ihnen zuschaute.

Chase gab ihm recht, aber der Druck, dem er sich ausgesetzt fühlte, rührte nicht daher, dass Gott ihn beobachtete. Das war zwar sehr wichtig, aber Gott liebte sie, egal, ob sie mit ihrer Filmmission erfolgreich waren oder nicht. Chase machte sich vielmehr Sorgen, weil die ganze Welt zuschaute und sehen wollte, was für einen Film zwei Christen mit einem so begrenzten Budget drehten. Wenn sie scheiterten, würde das auch die ganze Welt wissen.

Das Flugzeug befand sich inzwischen in der Luft, und die Frau neben ihm klappte die Zeitschrift wieder zu und gab sie ihm zurück. „Das habe ich alles schon gesehen. Nichts Neues für Max." Sie zuckte ihre dünne Schulter. „Ich habe diese Strecke in letzter Zeit oft zurückgelegt, weil ich versuche, mein Haus in Indiana zu verkaufen."

Chase hatte immer noch keine große Lust, sich zu unterhalten, aber diese Frau erinnerte ihn an seine Großmutter. Sie strahlte eine unübersehbare Herzlichkeit aus. Und noch etwas anderes. Vielleicht eine gewisse Traurigkeit. Er fühlte sich gezwungen, ihr wenigstens ein bisschen Zeit zu schenken. „Sie ziehen nach San Jose?"

„Ja. Es wird Zeit für den Umzug." Sie schaute traurig nach vorn. „Ich habe mein ganzes Leben lang in Indiana gewohnt." Licht vom Fenster fiel auf ihre weiche, faltige Haut, und für ein paar Sekunden verblasste ihr Lächeln. Sie musste mindestens achtzig Jahre alt sein, aber sie sah zehn Jahre jünger aus. Als erinnere sie sich plötzlich, dass sie ein Gespräch mit einem Fremden begonnen hatte, lächelte sie Chase wieder an. „Was ist mit Ihnen? Fliegen Sie nach Hause?"

„Nein." Er drehte sich so, dass er mit dem Rücken zum Fenster saß. „Ich fliege geschäftlich nach Bloomington."

Sie wirkte erfreut, dass er sich mit ihr unterhielt. „Geschäftlich!" Sie zog eine Augenbraue hoch. „Mein Mann war Geschäftsmann. In welcher Branche arbeiten Sie?"

„Ich bin Produzent." Diese Berufsbezeichnung erfüllte ihn gleichzeitig mit dem Gefühl, privilegiert zu sein, und mit einem nicht zu leugnenden Schwindelgefühl. „Wir drehen vier Wochen in Bloomington."

„Produzent! Das ist ja wunderbar." Sie faltete die Hände auf dem Schoß. „Mein Großneffe arbeitet in der Produktion. Er hat eine Stelle in einer Fabrik in der Nähe seines Elternhauses und baut jetzt den ganzen Tag Maschinen zusammen."

Chase öffnete den Mund, um ihr zu erklären, dass er Filmproduzent war und nicht in der Produktion arbeitete, aber sie war noch nicht fertig. „Er arbeitet dort erst seit ein paar Monaten, aber ich glaube nicht, dass er das auf Dauer machen wird. Er will die Schule zu Ende machen." Sie legte den Kopf schief. „Haben Sie die Schule fertig gemacht, junger Mann?"

„Ja, Madam. Aber …"

„Natürlich. Sie haben wahrscheinlich sogar studiert." Sie lachte leise. „Sie müssen Produktionsmanager sein und fliegen bestimmt nach Bloomington, um neue Geschäftsmöglichkeiten zu erschließen und Geschäfte zu eröffnen, die Ihre Produkte verkaufen." Sie unterstrich ihre Worte mit einem kräftigen Kopfnicken. „Das ist eine sehr wichtige Arbeit." Sie deutete mit dem Finger in seine Richtung. „Die Bevölkerung sieht es als selbstverständlich an, dass wir überall Geschäfte haben und alle Produkte kaufen können." Sie lehnte sich auf ihrem Sitz zurück, schaute ihn aber immer noch direkt an. „Das ist ein ehrenwerter Beruf." In ihrem Grinsen lag eine unübersehbare Bewunderung. „Danke, dass Sie so viel für Ihre Mitmenschen tun. Wie, sagten Sie, heißen Sie?"

„Chase. Chase Ryan."

„Ich bin Matilda Ewing. Mattie."

„Es freut mich, Ihre Bekanntschaft zu machen, Madam."

„Mr Ryan." Sie hielt ihm ihre dürre Hand hin. „Es ist mir auch eine Freude, Sie kennenzulernen. Aber was ist mit Ihrer Familie zu Hause? Vier Wochen sind eine furchtbar lange Zeit, um von seiner Familie getrennt zu sein. Mein Sohn hat wegen so einer längeren Trennung einmal fast seine Ehe aufs Spiel gesetzt. Er war im Verkauf tätig und musste sich eine neue Arbeit suchen, um seine Familie zu retten." Sie nahm sich kaum Zeit, um Atem zu holen. „Sie haben doch eine Familie, oder?"

„Ja, Madam. Es ist nicht leicht, von ihr getrennt zu sein." Die Frau war leicht zu durchschauen. „Meine Frau Kelly ist bei unseren zwei kleinen Mädchen zu Hause. Die beiden sind vier und zwei."

Sie atmete überrascht ein. „Und Sie wollen vier Wochen fortbleiben! Sie müssen einen Engel von einer Frau haben! Das ist eine lange Zeit, um sich allein um die Familie zu kümmern."

„Ja, Madam." Chase fragte sich, ob die Frau etwas verwirrt war. Vor wenigen Sekunden hatte sie ihn in den höchsten Tönen gelobt und seinen vermeintlichen Beruf gewürdigt und jetzt tadelte sie ihn, weil er es wagte, so lange von zu Hause fortzubleiben.

„Verstehen Sie mich nicht falsch", sagte sie jetzt. „Sie verrichten eine wichtige Arbeit. Aber seien Sie vorsichtig! Wenn man so lange voneinander getrennt ist, gerät man unweigerlich in Versuchungen. Aber keine ist es wert, deshalb die Ehe zu riskieren." Sie schmunzelte leise. „Wenn ich das so sagen darf."

Die Stewardess schaute in ihre Reihe. „Kann ich Ihnen etwas zu trinken bringen?"

Matilda bestellte sich eine Limonade und begann dann ein Gespräch mit dem Fluggast auf der anderen Seite des Gangs. Diese Ablenkung gab Chase Gelegenheit, wieder aus dem Fenster zu schauen und über die Worte und den weisen Rat der alten Frau nachzudenken, auch wenn sie ihn nicht richtig verstanden hatte und dachte, er produziere Maschinen und nicht Filme. Aber in Bezug auf seine Familie zu Hause hatte sie voll ins Schwarze getroffen. Besonders was die Versuchungen anging.

Bei seinen ganzen Sorgen und Bedenken hatte er überhaupt nicht daran gedacht, wie es für Kelly und die Kinder sein musste, wenn er vier Wochen von ihnen getrennt war.

Er musste bei seinen Gedanken über Matildas Worte eingeschlafen sein, denn irgendwann tippte sie ihn wieder am Arm. „Mr Ryan, wir landen. Sie müssen den Sitz hochstellen."

Er streckte die Beine links und rechts neben seiner Laptoptasche aus und tat, was sie sagte. „Danke."

„Gern geschehen." Sie verstellte das Gebläse über ihrem Sitz. „Sie haben tief geschlafen. Sie brauchen den Schlaf, um Kraft für Ihre Arbeit zu haben."

„Ja, Madam." Chase rieb sich die Augen und fuhr sich mit den Fingern durch die Haare. Als er ganz wach war, wandte er sich wieder an sie. „Und wann ziehen Sie nach San Jose?"

Zuerst sah sie aus, als wollte sie seine Frage nicht beantworten. Sie schürzte die Lippen und schaute auf ihre Hände hinab, auf den dünnen, goldenen Ehering, der alt und abgenutzt aussah. Als sie aufblickte, lag wieder diese Traurigkeit in ihren Augen. „Mein Mann und ich waren achtundfünfzig Jahre verheiratet." Sie rang die Hände, während die Worte mühsam über ihre Lippen kamen. „Er starb im letzten Januar. Meine Töchter wollen, dass ich in ihre Nähe ziehe." Sie lächelte, aber ihr Lächeln erreichte nicht ihre Augen. „Wir suchen eine Wohnung in einer ... Seniorenanlage. Ein Haus, das Max und mich aufnimmt." Ihr Gesicht verriet, dass ihr dieser Gedanke nicht gefiel, dass sie sich aber nicht dagegen wehrte. „Ich bin manchmal ein bisschen vergesslich, und manchmal höre ich auch nicht mehr so gut wie früher. Es ist eine gute Idee." Sie schaute ihn fragend an. „Finden Sie nicht auch?"

„Ja." Er hätte seine Nachbarin am liebsten umarmt. Diese arme Frau!

„Meine Töchter sagen, ich zögere alles hinaus." Matilda richtete den Blick wieder nach vorn. „Vielleicht stimmt das auch. Wenn ich dieses Haus zum letzten Mal zusperre und die Tür zuziehe, dann war es das." Sie schaute ihn mit Tränen in den Augen an. „Wir haben fünfzig Jahre in diesem Haus gewohnt. Jeder Quadratzentimeter enthält hundert Erinnerungen."

„Es wird nicht leicht sein, von dort wegzugehen."

„Nein." Matilda schluckte schwer. „Deshalb sage ich ja, dass Sie aufpassen sollen, Mr Ryan." Ihre Selbstbeherrschung kehrte zurück. „So wichtig Ihr Beruf auch sein mag, die Familie ist trotzdem wichtiger.

Kinder werden erwachsen, und Gott gibt uns nur eine bestimmte Anzahl von Tagen mit unserer Familie."

„Ja, Madam."

Der Pilot meldete sich über den Lautsprecher und verkündete, dass sie bald landen würden. Mit dieser Ansage wurde Chases Gespräch mit Matilda unterbrochen. Sie unterhielt sich wieder mit dem Fluggast auf der anderen Seite, und erst als sie das Ende des Flugsteigs erreichten, drehte sie sich zu ihm um und funkelte ihm noch einmal zu. „Viel Glück bei Ihrer Arbeit, Mr Ryan. Und vergessen Sie meinen Rat nicht. Zu Hause ist es immer am schönsten."

Chase dankte ihr noch einmal, und dann war sie fort. Zwischen dem Flugsteig und der Gepäckausgabe sah er sie nicht mehr. Er mietete sich ein Auto und brach nach Bloomington auf. Sobald er dort ankam, rief er sofort Kelly an.

„Hallo?"

„Schatz, ich bin es." Chase war erleichtert. Seine Worte sprudelten viel schneller über seine Lippen als sonst. „Es gibt etwas, das ich dir am Flughafen hätte sagen sollen, als wir uns verabschiedeten. Wir standen minutenlang da, aber ich habe dir nicht gesagt, was ich dir hätte sagen sollen, und deshalb rufe ich an."

Sie lachte. „Hast du zu viel Kaffee getrunken?"

„Nein." Er atmete ein und sprach langsamer weiter. „Was ich dir sagen will, Kelly: Ich bin dir sehr dankbar. Du musst jetzt vier Wochen mit dem Haushalt und den Kindern allein fertigwerden, und ich habe dir nie ... ich habe dir nie dafür gedankt."

Ein paar Sekunden kam keine Antwort. „Empfindest du das wirklich so?" Eine vorsichtige Freude trat in ihre Stimme.

„Ja." Ein weiteres Bild tauchte vor seinem geistigen Auge auf: Sie beide standen vor dem Altar einer Kirche, die mit ihren Angehörigen, Verwandten und Freunden gefüllt war, und hielten sich an den Händen, und Chase wusste, dass er auf der ganzen Welt nie einen Menschen so sehr lieben würde wie die schöne Frau, die neben ihm stand. „Ich liebe dich, Kelly. Vergiss das nie, okay?"

„Okay." Sie lachte, und es klang wie ein Glockenspiel und ein leichter Sommerwind. So hatte sie schon eine ganze Weile nicht mehr geklungen. „Du hast keine Ahnung, wie viel es mir bedeutet, dass du anrufst und mir das sagst."

„Ich vermisse dich jetzt schon. Gib den Mädchen einen Kuss von mir."

„Okay. Oh, Chase, noch etwas." Sie lachte wieder. „Du schaffst das. Ich weiß, dass du es kannst. Ich bete, seit du abgeflogen bist, und ich habe das Gefühl, dass Gott mir etwas klargemacht hat: Diese Sache wird größer werden, als Keith und du es euch je erträumt habt."

Ihr Vertrauen hauchte seinen Träumen neuen Atem ein. „Im Ernst?"

„Ja." Er hörte im Hintergrund seine Töchter *Old McDonald Had a Farm* singen. „Ich glaube an dich, Chase. Ich verspreche, dass ich diesen Glauben nicht aufgeben werde."

„Danke." Er dachte an Matilda und daran, dass sie lächeln würde, wenn sie das Gespräch, das Chase in diesem Moment mit seiner Frau führte, hören würde. „Okay, dann stürze ich mich jetzt in die Produktion."

„Wie bitte?" Kelly lachte immer noch. „Was soll das heißen?"

„Nichts." Er schmunzelte. Er sagte ihr noch einmal, dass er sie liebte, und versprach, am Abend anzurufen und den Mädchen eine gute Nacht zu wünschen. Nachdem er aufgelegt hatte, wurde er erneut an die freundliche Stimme der alten Frau erinnert. Er wollte den Menschen wirklich etwas bringen, das sie brauchten: Die beste Botschaft der Welt, die er ihnen nur bringen konnte, wenn der Film so gut wie möglich wurde. Aber vor allem dachte er an ihre Warnung vor Versuchungen.

Die vor ihm liegenden Monate würden eine verrückte Zeit werden, wenn Keith und er den Film produzierten. Aber egal, wie holprig der Weg werden würde – Chase nahm sich fest vor, Kelly und den Mädchen treu zu bleiben. Denn Matilda hatte recht:

Gott schenkte einem Menschen nur eine begrenzte Anzahl von Tagen mit seiner Familie.

# Kapitel 2

Es war nach Mitternacht und das Haus war still, als Keith Ellison fertig gepackt hatte und in das kleine Büro neben der Küche in ihrem zweistöckigen Reihenhaus im Süden von San Jose ging. Das Büro war das einzige Zimmer, das Hinweise auf die Welt gab, die sie zurückgelassen hatten: die Dörfer und Bewohner der einzelnen Stämme aus den verschiedenen Gebieten Indonesiens, wo Keith und Lisa und ihre Tochter Andi über zehn Jahre gelebt hatten.

Keith schaltete die Stehlampe ein, die gerade genug Licht in das kleine Zimmer warf, dass er die Bilder erkennen konnte, die an der Wand hingen. Er blieb vor dem ersten Bild stehen, das er schon immer geliebt hatte, und kehrte mit einem Lächeln in eine andere Zeit zurück. Das Bild stammte von ihrem ersten Monat auf dem Missionsfeld. Links stand die achtjährige Andi neben Lisa, hatte die Hände herausfordernd in die Hüften gestemmt und konnte es nicht erwarten, dem ganzen Volksstamm von Jesus zu erzählen. Lisas Augen waren ein bisschen weniger lebhaft. Sie war in jener Woche krank gewesen, aber immer noch felsenfest davon überzeugt, dass Indonesien das Land war, in dem sie sein sollten.

Chase und Kelly, die frisch verheiratet gewesen waren, standen rechts auf dem Bild. Entschlossenheit sprach genauso strahlend aus ihren Gesichtern wie die Liebe, die sie zueinander hatten. In der Mitte, einen guten Kopf kleiner, standen drei Stammesführer. Keith lachte leise bei sich, als er sich an das Gespräch erinnerte, das sie geführt hatten, unmittelbar bevor das Bild aufgenommen worden war.

Durch einen Übersetzer von der Mission Aviation Fellowship hatten die Stammesführer erklärt, warum sie die Missionare bei ihrem ersten Besuch im Dschungel nicht enthauptet hatten.

„Ihr seid aus dem Flugzeug gestiegen", hatte der Anführer der drei erklärt, „und wir hatten bereits beschlossen, dass ihr nicht lebendig zurückkehren würdet. Aber dann …" Seine Augen wurden groß. „… kamen eure Wachleute hinter euch aus dem Flugzeug. Große Männer. Drei Meter groß mit glänzenden, goldenen Haaren und langen Schwertern. Ab diesem Moment wart ihr unsere Ehrengäste."

Lisa und Kelly waren sichtlich blasser geworden, als sie die volle Bedeutung dieser Worte begriffen hatten. Sie hatten keine drei Meter großen Wachleute mitgebracht. Die Stammesführer konnten nur Engel gesehen haben, einen himmlischen Schutz, den allein die Stammesführer sehen konnten und den Gott geschickt hatte, damit Keith und Chase und ihre Familien ihren Auftrag erfüllen konnten. Danach hatte Keith kein einziges Mal mehr Angst um ihre Sicherheit gehabt. Wie Paulus in der Bibel sagte: Wenn Gott für sie war, wer konnte dann gegen sie sein?

Auch jetzt. Jetzt war das Missionsfeld nicht mehr Indonesien, sondern der harte, ausgedörrte Boden Hollywoods.

„Hey ..."

Keith drehte sich um und sah seine Frau im Türrahmen stehen. „Ich dachte, du schläfst schon."

Sie kam zu ihm und legte die Arme um ihn. „Ich freue mich so für euch. Ich kann kaum glauben, dass es endlich so weit ist."

„Ich auch nicht." Er beugte sich herab und küsste sie auf die Stirn. „Bist du sicher, dass du morgen nicht mitkommen kannst?"

„Ich würde sehr gern mitkommen." Sie bewegte sich leicht mit ihm, ohne den Blick von ihm abzuwenden. „Ich komme am Mittwoch nach."

„Und du bleibst während der ganzen Dreharbeiten?"

„Die meiste Zeit." Lisa küsste ihn zärtlich, und eine Weile blickten sie sich nur liebevoll in die Augen. „Ich bin so stolz auf dich, weil du diesen Schritt wagst." Sie trat von ihm weg und schaute dasselbe Foto an, das er betrachtet hatte. Es war das erste Bild an der Wand. Mit den Fingerspitzen wischte sie den Staub weg, der sich auf dem Rahmen angesammelt hatte. „Ich habe jede Minute geliebt, die wir mit diesen Menschen verbracht haben. Aber schon damals fragte ich Gott immer wieder, wie wir in Indonesien landen konnten, wenn du doch dazu geboren bist, Filme zu drehen." Sie schaute ihn über die Schulter an. „Ich glaube, es gibt keinen besseren Produzenten als dich, Keith. Das ist mein Ernst."

„Schatz, es gibt viele Produzenten." Er legte den Arm zärtlich um ihre Schultern.

„Aber keinen wie dich." Sie lehnte den Kopf an seine Schulter. „Ich habe gesehen, was du kannst. Du bist faszinierend, Keith. Die Filme, die du während des Studiums gedreht hast, haben alle begeistert. Erinnerst du dich?"

„Nicht alle waren begeistert."

„Aber deine Professoren." Sie zog den Kopf nur so weit von ihm zurück, dass sie ihm in die Augen schauen konnte. „Sie wollten, dass du deine Filme bei Wettbewerben einreichst."

„Das kann sein." Diese Tage kamen ihm vor, als hätte sie jemand anders in einer völlig anderen Zeit erlebt.

Sie schmiegte sich wieder eng an ihn. „Niemand besitzt dein Talent und deine Leidenschaft für die Botschaft, die Menschenleben verändert. Ich kann es nicht erwarten, zu sehen, was Gott im nächsten Monat machen wird."

Er sah sie an und musste über den unerschütterlichen Glauben, den sie an ihn hatte, lächeln. „Erinnere mich daran, wenn ich aufgeben will, okay?"

„Gott hat uns so weit geführt." In ihrer Stimme lag tiefes Vertrauen. „Er lässt nicht zu, dass du jetzt aufgibst. Und ich auch nicht."

Sie schwiegen einen Moment und betrachteten die anderen Fotos an der Wand: auf einem war Andi zwölf und saß im Cockpit, um allein ein Buschflugzeug zu fliegen; auf einem anderen hielt Lisa zwei Babys auf den Armen, Kinder von Frauen aus dem Dorf, die ihr Leben Jesus übergeben hatten. Chase und Kelly führten eine kleinere Operation bei einem Mann durch, dessen Bein aufgeschlitzt war. Und es gab ein Foto von zwei Volksstämmen, die zum Bibelstudium zusammengekommen waren, nachdem sie sich jahrzehntelang bekriegt hatten.

„Bei unserer Arbeit dort war alles entweder schwarz oder weiß." Keith löste den Arm von ihren Schultern und nahm ein gerahmtes Foto ihrer Tochter von seinem überfüllten Schreibtisch. „Ich mache mir Sorgen um Andi. Ich hoffe, dass sie die Umstellung gut schafft."

Sie waren seit fast zwei Jahren aus Indonesien zurück, und Andi hatte ihren Schulabschluss an einer High School, nur fünfzehn Minuten von ihrem neuen Zuhause entfernt, gemacht. Wie immer war sie ein strahlendes Licht, aber manchmal überschritten ihre Begeisterung und ihr Eifer, aus jedem Tag alles herauszuholen, die Grenzen zum Wagemut. Etwas Wildes und Abenteuerlustiges leuchtete in Andis Augen, und Keith und Lisa beteten oft inbrünstig für ihre Tochter und baten Gott, sie zu beschützen und ihre Ausstrahlung und ihre Neugier zum Guten einzusetzen.

„Sie liebt das Leben." Lisa lächelte. „Sie bekommt nicht genug."

„Aber sie muss lernen, das Leben zu lieben, das Gott für sie vorgesehen hat."

„Das wird sie schon noch." Die Zuversicht in Lisas Augen war unerschütterlich. „Wenn das eine Weile dauert, tragen wir sie einfach mit unserer Liebe durch."

„Du hast recht."

Lisa küsste ihn noch einmal. „Ich gehe schon nach oben."

Als sie gegangen war, schaute Keith noch eine Weile das Bild von ihrem einzigen Kind an, ihrer geliebten Tochter. Als junges Mädchen hatte Andis brennende Liebe zu Gott unzählige Menschen zu einer Beziehung mit Jesus geführt. Die Einheimischen waren von ihren blonden Haaren und ihren blauen Augen fasziniert gewesen und von der unschuldigen, rückhaltlosen Art, mit der sie Loblieder gesungen und die Hände zum Gebet erhoben hatte.

Seit sie laufen konnte, hatte Andi nie Angst im Umgang mit Fremden gehabt. Sie hatte ihnen ihre ganze Aufmerksamkeit und Fürsorge geschenkt und sich problemlos mit vielen angefreundet. Als sie dreizehn Jahre alt gewesen war, war sie einmal nicht zum Abendessen nach Hause gekommen. Lisa und Keith hatten schnell einen Suchtrupp zusammengestellt. Eine halbe Stunde später hatten sie Andi gefunden. Sie hatte mit den Frauen des Nachbarstamms über ihren Glauben gesprochen und ihnen in ihrer Muttersprache von Jesu Gnade und Barmherzigkeit erzählt.

Aber als sie sechzehn Jahre alt geworden war, hatten Keith und Lisa erkennen müssen, dass ihre Tochter im Busch vielleicht nicht sicher war. Andi war schlank und hatte lange Beine; ihre glatten, blonden Haare waren in einem einfachen Zopf über ihren Rücken gefallen. Die viele Zeit unter freiem Himmel hatte ihr eine honigfarbene Hautfarbe verliehen. Doch statt in ihr das fröhliche Mädchen zu sehen, das sie als Kind gewesen war, begannen die Dorfbewohner, sie anders zu behandeln, als hätte sie etwas Mystisches oder Besonderes an sich. Besonders die Männer schauten ihr nach, sobald sie auftauchte.

Keith und Lisa baten ihre Tochter, Männerhosen und weite Hemden zu tragen, aber trotzdem stockte den Leuten der Atem, wenn Andi auftauchte. Jetzt war Andi in ihren hautengen Jeans und modischen Shirts eine verblüffende Schönheit mit großen Augen und einer unübersehbaren Unschuld, die sich vor nichts fürchtete. Keith konnte nur ahnen, welche Wirkung sie auf die männlichen Studenten an der Universität von Indiana ausübte.

Und was war mit ihrem Interesse an der Schauspielerei? Seit er und Chase beschlossen hatten, nach Amerika zurückzukehren und Filme zu drehen, mit denen sie ihren Landsleuten Gottes Botschaft bringen wollten, hatte Andi den Wunsch geäußert, Schauspielerin zu werden. Keith und Chase hatten sich an der Filmakademie der Universität von Südkalifornien kennengelernt. Beide hatten genug junge Schauspieler gesehen, um einen Blick dafür zu haben, ob jemand Talent hatte. Junge Menschen, die es beim Film zu etwas bringen wollten, mussten das gewisse Etwas haben. Anders kamen sie nicht weit.

Was auch immer dieses gewisse Etwas war – Andi besaß es. Keith und Chase sahen das beide genauso. Aber was hieß das? Sie könnte die nächste Reese Witherspoon oder Kate Hudson sein, aber was würde das für die Ewigkeit bewirken? Und was war mit Andis Glauben? Konnte er der Filmindustrie, dem Ruhm, der Aufmerksamkeit und der ständigen Beobachtung standhalten?

Keith stellte das Foto wieder auf den Schreibtisch. Manchmal wünschte er, sie könnten alle nach Indonesien zurückgehen, wo das Leben einfacher gewesen war, klar umrissen und überschaubar, bevor der amerikanische Zeitgeist Andi verändern konnte. Aber jetzt gab es kein Zurück mehr. Sie wollte hier sein, und Keith und Lisa blieb keine andere Wahl, als sie ihren Traum verfolgen zu lassen – einschließlich ihres Wunsches, ihr Leben in vollen Zügen zu genießen.

Aber keiner konnte sagen, welche schmerzhaften Lektionen sie dabei lernen müsste.

Keith war dankbar, dass er in den nächsten vier Wochen häufiger Kontakt zu ihr haben würde. Er würde ihre Zimmernachbarin kennenlernen und sich mit eigenen Augen davon überzeugen, wie sie sich an der Universität zurechtfand. Trotzdem war ihm schwer ums Herz. *Beschütze sie, Herr, bitte. Sie muss erwachsen werden, und wir müssen ihr die Freiheit dazu geben. Aber führe sie auf dem richtigen Weg. Bitte.*

Ein Satz aus der Predigt der letzten Woche hallte in seinem Herzen wider. „Macht euch keine Sorgen um eure Kinder", hatte der Pastor gesagt. „Erzieht sie auf dem Weg, den sie gehen sollen, betet für sie und vertraut sie Jesus an. Er liebt sie noch mehr als ihr."

*Ja,* sagte sich Keith. *Das stimmt.* Das hatten er und Lisa gemacht, nicht wahr? Sie hatten Andi auf dem Weg erzogen, den sie gehen sollte, und sie beteten für sie. Jetzt, in ihrem ersten Jahr an der Universität von Indiana, mussten sie sie Jesus anvertrauen. Das hieß, dass Lisa und Keith davon überzeugt waren, dass Andis Mitbewohnerin genau der richtige Mensch in dieser neuen Phase im Leben der beiden jungen Frauen war. Sie wussten inzwischen, wie das Mädchen hieß, und Keith betete für sie genauso oft wie für Andi. Sie kam aus Bloomington und war die Tochter eines NFL-Footballtrainers und das älteste seiner sechs Kinder. Sie studierte Schauspiel und Theater wie Andi, und ihr Glaube war ihr so wichtig, dass sie ihn bei ihrer Bewerbung für das Wohnheim erwähnt hatte.

Dieses Mädchen war bestimmt nicht nur eine großartige Zimmergenossin für Andi, sondern viel mehr.

Die Erhörung ihrer Gebete.

# Kapitel 3

Das Wochenende war herrlich gewesen, aber jetzt war Sonntagabend, und morgen früh sollte die erste Vorlesungswoche an der Universität von Indiana beginnen. Bailey Flanigan stand in der Einfahrt ihrer Familie und umarmte jeden ihrer jüngeren Brüder. Den Abschied von Connor sparte sie sich für den Schluss auf. Sie war nur drei Jahre älter als Connor, und die beiden hatten sich schon immer nahegestanden, vor allem wegen ihrer Beteiligung am christlichen Kindertheater der Stadt.

Connor war inzwischen größer als sie. Deshalb stellte sie sich auf Zehenspitzen und umarmte ihn. „Ich ziehe ja nicht ans andere Ende des Landes."

„Ich weiß." Connor lächelte, aber seine Augen blieben ernst. „Aber du bist nicht mehr im Zimmer nebenan." Er zog eine Schulter hoch. „Es ist nicht mehr dasselbe."

Bailey wurde schwer ums Herz. „Wenn man erwachsen wird, verändert sich eben vieles."

„Ja, ich weiß." Er grinste sie an. „Komm einfach nächstes Wochenende heim, okay?"

„Ja." Sie ging zu ihrem Vater weiter und dann zu ihrer Mutter.

Connor und die anderen Jungen kehrten wieder ins Haus zurück und unterhielten sich dabei über die bevorstehende Footballsaison und die vielen Hausaufgaben, die ihre Lehrer ihnen aufgaben, obwohl es erst die erste Schulwoche war. Bailey liebte das vertraute Stimmengewirr. Aus diesem Grund hatte sie sich nicht eine Universität in einer anderen Stadt gesucht. Sie liebte ihre Familie, und auf die Wochenenden zu Hause freute sie sich jetzt schon. Trotzdem würde ihr die Zeit auf dem Campus guttun. Sie lächelte ihre Eltern an. „Es war die richtige Entscheidung, ins Wohnheim zu ziehen."

Ihr Vater legte ihr die Hand auf die Schulter. „Das sehe ich auch so, Schatz." Sein Stolz auf sie leuchtete aus seinen Augen. „Du bist alt genug. Wenn du das Studentenleben miterleben willst, musst du dort sein."

Ihre Mutter nickte. „Selbst wenn die Universität nur eine Viertelstunde weit weg ist."

„Genau." Bailey lächelte und war für das Verständnis ihrer Eltern dankbar. Sie hatte aufgrund ihrer Noten und ihres Vorsingens für die Theaterfakultät fast ein vollständiges Stipendium bekommen. Jetzt, da sie im Wohnheim auf dem Campus wohnen würde, konnte sie ihre Kurse belegen und trotzdem bei Theaterstücken mitspielen und an verschiedenen Studentenaktivitäten teilnehmen. Sie fühlte fast, wie ihre Augen bei allem, was vor ihr lag, funkelten. „Ich bin auch gespannt auf Campus für Christus. Das erste Treffen ist am Donnerstagabend."

„Es wird dir dort gefallen." Ihr Vater legte den Arm um ihre Mutter. „Es ist eine gute Gelegenheit, andere Studenten kennenzulernen."

„Und es ist eine Gelegenheit, das Ziel nicht aus den Augen zu verlieren." Ihre Mutter blickte wieder einmal tiefer als ihr Vater. Baileys Mutter war immer ihre beste Freundin gewesen, und die Einführungstage an der Universität hatten daran nichts geändert. „Ich habe das Gefühl, dass du für Campus für Christus eine wichtige Bereicherung bist."

„Ich auch." Bailey umarmte ihre Mutter noch einmal. „Ich gehe jetzt lieber. Andi wartet wahrscheinlich schon auf mich."

„Du hast diese Woche ein Vorsingen, nicht wahr?" Ihre Mutter wollte sie nicht aufhalten. Sie versuchte nur, jede Minute zu nutzen, bevor Bailey fahren musste.

„Am Dienstag, für das ganze Jahr." Bailey zog die Brauen in die Höhe. „Das erste Stück ist *Christmas Carol*." Sie schaute sie nervös an. „Betet für mich. Ich wollte schon immer Isabel spielen."

„Du wärst für die Rolle perfekt." Ihr Vater beugte sich vor und küsste sie auf die Stirn. „Du hast auf jeden Fall das Talent und die nötige Erfahrung dafür. Nach deinen ganzen Rollen im christlichen Kindertheater fleht der Regisseur dich wahrscheinlich an, die Rolle zu spielen."

„Papa!" Bailey lachte und schüttelte den Kopf.

„Ich meine es ernst. Die Theaterleute an der Universität von Indiana wissen gar nicht, was für ein Glück sie haben, dass sie dich haben."

„Wenigstens wissen sie es noch nicht", pflichtete ihre Mutter ihm bei. „Im Ernst, Schatz. Du wirst alle begeistern." Sie umarmte Bailey noch einmal. „Passt du diese Woche auf Ashleys Kinder auf?"

„Ja, am Mittwoch und Freitag." Bailey hatte keine Zeit für einen richtigen Job, aber ein paarmal in der Woche hütete sie die drei Kinder von Ashley Baxter Blake und ihrem Mann Landon. Ashley war eine faszinierende Künstlerin und hatte auch schon die Kulissen für mehrere Aufführungen des Kindertheaters mitgestaltet. Jetzt malte sie Landschaftsbilder, und an zwei Nachmittagen in der Woche brauchte sie ein paar ungestörte Stunden, um arbeiten zu können. Ihre Kinder waren großartig: Cole und Devin und ihre kleine Schwester Janessa. Die Familie wohnte in Ashleys Elternhaus, in dem Bailey und ihre Familie schon an mehreren Festen der Familie Baxter teilgenommen hatten.

Eines Tages, wenn Gott den richtigen Mann in ihr Leben führte, wünschte sie sich eine Ehe wie die ihrer Eltern oder eine Ehe, wie Ashley und Landon sie führten. Ashley war wie eine größere Schwester für sie. Sie hörte ihr immer zu und nahm sich gern Zeit, um sich mit ihr zu unterhalten. Bailey fand, dass es nicht nur ein Job war, auf die Kinder der Blakes aufzupassen, sondern auch eine gute Gelegenheit, Ashley ihre Dankbarkeit zu zeigen.

Sie ging zu ihrem Auto, und ihre Eltern folgten ihr. „Fahr vorsichtig!" Ihre Mutter verschränkte in der kalten Abendluft die Arme vor sich. Wie in jedem Herbst lag der Geruch von verbrannten Blättern und feuchtem Gras in der Luft.

„Ruf uns an, wenn du in deinem Zimmer bist." Ihr Vater zwinkerte ihr zu. „Zeig ihnen beim Vorsingen, was du kannst."

Bailey lachte. Sie verabschiedeten sich noch einmal, und dann fuhr sie los. Sie schaute auf die Uhr an ihrem Autoradio. Es war kurz nach neun. Ihre Mitbewohnerin, Andi, war inzwischen bestimmt zurück. Ihr Vater war heute wegen des Films angereist, den er in den nächsten Wochen in der Stadt und auf dem Campus drehen würde. Die beiden hatten miteinander essen gehen wollen, und danach musste Andi ihre Seite des gemeinsamen Zimmers fertig einrichten.

Ein schwaches Lächeln spielte um Baileys Mundwinkel. Sie hatte Andi Ellison erst vor einer Woche kennengelernt, aber sie wusste jetzt schon, dass sie gute Freundinnen werden konnten. Andi war faszinierend, aber sie war nicht eingebildet oder hochnäsig. Stattdessen bemühte sie sich um eine gute Beziehung zu Bailey und erzählte ihr gern von ihren Erfahrungen auf dem Missionsfeld und von den letzten Jahren an der High School. Und sie konnte nicht genug über Baileys Leben in Bloomington erfahren.

„Wie steht es mit der Liebe?", hatte Andi gefragt, als sie in ihrer zweiten gemeinsamen Nacht das Licht ausgeschaltet hatten. Ihr Bett stand unter dem Fenster, und Baileys Bett stand neben der Tür, aber das Zimmer war so klein, dass sie sich flüsternd unterhalten konnten. „Warst du schon einmal verliebt?"

Baileys Herz hatte bei dieser Frage ein wenig schneller geschlagen. „Na ja. Ich bin mit Tim Reed zusammen. Ich habe dir schon von ihm erzählt. Der Junge, mit dem ich jahrelang im christlichen Kindertheater gespielt habe."

„Ja, ich weiß." Andi sprach leise, da die Wände sehr dünn waren. „Aber du hast nicht gesagt, dass du in ihn verliebt bist. Also, warst du schon einmal verliebt?"

Bailey seufzte, weil sie genau mit dieser Frage mindestens einmal am Tag rang. War sie in Tim verliebt oder befolgten sie nur ein Textbuch, das ihre Freunde beim christlichen Kindertheater praktisch für sie geschrieben hatten? Tim war für sie die logische Wahl, oder? Hatte sie das nicht immer geglaubt? Aber wenn dem so war, warum sah sie dann nicht sein Gesicht, während sie in der Dunkelheit in ihrem Bett lag?

Das Gesicht, das vor ihrem geistigen Auge auftauchte und ihre Gedanken beherrschte, gehörte Cody Coleman, den sie immer noch nicht vergessen konnte, auch wenn er sich noch so sehr bemühte, sie zu überreden, ihr Leben ohne ihn weiterzuführen. Cody war zwei Jahre älter als sie. Er hatte eine Zeitlang bei ihrer Familie gewohnt, und obwohl er einige Probleme gehabt hatte, hatte er von seinem Footballtrainer an der High School, Baileys Vater, sehr viel über das Leben gelernt. Vor über einem Jahr war Cody zur Armee gegangen, aber nach einigen Monaten im Irak war er von feindlichen Truppen gefangen genommen worden. Bei seiner Flucht war er angeschossen worden, und als er im letzten Sommer nach Hause zurückgekommen war, hatte ihm der linke Unterschenkel gefehlt.

In Baileys Augen war er wegen seiner Verletzungen nicht weniger faszinierend. Aber trotz ihrer Gefühle für ihn hatte Cody sich nicht umstimmen lassen, als er sie am ersten Tag, an dem er wieder in der Stadt gewesen war, besucht hatte. Es war der vierte Juli gewesen, der amerikanische Unabhängigkeitstag, und obwohl seine Augen ihr verraten hatten, was er wirklich für sie fühlte, hatten seine Worte etwas ganz anderes gesagt.

„Du verdienst etwas Besseres als mich, Bailey." Er hatte sie umarmt, und keiner von ihnen hatte den anderen loslassen wollen. „Tim ist gut für dich. Du verdienst einen Freund wie ihn. Du und ich, wir können Freunde sein. Aber nicht mehr."

Cody hatte sich von seiner Entschlossenheit nicht abbringen lassen. Seine Besuche im Haus der Flanigans waren kurz und selten, und er hielt Abstand zu Bailey. Aber sosehr er sich auch bemühte, wusste Bailey es besser. Denn er hatte ihr an dem Tag, an dem er aus dem Krieg nach Hause gekommen war, noch etwas anderes gesagt. Diese Worte würde sie nie vergessen.

„Bailey?" Als das Schweigen zu lang dauerte, kicherte Andi. Aber ihr Flüstern klang ungeduldig. „Komm schon. Erzähl mir, ob du schon einmal verliebt warst."

„Ich bin mir nicht sicher", antwortete Bailey schnell, da sie nicht bereit war, über Cody zu sprechen. Vielleicht würde sie Andi eines Tages von ihm erzählen. Wenn sie sich besser kannten. Aber bis jetzt wusste nur ihre Mutter, was sie für Cody empfand. „Und wie ist es mit dir?"

„Nein." Andi lachte wieder. „In Indonesien gab es keine Jungen, und als ich nach Amerika kam, hatten alle ihre Freunde und ihre Cliquen. Ich hatte genug damit zu tun, mit brauchbaren Noten die Schule zu schaffen."

„Wirklich?" Bailey war überrascht. Ein so hübsches Mädchen wie Andi war noch nie verliebt gewesen? „Du hattest also keinen Freund oder so?"

„Ich war ein paarmal mit Jungen aus. Aber mit keinem Bestimmten." Sie seufzte, und ein verträumter Klang schwang in ihrer Stimme mit. „Ich habe das Gefühl, dass ich ihn hier treffen werde. Vielleicht ist da draußen auf dem großen Campus der Universität von Indiana mein Märchenprinz." Sie gähnte. „Jetzt muss ich ihn nur noch treffen." Sie zögerte. „Hat Tim dich schon geküsst?"

„Nur einmal. Nach der Abschlussfeier im Juni."

„War es atemberaubend? Ich meine, ich wurde noch nie geküsst. Deshalb habe ich eine Heidenangst davor", kicherte sie. „Aber trotzdem weiß ich, dass es atemberaubend sein wird. War es so?"

*Atemberaubend?* Bailey ließ sich diese Frage durch den Kopf gehen. Sie genoss es, mit Tim zusammen zu sein, und an jenem Abend bei der Abschlussfeier hatten sie viel gelacht und getanzt. Bei dem Kuss hatte sie das Gefühl gehabt, Schmetterlinge im Bauch zu haben, und sie würde ihn ihr Leben lang nicht vergessen. Aber atemberaubend?

„Ich weiß nicht." Bailey schaute zur Decke hinauf und suchte nach den richtigen Worten. „Es war mein einziger Kuss, also wahrscheinlich schon."

„Hmm." Andi drehte sich auf die Seite und schaute Bailey in der Dunkelheit an. „Wenn du so angestrengt nachdenken musst, kann er nicht so atemberaubend gewesen sein."

Danach hatte Bailey es geschafft, das Thema zu wechseln, und obwohl sie sich jeden Abend unterhielten, war das Gespräch nicht mehr auf Liebe und Verliebtsein gekommen. Bailey war froh darüber. Jetzt konnte sie es kaum erwarten, in ihr Zimmer im Studentenwohnheim zu kommen und alles über den Film zu hören, den Andis Vater drehen wollte.

Sie hielt die Geschwindigkeitsbegrenzung ein, aber sie zog das Handy aus ihrer Handtasche. Ihr Vater hatte ihr eine Freisprechanlage ins Auto eingebaut, dass sie telefonieren konnte, ohne vom Fahren abgelenkt zu werden. Wenn sie sich unterhielt, kam ihr die Fahrt kürzer vor. Sie überlegte ein paar Sekunden, wen sie anrufen wollte, und ihr kam eine verrückte Idee. Cody Coleman. Sie sollte Cody anrufen, nur um ihn wissen zu lassen, dass er sich nicht ewig vor ihr verstecken konnte. Aber bevor sie die erste Taste drücken konnte, klingelte das Telefon. Der Klingelton war ein Lied von Taylor Swift, „Teardrops on my Guitar". In diesem Lied ging es um ein Mädchen, das einen Jungen liebte, der unerreichbar war für sie. Tim musste ihren Klingelton unzählige Male gehört haben, wenn sie zusammen waren, aber er hatte nie einen Zusammenhang hergestellt.

Ohne den Blick von der Straße abzuwenden, schob sie das Handy auf. Sie las Tims Namen. Mit einer Hand drückte sie die Freisprechanlage. „Hey ..." Ihre Stimme wurde weicher. Sie mochte Tim wirklich. Manchmal glaubte sie, in ihn verliebt zu sein. Sie kannte ihn schon fast ihr ganzes Leben lang, und jahrelang hatte sie davon geträumt, mit ihm auszugehen. Er war der männliche Hauptdarsteller der Theatergruppe, der beste Sänger und Schauspieler, der Junge, von dem jedes Mädchen im christlichen Kindertheater träumte. Er war nett. Und jetzt rief Tim sie an. Das hatte bestimmt etwas zu bedeuten. Sie lehnte sich auf dem Sitz zurück. „Du bist noch spät auf."

„Ich habe gerade meine Übungen in Musik fertig gemacht." Er atmete tief aus. „Sie sind gnadenlos. Besonders in Musik."

„Ich weiß. Aber es ist doch erst die erste Woche."

„Du bist im Auto?"

„Woher weißt du das?" Ihr gefiel es, dass sie sich so gemütlich unterhalten konnten. Jedes Mal, wenn sie miteinander telefonierten, hatte sie das Gefühl, sie befänden sich im selben Zimmer.

„Zum einen hast du das Gespräch laut gestellt." Er lachte. „Und ich habe in deinem Zimmer angerufen. Andi hat es mir gesagt. Sie sagte, dass du jeden Augenblick zurück sein müsstest. Ich habe irgendwie gehofft, dass ich dich erwische, bevor du zurück bist." Er schwieg einen Moment. „Damit ich dich ein paar Minuten für mich allein habe."

Bailey lächelte. „Du hast mich doch auch für dich allein, wenn ich in meinem Zimmer bin. Andi ist immer mit ihren eigenen Sachen beschäftigt. Sie arbeitet oder schreibt Freunden zu Hause eine SMS."

„Ja." Er zog das Wort in die Länge. „Aber so ist es einfach besser. Du und ich. Hey, hast du es gehört?" Seine Stimme klang schlagartig fröhlicher. „Das Vorsingen für die Musicals in diesem Jahr ist am Dienstag."

„Ich weiß." Bailey konnte es kaum erwarten. „Andi nimmt auch daran teil."

Sie unterhielten sich ein paar Minuten über *Christmas Carol* und dass es nur kleinere Hauptrollen gab. „Das ist ganz gut." Bailey unterdrückte ein Gähnen. Sie war schon fast auf dem Campus. Der Gedanke, dass Tim, Andi und sie sich zusammen mit vielen anderen Studenten aus dem ganzen Land zu täglichen Proben für ein Theaterstück der Universität von Indiana trafen, war fast unvorstellbar. Der Konkurrenzkampf war sicher sehr groß. „Kleinere Hauptrollen geben vielen Leuten Gelegenheit, sich ans Theater zu gewöhnen. Ich mache mir jedenfalls keine Gedanken wegen einer Hauptrolle. Ich hoffe nur, dass wir alle dabei sind."

„Komm schon!" Ein Lächeln schwang in Tims Stimme mit. „Wir sind dabei. Das weißt du genau."

„Nicht wirklich. Wir sind nicht mehr beim christlichen Kindertheater."

„Ja, aber du und ich? Wir können das." Er klang jetzt leidenschaftlicher als vorher. „Und du hast recht in Bezug auf die kleineren Rollen, aber es gibt eine große Hauptrolle. Und ich hoffe, sie geben auch Erstsemestern eine Chance."

Etwas an Tims Ehrgeiz oder vielleicht auch an der Richtung, die das

Gespräch einschlug, berührte sie unangenehm. „Du willst Scrooge spielen? Die Hauptrolle?"

„Ich werde es versuchen." Tim lachte, aber es klang ein wenig arrogant. „Es würde sich in einem Lebenslauf super machen. Ich kann an nichts anderes denken."

Bailey bog auf das Gelände vor dem Studentenwohnheim und fand einen freien Parkplatz. Plötzlich wollte sie dieses Gespräch beenden. „Dann sehen wir uns beim Vorsingen."

„Bete für mich."

„Ja." Sie zögerte. „Für uns alle, oder?"

„Ja. Natürlich." Tims Lachen klang gezwungen. „Das habe ich gemeint."

Als Bailey auflegte, warf sie einen letzten Blick auf das Telefon und schüttelte den Kopf. Das war das Problem mit Tim. Er sah mehr sich selbst als die anderen, und in Momenten wie jetzt fragte sie sich, ob es Zeitverschwendung war, sich so oft mit ihm zu treffen. Sie seufzte und steckte das Handy in ihre Jackentasche. Der Anruf bei Cody müsste warten, da sie nicht wollte, dass Andi fragte, was es mit ihm auf sich hatte. Ihre Mitbewohnerin wusste von Tim, aber Cody … Bailey war nicht bereit, schon über Cody zu sprechen. Was sollte sie sagen? Zurzeit war die Situation mit Cody ziemlich unklar. Sie sahen sich kaum. Bailey konnte also nicht einmal sagen, dass sie Freunde waren.

Sie ging schnell über den gut beleuchteten Parkplatz, am Mitarbeiter vom Sicherheitsdienst vorbei, der immer auf seinem Posten war, und die Treppe zu ihrem Gebäude hinauf. Cody wohnte mit ein paar Freunden, mit denen er in seiner Schulzeit Football gespielt hatte, in einer WG zusammen. Bailey hatte ihn letzte Woche auf dem Campus gesehen, aber nur aus der Ferne und sie hatten nicht miteinander gesprochen. Cody schien alles dafür zu tun, dass es so blieb.

Wahrscheinlich würde er das nicht zugeben. Er würde ihr sagen, dass er mit den Vorlesungen und Kursen viel zu tun habe und mit seiner neuesten Aktivität: Er trainierte für einen Triathlon. Er trug unter seiner Jeans eine Prothese, und niemand sah ihm seine Verletzung an. Es überraschte Bailey nicht, dass Cody alles dafür tat, um wieder der Sportler zu werden, der er vor dem Krieg gewesen war. Vor Jahren war Cody fast an einer Alkoholvergiftung gestorben. Der Entzug hatte sein Leben verändert. Er war seitdem fest entschlossen, das Beste aus jedem

Tag zu machen, den er geschenkt bekam. Ob auf einem Schlachtfeld im Irak oder bei der Genesung von seinen Verletzungen. Seine ruhige Entschlossenheit war einer der Gründe, warum Bailey sich so sehr zu ihm hingezogen fühlte.

Eine Gruppe Mädchen aus anderen Zimmern auf dem Flur, in dem Bailey und Andi wohnten, saßen auf Sofas gleich neben der Haustür. Bailey unterhielt sich ein paar Minuten mit ihnen.

„Hey, vor einer Weile war ein richtig süßer Junge da und hat nach dir gefragt." Das Mädchen, das ihr diese Nachricht unterbreitete, saß auf der Armlehne eines Sofas. Sie war groß und dünn und spielte in der Frauenbasketballmannschaft der Universität. Sie zog eine Braue in die Höhe. „Er war wirklich süß."

Die anderen Mädchen nickten zustimmend. Eine schaute die anderen und dann Bailey kichernd an. „Im Ernst. Er sah richtig gut aus."

Bailey dachte an ihr Gespräch mit Tim zurück. Er hatte den ganzen Abend gearbeitet. Wer war dann hier gewesen? „Er hat nach mir gefragt?"

„Allerdings." Ein Mädchen stieß eine hübsche Blondine, die rechts neben ihr saß, in die Seite. „Bimbo hat versucht, ihm einzureden, sie wäre du."

Die Blondine zuckte die Achseln. „Er war nicht interessiert. Er wollte nur dich."

„Es war nicht dieser dunkelhaarige Typ, der hin und wieder kommt. Wie hieß er doch gleich? Tim oder so?"

Bailey hatte fast Angst zu fragen. Vielleicht war es besser, insgeheim zu hoffen, dass der geheimnisvolle Besucher Cody gewesen war, als herauszufinden, dass es sich nur um einen Kommilitonen gehandelt hatte, der ihre Geschichtsunterlagen aus der letzten Stunde wollte. „Hat er gesagt, wie er heißt?"

„Nein." Das große Mädchen stand auf und streckte sich. „Glaub mir, wir haben versucht, es ihm zu entlocken. Er sagte nur, das sei unwichtig. Er hatte nicht viel Humor. Er war sehr ernst."

Die Blondine verdrehte die Augen. „Ja, und als du nicht hier warst, ist er einfach wieder gegangen."

„Hmm." Bailey wusste nicht einmal genau, wie die Mädchen hießen. Sie würde bestimmt keine Andeutungen darüber machen, wer der Junge hoffentlich gewesen war. „Vielleicht kommt er ja wieder."

„Hoffentlich." Mehrere Mädchen kicherten wieder.

Bailey lachte auch und winkte ihnen zu, bevor sie durch den Flur zu ihrem Zimmer ging. Bis jetzt erfüllte die Universität alle ihre Träume. Ihre Kurse waren interessant, selbst wenn sie manchmal anderer Meinung war als ihre Professoren. Ihre Kommilitonen waren freundlich und nett, das Leben im Studentenwohnheim war ein wenig wie eine riesige Übernachtungsparty, und die Freiheit, ihren Tagesablauf selbst zu planen, gab ihr das Gefühl, erwachsener zu sein.

Sie dachte an den geheimnisvollen Besucher und überlegte, dass es nicht Cody gewesen sein konnte. Cody war fest entschlossen, ihr aus dem Weg zu gehen, um ihr ein Leben ohne ihn zu ermöglichen. Nein, eine Sache am Studentenleben war nicht so, wie sie es sich immer erträumt hatte.

Sie erlebte diese Zeit nicht zusammen mit Cody Coleman. Er und sie waren nicht ein Paar, wie sie es sich früher erträumt hatte. Im Moment waren sie nicht einmal Freunde. Egal, wie oft sie an ihn dachte, musste sie ehrlich zu sich selbst sein:

Cody war jetzt ein Fremder für sie.

# Kapitel 4

Andi Ellison kniete auf ihrem schmalen Wohnheimbett und hielt einen Nagel links neben das kleine Fenster, das den Blick auf einen hübschen Garten bot. Die Mädchen im Zimmer gegenüber hatten sie gefragt, ob sie später zu ihnen kommen würde, aber Andi wollte zuerst ihr Zimmer fertig einräumen. Mit dem Hammer, den sie sich ausgeliehen hatte, schlug sie den Nagel in die Wand. Sie hatte schon letzte Woche fast alle Fotos aufgehängt, aber dieses Bild hatte sie vergessen.

Das Bild zeigte sie mit Rachel Baugher.

Andi betrachtete ihre beiden Gesichter, während sie das gerahmte Foto an der Wand geraderückte. Es war bei ihrer Abschlussfeier aufgenommen worden. Sie trugen beide blaue Hüte und Umhänge und grinsten übers ganze Gesicht. Sie hatten die Arme umeinandergelegt und sahen überglücklich aus. Rachel und Andi. Beste Freundinnen, die noch ihr ganzes Leben vor sich hatten.

„Wir schaffen es wirklich!", hatte Rachel an jenem Abend trotz des Lärms von hundert feiernden Schülern gerufen. „Gott hilft uns, alle unsere Träume wahr werden zu lassen!"

„Es wird einfach herrlich, Rachel. Du wirst Krankenschwester und ich Schauspielerin."

Die zwei hatten mit ihren Freundinnen eine ausgelassene Abschlussfeier in der Sporthalle der High School besucht, und als sie vom vielen Tanzen erschöpft gewesen waren, hatten sie sich auf die Tribüne gesetzt und sich über die Zukunft unterhalten, über ihre Hoffnungen und Träume und die Männer, die sie eines Tages heiraten wollten. Mit Rachel hatte Andi über alles sprechen können, denn Rachel hatte die Gabe zuzuhören, wie sie nur wenige Menschen besaßen.

Das Bild versetzte Andi zu jenem Abend zurück, zu der Freude und Traurigkeit, die beide Mädchen bei der Abschlussfeier erfüllt hatten. Andi starrte das Foto an. Rachel war die erste Freundin gewesen, die Andi gehabt hatte, als sie und ihre Familie vom Missionsfeld in Indonesien nach Hause zurückgekehrt waren. Sie hatten beide eine unglaubliche Leidenschaft für das Leben und einen Glauben an Gott, der ihnen sehr viel bedeutete, und sie hatten sich gegenseitig zu schulischen

Höchstleistungen und den bestmöglichen Noten in ihrem Abschlussjahr angefeuert. Rachel war Jahrgangsbeste und Andi war Jahrgangszweite geworden. Beide waren für ihre Klassenkameraden ein Vorbild im Glauben und im Leben gewesen.

Ihr Fleiß zahlte sich aus. Als sie sich um einen Studienplatz bewarben, war Andis erste Wahl die Universität von Indiana gewesen, da es hier eine Fakultät für Theater und Schauspiel gab. Rachel hatte am Pensacola Christian College einen Studienplatz in Krankenpflege bekommen. Obwohl sie nicht am selben Ort leben würden, wollten sie in Kontakt bleiben und im ersten Sommer, in dem sie genug Geld hätten, gemeinsam nach Europa reisen. Und eines Tages wollten sie jeweils die Brautjungfer der anderen sein. Rachel war gut organisiert und verantwortungsbewusst und die beste Freundin, die man sich wünschen konnte. Aber sie war auch eine Träumerin, ein Mädchen, das tiefer sah und sich danach sehnte, bei allem, was sie unternahm, ihr Bestes zu geben.

Andi fuhr mit dem Finger über das Bild von Rachels lächelndem Gesicht mit den langen braunen Haaren und den strahlenden, hoffnungsvollen Augen. Hin und wieder suchte Andi im Gesicht ihrer Freundin nach irgendeinem Anzeichen. Aber es gab keines. Es gab keinen Hinweis darauf, dass sie nur wenige Monate später tot sein würde. Der Verkehrsunfall war unfassbar schnell geschehen; Rachel war auf der Stelle tot gewesen. Von einem Augenblick auf den anderen bekam der Himmel einen wunderbaren, unvergesslichen Menschen.

Ein Gewinn für den Himmel, ein Verlust für Andi.

Sie lächelte das Bild an, das sie beide an jenem glücklichen Tag zeigte. „Ich vermisse dich, Rachel. Jeden Tag."

Sie legte den Hammer auf den Nachttisch und schaute durch das offene Fenster in die dunkle Nacht hinaus. Ihr Lächeln verblasste. Ihr ganzes Leben lang hatte man sie gelehrt, dass Gott treu sei, dass er Pläne für seine Menschen habe. Gute Pläne. Aber was war mit Rachel? Sie hatte so gern Krankenschwester werden wollen. Sie hatte es kaum erwarten können, dass die Schule zu Ende war. Warum war Gott ihr nicht treu gewesen?

Andi wusste nicht genau, wie sie damit umgehen sollte, wenn ihre Gefühle diese Richtung einschlugen. Wenn Gott Rachel nicht treu war, war er vielleicht überhaupt nicht treu. Sie fühlte sich schrecklich, sie hatte große Schuldgefühle, weil sie so etwas dachte, aber sie konnte nicht anders. Vielleicht war alles, was sie den Menschen in Indonesien erzählt hatten, nur ein einziges, schönes, wunderbar klingendes Märchen. Und vielleicht waren auch die Geschichten, die ihr Vater ihr beim Schlafengehen erzählt hatte, als sie ein kleines Mädchen gewesen war, nichts als Märchen gewesen. Sie konnte die Stimme ihres Vaters fast hören, wie er ihr die Geschichten von Gott erzählte, die sie immer geglaubt hatte. Nur klangen die Worte nicht mehr wahr und richtig, wie sie von der Kanzel aus geklungen hatten, sondern unrealistisch und unwahr. Wie eine Gutenachtgeschichte. Die Worte hallten in ihrem Kopf wider. *Es gibt einen Gott. Er hat dich und die ganze Welt geschaffen. Liebe ihn und lebe für ihn, und er wird dich von deinen Sünden erretten. Dein Leben ist etwas Besonderes, weil er gute Pläne für dich hat, und wenn du eines Tages stirbst, kommst du in den Himmel.*

„Und sie lebten glücklich bis an ihr Lebensende", murmelte sie an die Fensterscheibe.

Es sei denn, man sitzt an einem sonnigen Augusttag auf dem Beifahrersitz im Auto eines Freundes und stirbt bei einem plötzlichen Verkehrsunfall. Oder man wird ermordet oder schwerkrank und verliert seine Arbeit und muss auf der Straße leben. Oder man wird in Kenia geboren und beide Eltern sterben an AIDS, bevor man zwei Jahre alt ist.

„Was ist mit diesen Menschen, Gott?" Sie schaute zum Himmel hinauf, aber es war zu dunkel, um die Sterne sehen zu können, und der Mond war nirgends zu sehen.

Andi hasste es, wenn ihre Gedanken diese Richtung einschlugen. Ihr Magen zog sich zusammen, und ihr Herz schlug schneller als gewöhnlich. Jeder Atemzug war mühsam. Denn das war ihr tiefes, dunkles Geheimnis, von dem niemand etwas wusste:

Andi Ellison hatte Zweifel. Ihr perfekter Glaube an Gott hatte Risse bekommen.

Die Kante des Fensterbretts drückte hart in ihre Ellbogen. Sie erinnerte sich an eine Situation, als sie acht oder neun Jahre alt und in Indonesien gewesen war und darauf gewartet hatte, dass ein Flugzeug Lebensmittel für das Dorf brachte. Sie hatte die alte Landebahn geliebt, denn sie war das größte freie Stück Land weit und breit gewesen. Andi und die Dorfkinder waren dort herumgelaufen, hatten Fangen gespielt und den Himmel nach dem Flugzeug abgesucht.

Aber an jenem Tag hatte eines der Kinder eine Schlange auf der Landebahn entdeckt. Alle hatten sich um das Tier versammelt und es fasziniert beobachtet. Die Schlange hatte sich gehäutet. Langsam hatte sie sich bewegt und gewunden und sich von der alten, toten Haut befreit, bis sie sich ins Gebüsch geschlängelt hatte: glatt und schön und nagelneu.

So fühlte sich Andi jetzt auch ein wenig. Es war, als wäre der Glaube, der sie die ganzen Jahre umhüllt hatte, ausgetrocknet und alt geworden. Als passe er ihr nicht mehr. Sie konnte fast fühlen, wie sie sich davon befreite und es nicht erwarten konnte, mit einem glatten, neuen Äußeren einen neuen Weg einzuschlagen. Auch von diesem Gefühl konnte sie niemandem erzählen. Immerhin war sie Andi Ellison, die Missionarstochter. Alle erwarteten von ihr, dass sie die perfekte Christin war, das Mädchen mit dem unerschütterlichen Glauben. Niemand konnte ahnen, was sie wirklich fühlte.

Unterhalb ihres Fensters waren Stimmen zu hören, und sie schaute zu, wie zwei Personen – ein älterer Mann und ein junges Mädchen, die sich an den Händen hielten – auftauchten und zum Wohnheim gingen. Zuerst konnte Andi nicht hören, was sie sagten, aber als sie näher kamen, hörte sie, wie sich die beiden stritten.

„Du musst es deiner Frau sagen." Das Mädchen klang frustriert. Ihre Stimme war die lautere der beiden.

Der Mann erwiderte etwas, das Andi nicht verstehen konnte.

„Das ist egal." Das Mädchen blieb stehen. „Wir lieben uns und das ist alles, was zählt. Du hast doch selber gesagt, dass dir deine Ehe nicht so wichtig ist wie unsere Beziehung. Was kannst du denn dafür, dass sich deine Gefühle geändert haben? Es ist wichtig, dass du deine Bedürfnisse erkennst und sie auslebst. Du liebe Zeit, diese Sache mit ‚Bis der Tod euch scheidet' – das ist heutzutage doch wirklich out."

Ein anderes Paar kam ihnen entgegen, und die zwei Paare begegneten sich genau in dem Moment, in dem das Mädchen die Bemerkung machte, dass man seine Bedürfnisse erkennen und ausleben müsse.

Das zweite Paar nickte zustimmend. „Du sagst es! Leben und leben lassen!"

*Leben und leben lassen.* Das klang gut, oder? Solange kein anderer dabei zu Schaden kam? Andis Soziologieprofessor hatte am Freitag bei der Diskussion über die Zeichen einer gesunden Kultur im Grunde das

Gleiche gesagt. Mehr Liebe als Hass. Welche Form die Liebe dabei hatte, war nicht wichtig. Wichtig war nur, dass es mehr Liebe als Hass gab.

Die zwei Paare waren stehen geblieben und unterhielten sich miteinander. Sie lachten und plauderten gemütlich.

Andi wollte nicht dabei ertappt werden, wie sie sie beobachtete. Deshalb rutschte sie auf ihr Bett hinab und lehnte sich an die Wand. Sie war dazu erzogen worden, an die Bibel zu glauben, und die Bibel sagte klar und deutlich, dass eine Ehe auf Lebenszeit gedacht war und dass es falsch sei, seinen Ehepartner zu betrügen. Aber war es das wirklich? War es wirklich so falsch, seinen Gefühlen nachzugeben, wenn zwei Menschen sich liebten – auch wenn sie zufällig mit anderen Partnern verheiratet waren? Es gab doch schlimmere Dinge. Wie Wut und Hass und Rassismus. Mord und Vergehen an kleinen Kindern.

Andi schloss die Augen und versuchte, die Gedanken, die wild durch ihren Kopf purzelten, zu ordnen. Niemand hatte Gott mehr geliebt als Rachel Baugher. Wenn sie sterben musste, ohne dass ihre Träume wahr wurden, gab es vielleicht in Wirklichkeit überhaupt keinen Gott. Welche Rolle spielte es, wie ein Mensch lebte, solange man andere mit Freundlichkeit behandelte? Rund um sie herum, im Fernsehen und auf dem Universitätsgelände, äußerten sich Menschen positiv über außereheliche Beziehungen. Viele Stars und Prominente heirateten nur noch selten, sie bekamen Kinder und wohnten unverheiratet zusammen. Christen waren die Einzigen, die mit der Änderung der Moral Probleme zu haben schienen. Dadurch wirkten Menschen, die an Gott glaubten, altmodisch und unmodern. Noch schlimmer: Christen galten manchmal als engstirnig und verurteilend.

Andi atmete tief ein, und der Geruch von alten Blättern und frisch gemähtem Gras vermischte sich mit der kühlen Luft. Auf dem Flur hörte sie eine Gruppe Mädchen lachen. Jemand lief von einem Zimmer ins andere und rief, dass es Pizza gebe. Sie hielt die Augen geschlossen. *Guter Gott, ich bin so durcheinander. Wie kann ich wissen, was echt ist und was nicht? Zeig mir, dass du hier bist, dass du mich liebst ... bitte, Gott.*

„Betest du oder schläfst du?" Es war Baileys Stimme.

Andi riss die Augen auf und fuhr hoch. Ihr Rücken war plötzlich kerzengerade und sie schnappte vor Überraschung ein paarmal nach Luft. Sie war so in ihre Gedanken vertieft gewesen, dass sie gar nicht gehört hatte, dass Bailey das Zimmer betreten hatte. Und das ausgerechnet in diesem Moment! Das war schon seltsam. Sie hatte Gott um ein Zeichen gebeten, um einen Beweis, dass er da war, und genau in diesem Moment sprach Bailey von Gebet?

Eine Gänsehaut lief über ihre Arme. Sie würde später analysieren, ob Gott ihr damit etwas sagen wollte. Bailey bedachte sie mit einem prüfenden Blick, während sie die Tasche aufs Bett warf und sich aus ihrer Jacke schälte. „Im Ernst. Hast du gebetet?"

„Äh ..." Andi fühlte, dass ihre Wangen zu glühen begannen. Konnte ihre Freundin sehen, wie groß ihre Zweifel waren? Sie räusperte sich. „So ähnlich." Sie kauerte sich wieder auf die Knie und rückte das Bild von Rachel noch einmal zurecht. „Mir geht zurzeit viel durch den Kopf. Ich packe immer noch den Rest meiner Sachen aus."

„Noch mehr Bilder?"

„Nur eines." Andi legte den Hammer auf den Nachttisch. Sie schaute das Foto wieder an. „Rachel war meine beste Freundin, als wir aus Indonesien zurückkamen."

Bailey trat näher. „Du hast bis jetzt nichts von ihr erzählt."

„Das ist auch nicht so leicht." Andi setzte sich auf die Fersen zurück. „Sie starb im August bei einem Verkehrsunfall."

Bailey war schockiert. Sie schaute das Foto noch einmal an. „Das ist ja furchtbar."

„Ich weiß. Sie war bei einem Freund im Auto. Er saß am Steuer." Andi erzählte, was sie über den Unfall wusste, aber es waren nie genug Informationen, um einen Sinn darin zu sehen. „Ein sonniger Tag, mitten am Nachmittag. Aus irgendeinem Grund verlor er die Kontrolle über das Fahrzeug und raste gegen einen Baum. Er hat überlebt, aber Rachel ... sie starb noch an der Unfallstelle."

Bailey betrachtete das Bild noch eine Weile und trat dann zurück, bis sie sich langsam auf die Bettkante setzte. „Oh, Andi. Das ist so traurig."

Andi dachte daran, ehrlich zu sein und Bailey zu erzählen, dass sie mit ihrem Glauben in letzter Zeit große Probleme habe, aber sie konnte sich nicht überwinden, das auszusprechen. Wenigstens noch nicht. Sie schaute das Bild von Rachel an. „Sie hat ein Buch mit Zitaten hinterlassen." Andi zog die zweite Schublade ihres Nachttisches auf und holte ein kleines Spiralbuch heraus. Rachels Foto klebte außen. „Bei ihrem Trauergottesdienst bekam jeder ein solches Buch. Eine Kopie ihres Buches in ihrer Handschrift."

„Ein Buch mit Zitaten." Bailey lehnte sich auf die Ellbogen zurück. „Das ist eine coole Idee."

„Hier." Andi setzte sich auf die Bettkante und schlug das Buch auf. Sie hatte Rachels Buch nicht mehr angeschaut, seit sie in Bloomington wohnte, aber sie war froh, dass sie es jederzeit griffbereit hatte. Die Worte zu lesen, die Rachel wichtig gewesen waren, gab Andi das Gefühl, als könnten sie immer noch Freundinnen sein. Auch wenn Rachel jetzt im Himmel war. Falls es einen Himmel gab. Sie hörte auf zu blättern, als sie die Stelle fand, die sie suchte. „Hier steht mein Lieblingssatz: ,Gott interessiert sich mehr für unseren Charakter als für unser Wohlbefinden. Es ist nicht sein Ziel, uns körperlich zu verhätscheln, sondern uns geistlich weiterzuhelfen.'" Sie warf einen Blick unter das Zitat. „Das stammt von einem Mann namens Paul Powell."

„Hm." Bailey lehnte ihr Kissen an die Wand und lehnte sich daran. „Gott interessiert sich mehr für unseren Charakter als für unser Wohlbefinden." Sie lächelte. „Das kann ich nachvollziehen."

Andi sah im Geiste Rachel vor sich, wie sie so voller Leben gewesen war, so voll Vorfreude auf die Zukunft. Plötzlich wollte sie keine Minute länger an ihre Freundin denken oder in ihrem Buch blättern. Sie wollte keine Sekunde mehr über Gott oder sein Interesse an Menschen oder über etwas Geistliches nachdenken. Sie legte das Buch in die Schublade zurück und atmete schnell ein.

„Genug davon." Sie zog ein Knie an ihre Brust heran. „Wie war dein Wochenende zu Hause?"

„Herrlich." Bailey lächelte, obwohl sie immer noch wegen Rachel traurig war. „Wir waren heute Morgen bei einem Spiel meines Vaters, und sie haben gewonnen. Das war gut. Sie spielen besser als im letzten Jahr."

„Ja, das habe ich in den Nachrichten gehört." Andi sprang vom Bett und schaltete das Radio ein. Sie wollte nicht herumsitzen und Trübsinn blasen. Egal, ob es Gott gab oder nicht, Rachel hätte das nie gewollt. „Und was ist mit deinen kleinen Brüdern? Sie spielten Fußball, oder?"

„Sie haben gewonnen. BJ hat ein Tor geschossen und Justin zwei. Shawn war der beste Verteidiger des Spiels." Bailey lachte. „Die drei hatten wieder einmal ihre Erfolgserlebnisse auf dem Fußballfeld." Sie hielt den Finger in die Luft. „Und ich darf Ricky nicht vergessen, unseren kleinen Footballspieler. Er ist erst elf, aber er hat zwei Touchdowns geworfen."

„Vielleicht spielt er irgendwann für deinen Vater."

„Davon spricht er die ganze Zeit. Er will ein Colt werden und für meinen Vater spielen." Bailey schüttelte den Kopf. „Zu Hause geht es zu wie im Zirkus. Es ist immer etwas los." Ihr Lächeln war echt. „Du musst irgendwann an einem Wochenende mit mir nach Hause kommen. Dann kannst du dich mit eigenen Augen davon überzeugen, wie verrückt es bei uns zugeht." Die Freundlichkeit in ihren Augen war offen und ehrlich. „Und wie war es bei dir? Was hast du am Wochenende gemacht?"

„Ich war mit meinem Vater essen. Er ist wegen seines Films aufgeregt. Es hängt viel davon ab, das ist klar." Andis Augen leuchteten auf. „Er hat gesagt, dass wir beide eine Statistenrolle bekommen können. Vielleicht hat er sogar eine oder zwei Zeilen, die wir sagen dürfen. Je nachdem, wie es läuft."

„Ich kann es kaum erwarten." Bailey legte den Kopf schief. „Du kommst also mit zu meiner Familie? Vielleicht am nächsten Wochenende?"

„Dann gehe ich wahrscheinlich nie wieder weg." Andi nahm eine Wasserflasche aus einer Kiste auf dem Boden unter ihrem Schreibtisch. „Ich habe mir immer viele Geschwister gewünscht. In Indonesien war es nicht so schlimm, weil es dort viele Kinder gab und ich das Gefühl hatte, wir gehörten alle zusammen." Sie öffnete die Wasserflasche und trank einen Schluck. „Aber hier ist es langweilig, ein Einzelkind zu sein."

„Apropos langweilig ..." Bailey sprang auf und holte sich ebenfalls eine Wasserflasche. „Ich habe einen Flyer von Campus für Christus mitgenommen, bevor ich nach Hause fuhr." Sie kramte in einem Papierstapel auf ihrem Nachttisch und hielt dann einen blauen Zettel hoch. „Hier. Jeden Donnerstag treffen sie sich um zwanzig Uhr. Es wird gesungen und es gibt eine Andacht. Es kommen bestimmt über hundert Studenten."

„Wirklich?" Andi nahm den Flyer und las ihn. Sie verdrängte ihre Zweifel, so gut sie konnte. „Ja, ich wollte mich letzte Woche auch erkundigen. Willst du hingehen?"

„Unbedingt. Der Junge, mit dem ich gesprochen habe, sagte, es sei wirklich gut. Sie haben auch Kleingruppen."

Andi nickte. „Das wäre nicht schlecht." Wenn es um Glaubensfragen ging, kamen ihr die Worte so leicht über die Lippen, als lese sie ein Skript ab. Auch wenn sie sich innerlich ganz anders fühlte. „Montagabend wäre günstig für eine Kleingruppe. Für dich auch, oder?"

„Ja."

„Natürlich kommt es auf das Vorsingen an und darauf, ob wir bei *Christmas Carol* eine Rolle bekommen." Andi hatte plötzlich Schmetterlinge im Bauch. „Ich habe panische Angst vor Dienstag. Ich kann gar nicht glauben, dass du mich dazu überredet hast."

Bailey lachte. „Du bist groß, schlank und umwerfend. Du bist beeindruckend und du willst Schauspielerin werden." Sie trank einen großen Schluck von ihrem Wasser. „Wovor hast du Angst?"

„Ich will Schauspielerin werden und nicht Sängerin!" Andi betrachtete sich in dem kleinen Spiegel, der neben der Badezimmertür hing. „Ich hoffe, sie lachen mich nicht aus."

„Wir werden vorher beten." Bailey hievte ihren Rucksack aufs Bett und kramte darin, bevor sie ein Algebrabuch herausholte. „Hast du dich schon für ein Lied entschieden?"

„Ich habe die Noten zu dem Titelsong aus *Die Schöne und das Biest* gefunden."

„Das ist perfekt." Bailey setzte sich mit überkreuzten Beinen aufs Bett und zog ihre Mappe heraus. „Igitt … ich muss noch hundert Matheaufgaben lösen."

„Das klingt nicht gut." Andi wandte sich vom Spiegel ab. „Was ist mit dir? Was willst du singen?"

„Das weiß ich noch nicht." Baileys blaue Augen schauten sie tief und unschuldig an. „Wahrscheinlich etwas aus *Last Five Years*. Jedes Lied in diesem Stück ist so emotional." Sie atmete tief aus. „Musst du keine Hausaufgaben machen?"

„Ich bin schon fertig." Andi erinnerte sich an die Einladung der Mädchen aus dem anderen Zimmer. Sie wollten den neuesten Film mit Reese Whitherspoon sehen, den es neu auf DVD gab, und hatten Andi dazu eingeladen. Andi trank die Wasserflasche leer und warf sie in einen Eimer. „Ich gehe zu den Mädchen gegenüber. Dann kannst du ungestört Hausaufgaben machen."

„Okay." Bailey lächelte. „Ich bin auf Campus für Christus gespannt."
Sie zog die Brauen in die Höhe. „Vielleicht triffst du ihn dort."

„Wen?", fragte Andi verständnislos.

„Deinen Märchenprinzen." Bailey lachte. „Du hast doch gesagt, dass er irgendwo an dieser Uni ist."

„Ach so, ihn." Andi stimmte in das Lachen ihrer Zimmergenossin ein. „Das werden wir am Donnerstag sehen."

Andi verließ das Zimmer, aber erst als sie allein auf dem Flur war, wurde ihr bewusst, wie heuchlerisch sie sich vorkam, wenn sie mit Bailey über Campus für Christus und Bibelgruppen sprach und ihr zustimmte, dass es gut sein konnte, dass sie am Donnerstagabend ihren Märchenprinzen treffen würde. Andi mochte Bailey, und sie hoffte von ganzem Herzen, dass sie gute Freundinnen werden könnten. Aber wenn sie das wirklich wollte, müsste Andi ihr ehrlich von ihren Zweifeln erzählen.

Als sie die gegenüberliegende Zimmertür öffnete und sich zu dem halben Dutzend Mädchen gesellte, die hier schon zusammensaßen, konnte sie ihre Gedanken und das verzweifelte Gebet, das sie vor Baileys Ankunft gesprochen hatte, immer noch nicht von sich abschütteln. Sie wollte das Beste aus ihrem Leben machen, so wie Rachel es immer gewollt hatte. Aber so stark ihr Glaube früher auch gewesen war, war sie in Bezug auf Gott nicht mehr sicher. Sie wusste nicht mehr, warum sie beten oder in der Bibel lesen sollte. Die Wahrheit war irgendwie verschwommen, ohne Linien oder Abgrenzungen, und sie konnte nicht mehr eindeutig sagen, was sie glaubte und was sie nicht glaubte. Aber was ihren Märchenprinzen anging, war sie ziemlich sicher:

Sie rechnete nicht damit, dass sie ihn bei einem Treffen von Campus für Christus kennenlernen würde.

# Kapitel 5

Die Schauspieler und die Filmcrew befanden sich in und vor einem alten Eckhaus in der Innenstadt von Bloomington und warteten gespannt auf den ersten Drehtag. Die Schauspieler, die bei den ersten Szenen mitspielten, hatten ihren Text gelernt, die Kameraleute und Assistenten waren bereit und die Kameras und die Beleuchtung waren aufgestellt. Der Requisiteur hatte jeden Zentimeter des Hauses kontrolliert und sogar Fotos über dem Kaminsims durch Fotos von den Hauptdarstellern des Films ersetzt. An jedes Detail war gedacht worden.

Dafür hatte Keith gesorgt, und Chase hatte sichergestellt, dass jede Person, jede Kamera bereit war und die Dreharbeiten beginnen konnten. Sie wollten um sieben Uhr beginnen, aber die meisten waren schon eine halbe Stunde früher da und trafen sich im Aufenthaltsbereich, wo Wohnwagen neben einem mit einem Zelt überdachten Essbereich und dem großen Essenswagen standen, der während der Dreharbeiten alle am Set mit Essen versorgen würde.

Es war kurz vor sieben, und Keith schaute zu, wie die Schauspieler und die Kameraleute vom Aufenthaltsbereich herüberkamen und ihre Plätze einnahmen. Er hob den Blick über die orangen und gelben Baumwipfel, die die Straße säumten. *Es ist tatsächlich so weit, Gott. Wir haben davon geträumt, diesen Film zu drehen, und jetzt ist es so weit. Du bist so treu und ...*

„Kann mir jemand sagen, was das heißen soll?"

Die lauten, wütenden Worte rissen Keith aus seinen Gedanken. Er drehte sich um und sah Rita Reynolds, ihre Hauptdarstellerin, mit knallrotem Gesicht und wütenden Schritten auf das Set zustürmen. Aber noch bevor er ihr entgegengehen konnte, ließ sie eine Schimpftirade los, wie Keith noch keine erlebt hatte. Er schaute zu, wie sie schnaubend auf Chase losging, der ein paar Meter von Keith entfernt neben einem Kameramann saß.

„Wollen Sie mich auf den Arm nehmen?", kreischte sie, als sie vor Chase ankam. Alle Köpfe drehten sich um, um zu sehen, was passiert war.

„Rita?" Chase stand auf und schaute sie besorgt an. „Stimmt etwas nicht?"

„Allerdings." Sie warf die Hände in die Luft und trat näher zu Chase. „Ich habe Lachs verlangt, und es ist keiner da!"

Keith verstand nicht mehr, was sie danach noch sagte, aber sie war wütend und erbost; das war nicht zu übersehen. Keith schaute ihre weibliche Hauptdarstellerin an. Sie war bereits in der Maske und Garderobe gewesen und trug einen hellblauen Seidenumhang und einen dazu passenden Schal, den sie locker über ihre platinblonden Haare gebunden hatte – eine Aufmachung, die dafür sorgte, dass niemand übersah, dass Rita Reynolds ein Star war. Die dunkle Sonnenbrille trug sie höchstwahrscheinlich nur, um ihre theatralische Wirkung zu erhöhen, denn der Himmel war bewölkt.

Chase versicherte gerade, dass er telefonieren und versuchen wolle, zum Mittagessen Lachs am Set zu haben. Rita schüttelte den Kopf und trat drei wütende Schritte von Chase weg, bevor sie sich wieder zu ihm umdrehte.

„Hören Sie zu!", schrie sie wieder. „Ich will jeden Morgen ein Lachsfilet. *Jeden Morgen.*" Sie deutete wütend zum Essenswagen. „Aber der Mann dort sagt, dass er nichts davon weiß." Sie stemmte die Hände in die Hüften. „Frischen Lachs aus Alaska, Chase. Klingelt da etwas bei Ihnen?"

Keith war nicht sicher, ob er nähertreten und seinen Freund retten oder die Szene aus der Ferne beobachten sollte. Er entschied sich für Letzteres. Er wusste nichts von der Forderung nach Lachs, und er bezweifelte, dass Chase eine Ahnung davon hatte.

„Zum Frühstück?" Chase blieb ruhig. Er legte sein Klemmbrett auf den Regiestuhl und schaute sie direkt an. „Sie wollen frischen Lachs aus Alaska zum Frühstück?"

„Ja!" Das Wort kam als hartes Kreischen aus ihrem Mund. „Lesen Sie es in meinem Vertrag nach! Frischen Rotlachs aus Alaska. Jeden Morgen. Jeden Tag, an dem ich am Set bin." Sie stieß ein genervtes Stöhnen aus und merkte erst dann, wie viele Augen sie beobachteten. Sie schaute eine Gruppe Assistenten finster an. „Was gibt es da zu glotzen?"

Keith fühlte, wie die Haare in seinem Nacken hochstanden. Rita Reynolds gehörte zu den gefragtesten Schauspielerinnen Hollywoods, aber der Casting-Direktor hatte sie gewarnt: „Sie ist launisch und anstrengend. Stellt euch darauf ein, sie bedienen zu müssen."

Angesichts ihres begrenzten Budgets und der Tatsache, dass die bekannten Schauspielerinnen an einer weniger hoch bezahlten Rolle nicht interessiert waren, hatten Keith und Chase ihm geantwortet, dass das kein Problem sei. „Wenn es sein muss, waschen wir ihr die Füße."

„Dazu kann es leicht kommen", hatte er ihnen geantwortet. „Sagt nicht, ich hätte euch nicht gewarnt."

Keith atmete tief ein und hielt die Luft an. Als er ausatmete, beschloss er, eine Möglichkeit zu suchen, um Ritas Wunsch zu erfüllen, selbst wenn das bedeutete, dass er ihr jeden Morgen persönlich Lachs kochen müsste. Sie brauchten Rita Reynolds für diesen Film. Sie spielte die junge Mutter des Studenten, dessen Geschichte sie in ihrem Film erzählen wollten. Das war eine wichtige Rolle mit entscheidenden Szenen. Aber wenn sie sich am ersten Tag schon so benahm, wollte er gar nicht daran denken, wie viel Kraft und Nerven diese Frau sie in den nächsten vier Wochen kosten würde. Er nahm das Megafon. „Fünf Minuten Pause. Danach fangen wir an."

Die über vierzig Leute, aus denen die Filmcrew bestand, ließen sich das nicht zweimal sagen. Sie schlenderten zu zweit oder zu dritt über die Straße zum zweiten Wagen, der den ganzen Tag Wasser, Kaffee und Snacks bereithielt. Keith forderte sie nicht auf, Rita Reynolds nicht anzustarren, aber sie wussten selbst, dass es besser war, das nicht zu tun. Es war wie bei allen launischen Schauspielerinnen: Wenn Rita nicht arbeitete, arbeitete niemand. Ein paar Kameraleute warfen Keith einen Blick über die Schulter zu und einer zog vielsagend eine Braue in die Höhe. Die Botschaft, die er ihm damit vermitteln wollte, war unmissverständlich: Was auch der Grund für die Probleme mit dem Lachs war – die Produzenten sollten sich lieber beeilen, diesen Grund zu finden und aus der Welt zu schaffen. Keith atmete tief ein. *Wird es die ganze Zeit so sein, Gott? Die ganzen vier Wochen?* Er warf einen Blick auf seine Uhr. Zehn Minuten. Sie hatten noch nicht angefangen zu drehen und lagen schon zehn Minuten hinter ihrem Zeitplan zurück. *Wir geben für diesen Film das Geld anderer Leute aus, Vater. Wir können es uns nicht leisten, nicht pünktlich zu sein. Sonst haben wir nicht genug Geld, um den Film zu Ende zu drehen.* Ein Bibelvers schoss ihm durch den Kopf, den er am Morgen gelesen hatte, bevor er sein Hotelzimmer verlassen hatte, um zum Set zu fahren: „In der Welt habt ihr Angst, aber lasst euch nicht entmutigen: Ich habe die Welt besiegt." Dieser Vers kam wie eine direkte Antwort von Gott. Natürlich gab es Schwierigkeiten und Angst. Aber Keith musste nicht in Panik geraten. Er sollte sich auf die größere Wahrheit stützen: Gott hatte alles in der Hand. Er trat zu seinem Freund und schickte den Kameramann mit einer kurzen Kopfbewegung weg.

Chase schaute ihn mit einem verblüfften, Hilfe suchenden Blick an.

Doch bevor Keith etwas Positives zum Gespräch beitragen konnte, ging Rita mit ihrer Tirade auf ihn los. „Sagen Sie, dass Sie davon nichts wussten! Ich komme hier vollkommen vorbereitet an, weil ich Profi bin, und erwarte, dass alle anderen genauso vorbereitet sind. Aber niemand, kein einziger Mensch, hat dem Mann im Essenswagen etwas von meinem Lachsfrühstück gesagt." Sie deutete mit beiden Händen auf ihre hübschen Wangen. „Ich bin kein Teenager mehr, Leute. Ich brauche mein Omega-Drei jeden Morgen, wenn ich diese Haut behalten will. Botox sind Grenzen gesetzt. Ich brauche Lachs aus Alaska. Jeden Morgen. Ohne Ausnahme." Sie unternahm einen theatralischen Versuch, sich zu beruhigen. Als sie wieder sprach, schrie sie nicht mehr, aber ihre Augen und ihr Tonfall waren immer noch sehr wütend. „Fettige Eier sind nicht gut für mein Gesicht. Habe ich mich klar genug ausgedrückt?"

„Ja, Rita." Keiths Ton war entschuldigend, aber nicht schuldbewusst. Er dachte daran, sie darauf hinzuweisen, dass Ärger auch nicht gut für ihr Gesicht sein konnte, entschied sich dann aber, das lieber zu unterlassen.

„Hören Sie mir bitte zu." Chase verschränkte die Arme vor der Brust, und sein Frust schwang in seiner Stimme mit. „Das ist nicht unsere Schuld. Wenn Ihr Agent das gesagt hätte, hätten wir vielleicht …"

„Warte bitte." Keith hob die Hand und schaute Chase mitfühlend an. Keith war schon immer der Besonnenere von ihnen gewesen. Jetzt musste er seinen Freund zügeln, um eine Eskalation zu verhindern. *Bleib ruhig,* sagte er sich. *Du musst die Sache ruhig angehen.* Keith legte die Hand sanft auf den Arm seiner Starschauspielerin.

„Rita, wir besorgen Ihnen Lachs. Ab morgen früh ist jeden Tag Lachs da." Es gelang ihm, seine Autorität zu wahren, obwohl er ihren Forderungen nachgab. „Aber Chase hat recht. Ich kann Ihnen versprechen, dass wir nichts davon wussten. Wir beide sind jede Zeile Ihres Vertrags durchgegangen, und es stand nichts von einem täglichen Lachsfrühstück darin. Dieses Thema kam in den Verhandlungen mit Ihrem Agenten nie zur Sprache."

„Ist das Ihr Ernst?" Sie stöhnte genervt. „Also gut! Wenn es seine Schuld ist, werfe ich ihn noch heute hinaus." Sie verdrehte die Augen. Einen kurzen Moment sah es so aus, als käme sie zur Vernunft und würde über ihren Wutausbruch und das nicht gerade schmeichelhafte Licht, das er auf sie warf, nachdenken. Doch dann ging sie erneut auf Keith los. „Ich sage Ihnen, wie wir es machen!" Sie hatte die Hände wieder in die Hüften gestemmt. „Jemand bringt in der nächsten Stunde meinen Lachs, oder ich gehe."

„Wir werden etwas finden." Keiths Blick flehte Chase an, still zu bleiben.

Sie warf den Kopf zurück. „Ich verlange keinen Brokkoli. Das wäre zu viel verlangt." Ein lautes Seufzen kam aus ihrer Kehle. „Ich bin in meinem Wohnwagen. Geben Sie mir Bescheid, wenn mein Frühstück da ist." Damit marschierte sie wütend auf die Wohnwagen zu, die in kurzer Entfernung auf einer freien Wiese aufgestellt waren.

Chase ließ den Kopf hängen und rieb sich den Nacken. Sein Atem kam schnell und abgehackt. „Das ist doch lächerlich!", zischte er. Seine Stimme war leise, aber seine Worte klangen, als zwänge er sie durch zusammengebissene Zähne. „Es ist sieben Uhr morgens. Wo sollen wir um diese Uhrzeit Lachs auftreiben?"

„Ich muss nachdenken." Keith fühlte, dass die übrigen Schauspieler und die Crew sie von der anderen Straßenseite beobachteten. Er wusste, was sie dachten. Er und Chase waren die Produzenten, und egal, welches Problem auftauchte, es war ihre Aufgabe, es zu lösen. Selbst wenn es darum ging, um sieben Uhr morgens frischen Rotlachs aus Alaska zu besorgen. Plötzlich hatte er eine Idee. „Warte! Mir ist gerade etwas eingefallen."

„Hoffentlich etwas Gutes. Wenn unser Star am ersten Tag wegen fehlendem Fisch alles hinwirft, können wir gleich einpacken und in den Dschungel zurückgehen." Chase verzog verwirrt das Gesicht. „Also ehrlich! Lachs! Zum Frühstück!"

„Okay, hör zu." Keiths Stimme blieb ruhig. „Gestern habe ich mich mit ein paar Leuten aus der Stadt unterhalten. Dabei kam ein Mann auf mich zu. Er erzählte, dass er das beste Restaurant der Stadt betreibt und dass er schon immer gern in einem Film mitspielen wollte. Er hat gesagt, dass er die Schauspieler zu Steaks und Hummer einladen würde, wenn ich ihn oder sein Restaurant in ein paar Szenen einbaue. Ich habe ihn, ehrlich gesagt, vergessen, aber jetzt fällt er mir wieder ein."

„Wenn er Hummer hat, muss er auch Lachs haben." Ein ungläubiges Lächeln zog über Chases Gesicht. „Das könnte funktionieren."

„Genau." Keith warf einen Blick auf den Tisch. Die Crew sah unruhig aus und konnte es nicht erwarten, zum Set zurückzukommen und mit der Arbeit anzufangen. Er zog die Brieftasche aus seiner Hosentasche und blätterte mehrere Visitenkarten durch, bis er die Karte mit dem Hummer darauf fand.

„Ich habe sie. Indianas bester Hummer", las er auf der Karte.

„Du hast seine Visitenkarte?" Chases Überraschung wuchs zusehends. „Das ist ja unglaublich."

Keith steckte die Brieftasche wieder ein, nahm Chases Klemmbrett vom nächsten Stuhl und warf einen schnellen Blick auf die Szenenliste. Rita kam in fast jeder Szene vor, die im Haus gedreht werden sollte, aber es musste doch etwas geben, womit Chase anfangen konnte. Die Uhr tickte erbarmungslos. Wenn sie eine Lösung für das Lachsproblem hatten, war das gut, aber sie mussten dafür sorgen, dass alle anderen mit der Arbeit anfangen konnten. „Jake Olson ist bereit, nicht wahr?"

„Ja. Ich habe ihn gesehen, bevor Rita kam."

Jake spielte die männliche Hauptrolle. Er war ein gut aussehender, vierundzwanzigjähriger Schauspieler, der vor Kurzem von der Regenbogenpresse entdeckt worden war. Die Kamera liebte ihn, und die Mädchen im ganzen Land fingen an, für ihn zu schwärmen. Nach diesem Film würde er eine Hauptrolle in einem Film mit Will Smith drehen. Die Investoren sprachen von einem großen Glück, dass sie Jake Olson jetzt hatten bekommen können, solange sie ihn sich noch leisten konnten.

Keith fuhr mit dem Finger über die Szenenliste. „Hier." Er hielt das Blatt so, dass Chase es sehen konnte. „Stell die Reihenfolge um und fang mit der Szene an, in der Jake mit dem Brief auf die Veranda hinausgeht und ihn liest. Und dreht danach die Szene, in der er in seinem Zimmer den Brief ein zweites Mal ansieht und Fotos von seinem Vater durchgeht." Keith betrachtete die Visitenkarte in seiner Hand. „Ich rufe den Hummertypen an und schaue, was sich machen lässt."

„Okay." Chases Augen waren immer noch voller Zweifel, doch er nahm das Klemmbrett und richtete sein Megafon in die Richtung, in der die Schauspieler und die Crew warteten. „Jake Olson, ich brauche Sie." Er schrieb etwas auf das Blatt. „Alle anderen: Die Pause ist vorbei. Wir drehen Szene vier und sechs. Begebt euch auf eure Plätze und danke für eure Geduld."

Keith hatte das Handy schon in der Hand, als er über die Straße ging. Er wählte die Nummer, sobald er den Wohnwagen betrat. Es war ein schmuckloser Wagen mit einem einfachen Tisch und zwei Bänken auf beiden Seiten. Er setzte sich und wartete, ob sich so früh am Morgen jemand melden würde.

„Bloomingtons beste Steaks und Hummer. JR McDowell am Apparat. Was kann ich für Sie tun?"

Der Grund für diesen Anruf wäre in jedem anderen Augenblick lachhaft gewesen. „Hier ist Keith vom Filmteam in Ihrer Straße. Wir haben uns gestern unterhalten."

„Ah, ja." JR schmunzelte. „Gehen Sie auf meinen Vorschlag ein? Sie bauen mich in Ihrem Film ein?"

Keith verzog das Gesicht. „Ehrlich gesagt, rufe ich wegen einer anderen Sache an. Bitte lassen Sie mich erklären, was wir brauchen ..." Als er fünf Minuten später das Handy wieder einsteckte, hatte er das Versprechen, dass sie in den nächsten vier Wochen jeden Morgen ein heißes Lachsfilet aus Alaska bekämen, angefangen mit dem Rotlachsfilet, das McDowell schon in die Pfanne gab, während sie noch sprachen. Ab morgen würde JR den gekochten Lachs jeden Tag um sieben Uhr ans Set liefern. Er brachte ihn zum Essenswagen, wo er warm gehalten wurde, bis Rita zum Frühstück kam. Als Gegenleistung hatte Keith dem Mann versprochen, dass er einen Professor spielen durfte, der in einer Szene, die nächste Woche auf dem Universitätsgelände gedreht wurde, im Hintergrund zu sehen war.

Der Lachs war natürlich nicht kostenlos. Bei fünfundzwanzig Dollar plus Trinkgeld pro Filet hatten sie soeben ihr Budget um über fünfhundert Dollar zusätzlich belastet. Keith blieb keine andere Wahl. Sie würden das Geld irgendwo auftreiben müssen. Er stieg in seinen Mietwagen und fuhr los. Während der Fahrt fand er Gründe, dankbar zu sein. Als sie gestern ihre Außenkulissen aufgebaut hatten, waren viele Stadtbewohner auf ihn zugegangen und hatten Fragen zu ihrem Film gestellt. Zu den Einwohnern muss man immer freundlich sein, hatten sie auf dem Missionsfeld gelernt. In den zwei Jahren, seit sie zurück waren, hatten er und Chase am Set einer neuen Realityshow gearbeitet und einige Direktschnitte für den christlichen Markt produziert.

Bei jedem Projekt war Keiths Überzeugung über die Richtigkeit seiner Philosophie in Bezug auf die Freundlichkeit gewachsen. Sie kämen mit ihren Zielen viel schneller voran, wenn sie von Anfang an freundlich waren. Wenn sie die Menschen so liebten, wie Jesus sie liebte. Mit Freundlichkeit erreichten sie nicht nur, dass die Stadtbewohner ihnen wohlgesonnen waren. Sie reagierten auch freundlicher darauf, dass ihr normaler Alltag gestört wurde, weil ein Filmteam ihre Straße beschlagnahmte. Oft brauchten Produzenten ein bestimmtes Auto in einer Szene oder Gartenmöbel, um eine Kulisse anders darzustellen. Alle möglichen unvorhersehbaren Bitten. Und die Anwohner waren immer viel hilfsbereiter, wenn man ihnen mit Freundlichkeit und Respekt begegnete.

Jetzt kamen sie ihrem Ziel einen Schritt näher, weil er zu einem Mann aus Bloomington nett gewesen war. Keith sprang die Stufen zum Restaurant hinauf. Wenige Minuten später reichte JR ihm einen Plastikteller mit einem herrlich duftenden Lachsstück und frischem, dampfendem Brokkoli. Keith schüttelte dem Mann die Hand. „Dafür muss ich Sie in zwei Szenen einbauen."

„Kein Problem." Der Mann tippte an seine Baseballkappe. „Es freut mich, wenn ich helfen kann."

Keith fuhr vor dem Set vor und brachte den heißen Teller eilig zu Ritas Wohnwagen. Er klopfte und wartete eine ganze Minute, bis sie aufmachte. Sie trug immer noch ihren hellblauen Umhang und schaute ihn finster und angriffslustig an. Doch dann fiel ihr Blick auf den Teller in seiner Hand. „Hier." Keith reichte ihr den Teller. „Lachs und Brokkoli. Ab sofort wird das gleiche Gericht jeden Morgen geliefert."

Rita betrachtete den Teller, und ihre Miene wurde weicher. „Danke." Sie schnupperte an dem Teller, und ein leises, nervöses Lachen kam aus ihrem Mund. „Ich will keine Umstände machen, Keith. Das wissen Sie. Ich habe nicht damit gerechnet, dass Sie heute Morgen Lachs auftreiben, und, nun ja … ich wäre nicht gegangen. Es war nur so, dass ... jemand etwas gesagt hat. Nicht Sie oder Chase. Jemand anders, und ..." Sie lachte wieder. „Ohne Lachs kann ich nicht arbeiten." Sie lächelte verlegen. „Das verstehen Sie doch."

„Natürlich." Keith trat einen Schritt zurück und schaute auf die Uhr. „Wann können wir Sie am Set erwarten?"

„Passt es in zwanzig Minuten?" Wieder schaute sie ihn unsicher an. „Entschuldigung, dass ich eine Szene gemacht habe. Ich kann manchmal ein wenig zu theatralisch sein."

„Wir wollen, dass Sie glücklich sind, Rita." Keith versuchte, in ihr einen verletzlichen Menschen zu sehen, nicht eine verwöhnte Schauspielerin, die kostbares Geld vergeudete und unvernünftige Forderungen stellte. Sein Lächeln war echt, als er sich von ihrem Wohnwagen zurücktrat. „Wir tun, was wir können. Wir sehen uns in zwanzig Minuten."

Auf dem kurzen Weg zurück zum Set dachte Keith über die Veränderung an seiner Starschauspielerin nach. Was wäre gewesen, wenn er mit ihr gestritten und sie wegen ihrer unsinnigen Forderungen kritisiert hätte? Es wäre der Anfang einer feindseligen Beziehung gewesen, und alle am Set hätten darunter gelitten. Stattdessen hatte sie sich tatsächlich entschuldigt. *Das ist auch ein Missionsfeld, nicht wahr, Gott? Aber wird es immer so schwierig sein?*

*Mein Sohn, betrachte es als Grund zur Freude, wenn dein Glaube immer wieder hart auf die Probe gestellt wird. Denn durch solche Bewährungsproben wird euer Glaube fest und unerschütterlich ...*

Die Antwort war ein leises Flüstern, das im Wind tanzte und seine Seele beruhigte. Keith hätte lieber eine Art Zusicherung gehabt, dass die Dreharbeiten in Zukunft leichter werden würden, aber er hatte stattdessen einen besseren Trost bekommen. Diese Verheißung war erprobt und wahr und kam direkt aus der Bibel.

Er ging auf das Haus zu, sah aber, dass wieder nicht gedreht wurde. Er war vierzig Minuten fort gewesen und konnte nur hoffen, dass sie wenigstens eine der zwei Szenen mit Jake Olson fertig gedreht hatten. Die Elektriker kauerten über mehreren Kabeln an der rechten Seite des Hauses, und Chase war in ein ernstes Gespräch mit einem Kameramann und einem Regieassistenten verwickelt.

Keith hielt einen technischen Assistenten an. „Was ist los?"

„Die Kameras bekommen keinen Strom." Er deutete zu der Gruppe, die neben dem Haus arbeitete. „Es dauerte eine Weile, aber inzwischen haben sie die Ursache für das Problem gefunden. Anscheinend hat eine Katze mehrere Kabel durchgebissen."

Keith starrte den Mann lange an und wartete, dass er vielleicht laut lachen und zugeben würde, dass das nur ein Scherz gewesen sei. Solche Probleme gehörten doch gewiss nicht zu den alltäglichen Vorkommnissen bei Außenaufnahmen. Wenigstens hatten sie das bei den kleineren Projekten, an denen Keith mitgearbeitet hatte, nie erlebt. Er dankte dem Mann und ging zu Chase, der bestätigte, dass sie Probleme mit der Stromversorgung hatten und dass tatsächlich eine Katze die Ursache dafür war.

„Wir haben die Kabel repariert und die Kameras laufen wieder. Aber das Kabel zur Hauptbeleuchtungsanlage ist an mehreren Stellen beschädigt." Chase fuhr sich mit den Fingern durch die Haare und schüttelte den Kopf. „Die Universität hat kein so starkes Kabel. Ich habe also eines aus Indianapolis bestellt. Es ist in einer Stunde da."

Keith brauchte einen Moment, um diese Nachricht zu verdauen. Dann nahm er Chase wieder das Klemmbrett aus der Hand und überflog die Szenenliste. „Frag bitte den Kameramann, ob wir zwei kleinere Lampen benutzen und ein paar Außenszenen drehen können. Hier stehen drei Szenen, die wir vorziehen könnten. In einer dieser Szenen spielt Rita nicht mit. Fangen wir damit an."

Als sie um siebzehn Uhr Feierabend machten, hatten sie nur fünf der acht Szenen, die sie für den ersten Tag geplant hatten, im Kasten. Keith hätte sich am liebsten im Wohnwagen verkrochen und Gott sein Leid geklagt, denn in diesem Tempo würden sie nie fertig werden. Wenn sie in diesem Schneckentempo weiterarbeiten, müssten sie drei Wochen anhängen. Chase wirkte auch entmutigt, aber sie würden erst Zeit zum Reden haben, wenn sie im Hotel zurück waren. Keith sehnte sich nach Mittwoch, wenn Lisa hier wäre und er sich am Ende eines anstrengenden Tages auf ihre tröstende Nähe freuen könnte.

Er ging zu seinem Auto, als er plötzlich als hörbare Erinnerung denselben Vers hörte, an den er heute schon einmal gedacht hatte. *Betrachtet es als Grund zur Freude, wenn euer Glaube immer wieder hart auf die Probe gestellt wird ...* Er blieb stehen und lehnte sich ans Auto. *Grund zur Freude.* War der erste Tag am Set so schlimm gewesen, dass er vergessen konnte, was Gott ihm unüberhörbar sagen wollte? Der christliche Dienst, egal welcher Art, kostete seinen Preis, und Anfechtungen waren Teil dieses Preises. Keith atmete die frische Luft tief ein, wandte sich um und ging noch einmal über das Gelände. Er dankte allen Schauspielern und Mitarbeitern, die noch da waren, und versicherte allen, dass es morgen besser laufen würde.

„Ihr Leute seid wirklich anders", sagte ein technischer Mitarbeiter, als Keith mit seiner Runde fast fertig war. „Wir stehen nicht auf derselben Seite, Sie und wir." Er nahm seine Baseballkappe ab und kratzte sich am Kopf. „Aber Sie und Chase sind anders. Man hat das Gefühl, dass euch die Menschen wirklich wichtig sind. So etwas habe ich noch nie erlebt."

„Danke." Keith grinste den Mann an. „Und Sie irren sich. Egal, was die Gewerkschaftsvertreter sagen, wir stehen auf derselben Seite, solange wir diesen Film drehen. Wir alle."

Als Keith zum Hotel zurückfuhr, erfüllte eine neue, tiefere Freude sein Herz und gab ihm Kraft für alles, was der nächste Tag bringen würde. Sein Vater hatte immer gesagt, wenn schwere Zeiten kamen, gäbe es umso mehr Grund, sich auf die Zukunft zu freuen. „Je größer der Berg ist, umso besser ist die Aussicht auf der anderen Seite", hatte er immer gesagt.

Keith lächelte bei sich. Das Missionsfeld bei diesem neuen Abenteuer, einen Film zu drehen, war nicht nur das Publikum, das den Film sehen würde. Sondern jeder Schauspieler und jeder technische Mitarbeiter, der heute Morgen am Set erschienen war. Selbst wenn sich an jedem Tag solche Berge auftaten wie heute, konnte er sich einer Sache sicher sein:

Der Blick auf der anderen Seite musste atemberaubend schön sein.

# Kapitel 6

Chase gefiel das Bild von den Bergen und der Aussicht auf der anderen Seite, aber er hatte den Kontoauszug vor sich liegen, als er und Keith sich im Hotelzimmer trafen. „Wir schaffen es nicht." Er schob das Blatt über den kleinen Tisch. „Wir haben genug Spielraum, um ein paar Tage zu überziehen, aber wenn wir in diesem Tempo weitermachen?" Er lächelte resigniert. Mit ein paar Verzögerungen irgendwann in der Mitte der Dreharbeiten hatten sie gerechnet, aber so früh? „Uns geht das Geld noch vor dem dritten Akt aus."

„Ich telefoniere immer noch und versuche, Leute dafür zu gewinnen, Geld in unseren Film zu investieren." Keiths Tonfall blieb optimistisch.

„Was ist mit den Investoren, die uns schon unterstützen? Hast du mit ihnen gesprochen?" Chase hoffte immer noch, sie bekämen mehr Geld aus den bekannten Quellen. Wenn sie schon fünfhunderttausend oder eine Million investiert hatten, könnten sie vielleicht bereit sein, noch ein wenig mehr zu geben.

„Du kennst die Antwort auf diese Frage." Keith klang, als bemühe er sich, die Geduld nicht zu verlieren.

„Entschuldige. Ich weiß, dass du alles tust, was du kannst." Die beiden waren seit fast zehn Jahren die besten Freunde, und wenn es darum ging, Filme zu produzieren, hatte Keith weitaus mehr Erfahrung als Chase. Er lehnte sich auf dem Stuhl zurück und versuchte, mit seiner freien Hand die Verspannungen in seinem Nacken zu massieren.

„Ich habe allen vor drei Wochen einen Brief geschrieben, in dem ich vorschlug, dass sie mehr investieren könnten und dadurch ihren Gewinn in Zukunft erhöhen könnten." Keith ließ die Hände resigniert sinken. „Keiner hat angebissen."

„Was sagt unser Finanzfachmann?"

„Ich habe ihn nach dem Mittagessen angerufen. Er denkt, dass es sehr eng werden wird. Jeder hat erwartet, dass mindestens ein Investor ein paar hunderttausend Dollar mehr zahlt, aber die Leute sind nervös. Der Markt ist unsicher, und die Investoren gehen auf Nummer sicher."

Chase versuchte, sich seine Nervosität nicht anmerken zu lassen. „Okay. Welche Möglichkeiten bleiben uns dann?" Sie taten hier einen

Missionsdienst, darin waren sie sich einig. Aber wenn ihnen das Geld ausging, verfehlten sie nicht nur ihre Mission, sondern bekämen auch Probleme mit ihren Investoren. Chase nahm den Kontoauszug wieder in die Hand und starrte ihn lange an.

Keiths Tonfall grenzte an Verzweiflung. „Wir haben nur eine Möglichkeit: Wir finden noch einen Investor. Jemand, der noch mindestens dreihunderttausend Dollar zuschießt. So viel kosten zehn Tage Außendreharbeiten. Sonst ist es unverantwortlich weiterzumachen."

„Das sehe ich auch so." Chase beugte sich vor und stützte sich auf die Ellbogen. „Unser Finanzfachmann sucht weiter, nicht wahr? Ich dachte, er hätte letzte Woche einen potenziellen Investor gehabt."

„Er hatte vier potenzielle Leute. Ich gehe ihnen nach, aber keiner ruft zurück." Keith massierte sich mit dem Daumen die Schläfen. „Ich habe ein Dutzend Exemplare unserer Mappe mit ausführlichen Informationen zum Film und den Verteilungskanälen zusammengestellt und das Konzept erklärt, dass die Investoren zuerst ihr Geld zurückbekommen und dann vom Verkauf der DVDs profitieren. Das Paket ist verlockend, aber auf diesem Markt ist sich niemand mehr sicher. Ich muss die Pakete an die Leute bringen, die helfen können."

„Genau." Chase merkte, dass er Kopfschmerzen bekam. „Wir haben nur genug auf dem Konto, wenn wir den Zeitplan einhalten."

Eine geschlagene Minute sprach keiner von ihnen ein Wort. Dann setzte Keith sich größer auf und atmete tief ein. „Solange keiner dieser potenziellen Investoren unterschreibt, bleibt uns nichts anderes übrig, als den Zeitplan einzuhalten."

Chase merkte, dass seine Resignation sie beide nach unten zog, aber er konnte nicht anders. Sie konnten keinen Film drehen, ohne ein gewisses finanzielles Polster zu haben. „Das ist verrückt, und das weißt du."

Keith schaute ihn über den Tisch an. „Erinnerst du dich, als wir in Indonesien waren und auf der falschen Seite eines immer höher ansteigenden Flusses standen?" Seine Stimme war leise und durchdringend. „Drei Frauen und zwölf Kinder waren bei uns und schrien um Hilfe. Regengüsse gingen nieder." Er zuckte mit keiner Wimper. „Siehst du dieses Bild, Chase? Erinnerst du dich, wie es war?"

Chase spürte die Gänsehaut auf seinen Armen, er spürte wieder die Übelkeit, die ihn befallen hatte, als sie in jenem Moment den sicheren

Tod vor Augen gehabt hatten. Er schluckte schwer. „Wir ... wir schrien zu Gott." Er schloss die Augen und konnte das tosende Wasser hören, konnte die Gischt fühlen, die ihm ins Gesicht spritzte. „Wir schrien aus voller Kehle."

„Und aus dem Nichts tauchte ein Kahn auf und rettete uns."

„Später wusste niemand, woher er gekommen war oder wer ihn geschickt hatte."

Keith atmete aus und verschränkte die Arme vor der Brust. „Nimmst du mich auf den Arm, Chase? Du machst dir Sorgen wegen ein bisschen Geld für einen Hollywoodfilm?" Er hob das Kinn. Sein Vertrauen und Glaube waren so stark, dass sie die Dunkelheit vertrieben. „Gott hat uns hierhergeführt. Er wird uns bis ans Ende leiten. Bis dahin können wir planen und arbeiten und Vorsichtsmaßnahmen ergreifen. Aber wir dürfen der Angst und den Sorgen nicht das Feld überlassen." Er lächelte. „Wir müssen glauben, genauso wie damals in jenem Sturm."

Chase biss die Zähne zusammen, dass sich die Muskeln in seinem Kiefer anspannten. „Ich bitte Gott, mir einen solchen Glauben zu geben, wie du ihn hast."

„Das wird er. Tage wie heute können uns nur stärker machen." Keith stand auf und ging zur Tür. „Jetzt haben wir genug Trübsal geblasen. Komm mit. In der Lobby gibt es frischen Kaffee."

Chase war sich nicht ganz sicher, ob er noch einen Kaffee trinken sollte. Es war nach acht Uhr abends und morgen um sieben Uhr ginge die Arbeit am Set weiter. Er musste noch Kelly anrufen und fragen, wie es zu Hause lief, wie es ihr und den Mädchen ging. Aber im Moment brauchte er das Gespräch mit Keith mehr als alles andere. Jede Stunde mit seinem Freund machte den Berg, der sich vor ihnen aufgebaut hatte, etwas weniger beängstigend.

Sie setzten sich in der Lobby in der Nähe eines knisternden Kaminfeuers an einen Tisch. Die Atmosphäre war offener, weniger erdrückend als in ihrem Hotelzimmer.

Chase nahm sich eine Tasse heißen Apfelmost und setzte sich zu seinem Freund. „Hast du denn vor gar nichts Angst?" Er hatte schon erlebt, dass Keith Angst gezeigt hatte. Damals in Indonesien, als Andi vermisst worden war, und ein anderes Mal, als es so ausgesehen hatte, als wäre Lisa lebensgefährlich erkrankt. Aber meistens hatte sein Freund einen felsenfesten Glauben. Chase atmete den Dampf seines süß riechenden Getränks ein. „Fragst du dich nie, warum wir das alles machen?"

„Nein." Keith grinste ihn über den Rand seiner Kaffeetasse an. „Ich weiß, warum wir es machen. Aber ja, manchmal habe ich Angst. Angst um unsere Kultur, um unser Land. Angst, dass Andi und deine Mädchen in einer Welt aufwachsen, in der die Grenzen zwischen Richtig und Falsch verschwimmen und nicht mehr zu erkennen sind." Er schwieg gedankenverloren, dann sagte er: „Wenn ich über das alles nachdenke, über das Ziel, das wir damit verfolgen, Filme mit einer Botschaft zu drehen, läuft es nur auf eines hinaus."

„Auf eines?"

„Ja, ich glaube schon." Er trank einen langsamen Schluck Kaffee. „Wir müssen der Welt die Wahrheit sagen."

„Nicht alle haben die Wahrheit aus den Augen verloren. Andi hat einen klaren Kopf behalten. Die Jugendlichen, mit denen sie zur Schule gegangen ist, schienen ziemlich vernünftig zu sein."

„Bis jetzt schon." Keith kniff die Augen zusammen. „Manchmal bin ich mir bei Andi nicht ganz sicher. Hin und wieder sagt sie etwas, das sie nicht von Lisa oder mir hat und ganz bestimmt nicht aus der Bibel." Er schüttelte den Kopf. „Die Gesellschaftskultur ist etwas Mächtiges. Und die Gesellschaft reagiert auf Filme." Er schaute eine Weile in das knisternde Feuer. „Fast jeder Film verkündet eine Lüge. Ich will für Andi, für die jungen Leute in ihrer Generation etwas Besseres."

„Und wir können etwas dazu beitragen?"

„Das können wir." Keith lächelte. „Zwei Männer, die zu allem bereit sind und die Welt verändern wollen. Gott hat in der Vergangenheit schon andere gebraucht. Einen stotternden Einsiedler, der den ägyptischen Pharao dazu brachte, seine Meinung zu ändern. Einen dürren Jungen mit einem Stein und einer Steinschleuder, der das Heer der Philister besiegte." Seine Augen strahlten heller als vorher. „Ein paar Fischer, die die Botschaft der Hoffnung der ganzen Welt brachten."

„Und sie hatten dazu keine Kinoleinwand zur Verfügung."

„Genau."

Chase zog die Brauen hoch und wartete. Keiths Urteil über ihre Gesellschaft war hart, aber sie traf den Nagel auf den Kopf. „Wahrheit. Die Grundlagen, die unsere Kultur ausmachen. Wenn wir diese Fundamente wieder neu legen, findet die nächste Generation vielleicht die

Wegweisung, die ihr fehlt." Chase pfiff leise. „Das ist eine ziemlich große Aufgabe."

„Wir haben einen großen Gott." Keith lächelte wieder. Zwei Elektriker vom Set gingen an ihnen vorbei und nickten in ihre Richtung. Als sie fort waren, wurde Keiths Miene wieder ernst. „Darum geht es. Ich will keinen einzigen Film drehen, solange die Botschaft, die er verkündet, unserer Gesellschaft nicht hilft, wieder das Licht zu sehen. Wieder die Wahrheit zu erkennen."

Chase dachte über den Film nach, den sie drehten. *Der letzte Brief.* Die Figur, die Jake Olson spielte, lebte wie viele junge Menschen: Er hat eine lockere, unverbindliche Beziehung zu seiner Freundin und lässt sich von einem seichten Strom aus Aktivitäten ohne Ziel und Leidenschaft treiben. Er hat keinen Bezug zu seiner Familie, keinen Glauben und keinen Grund, an seine Zukunft zu glauben. Aber als sein Vater stirbt, bekommt er einen Brief, in dem dieser ihm klarmacht, dass er jetzt die Verantwortung für die Familie hat. Er ist jetzt derjenige, der verantwortlich dafür ist, den künftigen Generationen Charakter und göttliche Prinzipien mitzugeben.

Chase hatte den Film immer für gut und hilfreich gehalten. Aber bis jetzt war ihm nicht bewusst geworden, dass er die Wahrheit neu verkündete. Er trank einen großen Schluck von seinem Apfelmost und schaute seinen Freund an. „Deshalb setzt du dich so leidenschaftlich für diesen Film ein."

„Genau." Keith trank seinen Kaffee aus und stand auf. „Ich gehe jetzt in mein Zimmer. Ich muss Lisa anrufen und ihr erzählen, was heute passiert ist. Sie betet den ganzen Tag."

„Bist du sicher?" Chase lachte leicht. „Vielleicht wurde sie heute Morgen abgelenkt."

Keith lächelte. „Wir haben den Lachs aufgetrieben, nicht wahr? Und die neuen Kabel aus Indianapolis kamen auch."

„Ja. Das stimmt." Chase hatte genug von seinem Apfelmost. Er schob ihn in die Mitte des Tisches und verschränkte die Arme vor sich. Es hatte keinen Sinn, Keith an die drei Szenen zu erinnern, die sie nicht gedreht hatten, oder daran, wie weit sie morgen zurückfallen würden, falls sie den Zeitplan nicht einhielten. „Es hat gutgetan, mit dir über alles zu sprechen." Chase blieb mit seinem Becher am Tisch sitzen und dachte darüber nach, was Keith gesagt hatte. Sie hatten so viele Hindernisse überwunden, um an diesen Punkt zu kommen, und sie hatten alles aus einem einzigen Grund getan: um ihre Gesellschaft zu verändern. Keith hatte recht. Gott hatte sie in der Vergangenheit aus verzweifelten Situationen gerettet. Er würde sie auch jetzt führen.

Chase wollte gerade aufstehen und in sein Zimmer gehen, als Rita Reynolds durch die Eingangstür der Lobby trat, sich an die Haare fasste und den Pullover eng um ihren Bauch zog. Sie war unterwegs zum Aufzug, als ihr Blick auf ihn fiel und sie stehen blieb. Ihre Miene wurde demütig und entschuldigend, und ein paar Sekunden stand sie nur da. Dann ließ sie ihren Pullover los, wodurch ein weißes Top sichtbar wurde, das eng über ihrem flachen Bauch lag. Chase schlug ein Bein über das andere und nickte ihr höflich zu, wie er es bei jedem anderen Schauspieler oder Mitarbeiter der Filmcrew gemacht hätte.

Aber Rita hatte ihm offensichtlich etwas zu sagen. Sie kam näher, zog den Stuhl heraus, auf dem Keith gesessen hatte, und setzte sich zögernd hin. „Haben Sie eine Minute Zeit für mich?"

„Natürlich." Chase hatte keine Ahnung, worüber sie sprechen wollte, aber hier in der Lobby, vor den Augen aller, musste er sich keine Sorgen machen, dass Rita unlautere Absichten hätte. Nach ihrer Tirade am Morgen wollte sie sich wahrscheinlich nur wegen ihres Frühstücks erkundigen. „Was gibt es?"

„Sie. Und Keith." Sie stützte die Unterarme leicht auf den Tisch. „Ich hatte nicht das Recht, heute Morgen so zu explodieren." Sie machte eine Miene, die verriet, dass es ihr peinlich war. „Ja, ich mag Lachs, aber dass ich eine solche Szene machte?" Sie verzog die Nase. „Es tut mir leid, Chase. Das war unbeherrscht."

Etwas an Ritas Tonfall warnte Chase, vorsichtig zu bleiben. Sie war launisch und schwierig, genau, wie man ihn und Keith gewarnt hatte. Wenn sie sich wirklich entschuldigte, folgte höchstwahrscheinlich gleich irgendeine neue Forderung, irgendetwas, das sie noch wollte und noch nicht bekommen hatte. Er lächelte höflich, blieb aber ansonsten ruhig sitzen. „Entschuldigung angenommen."

„Wirklich?" Im weichen Licht des Kaminfeuers sah man ihr ihre siebenunddreißig Jahre nicht an. Sie sah eher wie ein Schulmädchen aus, das Aufmerksamkeit suchte. „Ich hatte den ganzen Tag ein schlechtes Gewissen."

„Vergessen Sie es." Chase wurde plötzlich bewusst, dass er hier mit einem der beliebtesten Filmstars Hollywoods am Tisch saß. Rita war blond und schlank und konnte, je nachdem, was die Rolle erforderte, eine Frau spielen, die zehn Jahre jünger oder auch zehn Jahre älter war. Sie hatte als Jugendliche einen Oscar als beste Nebendarstellerin verliehen bekommen und hatte seitdem in jedem Film, in dem sie mitspielte, die Messlatte immer ein wenig höher gelegt.

Chase war immer noch nicht sicher, was sie wollte. „Morgen ist für uns alle ein neuer Tag."

Rita klopfte mit den Fingern leicht auf den Tisch und schaute ihn fragend an, als versuche sie, an seiner Rolle als Produzent vorbeizusehen. „Wer sind Sie, Chase Ryan? Sie sind für einen Produzenten sehr jung."

„Ich bin bei diesem Film der Regisseur." Er wurde ein wenig offener. Vielleicht wollte sie wirklich nur ein bisschen plaudern, um den Schaden vom Vormittag zu beheben. „Keith und ich sind ein Team." Er bedachte sie mit einem unsicheren Blick. „Wir hoffen, dass es der erste von vielen Filmen wird. Wir haben große Träume."

Sie zögerte und entdeckte den Ring an seiner linken Hand. „Sie sind natürlich verheiratet." Ein Grinsen vertrieb die Verlegenheit, die aus ihrer Miene gesprochen hatte, seit sie sich gesetzt hatte. „Die attraktivsten Männer sind immer verheiratet."

Chase brauchte einige Sekunden, bis er begriff, was sie gesagt hatte. Trotzdem vermutete er, dass sie nur nett sein und den Eindruck, den sie am Morgen hinterlassen hatte, auslöschen wollte. „Sie wollen wohl etwas gutmachen?" Er lehnte lächelnd den Kopf zurück und versuchte, ihre Absichten zu deuten. Bei den wenigen Filmen, die er und Keith in den letzten Jahren miteinander gedreht hatten, hatten Frauen hier und da versucht, ihn zu verführen. Bei Rita wusste er nicht, woran er war.

Als er sonst nichts mehr sagte, beugte sie sich ein wenig weiter über den Tisch. „Erzählen Sie mir von Chase. Was steckt hinter diesen dunkelbraunen Augen?"

„Sie haben es richtig gesehen." Er behielt seinen lockeren Tonfall bei, hatte aber nicht die Absicht, sie hinter sein professionelles Äußeres blicken zu lassen. „Ich bin glücklich verheiratet mit Kelly. Wir haben zwei kleine Töchter, Molly und Macy, vier und zwei Jahre. Was gibt es sonst noch, außer dass ich meine Familie vermisse? Ich liebe Gott und meine Frau und die Vorstellung, Filme zu drehen, die eine Botschaft weitergeben." Sein Lächeln wurde ein wenig kühler. „Das ist mehr oder weniger alles."

„Wissen Sie, warum ich bei diesem Film mitmache?" Sie sprach schnell weiter. „Ich bekomme viele Angebote."

„Das kann ich mir denken." Chases Neugier war geweckt. Sie hatten das Skript an über zwanzig Schauspielerinnen geschickt, und alle hatten die Rolle abgelehnt, weil das Budget so niedrig war oder weil Keith und er in Hollywood noch keinen Namen hatten. Als ihnen fast die Zeit ausgegangen war, hatte sich Rita Reynolds' Agent in ihrem kleinen Büro gemeldet. Sie hatte die Hauptrolle unbedingt gewollt. Damals waren der Anruf und Ritas Interesse ein weiteres Wunder gewesen, das ihnen ermöglichte, den nächsten Schritt zu dem Film zu wagen, der hoffentlich auf der großen Leinwand enden würde. Aber sie hatten nie wirklich erfahren, warum Rita sich darauf eingelassen hatte.

„Erzählen Sie mir den Grund."

„Ich interessiere mich für die weniger bekannten Leute im Filmgeschäft. Über die Website der IMDB[2] und ein paar Blogs und Chatrooms bleibe ich auf dem Laufenden."

Chase erinnerte sich an das erste Mal, als er ihre Arbeit in der Internet Movie Database IMDB gesehen hatte, wie aufregend es gewesen war, sich als ernst zu nehmender Produzent zu fühlen. Die Wärme des Feuers tat gut und verlieh dem Gespräch eine gewisse Ruhe. „Wir bekamen nicht viele Klicks."

„Nein, aber einige waren sich einig, dass Sie und Keith bald ganz groß herauskommen könnten. Zwei Produzenten mit Regietalent, die frisch und innovativ sind." Sie hatte die flirtenden Blicke und die aufreizende Körpersprache abgelegt. Jetzt schien sie ihm unbedingt ihre Geschichte erzählen zu wollen. „Ich habe Ihren Direktschnitt gesehen, *Gnade finden*. Ich habe den Film abends allein zu Hause angesehen, und wissen Sie was?"

Chase zog leicht die Brauen hoch und wartete.

„Ich war hin und weg. Die Qualität und die Kameraführung, die Musik und die schauspielerische Leistung. Die Regie." Sie legte den Kopf schief. „Sie hatten wahrscheinlich kein großes Budget, aber eines wurde deutlich: Sie und Keith haben bei der Qualität keine Abstriche

---

[2] Internet Movie Database: Internet-Filmdatenbank. Eine Datenbank über Filme, Fernsehserien, Videoproduktionen und Personen, die daran mitwirken.

gemacht." Ihre Augen funkelten. „Ich habe am nächsten Morgen meinen Agenten angerufen und ihn gebeten, sich zu erkundigen, woran Sie als Nächstes arbeiten." Sie hob die Hände knapp über den Tisch und ließ sie wieder sinken. „Jedenfalls bin ich jetzt hier."

„Gut." Er nickte ihr kurz zu. „Sie haben Ihre Hausaufgaben gemacht."

„Ich bin es müde, immer mit denselben Leuten zu arbeiten, immer dieselben Namen zu hören." Sie versuchte, ihm tiefer in die Augen zu schauen. Auch als er das nicht zuließ, wandte sie den Blick nicht ab. „Sie und Keith werden es weit bringen. Das habe ich an Ihrer früheren Arbeit gesehen und auch heute daran, wie Sie mit den Schauspielern und der Crew umgegangen sind. Sie beide sind irgendwie anders." Der verlegene Ausdruck tauchte wieder auf ihrem Gesicht auf. „Selbst nach meinem Wutausbruch."

Ihr Kompliment tat ihm gut. Besonders nach einem Tag, an dem sie nicht viel mehr als die Hälfte ihres Tagesplans geschafft hatten und an dem sie wieder einmal festgestellt hatten, dass ihre finanzielle Lage so angespannt war, dass es keine Garantie gab, dass sie den Film zu Ende drehen konnten. Chase faltete die Hände, schaute sie fragend an und wählte seine Worte mit Sorgfalt. Er wagte es nicht, ihr zu sagen, wie gut ihm ihre netten Worte taten. Denn wenn er das sagte, musste er befürchten, dass sie das als offene Einladung verstand für das, was sie vielleicht sonst noch im Sinn hatte. „Danke für das Feedback. Keith und ich haben große Träume."

„Sie werden Ihre Träume verwirklichen. Das fühle ich." Bewunderung schwang in ihrer Stimme mit. „In drei Jahren wird die ganze Welt Ihren Namen kennen." Sie beugte sich vor und tätschelte seine Hand. „Merken Sie sich meine Worte."

Chase konnte fast nicht glauben, dass das dieselbe Frau war, die am Morgen gedroht hatte, wegen eines lächerlichen Frühstücks alles hinzuwerfen. Er stand auf und lächelte sie an. „Ich erwarte von Ihnen auch Großes." Er schob seinen Stuhl unter den Tisch und erlaubte sich einen leicht neckenden Tonfall. „Besonders jetzt, da Sie jeden Morgen Ihren Lachs bekommen."

Sie ging neben ihm her zum Fahrstuhl und wartete, als Chase den Knopf drückte. „Ich bin noch gar nicht müde." Ihr Lächeln sah bewusst unschuldig aus. „Wollen Sie mit mir einen Film in meinem Zimmer anschauen? Es ist eine interessante Arbeit und ich würde gern Ihre Meinung dazu hören."

„Nein, danke. Ich möchte meine Frau anrufen und mich dann schlafen legen." Chase ließ sich seine Überraschung nicht anmerken. Sie lud ihn wirklich in ihr Zimmer ein. Wenn er seinen Glauben nicht hätte, wenn er seine Frau nicht lieben würde, würde er heute Abend vielleicht Entscheidungen treffen, die sein ganzes Leben zerstören würden. Bei diesem Gedanken wurde ihm übel.

Sie traten miteinander in den Fahrstuhl. „Welches Stockwerk?"

„Das sechste." Sie sah nicht enttäuscht aus, sondern eher belustigt.

Er drückte auf die sechs und die vier. Bevor er aus dem Fahrstuhl stieg, bedachte sie ihn mit einem Lächeln, das keine Fragen offen ließ. „Vielleicht ein anderes Mal. Wir haben vier Wochen, um uns besser kennenzulernen."

„Auf Wiedersehen, Rita." Chase lächelte, aber sein Tonfall war kühl und unpersönlich. „Nochmals danke für die Entschuldigung."

„Gern geschehen."

Bevor sich die Türen hinter ihm schlossen, sah er noch ihr Lächeln, das ihm verriet, dass sie fest überzeugt war: Selbst wenn er die Einladung in ihr Zimmer heute nicht angenommen hatte, würde er irgendwann in den nächsten vier Wochen, die sie zusammen in Bloomington waren, seine Meinung ändern.

Chase verdrängte das Gespräch und eilte in sein Zimmer, um Kelly anzurufen. Sie unterhielten sich über Skype. Sie saßen vor ihren Laptops und konnten sich sehen, während sie miteinander sprachen. Es war fast, als schaue man durch ein Fenster oder sitze sich gegenüber.

Sie hatten vereinbart, dass er eine halbe Stunde früher anrufen wollte, aber das Gespräch mit Rita hatte ihn abgelenkt. Trotzdem war Kelly nicht böse. Sie erwähnte die Verspätung nicht einmal. „Das ist schön." Sie musste direkt in die eingebaute Kamera an ihrem Bildschirm blicken, denn sie schaute ihm tief in die Augen. Sie hatte sich für das Gespräch schön gemacht. Ihre Haare waren sorgfältig zurechtgemacht, und sie trug ein dezentes Makeup, sodass ihre grünen Augen umwerfend aussahen. Selbst auf dem Laptopbildschirm.

„Du siehst schön aus." Er sehnte sich danach, sie zu berühren, ihre weichen Haare unter seinen Fingern zu fühlen und sie in die Arme zu nehmen. „Ich wünschte, du wärst hier."

„Ich auch." Die Intimität zwischen ihnen war viel stärker als an dem Tag, an dem er abgeflogen war. „Die Mädchen haben den ganzen Nachmittag davon gesprochen, dich anzurufen." Kelly lächelte. „Wir vermissen dich alle." Sie stand auf und ihr orangefarbener Pullover füllte den Bildschirm. „Ich hole sie. Sie sind oben."

Chase wartete und war froh, dass Ritas Angebot ihn nicht einmal gereizt hatte. Er und Kelly verstanden sich so gut wie nie zuvor, und er wollte seine Abende vor dem Schlafengehen nur auf diese Weise verbringen. Er konnte sich nicht vorstellen, so zu leben wie viele in Hollywood, wo jeder Film, jeder Drehort eine andere Affäre mit sich brachte, andere Leute, die zueinander ins Hotelzimmer schlichen.

Er hörte aus der Ferne das Kreischen seiner Mädchen, gefolgt vom schnellen Poltern ihrer Füße, als sie zum Computer rannten. Plötzlich tauchten ihre Gesichter auf, und beide suchten nach dem besten Platz, während ihre Stimmen gleichzeitig ertönten. „Hallo, Papa … ich hab dich lieb, Papa …"

Wieder schmerzte es Chase, dass er sie nicht in die Arme nehmen und durch die Luft wirbeln konnte, wie er es tun würde, wenn er persönlich da wäre. Ein Kloß bildete sich in seiner Kehle, aber er fand trotzdem die Stimme wieder. „Hallo, ihr beiden, seid ihr brav und gehorcht eurer Mama?"

„Ja, Papa … Ja." Molly, die Ältere der beiden, schob sich näher zur Bildschirmmitte. „Ich habe dir heute eine Karte gebastelt. Darauf ist die beste Ballerina, die du dir vorstellen kannst, Papa. Die allerbeste."

„Ich auch." Macy wollte sich nicht ausstechen lassen. Sie war zwar erst zwei, aber sie tat alles, um mit ihrer Schwester mitzuhalten.

„Wie lief es bei der Arbeit?" Molly blinzelte mit ihren großen Augen. „Wir haben für dich gebetet." Sie schaute zu Kelly hinauf, die fast gar nicht zu sehen war. „Stimmt's, Mama? Wir haben gebetet."

„Ja, Schatz." Kelly beugte den Kopf so, dass wenigstens ihre Augen auf dem Bildschirm zu sehen waren. „War es ein guter Tag?"

„Sehr gut." Chase lachte über das Bild, das die drei abgaben, als sie sich um den Laptop drängten. „Ich kann es nicht erwarten, deine Karte zu sehen, Molly."

„Ja, ich auch." Sie berührte den Bildschirm. „Es ist schön, dich zu sehen, Papa. Schade, dass wir uns durch dieses Ding nicht umarmen können."

„Ich weiß, Schatz." Der Schmerz in seinem Herzen wurde größer. „Das finde ich auch."

Sie sprachen noch ein paar Minuten weiter. Dann forderte Kelly die Mädchen auf, wieder nach oben zu gehen. „In zehn Minuten ist Schlafenszeit", erklärte sie. „Putzt euch die Zähne. Ich komme dann zu euch."

Als die Mädchen fort waren, setzte sich Kelly wieder vor den Bildschirm. „Jetzt im Ernst, Chase. Wie lief es?"

Er seufzte und hörte daran selbst, wie sehr dieser Tag ihn ausgelaugt hatte. „Hart. Rita Reynolds brauchte Lachs, bevor sie bereit war zu arbeiten, und dann hat eine Katze unsere Beleuchtungskabel durchgebissen."

„Lachs?" Kelly war verblüfft. „Zum Frühstück?"

„Ja." Er fuhr sich mit der Hand durch die Haare. „Das hätte angeblich in ihrem Vertrag stehen sollen. Jeden Morgen Lachs, oder sie arbeitet nicht."

„Das ist nicht wahr!" Kelly verzog lachend die Nase. „Habt ihr euer Pensum geschafft?"

„Nein, überhaupt nicht." Er wollte den Tag nicht mit Sorgen über ihr Budget beenden, aber die Realität ließ sich nicht leugnen. „Wir müssen morgen Zeit gutmachen."

Einen kurzen Moment trat Besorgnis in ihre Augen, aber dann lächelte sie wieder. „Das schafft ihr. Die Mädchen und ich beten weiter." Ihr Lächeln war echt und herzlich. Das war viel zu oft ein wunder Punkt in ihrer Beziehung gewesen, und Kelly schien fest entschlossen zu sein, ihn jetzt zu ermutigen, auch wenn der erste Tag sehr schwer gewesen war. „Du siehst müde aus."

„Ich bin auch müde." Er dachte daran, ihr von dem Gespräch mit Rita zu erzählen, entschied sich dann aber dagegen. Ritas Interesse prallte von ihm ab. Es war nicht nötig, Kelly deshalb zu beunruhigen. „Hör zu, Schatz. Ich brauche etwas Schlaf. Wir können morgen länger sprechen."

„Okay." Wieder zeigte sie es nicht, falls sie enttäuscht war, weil das Gespräch nur so kurz war. „Ich bin stolz auf dich, Chase. Du tust das, wozu Gott dich berufen hat." Sie legte die Finger auf den Bildschirm. „Ich kann es nicht erwarten, wieder bei dir zu sein."

„Ich auch nicht. Wenn wir den Zeitplan schaffen, will ich über das

Wochenende nach Hause kommen. Nicht am kommenden Wochenende, aber eine Woche später."

„Okay. Bis dahin bin jederzeit für dich da." Ihre Augen glänzten mehr als vorher, und sie blinzelte ein paarmal. „Ich liebe dich."

„Ich liebe dich auch."

Der Anruf war zu Ende und Chase klappte den Laptop zu. Während er sich die Zähne putzte, betrachtete er sich im Spiegel und genoss das großartige Gefühl, dass er keine Kompromisse einging. Er und Kelly hatten zwar hin und wieder ihre Probleme. Aber sie liebten sich. Daran würden keine Dreharbeiten etwas ändern. Nicht für ihn, und ganz gewiss nicht für Keith. Sie würden der Welt zeigen, dass zwei verheiratete Männer einen Monat mit den begabtesten und schönsten Schauspielerinnen eng zusammenarbeiten konnten, ohne eine Affäre anzufangen. Gott gab ihnen dazu die Kraft; das hatte Chase bei seinem Gespräch mit Rita deutlich gespürt. Er war sich zwar nicht sicher, was den Zeitplan für die Dreharbeiten morgen anging oder ob sie genug Geld hätten, um das Projekt zu Ende zu führen. Aber niemand brächte ihn dazu, das Versprechen, das er Kelly gegeben hatte, zu brechen.

Davon war er fest überzeugt.

# Kapitel 7

Am nächsten Morgen war Keith begeistert, dass sie nach zwei Stunden schon so viel geschafft hatten. Sie waren schon eine Szene weiter, als sie sich für diese Tageszeit vorgenommen hatten. Vielleicht würden sie tatsächlich die verlorene Zeit aufholen. Deshalb hatte er gestern nicht gewollt, dass Chase sich Sorgen machte. Gott wusste, wie viel Geld sie hatten und wie viele Tage sie sich für die Außendreharbeiten leisten konnten. Den ganzen Morgen war alles gut gelaufen. Chase schickte die Leute ins Haus und wieder heraus und freute sich über das gute Material, das sie mit nur wenigen Takes hatten.

Bevor er zum Set gefahren war, hatte Keith Ben Adams an der Westküste angerufen. Man erzählte sich, dass der Milliardär Filme mit einer guten, moralisch anspruchsvollen Botschaft unterstützte, und Keith hatte das Gefühl, dass Ben die Lösung für ihre finanziellen Schwierigkeiten sein könnte. Das Problem war, dass Ben nichts von ihm und Chase wusste. Obwohl Keith den Mann in den letzten zwei Wochen viermal angerufen hatte, hatte er nicht zurückgerufen.

„Kann ich ihm etwas ausrichten?" Bens Sekretärin klang fast gelangweilt. Wahrscheinlich hatte sie hundert Möchtegern-Produzenten am Tag am Telefon.

„Ja, ich habe schon einmal angerufen. Mein Name ist Keith Ellison. Ich arbeite mit Chase Ryan zusammen. Wir sind schon bei den Außendreharbeiten zu unserem Film, *Der Letzte Brief*. Ich denke, Mr Adams könnte sich dafür interessieren, bei der Finanzierung des Films mitzuwirken."

Die Sekretärin klang ein bisschen interessierter. „Mr Adams ist bis zum Ende des Monats außer Landes. Ich richte ihm Ihre Nachricht aus."

Außer Landes. Keith hatte Mühe gehabt, seine Enttäuschung zu unterdrücken. Der Mann, der ihnen vielleicht helfen könnte, war nicht da und konnte ihnen deshalb nicht helfen, selbst wenn er es wollte. Keith überlegte immer noch, wie er ihn erreichen könnte, wie er es schaffen könnte, dass Ben Adams von ihrem Film erfuhr, egal, wo er gerade war und was er machte.

Jetzt hatten sie eine Fünf-Minuten-Pause und Keith überflog seine Notizen für die nächsten Szenen, als Rita Reynolds zu ihm trat. Der Himmel war wolkenlos, aber die Bäume spendeten so viel Schatten, dass sie ihre Sonnenbrille nicht aufhatte. „Hallo." Sie trat neben ihn und warf einen Blick auf sein Klemmbrett. „Wir liegen gut in der Zeit, oder?"

„Ja." Er war sofort auf der Hut. Nach ihrem Temperamentsausbruch wegen des Lachses war Keith nicht sicher, was sein Star als Nächstes tun würde. „Möchten Sie einen Kaffee?"

„Nein, danke." Sie drehte sich leicht um und schaute ihn an. „Ich habe gestern mit Chase gesprochen. Ich habe mich bei ihm entschuldigt. Und ich wollte auch Ihnen sagen, dass es mir leidtut."

Keith ließ sein Klemmbrett sinken. „Kein Problem. Sie haben ein Recht auf das Frühstück, das Sie möchten. Es war nicht Ihre Schuld, dass jemand einen Fehler gemacht hat."

„Ja, aber trotzdem." Sie schaute zum strahlend blauen Himmel hinauf und atmete tief ein. „Ich bin froh, dass das geklärt ist."

„Ich auch." Er lächelte sie väterlich an. „Ich habe die Szenen heute Morgen gesehen. Sie waren sehr gut, Rita. Wir haben richtig gute Aufnahmen."

„Danke." Sie wippte leicht auf den Zehen, und ihre Miene verriet ihm, dass sie noch etwas sagen wollte. „Können Sie mir etwas verraten?"

Keith warf einen Blick auf seine Uhr. Sie hatten noch drei Minuten Pause. „Kommen Sie mit. Ich brauche eine Flasche Wasser."

„Okay." Sie ging neben ihm her über die Straße zum Tisch mit den Imbissen. „Erzählen Sie mir etwas über Chase. Wir haben uns gestern Abend lange unterhalten und ich muss ständig an ihn denken."

Keith fühlte sich, als hätte er einen Tritt in den Magen bekommen. Er blieb stehen und schaute sie direkt an. Er hatte Mühe, seinen Ton zu beherrschen. „Er ist Ihr Regisseur und er ist verheiratet. Das ist alles, was wichtig ist."

„Ich weiß." Sie wedelte mit der Hand vor ihrem Gesicht, als wäre der Gedanke, dass Chase verheiratet war, nicht mehr als ein lästiges Insekt. „Natürlich ist er verheiratet, aber ... ist er glücklich? Mit seiner Frau?"

„Rita, ich finde dieses Gespräch sehr sonderbar." Keith verlagerte sein Gewicht. „Tun wir so, als hätten Sie es nie erwähnt." Er ging wieder weiter. „Und ja, Chase ist sehr glücklich verheiratet."

„Seien Sie nicht beleidigt." Ritas Lachen klang fast herablassend. „Ich nahm an, dass Sie es mir sagen würden, wenn er nicht glücklich verheiratet wäre. Wenn er glücklich verheiratet ist, ist ja alles gut." Sie warf die Haare zurück. „Das war nur eine Frage." Sie klopfte Keith auf die Schulter. „Machen Sie sich deshalb keine Gedanken."

„Wie ich schon sagte: Ich vergesse, dass Sie es je erwähnt haben."

Sie lachte und drehte sich dann zu den Schauspielern um, die um den Kaffeetisch herumstanden. Keith schaute ihr noch einen Moment nach. Dann bewegte er sich in die andere Richtung und nahm eine kalte Wasserflasche aus dem Kühlschrank. Ritas dreistes Verhalten schockierte ihn. Und was hatte es mit ihrem Gespräch mit Chase auf sich? Wie kam es, dass Chase es nicht erwähnt hatte?

Keith nahm eine zweite Wasserflasche und ging schnellen Schrittes zum Set zurück. Chase war immer noch im Haus und sprach mit einem Kameramann über eine bestimmte Kameraeinstellung. Er blickte auf, als er Keith sah, und grinste. „Ich hätte auf dich hören sollen. Heute läuft es erstaunlich."

Keith versuchte, die Wut zu bändigen, die in ihm brodelte, und warf Chase eine Wasserflasche zu. „Hast du eine Sekunde Zeit für mich?"

„Ja, klar." Chases Miene änderte sich. Er folgte Keith nach draußen hinter das Haus. Die Leute kamen von der Pause zurück, aber ein paar Sekunden konnten sie sich noch ungestört unterhalten. Chase drehte die Flasche auf, schaute dabei aber Keith besorgt an. „Sag nicht, dass schon wieder etwas passiert ist! Nicht jetzt!"

Keith zügelte seinen Ärger. Er konnte seinem Freund keine Vorwürfe machen, ohne vorher seine Seite der Geschichte gehört zu haben. „Hast du dich gestern Abend mit Rita unterhalten?"

„Sie hat sich zu mir gesetzt, als du gegangen warst." Er wirkte verblüfft. „Wir haben uns über den Film unterhalten und sie hat mir erzählt, warum sie die Rolle übernommen hat."

„Das war alles?"

„Keine Ahnung." Er zuckte die Achseln, aber in seiner Stimme und seiner Miene lagen keine Schuldgefühle. „Vielleicht wollte sie mehr von mir. Sie hat mich eingeladen, in ihrem Zimmer einen Film anzuschauen. Ich hätte sie beinahe ausgelacht."

„Du bist nicht mitgekommen, oder?"

„Natürlich nicht!" Chases Stimme klang gereizt. „Machst du Witze?

Glaubst du ehrlich, ich würde zu einer Frau aufs Zimmer gehen, um einen Film anzuschauen?"

„Rita ist es gewohnt, ihren Willen zu bekommen." Keiths Herz versuchte, seinen normalen Rhythmus wiederzufinden. Er hatte nicht daran gedacht, was passieren könnte, falls einer von ihnen seinen guten Ruf aufs Spiel setzte. Selbst wenn es noch so unschuldig war. „Nimm dich vor ihr in Acht, Chase. Ein Skandal wäre unser Ruin."

„Ein Skandal?" Chase lachte, aber es klang eher verärgert als belustigt. „Ich liebe meine Frau, das weißt du. Ich habe kein Interesse an Rita Reynolds oder an irgendeiner anderen Frau."

„Okay." Keith trat ein paar Schritte auf den Rasen hinter dem Haus hinaus. Dann drehte er sich um und ging zu seinem Freund zurück. Er atmete tief aus und versuchte, wieder die Haltung anzunehmen, die er vor der Pause gehabt hatte. „Sie hat mich nach dir gefragt und gesagt, sie könne nicht aufhören, an dich zu denken." Er verbarg seine Abscheu nicht. „Sie wollte wissen, ob du glücklich verheiratet bist."

„Das ist lächerlich. Ich habe ihr gestern Abend klargemacht, dass ich glücklich verheiratet bin und nichts von ihr will."

„Offenbar hat sie dir nicht richtig zugehört."

Chase stöhnte. „Danke, dass du mir das gesagt hast. Ich achte darauf, dass ich ihr nicht den geringsten Anlass gebe zu glauben, ich wäre an ihr interessiert."

Die Situation war nicht leicht, da Chase Ritas Regisseur war. Er müsste bis zum Ende der Dreharbeiten eng mit ihr zusammenarbeiten.

„Gut." Keith klopfte seinem Freund kräftig auf die Schulter. „Sei vorsichtig. Ein hübscher Junge wie du kann leicht in Schwierigkeiten geraten."

„Du musst gerade reden!", lachte Chase, aber sein Lachen verriet Keith, dass er immer noch verärgert war. „Zwei Schauspieler haben gesagt, dass du Kevin Costner zum Verwechseln ähnlich siehst."

„Dass ich nicht lache!" Keith verdrehte die Augen, und sie gingen zum Haus zurück.

„Ich wollte damit nur sagen ..." Chase zog ihn jetzt auf. „Solange du auf mich aufpasst, behalte ich dich auch im Auge."

Aus dem Geräuschpegel schlossen sie, dass die Schauspieler und die Filmcrew vor dem Haus warteten. Als die zwei Produzenten sich in diese Richtung begaben, hörten sie plötzlich ein scharfes Bellen und dann einen schrillen Schrei.

„Was zum Kuckuck ist jetzt schon wieder?" Keith lief voraus. Er rannte zur Haustür und riss sie auf. Jake Olson hielt sich den Arm. Gleichzeitig rannte der Hund, den sie für den Film einsetzten, zum nächsten Baum und legte sich flach auf die Erde.

Ritas Gesicht war angstverzerrt. Sie winkte Keith zu sich. „Schnell! Er braucht Hilfe!" Mehrere Schauspieler folgten Jake zum Gehweg. Aus dem Garten neben dem Haus stürzte der Hundetrainer zu dem Hund und nahm ihn an die Leine. Chase sprang die Treppe hinab und winkte in Richtung eines Polizeiwagens, der auf der anderen Straßenseite stand. „Wir brauchen einen Sanitäter! Schnell!"

Wie bei Außendreharbeiten üblich, stand ein Krankenwagen am anderen Ende der Straße, um für den Fall, dass sie medizinische Hilfe brauchten, jederzeit in der Nähe zu sein. Der Polizist nahm sein Funkgerät, rief etwas hinein, und wenige Sekunden später fuhr der Krankenwagen vor.

„Was ist passiert?" Keith ging schnell auf Jake zu.

„Jake hat den Hund auf den Arm genommen." Ritas Atem kam schnell, und sie kämpfte mit den Tränen. „Er war ein wenig grob zu ihm, und plötzlich biss der Hund ihn in den Arm. Ohne Vorwarnung."

Keith hob die Hand. „Danke. Ich kümmere mich darum." Er legte die Hände wie einen Trichter um seinen Mund. „Alle herhören! Noch zehn Minuten Pause. Wir müssen für die Sanitäter Platz machen."

Während die Schauspieler und die Crew den Platz räumten, traten Keith und Chase zu Jake. Jemand hatte ihm ein altes T-Shirt um den Arm gebunden, aber das Blut drang trotzdem durch. Jake fluchte leise. „Es war meine Schuld."

„Was haben Sie gemacht?" Chase band das T-Shirt enger, um eine Art Druckverband über der Wunde zu bilden. Die Sanitäter kamen jetzt mit einer Arzttasche zu Jake und sahen besorgt aus.

Jake verzog das Gesicht. „Ich arbeite nach der Naturalismus-Methode. In der ersten Hälfte des Films versuche ich, mich in die Rolle zu versetzen."

Keith hatte keine Ahnung, worauf ihr männlicher Hauptdarsteller mit dieser Erklärung hinauswollte. „Was hat das mit dem Hund zu tun?"

„Ich wollte, dass er ein wenig Angst vor mir hat." Jake atmete aus und man hörte ihm an, dass er Schmerzen hatte. „Sie wissen schon, damit der Hund irgendwie nervös aussieht, wenn ich ins Zimmer komme. Genauso wie alle anderen, die vor dem Brief nervös sind."

„Deshalb haben Sie den Hund auf den Arm genommen?" Chase sah ein wenig blass aus und überlegte wahrscheinlich schon, welche Folgen das haben würde.

„Ja." Jake drückte seinen verwundeten Arm enger an sich. „Wie ich schon sagte, ich wollte ihn ein wenig einschüchtern." Er schaute Chase und dann Keith an. „Es war meine Schuld. Bestrafen Sie den Hund deshalb nicht."

Die Sanitäter beugten sich über ihn. Einer wickelte das T-Shirt von Jakes Arm. Die wenigen Abdrücke von den Zähnen waren nicht sehr groß, aber tief. So tief, dass Keith sich fragte, ob der Hund eine Arterie erwischt hatte. Was konnte sonst der Grund für die starke Blutung sein? Der Sanitäter versorgte die Wunde, während sein Kollege Jakes Blutdruck maß und einen intravenösen Zugang legte. Sobald die Nadel gelegt war, schaute er Keith mit einem bedeutungsvollen Blick an. „Er muss ins Krankenhaus."

„Ein paar Kilometer von hier ist ein Krankenhaus", sagte Keith. „Ich fahre mit, wenn Sie nichts dagegen habe." Er wandte sich an Chase. „Arbeitet weiter. Es gibt einige Szenen ohne Jake."

Chase nickte. Er sah sehr besorgt aus, aber er behielt für sich, was er dachte. „Halte uns auf dem Laufenden."

„Wird gemacht."

Die Fahrt zum Krankenhaus verlief sehr schnell. Als sie ankamen, hatte der Sanitäter, der hinten beim Patienten mitfuhr, Jake auf eine Trage gelegt und mit einem ordentlichen Druckverband die Blutung gestillt. Keith wandte sich an den Fahrer. „Glauben Sie, dass eine Arterie verletzt wurde?"

„Das könnte sein. Wenn das der Fall ist, muss er operiert werden. Er muss auf jeden Fall genäht werden. So viel steht fest. Vielleicht steht er auch unter Schock. Sein Blutdruck ist ein wenig niedrig."

Sie parkten vor der Tür zur Notaufnahme. Keith schaute zu, wie die Sanitäter Jake auf der Trage hineinschoben. Sie wurden von einer Schwester begrüßt, die sie in ein Untersuchungszimmer führte. „Sie haben Glück, dass Sie heute Morgen kommen. Dr. Baxter hat gerade Dienst. Er ist der beste Arzt in ganz Bloomington."

Keith dankte Gott im Stillen für diese gute Nachricht. Er wartete an der Seite. Wenige Sekunden später betrat ein freundlicher Mann mit weißen Haaren das Zimmer und trat zu Jake. Irgendwie kam Keith der Arzt bekannt vor, doch der Name „Baxter" sagte ihm nichts. Er stellte sich vor und untersuchte dann die Wunde an Jakes Arm. „Der Hund hat sie kräftig erwischt." Er schaute Jakes Augen an. „Wie fühlen Sie sich?"

„Nicht sehr gut." Jakes Gesicht hatte eine leicht grünliche Farbe angenommen. „Aber es war meine Schuld. Ich habe den Hund provoziert." Er lag immer noch mit dem Rücken auf der Trage und hielt sich mit seinem unverletzten Arm die Augen zu. „Ich bin Schauspieler."

„Was Sie nicht sagen", lächelte Dr. Baxter. „Das ist mein Sohn auch."

Sein Sohn? Keith fügte die Puzzleteile zusammen, und plötzlich fragte er sich, ob Dr. Baxter ihm bekannt vorkam, weil ... „Ihr Sohn ist nicht zufällig Dayne Matthews, oder?"

„Doch." Dr. Baxter schaute Keith kurz an. „Sie sind einer der Produzenten?"

„Ja, Sir. Keith Ellison." Kein Wunder, dass der Mann ihm bekannt vorgekommen war! Dayne Matthews war der bekannteste Schauspieler im ganzen Land. Er hatte erst vor Kurzem aufgehört, als Schauspieler zu arbeiten, um hier bei seiner Frau und bei seiner kleinen Tochter in Bloomington zu wohnen. Alle rechneten damit, dass er irgendwann wieder Filme drehen würde, aber im Moment leiteten er und seine Frau eine Kindertheatergruppe in der Stadt. Keith kannte Dayne nicht, aber er fragte sich, ob sie sich während der Dreharbeiten in Bloomington vielleicht irgendwann begegnen würden.

Dr. Baxter warf ihm einen Blick zu, als wolle er sagen, dass sie später über den Film sprechen könnten. Zuerst brauchte Jake die Hilfe des Arztes. Er wies die Krankenschwester an, alles zum Nähen vorzubereiten, und wandte sich wieder an Keith. „Was ist mit dem Hund? Weiß jemand, ob er geimpft ist? Wir müssen wissen, ob wir Tollwut ausschließen können."

„Ich kümmere mich darum." Keith trat auf den Flur hinaus und rief Chase an.

„Wie geht es ihm? Wir drehen, aber alle machen sich große Sorgen."

„Der Arzt ist bei ihm. Ich weiß noch nichts Neues." Keith erklärte, wer der Arzt war und dass sie wissen mussten, ob der Hund gegen Tollwut geimpft war.

„Ich habe den Impfpass irgendwo gesehen. Ich schicke ihn dir sofort ins Krankenhaus."

„Gut. Und bete, dass Jake nicht operiert werden muss." Keith sagte nicht, was er dachte. Eine Operation wäre nicht nur für Jake schlecht, aber wenn der Arzt operieren musste, würden sie ein paar Tage verlieren, bis er wieder einsatzbereit wäre. Was das bedeutete, musste er nicht laut sagen. Chase wusste selbst, wie eng bemessen ihr Budget war.

Als Keith ins Untersuchungszimmer zurückkam, fragte Dr. Baxter Jake gerade, wann er seine letzte Tetanusimpfung bekommen hatte.

Jake nahm den Arm vom Gesicht und überlegte einen Moment. „Während der High School, glaube ich."

„Dann brauchen wir auch eine Tetanusauffrischung", sagte Dr. Baxter zu der Krankenschwester. „Wir müssen die Wunde säubern und nähen." Er zog ein großes Vergrößerungsglas von einem Gerät an der Decke und positionierte es über dem Hundebiss. „Ich verstehe Ihre Bedenken wegen der Arterie", sagte er zum Sanitäter, der noch im Raum war. „Er hat sie erwischt, aber nur leicht." Er lächelte Jake an. „Wir müssen nicht operieren."

Jake atmete langsam und tief aus. „Ich bin so dumm. Ich wollte mich einfach in die Rolle versetzen." Er hob den Kopf vom Kissen und schaute Keith an. „Der Hund kann wirklich nichts dafür. Er kann bleiben. Er wird niemanden mehr beißen."

Keith wollte Jake nicht weiter beunruhigen, aber er war ziemlich sicher, dass der Hund ausgetauscht werden musste. Deshalb nickte er jetzt nur. „Wir kümmern uns um alles."

Sie machten Smalltalk, während Dr. Baxter Jakes Wunden versorgte. Plötzlich grinste der junge Schauspieler Keith an. „Hey, ich habe gehört, dass Sie eine hübsche Tochter haben, Ellison."

„So?" Keith wurde sofort vorsichtig, als der Mann Andi erwähnte. Jake Olson war ein hervorragender Schauspieler, aber mit seinen vierundzwanzig Jahren hatte er schon viele Frauenherzen gebrochen. „Wo haben Sie das gehört?"

„Ein paar Kameraassistenten haben Sie am Wochenende mit ihr in einem Restaurant gesehen." Er lächelte, aber es sah eher aus, als verziehe er vor Schmerzen das Gesicht, da der Arzt weiternähte. „Wann kann ich sie kennenlernen?"

Keith bemühte sich um eine ernste und gleichzeitig ungezwungene

Antwort. Vermutlich wollte Jake sowieso nur ein wenig Smalltalk machen, um sich abzulenken. „Am Freitag ist sie am Set." Er verzog das Gesicht. „Aber sie ist nicht Ihr Typ. Viel zu jung für Sie. Tut mir leid, Jake."

Jake lachte und konzentrierte sich darauf, nicht auf seinen Arm zu schauen. „Ich würde sie trotzdem gern kennenlernen."

Eine halbe Stunde später waren Jakes Wunden genäht und versorgt und er konnte entlassen werden. Dr. Baxter wies ihn an, seinen verbundenen Arm sauber zu halten und beim ersten Anzeichen einer Infektion sofort zu kommen. „Das ist bald wieder in Ordnung. Sie sind jung." Dr. Baxter legte Jake die Hand auf die Schulter. „Es wird schnell heilen. Es hätte viel schlimmer ausgehen können." Der Arzt gab ihm noch einige Anweisungen und riet ihm, nur dann Schmerzmittel zu nehmen, wenn die Schmerzen schlimmer wurden. „Ich halte nicht viel von Schmerzmedikamenten bei so etwas."

„Nein." Jake hatte wieder seine gewohnte Gesichtsfarbe. Er sah aus, als ginge es ihm schon wieder viel besser. „Ich hasse Schmerztabletten. Damit kann man sich böse zurichten."

„Das stimmt." Dr. Baxter trat ein paar Schritte zurück. „Glauben Sie, dass Sie selbst laufen können?"

„Natürlich." Jake schüttelte den Kopf. „Ich verstehe immer noch nicht, wie ich so dumm sein konnte." Er schaute Keith entschuldigend an. „Tut mir leid, dass ich Ihnen so viel Mühe mache. Ich passe in Zukunft besser auf."

„Ich bin froh, dass es nicht schlimmer ausgegangen ist."

Die Krankenschwester trat ein und räumte alles auf. „Ich habe Ihnen gesagt, dass Dr. Baxter der Beste ist." Sie lächelte und verschwand dann wieder auf dem Flur.

„Ich begleite Sie zum Krankenwagen." Der Sanitäter nahm Jake an seinem unverletzten Arm und half ihm auf die Beine. „Nur für den Fall, dass Ihnen ein bisschen schwindelig ist."

Als sie das Zimmer verließen, lehnte sich Dr. Baxter an die Wand und schaute Keith an. „Wir verfolgen Ihre Geschichte und wissen, dass Sie Filme drehen wollen, die Gott die Ehre geben."

„Ja." Keith war erstaunt, dass dieser beliebte Arzt Dayne Matthews' Vater war und dass er auch noch von Keith und Chase und ihren Absichten mit dem Film wusste. „Wir waren bis vor zwei Jahren

Missionare. Wir glauben, dass Gott uns in dieses neue Missionsfeld schickt."

„Darüber haben Dayne und ich erst gestern Abend gesprochen. Wir brauchen mehr Filme, die Werte vermitteln, Geschichten, die dazu beitragen, wieder einen Charakter zu entwickeln, wo so vieles kaputtgegangen ist." Er nickte langsam. „Wir beten für Sie. Meine ganze Familie betet."

Keith war von der Freundlichkeit des Arztes zutiefst gerührt, und er war dankbar, dass Gott ihn ausgerechnet heute Morgen in der Notaufnahme arbeiten ließ, als Keith nicht nur einen guten Arzt brauchte, sondern auch jemanden, der ihm das sagte, was er gestern Abend Chase gesagt hatte. Dass alles gut werden würde. Sie unterhielten sich noch ein paar Minuten. Dr. Baxter hatte sechs Kinder, die in Bloomington oder in der Nähe wohnten. Darunter waren eine Tochter und ein Schwiegersohn, die beide Ärzte waren, und ein Sohn, der Anwalt war und Dayne zum Verwechseln ähnlich sah.

„Ich glaube, ich habe sein Bild vor ungefähr einem Jahr in der Klatschpresse gesehen."

Dr. Baxter lächelte trocken. „Das kann gut sein. Wir haben viel durchgemacht, bis wir so weit waren, wie wir jetzt sind. Wir alle wissen, dass ein steiniger Weg vor Ihnen und Chase liegt." Er sah aus, als gingen ihm zig erstaunliche Erinnerungen durch den Kopf. „Vielleicht haben wir noch Gelegenheit, uns zu unterhalten, bevor Sie Bloomington wieder verlassen." Der Arzt zog eine Visitenkarte aus der Tasche, drehte sie um und schrieb etwas auf die Rückseite, bevor er sie Keith reichte. „Hier ist meine Privatnummer. Wir treffen uns fast jeden Sonntagabend im Haus meiner Tochter Ashley zum Essen. Sie und Chase sind herzlich dazu eingeladen. Es tut Ihnen vielleicht gut, ein paar Freunde auf Ihrer Seite zu wissen."

Keith dachte an alles, was passiert war, seit sie gestern angefangen hatten zu drehen. „Auf jeden Fall." Wieder erstaunte ihn John Baxters Freundlichkeit. „Meine Frau kommt diese Woche. Sie würde sich über ein Sonntagsessen mit Ihrer Familie sicher auch freuen."

„Das wäre schön, aber ich verstehe auch, wenn Sie keine Zeit haben. Ich weiß, wie so etwas läuft." Sie traten miteinander zur Tür. „Vielleicht treffen Sie Dayne am Set. Er hat gesagt, dass er Sie besuchen will, um Ihnen Mut zuzusprechen."

„Das wäre herrlich." Keith reichte dem Arzt die Hand. „Ich freue mich, dass wir uns kennengelernt haben, wenn auch unter keinen angenehmen Umständen. Es tut gut zu wissen, dass noch jemand für uns betet."

Keith und Jake kamen unmittelbar vor der Mittagspause zum Set zurück. Chase und die anderen hatten in der Zwischenzeit ein paar weitere Szenen gedreht, wodurch sie ihrem Zeitplan für heute immer noch voraus waren. Keith und Chase schlenderten über die Seitenstraße zum Essenszelt, als Keith direkt hinter ihnen ein paar Techniker über etwas lachen hörte. Einer von ihnen erzählte eine lustige Geschichte. In diesem Moment stieß er einen lauten Schwall Schimpfwörter aus, nur um die anderen zum Lachen zu bringen.

„Hey!" Keith blieb stehen und drehte sich um. „Könnten Sie vielleicht einen anderen Wortschatz benutzen?"

Der Mann schaute ihn mit großen Augen an und grinste dann. „Reden Sie mit mir?"

„Ja." Keith war nicht der Typ, der leicht die Beherrschung verlor. Aber er wollte nicht, dass seine Schauspieler und seine Crew einer solchen Sprache ausgesetzt waren. Das passte nicht zu einem Film mit einer so großartigen Botschaft. „Benutzen Sie bitte einen anderen Wortschatz."

Der Mann lachte wieder. Dieses Mal stieß er den Techniker neben sich mit dem Ellbogen. „Hast du das gehört? Benutzen Sie einen anderen Wortschatz." Er trat einen Schritt näher und schaute Keith finster an. „Ich benutze den Wortschatz, den ich will."

„Hören Sie zu." Keith hob die Hände. „Ich habe Sie nur gebeten, auf Ihre Sprache zu achten."

Der Mann schaute ihn noch ein paar Sekunden finster an, dann gab er nach. „Meinetwegen, Mann." Aber leise knurrte er: „Kümmere dich um deine Sache und lass mich in Ruhe."

Chase hatte während des gesamten Wortwechsels geschwiegen, aber jetzt legte er Keith eine Hand auf die Schulter. „Komm mit. Wir müssen etwas essen."

Während sie weitergingen, hörten sie den Mann mit seinen Freunden reden. Dabei benutzte er jede Menge Schimpfwörter und sprach mit Absicht so laut, dass Keith und Chase jedes Wort hören mussten. Sie nahmen sich Hähnchenfleisch, Reis und Salat. Chase ging zum Produktionswagen voraus. „Komm mit. Wir können hier drinnen essen."

Als sie im Wagen waren, schob Keith seinen Teller beiseite, lehnte sich auf seinem Metallklappstuhl zurück und starrte die Stelle an, an der die Mauer und die Decke zusammenstießen. „Merkst du es?"

„Den Kampf?" Chase pfiff leise. „Ich merke ihn, ja."

„Das ist doch verrückt." Keith stieß ein verzweifeltes Lachen aus. „Unser männlicher Hauptdarsteller wird von einem Hund gebissen."

„Und dann die Kerle mit den Sprüchen unter der Gürtellinie. Der Mann, mit dem du gesprochen hast, ist Steve Jenkins. Er hätte sich besser benehmen können."

„Ja." Keith dachte wieder über den Bibelvers nach, der ihm gestern Mut gemacht hatte. *Betrachte es als Grund zur Freude ...* Er seufzte und zwang sich zu einem Lächeln. „Und das alles an einem einzigen Arbeitstag."

„Wenigstens schaffen wir heute vielleicht unsere Arbeit." Chase nahm einen Bissen von seinem Hähnchen. „Ich muss nach Jake sehen, bevor die Mittagspause vorbei ist, und in der Garderobe schauen, ob es ein Kleidungsstück gibt, das seinen Verband verdeckt."

„Er kann morgen einen kleineren Verband anlegen." Keith hatte immer noch Mühe, die Fassung wiederzugewinnen. Während sie weiteraßen, erzählte er Chase von Dr. Baxter und seiner Einladung zu einem Sonntagsessen mit seiner Familie.

„Ich erinnere mich an ihre Geschichte. Dayne wurde von Adoptiveltern aufgezogen, die starben, als er gerade mit der High School fertig war."

„Genau. Und als er die Baxters fand, fielen die Paparazzi über die Geschichte her."

„Es tut gut, dass sie von uns wissen."

„Und dass sie für uns beten." Keith aß den letzten Rest Reis und wischte sich den Mund ab. „Er hat gesagt, dass Dayne vielleicht am Set vorbeikommt."

„Das wäre großartig." Chase grinste. „Für uns und die ganze Besetzung und die Crew." Er stand auf und ging zur Tür. „Wir sehen uns draußen." Er blieb stehen. „Lass dich wegen heute nicht unterkriegen. Jake wird wieder gesund, und Techniker fluchen nun einmal. Dagegen können wir nicht viel machen."

„Jenkins könnte wenigstens ein bisschen Respekt zeigen. Ich habe ihn doch wirklich nur höflich gebeten." Keith schob seinen Teller von seinem Platz zurück. „Kannst du dir vorstellen, was passiert wäre, wenn dieser Hund Rita Reynolds gebissen hätte?"

Chases Gesicht wurde düster. „Daran habe ich die ganze Zeit gedacht, während ihr im Krankenhaus wart. Sie hätte ihren Agenten angerufen und säße jetzt schon im Flugzeug nach Hollywood." Er schnippte mit den Fingern. „Von einem Augenblick auf den anderen hätten wir dichtmachen können. Keine weibliche Hauptdarstellerin, kein Film. Nichts, um den Investoren ihr Geld zurückzuzahlen."

Die weitreichenden Folgen, die das gehabt hätte, erdrückten Keith fast. „Ich habe Ben Adams noch eine Nachricht hinterlassen. Offenbar ist er außer Landes. Ich muss eine Möglichkeit finden, ihn auf uns aufmerksam zu machen." Er seufzte. „Ach, und ich habe mit dem Hundetrainer gesprochen. Wir haben am frühen Nachmittag einen neuen Hund hier. Der andere bekommt eine Woche frei, bevor er wieder arbeitet."

„Unglaublich." Chase schüttelte den Kopf und verließ den Wohnwagen.

Allein mit dem leisen Surren der Klimaanlage, starrte Keith aus dem kleinen Fenster auf die Bäume, die die Straße säumten, auf der sie den Film drehten. *Gott ... das war knapp ... wir hätten alles verlieren können.*

*Ich bin bei dir, mein Sohn ... lass dich nicht entmutigen, verliere nicht die Hoffnung. Ich kämpfe für dich ...*

Wie ein sanfter Wind an einem stickigen Sommertag hauchte die Antwort des Heiligen Geistes neues Leben in Keiths Seele. Er dachte an Steve Jenkins und die anderen Helfer. Die Crew, alle, die hinter den Kulissen arbeiteten, standen auf einer Seite. Ein Streik, der gerade in Hollywood die meisten Produktionen lahmlegte, war für sie zu einem Vorteil geworden, da sie sich keine in der Gewerkschaft organisierten Arbeiter leisten konnten. Jeder Kameramann, Techniker und Mitarbeiter am Set arbeitete für eine geringere Bezahlung als gewöhnlich, aber da es keine anderen Stellenangebote gab, waren sie dankbar, dass sie überhaupt eine Arbeit hatten. Jeder von ihnen hatte eine Einwilligungserklärung unterschrieben, in der sie sich einverstanden erklärten, dass sie untertariflich bezahlt wurden, und in der sie bestätigten, dass ihnen bewusst sei, dass dieser Film kein Gewerkschaftsfilm war, wenigstens was die Crew anging.

Die Schauspieler hingegen – jeder, der vor der Kamera stand – bekamen den Tariflohn und arbeiteten unter den tariflich ausgehandelten Arbeitsbedingungen. Dieser Teil der Dreharbeiten gefiel Keith am wenigsten: diese Grenze zwischen der Crew und den Schauspielern und dass beide Gruppen sich voneinander und von den Produzenten abgrenzten. Die Schauspieler und die Crew wollten einen guten Film drehen, egal, wie lang es dauerte. Die Produzenten mussten dafür sorgen, dass alles klappte und dass trotz des Ziels, eine hohe Qualität zu erreichen, das Budget und der Zeitrahmen nicht überschritten wurden.

Er sah im Geiste wieder Jenkins vor sich, das hämische Grinsen in seinem Gesicht, als er Keith sagte, dass er die Worte benutzen würde, die er wollte. Wie konnte Gott sie in einer Umgebung haben wollen, in der er verspottet wurde, während ein Film gedreht wurde, der ihm zur Ehre dienen sollte? Der Widerspruch war beunruhigend und stellte alles infrage, was Keith in Bezug auf seine Entscheidung, Indonesien zu verlassen, um Filme zu drehen glaubte.

Sie waren wie David in einer riesigen Industrie voller Goliaths. Aber Keith wollte sich nicht mit Mittelmäßigkeit begnügen, in keinem Bereich der Dreharbeiten. Es genügte nicht, einen unvergesslichen Film zu drehen, der Menschenherzen berührte. Er und Chase wollten Menschen auf Jesus hinweisen, auf ein Leben, das anders war als das Leben, das man in Hollywood gewohnt war. Das Ziel musste sein, dass die Schauspieler und die Crew nicht mehr den Unterschied zwischen Gewerkschaft und Nichtgewerkschaft, zwischen Stars vor der Kamera und Arbeitern hinter den Kulissen sahen. Niemand am Set sollte sich als minderwertig sehen. Keith wollte, dass das Verhalten und die Leistung jeder einzelnen Person, ihr Charakter und ihre Hingabe, egal, ob die Kameras liefen oder nicht, erstklassig waren.

Hochwertig.

# Kapitel 8

Das Vorsingen war mit dem Vorsingen, das Bailey Flanigan gewohnt war, nicht zu vergleichen. Beim christlichen Kindertheater saßen über hundert Kinder in einem Raum und schauten gemeinsam zu, wie ihre Freunde nacheinander auf die Bühne traten und eine Minute ein Lied vorsangen. An der Universität von Indiana durften sie sich in Gruppen aus vier Studenten in einen Zeitplan eintragen.

Bailey schrieb sich mit Tim und Andi zum Vorsingen um 14:10 Uhr ein. Sie und Andi waren schon da und lehnten sich an die kalte Ziegelmauer, während sie auf Tim warteten. Zwei Gruppen waren noch vor ihnen dran, und obwohl sie jemanden im Saal singen hörten, konnte man von hier draußen nicht sagen, ob es gut war und wie es hinter der Tür lief.

„Das Vorsingen beim christlichen Kindertheater war lustiger." Bailey hatte die Haare zu einem Pferdeschwanz hochgebunden. Sie hatte gestern Abend lange mit ihrer Mutter gesprochen und ihr die Prüfungen und Referate aufgezählt, die in den nächsten Wochen anstanden. Und dass sie vorhatte, zum ersten Treffen von Campus für Christus zu gehen.

„Bist du sicher, dass du neben den ganzen anderen Aufgaben auch noch ein Theaterstück einüben willst?" Ihre Mutter hatte nicht zweifelnd geklungen, nur neugierig. „Das ist sehr viel für die ersten Monate."

Aber genau aus diesem Grund war Bailey ins Studentenwohnheim gezogen, und daran erinnerte sie jetzt ihre Mutter. Sie würde diese vielen Termine schaffen, solange sie gut organisiert war. Am Ende des Anrufs hatte ihre Mutter ihr recht gegeben.

Andi stand unruhig neben ihr. „Und wenn ich mich übergeben muss?"

„Wie kommst du denn auf diese Idee?", lachte Bailey. „Du musst dich bestimmt nicht übergeben."

„Vielleicht doch. Ich will Schauspielerin werden, nicht Sängerin."

„Du schaffst das. Du könntest wie eine sterbende Katze singen und würdest bei deinem Aussehen trotzdem eine Rolle bekommen."

„Danke." Andi verzog das Gesicht zu einer albernen Miene. „Ich werde trotzdem singen."

Sie hörten schnelle Schritte auf der Treppe und drehten sich um. Tim kam auf sie zu. Er hatte ein Bild von Andi gesehen und sie eines von ihm, aber sie hatten sich noch nicht persönlich getroffen. Bailey sah, dass er Andi einen Blick zuwarf und dann seine Aufmerksamkeit auf sie richtete. Er war außer Atem, als er sie umarmte. „Ich hatte schon Angst, dass ich zu spät komme."

„Nein." Bailey ließ den Arm locker auf Tims Rücken liegen. „Wir haben noch eine Viertelstunde." Sie deutete auf ihre Mitbewohnerin. „Das ist Andi Ellison. Andi, das ist Tim Reed."

Andi flirtete nicht absichtlich, aber sie strahlte etwas aus, das alle in ihren Bann zog. Sie grinste Tim an. „Ich habe viel von dir gehört. Hauptrollen in zig Stücken, umwerfender Sänger und so weiter. Alle deine Geheimnisse."

Tim errötete unter ihrem Blick leicht, dann schien er sich zu erinnern, dass Bailey neben ihm stand. „Sie übertreibt." Er legte den Arm um Bailey und richtete seine ganze Aufmerksamkeit auf sie. „Was singst du?"

Bailey störte es nicht, dass Tim von Andi fasziniert war. Sie und Andi wurden immer bessere Freundinnen, und Bailey wusste, dass sie sich neben ihr nicht verstecken musste. Andi konnte nichts dafür, dass sie auf Jungs eine solche Wirkung hatte. Wenigstens spielte sie sich nicht so auf wie andere Mädchen. Bailey trat einen Schritt von Tim zurück, zog ihre Klaviermusik aus der Tasche und reichte sie ihm. „‚I'm Still Hurting' aus *Last Five Years*."

„Das ist perfekt. So etwas würde Isabel bestimmt singen."

„Ich habe sie üben gehört." Andi hakte sich bei Bailey unter. „Sie ist umwerfend. Sie bekommt bestimmt die Rolle der Isabel." Andi spielte mit einer Locke ihrer hellblonden Haare. „Was ist mit dir? Es gibt viele gute männliche Rollen."

„Er will Scrooge spielen." Bailey warf Tim einen neckenden Blick zu. „Nur das Beste für Tim Reed, nicht wahr?"

„Also ..." Wieder wirkte Tim ein wenig verlegen. „Ich freue mich über jede Rolle, aber ja, natürlich. Scrooge wäre unglaublich."

Die Gruppe vor ihnen wurde hineingerufen. Bailey schaute sich im Flur um. „Sieht so aus, als käme unsere vierte Person nicht."

„Das hat mir gerade noch gefehlt. Dann muss ich wahrscheinlich als Erste singen." Andi grinste die beiden an. „Bringt mich nicht zum Lachen, okay? Egal, wie schlimm ich bin, bringt mich bitte nicht zum Lachen."

Sie unterhielten sich fröhlich, bis sie an die Reihe kamen. Im Saal saß ein Auswahlgremium aus sechs Dozenten in der ersten Reihe. Ein Mann schien die Leitung zu haben. Er winkte sie auf die Bühne, auf der an einer Seite vier Stühle standen. Auf der anderen Seite saß eine ältere Frau an einem großen Klavier. „Geben Sie Ihre Musik der Klavierspielerin und singen Sie uns nacheinander Ihr Stück vor. Bitte achten Sie darauf, dass Sie nicht länger als zwei Minuten brauchen." Er warf einen Blick auf seinen Zettel. „Bailey Flanigan, fangen Sie bitte an."

Bailey war nervöser, als sie erwartet hatte. Sie reichte der Klavierspielerin die Noten und trat ans Mikrofon in der Mitte der Bühne. Man musste ihr nicht sagen, dass sie sich und ihre Musikwahl vorstellen sollte. Nach mehreren Jahren beim christlichen Kindertheater war das für sie selbstverständlich. Sie räusperte sich leise. „Ich heiße Bailey Flanigan. Ich bin neunzehn Jahre alt und studiere im ersten Semester." Sie nannte das Lied, das sie singen wollte, und nickte dann der Frau am Klavier zu.

*Okay, Gott ... bitte hilf mir, mein Bestes zu geben.* Eine Kraft und ein Friede, die nicht aus ihr selbst kamen, erfüllten sie, als sie begann. Das Stück, das sie ausgesucht hatte, war nur knapp anderthalb Minuten lang, und Bailey sang so gut wie nie. Sie sah die Bewunderung in Tims Augen und die Überraschung in Andis Miene. Als sie fertig war, erfüllte sie eine Freude, die sie nur auf der Bühne hatte.

Der Dozent dankte ihr. Dann rief er Tim auf die Bühne. Als Bailey sich setzte, drückte Andi ihre Hand.

„Das war unglaublich", flüsterte sie. „Im Ernst, ich bekam kaum Luft, so gut warst du."

Tim stellte sich vor, und sie konzentrierten sich auf ihn. Er sang „This Moment" aus *Jeckyl and Hyde*. Während er sang, wurde Bailey erneut daran erinnert, wie sehr sie durch ihre Zeit beim christlichen Kindertheater als Schauspieler gereift waren. Sie war froh, dass die Theatergruppe immer noch mit Kindern Theaterstücke einübte und aufführte. Die Gruppe stand immer noch unter der Leitung von Katy Hart und ihrem Mann, Dayne Matthews. Die Kinder in Bloomington konnten wirklich froh sein, dass es diese Gruppe in ihrer Stadt gab.

Als Tim fertig war, setzte er sich neben Bailey. Andi warf beiden einen düsteren Blick zu. „Betet für mich. Ich stolpere wahrscheinlich auf dem Weg zum Mikrofon."

„Andi Ellison." Der Tonfall des Dozenten war völlig humorlos. „Sie sind dran, bitte."

Andi stolperte nicht, und sie musste sich auch nicht auf der Bühne übergeben, als sie ihren Platz einnahm. Sie stellte sich und ihre Musik vor und begann zu singen. Ab dem Moment, in dem sie den Mund aufmachte, konnte Bailey nur dasitzen und staunen. Andi hatte kein einziges Mal in ihrem Beisein geprobt und behauptet, sie könne nicht singen und wolle auch nicht singen. Aber als sie das Titellied von *Die Schöne und das Biest* anstimmte, klang ihre Stimme wie die eines Engels.

„Sie ist gut", flüsterte Tim neben ihr.

„Wirklich gut." Bailey konnte den Blick nicht von ihr abwenden. Zusammen mit ihrem Aussehen und ihrer Anmut und diesem gewissen Etwas, das man nicht genau beschreiben konnte, musste Andi eine Hauptrolle bekommen. Vielleicht sogar die Rolle der Isabel. Ein Anflug von Eifersucht legte sich wie ein Schatten über Bailey. Sie kämpfte energisch dagegen an. Gleichzeitig verstand sie jetzt, warum Andi Theater und Schauspiel studierte, warum sie Schauspielerin werden wollte. Bei ihrem beeindruckenden Auftreten auf der Bühne konnte Bailey sich nicht vorstellen, dass irgendetwas sie aufhalten könnte. Ihr Vortrag war so faszinierend, dass Bailey fast erwartete, dass das Auswahlgremium in Applaus ausbrechen würde, als sie endete. Sie klatschten zwar nicht, aber ihr Lächeln verriet, dass sie das Gleiche gesehen hatten wie Bailey und Tim:

Andi Ellison war auf dem Weg, ein Star zu werden.

Als sie den Raum verließen und die nächste Gruppe eintrat, war Andi von ihrem Auftritt etwas außer Atem. Aber statt auf einen Kommentar von Bailey oder Tim zu warten, erzählte sie von ihrem Vater und den Dreharbeiten, die in der Innenstadt von Bloomington stattfanden.

„Das muss cool sein." Tim steckte die Hände in die Hosentaschen. Sein Blick grenzte fast an Ehrfurcht. „Es ist bestimmt aufregend, dass dein Vater Produzent ist."

„Ich weiß nicht." Die drei packten ihre Sachen und gingen zur Treppe am anderen Ende des Flurs. Andi achtete darauf, dass Bailey in der Mitte blieb. „Mein Vater ist sehr anspruchsvoll. Er findet, dass die Leute in Hollywood ziemlich dubios sind." Ihr Blick verriet, dass sie verstand, was ihr Vater damit meinte. „Ich glaube, ihm wäre es lieber, wenn ich Lehrerin oder Schriftstellerin würde. Etwas, das ein wenig ... sicherer ist."

Während sie weitergingen, konnte Bailey fast fühlen, wie die Eifersucht auf ihrer Schulter saß und sie entmutigen und dazu bringen wollte, eine Abneigung gegen Andi zu haben, weil sie nach Bloomington gekommen war und mit ihr in einem Zimmer wohnte. Würde es immer so sein? Würde sie Andi in den nächsten vier Jahren als Konkurrentin sehen? Bailey konnte in keinem Bereich mit Andi mithalten – weder was ihr Aussehen oder ihr Talent oder ihre Ausstrahlung betraf. Wie würde das für sie werden? Sie schaute auf den Boden, aber als sie unten an der Treppe ankamen und ins Sonnenlicht hinaustraten, fiel ihr ein, dass sie noch nichts zu Andis Auftritt gesagt hatte. „Du hast eine unglaubliche Stimme." Sie lächelte Andi an und hoffte, es wirke echt.

Andis Kinnlade stand offen, und sie seufzte. „Nicht wirklich. Ich habe im Chor gesungen, aber ich bin keine Sängerin. Meine Stärke ist die Schauspielerei. Wenigstens habe ich das immer gedacht."

„Wenn du als Schauspielerin nur halb so gut bist wie als Sängerin, schaffst du es bestimmt." Tims Lachen verriet, wie sehr er ihren Vortrag bewunderte. Er schaute an Bailey vorbei. Bewunderung und Aufrichtigkeit lagen in seiner Stimme. „Du warst umwerfend, Andi. Wo hast du gelernt, so zu singen?"

„Wie zu singen?" Sie drückte die Tasche an ihre Brust und richtete den Blick geradeaus. „Ich bin im Dschungel aufgewachsen, Leute. Ich war im Chor in meiner Schule. Mehr nicht. Und wir haben fast nur am Lagerfeuer gesungen, ab und zu mal bei einer Schulveranstaltung. Ich habe keine Ahnung von Auftritten auf der Bühne."

„Du hast da drinnen alle zum Staunen gebracht." Wieder schien Tim sich an Bailey zu erinnern. Er legte seine freie Hand um ihre Schulter. „Ich bin sicher, dass wir alle eine Rolle in dem Stück bekommen." Er drückte Bailey leicht. „Du warst auch umwerfend."

„Danke." Bailey kämpfte insgeheim immer noch mit der Eifersucht, die in ihr aufkeimte, aber hier draußen an der frischen Luft erholte sie sich ein wenig. Es war nicht Andis Schuld, dass sie mit einer begnadeten Stimme geboren worden war. Sie grinste ihre Mitbewohnerin an. „Es wäre doch lustig, wenn wir alle eine Rolle bekämen."

„Ich weiß nicht." Andi sah ehrlich beunruhigt aus. „Ich habe keine Erfahrung wie ihr."

Bailey wollte ihr sagen, dass sie offenbar keine Ahnung von ihrer großen Begabung habe, aber sie ließ diesen Moment ungenutzt verstreichen.

„Wisst ihr, was ich glaube, welche die perfekten Rollen für euch wären?" Während sie gingen, schaute Tim Andi und dann Bailey direkt an. „Ich würde euch gern Elphaba und Galinda spielen sehen, falls *Wicked* aufgeführt wird."

„Oh, das wäre unglaublich!" Andi keuchte. „Das ist das beste Stück, das es je gab. Wer wäre schon auf die Idee gekommen, dass es einen Vorläufer zum *Zauberer von Oz* geben würde?"

„Das ist wirklich ein großartiges Stück." Bailey versuchte, Andi und sich als die Hauptdarstellerinnen in *Wicked* vorzustellen. „Eine bessere Rolle kann es nicht geben." Aber noch während sie sich am Gespräch beteiligte, wurde ihr klar, dass Tim Andi mit ihren hellblonden Haaren und ihrem umwerfenden Aussehen bestimmt als Galinda sah. Damit bliebe für Bailey die grüne Hexe, Elphaba. Es war zwar die größere Rolle, aber nicht die strahlende. Nachdem sie seit Jahren davon träumte, eines Tages Galinda spielen zu dürfen, wusste Bailey, dass dieser Traum in Andis Schatten hier an der Universität nie wahr werden würde. Bailey würde von Glück reden können, wenn sie Elphaba spielen dürfte.

„Geht es dir gut?" Andi stieß sie leicht und schaute sie mit Sorgenfalten an. „Du bist so still."

„Mir geht es gut." Bailey tadelte sich insgeheim. Was für einen Sinn hatte es, sich über die Besetzung eines Stücks Gedanken zu machen, wenn dieses Stück noch überhaupt nicht auf dem Spielplan stand? Sie atmete tief durch und ging ein wenig gerader. „Das Vorsingen kostet mich immer alles." Die Eifersucht verschwand. Irgendwie würde sie lernen, auch neben Andi ihren Platz einzunehmen. Sonst würde sie die herrliche Freundschaft, die Gott für sie beide geplant hatte, kaputt machen.

„Ich muss noch in die Bibliothek, bevor ich ins Wohnheim zurückgehe." Andi blieb stehen und schaute Bailey und Tim an. „Geht schon mal voraus." Sie wollte schon winken, als ihr noch etwas einfiel. „Jetzt hätte ich es fast vergessen." Sie zog einen Umschlag aus der Seitentasche ihres Rucksacks. „Heute hat dich ein Junge nach dem Unterricht gesucht. Du bist eher gegangen, um deine Musik zu holen, erinnerst du dich?"

„Nach Geschichte?"

„Ja." Sie reichte Bailey den Brief. „Er hat gefragt, ob ich deine Mitbewohnerin bin. Dann hat er mich gebeten, dir einen Brief zu geben."

Baileys Herz schlug höher, als sie den Brief entgegennahm. „Danke."

„Ach, und noch etwas." Ihr Gesicht strahlte auf. „Mein Vater braucht für Freitag Statisten. Sie drehen auf dem Campus. Wollt ihr mitmachen?"

„Unbedingt." Tims Antwort kam schnell. Er warf Bailey einen fragenden Blick zu. „Du doch auch, nicht wahr?"

„Natürlich." Wieder fühlte sich Baileys Lächeln unecht an. „Wir können später darüber sprechen."

„Okay. Wir sehen uns dann in unserem Zimmer." Andi verabschiedete sich von ihnen mit funkelnden Augen, geröteten Wangen und übersprudelnder Lebensfreude, bevor sie sich umdrehte und leichtfüßig zur Bibliothek lief.

Als sie weiter über den Campus gingen, schüttelte Tim ungläubig den Kopf. „Sie hat keine Ahnung, wie begabt sie ist." Seine Bewunderung war ihm deutlich anzuhören. „Im Ernst. Sie hat keine Ahnung."

*Danke, Tim. Sag es mir ruhig noch ein paarmal,* dachte Bailey. „Ja." Sie schaute Tim mit einem müden Lächeln an. Eifersucht war ihr genauso fremd wie Griechisch. Sie bemühte sich, echt zu klingen. „Sie ist wirklich talentiert. Du hast recht."

„Du weißt, dass es immer heißt, man müsse das gewisse Etwas haben, wenn man es als Schauspielerin schaffen will, nicht wahr?"

Bailey wusste, worauf er hinauswollte, und wäre ihm am liebsten ins Wort gefallen und hätte seinen Gedanken für ihn beendet, damit sie nicht zuhören müsste, wie Tim es aussprach. Stattdessen nickte sie geistesabwesend und hob den Umschlag, um zu lesen, was darauf stand. Zuerst hatte sie sich gefragt, von wem er war, aber jetzt gab es keine Zweifel mehr. Der Brief war von Cody. Nachdem sie ein Jahr lang seine Briefe aus dem Irak bekommen hatte, würde sie seine Handschrift überall erkennen.

Tim schien ihr Interesse an dem Brief nicht zu bemerken. Er schaute über seine Schulter in die Richtung, in der Andi noch zu sehen war, kurz vor der Bibliothek. Er lachte wieder und war unübersehbar fasziniert von dem, was er bei Andi gesehen hatte. „Ich kann nur sagen, dieses Mädchen hat das gewisse Etwas. Unbedingt."

„Ja." Bailey lächelte ihn an, aber ihre Augen lächelten nicht. „Das solltest du ihr sagen. Sie freut sich bestimmt, das von dir zu hören."

„Bailey ..." Tim nahm ihren Arm. Sie blieben stehen und schauten einander an. Mehrere Studenten gingen an ihnen vorbei. Deshalb wartete Tim, bis sie ungestört waren. „Was ist? Warum benimmst du dich so?"

„Wie denn?"

„Sauer. Komm schon. Du und ich dachten, sie würde auf die Nase fallen, wenn auch nicht unbedingt im wörtlichen Sinn, aber auf jeden Fall im übertragenen Sinn, sobald sie den Mund aufmacht. Du musst zugeben, dass sie gut war."

„Sehr gut." Bailey zuckte die Achseln. „Ich weiß nicht – ich glaube, ich möchte einfach über etwas anderes sprechen."

Seine Miene veränderte sich, und sein Blick verriet, dass er wusste, was los war. „Du bist eifersüchtig."

„Bin ich nicht. Ich war noch nie auf andere Mädchen eifersüchtig." Bailey sagte die Wahrheit. Sie erzählte ihrer Mutter, was sie dachte und fühlte. Wenn ein Mädchen hübscher oder klüger oder irgendwie besser war als sie, hatte ihre Mutter ihr immer klargemacht, dass Gott nur eine einzige Bailey Flanigan geschaffen hatte, nur ein einziges Mädchen, das genau so war wie sie, und dass niemand eine so perfekte Bailey sein könnte wie sie, egal, wer es war. Deshalb waren ihr die Gefühle, die sie jetzt quälten, so fremd. „Ich bin nicht eifersüchtig. Es ist nur so ... ich bin nicht sicher, wie ich neben Andi bestehen soll."

„Dummerchen." Er beugte sich vor und küsste sie auf die Stirn. „Du bist einmalig, Bailey. Du bist umwerfend und begabt, und deine Liebe zu Gott leuchtet aus deinen Augen. Andis Augen sind mehr ... ich weiß nicht, mehr darauf ausgerichtet, die Welt zu erobern." Er ging wieder weiter. „Sie kann singen. Das ist alles."

Bailey steckte den Brief in ihre Hosentasche und schaute auf den

Weg vor sich. Sie wollte jetzt nichts von Cody lesen, wenn Tim neben ihr ging. Sie würde den Brief für später aufheben, wenn sie allein war, wenn sie Zeit gehabt hatte, ihre unerfreulichen Gefühle zu verarbeiten.

„Von wem ist der Brief?"

„Von Cody."

Tim ließ das eine Minute auf sich wirken. Sie gingen an einer Gruppe Studenten vorbei, die sich auf einer Bank unterhielten, und überquerten eine enge Seitenstraße, bevor er ihr einen kurzen Blick zuwarf. „Habt ihr miteinander gesprochen?"

„Nein. Überhaupt nicht." Bailey gelang es, einen unbeschwerten Ton anzuschlagen. Sie sollte sich keine Gedanken wegen Andi machen. Sie hatte keinen Grund, niedergeschlagen zu sein. Sie hatte so gut vorgesungen wie noch nie. Sie schaute Tim an und entdeckte in seinen Augen etwas, das ihr bekannt vorkam. Die gleiche Eifersucht, die sie selbst wegen Andis Vorsingen empfand. „Hin und wieder werden Cody und ich uns auf dem Campus sehen. Das ist alles."

„Ich dachte, er wollte, dass ihr Freunde seid."

„Ja. Wenigstens hat er das gesagt." Bailey wollte mit Tim nicht über Cody sprechen.

„Du weißt, warum er Abstand hält, nicht wahr?" Tim bemühte sich um einen ruhigen Tonfall und versuchte, die Eifersucht, die aus seinen Augen sprach, nicht in seiner Stimme mitschwingen zu lassen.

„Warum?" Bailey musste lächeln.

„Weil er in dich verliebt ist, Bailey. Er kann es nicht ertragen, dich mit einem anderen Jungen zu sehen."

„Hm." Bailey schaute ihn nicht an. Sie wollte sich nicht anmerken lassen, dass sie ihm recht gab. „Jetzt bist du also ein Fachmann in Bezug auf Cody?"

„Keine Ahnung." Er seufzte und steckte die Hände in die Hosentaschen. „Ich habe gesehen, wie er dich ansieht." Er schaute sie wieder an. „Willst du den Brief lesen?"

„Später. Cody will offenbar nicht mit mir sprechen. Wenn er in mich verliebt ist, hat er eine seltsame Art, das zu zeigen." Sie blieb absichtlich ruhig und sachlich. „Wahrscheinlich hat er überlegt, dass er sich wegen seines Verhaltens entschuldigen sollte." Sie zuckte eine Schulter. „Ich lese ihn später."

„Okay." Tim gefiel die Sache mit diesem Brief nicht besonders. Er legte wieder den Arm um ihre Schultern. „Wie war das Babysitten? Du warst zwei Stunden bei Ashleys Kindern, oder?"

„Ja." Es beruhigte Bailey, dass sie Tim verunsichern konnte. Das bedeutete, dass er sich immer noch etwas aus ihr machte, auch wenn Andi so wunderbar war. „Ashley arbeitet an einem Bild von ihren drei Kindern. Sie nimmt als Vorlage ein Bild, das ihr Vater aufgenommen hat."

„Sie hat also gemalt?"

„Die ganze Zeit. Cole war in der Schule. Ich hatte also nur Devin und Janessa. Sie waren so süß. Vielleicht kommen sie am Freitag zum Set, wenn auf dem Campus gedreht wird. Ashley hat gesagt, dass sie in der Zeitung gelesen habe, dass hier Außendreharbeiten stattfinden."

Sie kamen in Baileys Wohnheim an und blieben stehen. Tim legte den Arm um Bailey und zog sie an sich heran. „Bist du sicher, dass alles okay ist?"

„Natürlich."

„Bei uns, meine ich." Tim schaute ihr tief in die Augen. „Du bist doch nicht sauer auf mich, oder?"

Das war das Schlimmste an der Eifersucht. Sie hatte Mühe, ihre Gefühle zu erklären. „Mir geht es gut." Dieses Mal kam ihr Lächeln von ganzem Herzen. „Ich rufe dich später an."

„Okay." Er sah aus, als wollte er sie küssen, aber auf dem Gang waren Studenten unterwegs, und ein Kuss hier vor aller Augen würde nicht zu ihnen passen. Außerdem hatte Tim sie seit der Abschlussfeier nicht mehr geküsst, selbst wenn sie zum Essen oder ins Kino gingen und allein in seinem Auto saßen. Sie sprachen nicht darüber, aber Bailey vermutete, dass er versuchte, sie zu respektieren. Oder seine Gefühle für sie waren doch nicht so stark.

„Mir gefällt es", hatte er letzte Woche zu ihr gesagt, „dass wir beide die besten Freunde sind. Das ist im Moment perfekt für uns."

Sie gab ihm recht, aber der Gedanke, dass Tim ein guter Kumpel war, jagte ihr nicht gerade ein Kribbeln über den Rücken oder weckte in ihr eine starke Sehnsucht danach, ihn so bald wie möglich wiederzusehen. Aber Bailey war zufrieden, wie es war. Sie war nicht sicher, was sie für Tim wirklich fühlte. Es war besser, wenn sie sich nicht öfter küssten. Sie war noch nicht dazu bereit. Besonders, wenn sie praktisch an nichts anderes als an Codys Brief denken konnte.

Tim umarmte sie noch einmal, bevor er zum Parkplatz ging. Er versuchte, jeden Tag an derselben Stelle zu parken, da er sich inzwischen wie die meisten Studenten eine Routine angewöhnt hatte, selbst wenn ein Teil dieser Routine darin bestand, jeden Tag nach Hause zu fahren. Als er fort war, lief Bailey die Treppe hinauf und durch den Flur in ihr Zimmer. Andi kam frühestens in einer halben Stunde. Das bedeutete, dass sie Zeit hatte, den Brief ungestört zu lesen.

Sie setzte sich mit pochendem Herzen auf die Bettkante und schob vorsichtig den Finger unter die Lasche auf der Rückseite des Kuverts. Der Brief war auf einfaches, weißes Papier geschrieben und zweimal gefaltet. Sie schlug ihn auf und sah, dass er nicht lang war, viel kürzer als Codys Briefe aus dem Krieg.

Ihr Blick wanderte zum Anfang.

Bailey,

ich treffe dich anscheinend nie auf dem Campus, und wenn doch, bist du immer weit weg oder hast es eilig. Deshalb sitze ich hier im Labor, habe meine Arbeit fertig und dachte, ich nehme mir kurz Zeit, um dir zu schreiben. Wo soll ich anfangen? Bei der Wahrheit, denke ich. Ich wünschte, du würdest neben mir sitzen und ich könnte dir das alles persönlich sagen. Vielleicht würde es dann logischer klingen, aber das geht jetzt nicht.

Okay, es ist so: Ich denke die ganze Zeit an dich. Das wusstest du wahrscheinlich nicht. Aber jedes Mal, wenn ich an dich denke, kehre ich zum 4. Juli zurück, zu dem Tag, an dem ich in die Stadt zurückkam und dich besuchte. Ich habe diese wenigen Minuten ungefähr tausendmal im Kopf durchgespielt und denke jedes Mal, dass ich es irgendwie vermasselt habe. Dass ich mich nicht klar genug ausgedrückt habe.

Ich weiß nicht, Bailey. Ich habe das, was ich gesagt habe, ernst gemeint. Du verdienst einen besseren Freund als mich. Jemanden wie Tim. Er passt gut zu dir. Ich sehe euch beide manchmal auf dem Campus, auch wenn ihr mich nicht seht. Ich freue mich für dich. Ehrlich.

Auf dem Flur lief eine Gruppe lachender Studenten vorbei, und der Lärm lenkte sie von Codys Brief ab. Das Herz schlug ihr bis zum Hals. Was bedeutete dieses Geständnis, das er ihr in diesem Brief machte? Sie wollte seine Worte genießen, aber sie konnte es nicht erwarten, den Rest zu lesen, zur Sache zu kommen. Sie las weiter.

Aber irgendwie ist das Verhältnis zwischen uns komisch geworden, denn jetzt sind wir nicht einmal mehr Freunde. Ich habe das, was ich im Irak geschrieben habe, ernst gemeint. Die Erinnerung an dich, daran, wie nahe wir uns im letzten Sommer gekommen waren, bevor ich wegging, hat mir jeden Tag neuen Lebensmut geschenkt. Aber jetzt bin ich zurück und wir sprechen nicht einmal mehr miteinander. Ich bin nicht sicher, wer wem aus dem Weg geht, aber das muss aufhören. Ich vermisse dich zu sehr. Selbst jetzt muss ich diesen lausigen Brief schreiben, weil ich dich nicht lang genug sehe, um dir zu sagen, was ich fühle.

Noch einmal: Ich will mich nicht zwischen dich und Tim drängen. Ihr passt gut zusammen. Das ist mein Ernst. Aber du weißt nicht, wie es ist, über den Campus zu gehen, deine beste Freundin zu suchen und zu wissen: Selbst wenn du sie sehen solltest, ist es genauso, als wärst du auf der anderen Seite der Erde. Damals haben wir uns wenigstens geschrieben, aber jetzt ... Verstehst du, was ich meine?

Das bringt mich zum eigentlichen Grund für diesen Brief. Ich habe von Campus für Christus gehört. Sie treffen sich am Donnerstag um acht Uhr. Du weißt das wahrscheinlich schon, da du Bailey Flanigan bist. Aber du sollst wissen, dass ich da sein werde und dass ich dich suchen werde. Wenn du mit Tim dort bist, lasse ich ihn neben dir sitzen. Aber ich werde nicht weit weg sein, denn es ist verrückt. Ich habe das Gefühl, wir haben alles verloren, was wir hatten, und ich habe das Gefühl, dass es allein meine Schuld ist. Okay, das war's. Ich hoffe, du verstehst, was ich meine.

Wir sehen uns am Donnerstag, Bailey.

Endlich.

Liebe dich, Cody.

Bailey atmete stockend ein und hielt die Luft an. Ihr Blick hing an den letzten Worten. An dem „Liebe dich". Vor zwei Jahren war Cody das ganze Jahr hindurch ihr bester Freund gewesen, und sie waren den ganzen Sommer unzertrennlich gewesen. Ja, er hatte bei ihrer Familie gewohnt, und er hatte sehr darauf geachtet, nicht die Grenze zwischen Freundschaft und etwas anderem zu überschreiten. Aber das hatte nichts daran geändert, wie er sie angesehen hatte, oder daran, wie sie sich gefühlt hatte, wenn sie mit ihm zusammen war. Jetzt, da seine Stimme in ihrem Herzen widerhallte und sie seine Worte las, konnte sie nur dankbar sein, dass er diesen Schritt gewagt hatte.

Denn sie vermisste ihn mehr, als sie zugeben wollte, nicht einmal sich selbst gegenüber. Sie las den Brief noch einmal. Dieses Mal langsamer. Als sie bei dem „Endlich" ankam, traten ihr Tränen in die Augen. Er hatte mit allem recht. Nach ihrem kurzen Wiedersehen am 4. Juli gleich an der Haustür ihrer Eltern hatte sich zwischen ihnen alles verändert. Seine vehemente Weigerung, irgendetwas anderes als Freundschaft zuzulassen, egal, ob sie mit Tim zusammen war oder nicht, gab ihr das Gefühl, abgelehnt zu sein, als habe er vielleicht kein Interesse an ihr. Und zu wissen, dass sie beide an dieselbe Universität gingen, sich aber höchstens einen Blick im Vorbeigehen zuwarfen … Sie hatte glauben müssen, dass er nichts mehr mit ihr zu tun haben wollte.

Bis jetzt. Sie hielt den Brief an ihr Gesicht und redete sich ein, sie könne sein Rasierwasser riechen, wenn auch ganz leicht, das mit jeder Faser des Papiers vermischt war. Cody mochte sie! So sehr, dass er sich die Zeit genommen hatte, ihr einen Brief zu schreiben und nach dem Unterricht auf sie zu warten. So sehr, dass er wusste, wo er sie finden würde. Sie faltete den Brief sorgfältig zusammen, steckte ihn in den Umschlag zurück und verstaute ihn sicher in der obersten Schublade ihres Nachttisches. *Danke, Gott … dass du mich wissen lässt, wie Cody sich wirklich fühlt. Ich weiß nicht, was noch kommt, aber wenigstens weiß ich, dass ich ihm nicht gleichgültig bin. Bitte … lass uns die Freundschaft finden, die uns früher verbunden hat.*

Als Bailey fertig gebetet hatte, atmete sie tief ein und wurde sich bewusst, dass jedes Eifersuchtsgefühl, die sie gequält hatte, verschwunden war. Sie freute sich für Andi, sie freute sich über das Vorsingen, und sie freute sich unbeschreiblich über Codys Brief.

Jetzt musste sie nur bis Donnerstag überleben.

# Kapitel 9

Andi konnte ihre Aufregung kaum zügeln. Sie schob sich zusammen mit unzähligen anderen jungen Leuten in den Versammlungsraum von Campus für Christus und schaute sich im Saal um. Es mussten gut dreihundert Studenten gekommen sein. Sie schlenderten durch den Raum, unterhielten sich, lasen die Flyer auf dem Informationstisch oder nahmen sich Kekse von einem Tisch mit Getränken und Knabbereien. Andi lächelte bei sich. Sie mochte zwar ihre Zweifel in Bezug auf Gott haben, aber sie hatte das Gefühl, dass ihr diese Treffen donnerstagabends gefallen würden.

Bis jetzt hatte sie Bailey noch nicht gefunden. Sie ließ ihren Blick durch den Saal schweifen, konnte sie aber nirgends entdecken.

„Hallo." Ein großer Student mit roten Haaren und Sommersprossen hielt ihr die Hand hin. „Ich bin Daniel. Willkommen bei Campus für Christus."

„Danke." Andi lächelte den jungen Mann an. „Du bist in meinem Kurs über Weltgeschichte, oder?"

„Ja. Aber ich bin im dritten Semester. Für Erstsemester ist das ein ziemlich schwerer Kurs."

„Ich habe an der High School viel Geschichte gehabt." Sie zuckte die Achseln. „Außerdem wurde ich zu Hause unterrichtet. Geschichte interessiert mich."

„Wie hast du bei dem Fragebogen abgeschnitten?"

Sie schüttelte leicht den Kopf. „Neunundachtzig Prozent. Ich muss mehr lernen, aber ich denke, ich schaffe es."

Daniel führte sie zu einem Tisch, auf dem zehn verschiedene Flyer über Veranstaltungen und Kleingruppen lagen. „Die Universität von Indiana hat eine der aktivsten Campus-für-Christus-Gruppen im ganzen Land. Ich bin Kleingruppenleiter. Ich bin seit meinem ersten Semester bei Campus für Christus." Er nahm einen orangefarbenen Flyer und reichte ihn ihr. „Ich bin für die Organisation der Beachparty verantwortlich. Zu dieser Party musst du unbedingt kommen. Es wird bestimmt lustig. Wir organisieren einen Haufen Sand, um einen künstlichen Strand nachzubauen."

Der Geräuschpegel im Raum stieg. Deshalb musste Andi sich anstrengen, um ihn zu verstehen. Sie trat einen Schritt näher, damit sie nicht schreien musste. „Ich war noch nie auf einer Beachparty."

„Was?" Daniel sah schockiert aus, aber seine Augen verrieten ihr, dass er sie nur auf den Arm nahm. „Wenn du noch nie auf einer Beachparty warst, hast du etwas Entscheidendes verpasst. Besonders bei einer Gruppe wie Campus für Christus."

„Ja, weißt du, ich war ein Missionarskind. Ich bin im Dschungel aufgewachsen." Wieder einmal fühlte Andi sich wegen ihrer Vergangenheit behütet und irgendwie anders. Sie konnte es nicht erwarten, dieses Image loszuwerden. Sie bedachte Daniel mit einem Blick, der klar sagte, dass sie nichts dafür könne. „Im Dschungel gibt es nun einmal keinen Strand."

„Hm. Das kann ich mir denken." Er lachte. „Hey, aber jetzt bist du hier. Und das ist alles, was zählt."

Andi wollte weitergehen. Zurück zur Tür, damit sie Bailey nicht verpasste. Sie musste ihr erzählen, was sie über das Vorsingen erfahren hatte, und sie musste ihr vom Angebot ihres Vaters für morgen erzählen. Sie platzte fast, weil sie es unbedingt jemandem erzählen wollte. Sie würden nicht nur als Statisten im Film vorkommen, sondern mit Jake Olson eine Szene drehen. Jake Olson! Der Mann war so atemberaubend, dass Andi den nächsten Tag kaum erwarten konnte. Sie würde sich mit Daniel hinsetzen und es *ihm* erzählen, falls Bailey nicht bald auftauchte. Sie ließ ihren Blick noch einmal über die vielen jungen Leute wandern. Die Leute nahmen ihre Plätze im Hörsaal ein. „Ich suche mir jetzt lieber einen Platz. Ich warte auf ein paar Freunde."

„Vergiss die Beachparty nicht!" Er zwinkerte ihr zu.

„Wie könnte ich?" Sie dankte ihm für seine Hilfe und fand einen Platz in einer halb leeren Reihe weiter hinten im Raum in der Nähe der Tür. Daniel war nach vorn gegangen und schien die Veranstaltung eröffnen zu wollen. Gleichzeitig hatten sieben Musiker ihre Plätze auf der Bühne eingenommen. Hauptsächlich Instrumentalmusiker, aber auch ein paar Sänger. Andi warf einen Blick hinter sich zur Tür. *Komm schon, Bailey ... komm endlich!*

Aber statt ihrer Mitbewohnerin marschierte der große, attraktive junge Mann durch die Tür, der ihr den Umschlag für Bailey gegeben hatte. Er hatte ihr seinen Namen nicht genannt, deshalb konnte sie ihn nicht rufen. Aber das war auch nicht nötig. Er schaute sich um, und nach ein paar Sekunden sah er sie und nickte in ihre Richtung.

Daniel klopfte auf sein Mikrofon und grinste die Menge an. „Herrlich, dass ihr alle gekommen seid. Das ist die beste Semestereröffnungsveranstaltung, die ich je gesehen habe." Er strahlte die Leute an, und seine Stimme war laut und begeistert. Hinter ihm begann die Musik zu spielen, die ersten Takte von *From the Inside Out*, ein Lobpreislied, das Andi liebte. Der Keyboardspieler sagte: „Bringen wir diesen Saal zum Beben, Leute. Steht alle auf!"

Während Andi mit den anderen in ihrer Reihe aufstand, schob Cody sich in die Reihe und setzte sich neben sie. „Hey, hast du Bailey gesehen?"

„Nein." Andi musste sich vorbeugen, damit er sie verstehen konnte. Der Geruch von Codys Rasierwasser stieg ihr in die Nase. „Sie wollte eigentlich längst hier sein." Andi trat ein wenig näher zu ihm, damit er sie trotz der Musik verstehen konnte. „Ich habe gute Nachrichten für sie."

Cody sah nicht besonders interessiert aus. Er hatte immer noch ein Auge auf die Tür gerichtet und konzentrierte seine Aufmerksamkeit ansonsten auf die Bühne. „Was denn?"

„Wegen unseres Vorsingens vor ein paar Tagen. Wir haben alle drei einen Rückruf bekommen."

„Rückruf?" Cody beugte den Kopf zu Andi hinab. „Hast du das gesagt? Rückruf?"

„Richtig." Sie kicherte. Dieser Freund von Bailey hatte keine Ahnung vom Theater. „Wir haben neulich für die neue Theatersaison vorgesungen. Ein Rückruf bedeutet, dass wir einen Schritt weiter sind und eine gute Chance haben, eine Rolle zu bekommen." Sie schaute sich um, um sich zu vergewissern, dass sie niemanden störte. Niemand schien Anstoß daran zu nehmen, dass sie sich unterhielten. Die Musik war so laut, dass sie sie mit ihren Stimmen nicht übertönen konnten. Sie sprach nahe an Codys Ohr. „Wir versuchen alle, eine Rolle in *Christmas Carol* zu bekommen." Andi versuchte, ihn nicht anzustarren. Dieser Junge hatte wirklich schöne Augen. „Ich kann es nicht erwarten, es Bailey zu erzählen."

Cody sah aus, als wollte er sich auf die Musik konzentrieren, beugte sich aber noch einmal zu ihr vor. „Wer hat sonst noch vorgesungen? Du sagtest, ihr *drei* habt einen Rückruf bekommen."

„Bailey und ich natürlich. Und ihr Freund, Tim." Sie ging davon aus, dass dieser Kumpel von Bailey wusste, dass Tim ihr Freund war. „Du kennst Tim doch, oder?"

„Mehr oder weniger." Cody lächelte, aber etwas in seinen Augen verschloss sich ein wenig. Er beugte sich wieder vor. „Ich bin Cody Coleman." Er musste jedes Mal, wenn er sprach, den Kopf nahe zu ihr hinabbeugen. „Bailey und ich sind seit Jahren befreundet. Ich habe früher bei ihrer Familie gewohnt."

Andi nickte und konzentrierte ihre Aufmerksamkeit wieder auf die Bühne. Dieser Typ hatte früher bei Baileys Familie gewohnt? Warum hatte Bailey kein Wort über ihn erzählt? Sie überlegte, was der Grund dafür sein könnte, aber sie fand nur eine Erklärung: Er und Bailey waren nur Freunde. Warum hätte sie ihn erwähnen sollen? Trotzdem hatte er sich irgendwie seltsam benommen, als Tims Name gefallen war. Andi sang ein paar Zeilen aus dem Lied mit und versuchte, sich auf die Worte zu konzentrieren. Aber mit Cody neben sich war das nicht leicht.

Das Lied ging zu Ende und Daniel forderte alle auf, sich für ein paar Minuten zu setzen, während er einige Informationen weitergab. Codys Arm streifte Andi, als sie sich setzten, und er beugte sich wieder nahe zu ihr herüber. „Zwischen Tim und Bailey ist es immer noch ziemlich ernst, oder?"

Andi fand, dass diese Frage von jemandem, der Bailey angeblich so gut kannte, seltsam war. „Ich glaube schon." Sie bedachte ihn mit einem Blick, der sagte, dass sie die Details nicht so genau wisse. „Sie sind viel zusammen und telefonieren häufig." Andi erinnerte sich an Baileys Worte, dass sie nicht wisse, ob sie verliebt sei und dass sie sich in Bezug auf ihre Gefühle für Tim nicht ganz sicher sei. Aber diese Information behielt sie für sich. Es war nicht ihre Aufgabe, Cody das zu erzählen. Außerdem sollte Cody nicht denken, Bailey wäre in ihrer Beziehung mit Tim nicht glücklich. Andi wollte nicht darüber nachdenken, dass ihre Motive nicht ganz uneigennützig waren. Deshalb konzentrierte sie sich lieber wieder auf das, was auf der Bühne geschah.

Daniel stellte die einzelnen Flyer vor und lud ein zu den verschiedenen Möglichkeiten, Gott und einander besser kennenzulernen. „Das ist ein herrlicher Campus, eine wunderbare Uni." Ein Lächeln begleitete seine Worte. „Aber wir brauchen einander hier mehr als sonst." Laute, zustimmende Rufe, Pfiffe und Klatschen waren die Antwort. „Das stimmt", lachte Daniel. „Ihr seid zwei Wochen an der Uni, und wie ich sehe, wisst ihr bereits, wovon ich spreche!" Ein kräftiger Applaus kam aus der Menge.

Andi versuchte, sich zu konzentrieren, da es unhöflich wäre, sich zu unterhalten, solange Daniel noch sprach, aber Codys letzte Frage beschäftigte sie immer noch. Hatte er Gefühle für Bailey, die über eine normale Freundschaft hinausgingen? Wollte er deshalb mehr über Tim wissen? Oder war er nur wie ein großer Bruder, der sich für seine Schwester interessierte? Andi hoffte Letzteres, denn von den ganzen Jungen, die sie auf dem Campus kennengelernt hatte, hatte keiner ihre Aufmerksamkeit so schnell und so vollständig geweckt wie Cody.

Vorn auf der Bühne hielt Daniel den letzten Flyer hoch. „Jetzt zu meinem letzten Punkt. Ist Andi Ellison im Saal?" Er grinste ein paar Jungen, die weiter vorn standen, vielsagend an. „Ich habe Andi vorhin schon getroffen. Ich möchte sie zusammen mit dieser letzten Ansage vorstellen. Andis Vater ist der Produzent Keith Ellison. Ihr habt vielleicht diese Woche in der Zeitung von ihm gelesen. Er ist morgen mit seiner Filmcrew auf dem Campus und sie suchen ein paar Hundert Statisten." Wieder ging ein begeistertes Raunen durch die Menge. „Wir werden alle berühmt. Wir bekamen erst vor ein paar Tagen deshalb einen Anruf. Andi, kannst du bitte aufstehen?"

Andi erinnerte sich, dass ihr Vater Kontakt zu Campus für Christus aufgenommen hatte, um die jungen Leute über die Dreharbeiten zu informieren. Sie stand auf und winkte kurz. Dann setzte sie sich schnell wieder. Auch wenn sie Schauspielerin werden wollte, fühlte sie sich nicht wohl, wenn alle sie anschauten.

„Wir müssen uns später unterhalten, Andi. Du hast mir nicht erzählt, dass dein Vater Produzent ist." Er zog ein paarmal die Brauen hoch. „Vielleicht kannst du mir ja sogar eine Rolle verschaffen, in der ich ein paar Sätze sagen darf." Er lachte. „Im Ernst, Leute. Wer Fragen wegen der Dreharbeiten hat, kann sich an Andi wenden."

Cody lächelte sie an, und Andi fiel auf, dass er das zum ersten Mal machte. „Dein Vater ist Produzent?"

„Ja. Er und die Filmcrew sind für ungefähr einen Monat in der Stadt."

„Ein großer Film?"

„Sie hoffen es. Das hängt vom Studiointeresse ab, wenn der Film fertig ist." Sie fragte sich, ob er sie genauso attraktiv fand wie sie ihn. Trotzdem hielt sie sich zurück, da sie nicht mit ihm flirten oder zu interessiert wirken wollte. Immerhin war er gekommen, um Bailey zu sehen. Ohne Baileys Zustimmung würde sie diesen Jungen nicht in Erwägung ziehen. Vorn stimmte die Band ein weiteres Lied an, wodurch Andi sich wieder näher zu Cody hinüberbeugen musste. „Es ist bis jetzt ein unabhängiger Film. Mein Vater und der andere Produzent wollen ihre gestalterische Freiheit nicht aus der Hand geben. Damit niemand die Botschaft verändern kann."

Cody wirkte interessiert, aber er sagte nichts weiter dazu. Stattdessen wanderte sein Blick wieder zur Hintertür, und dann richtete er seine Aufmerksamkeit auf die Musik, die auf der Bühne gespielt wurde.

Andi sang den Text mit. Das Lied war „Mighty to Save", ein weiteres Lieblingslied von ihr. Es fiel ihr leichter, wieder so zu glauben wie früher, wenn sie solche Lieder sang. Aber trotzdem war sie nur halb bei der Sache. Sie versuchte, sich an die Szene zu erinnern, als sie neulich nach dem Vorsingen über den Campus gegangen waren und wie Bailey reagiert hatte, als sie ihr Codys Brief gegeben hatte. Sie war Hand in Hand mit Tim gegangen, und sie hatte doch eigentlich nur ein schwaches Interesse an dem Brief gezeigt, oder? Denn falls Bailey irgendwie etwas für Cody empfinden sollte, gefiel Andi der Gedanke überhaupt nicht, dass sie sich zu ihm hingezogen fühlte. Aber Bailey hatte überhaupt nichts von ihm erzählt. Das konnte also nur eines bedeuten:

Sie hatte keine Gefühle für ihn, wenigstens keine solchen. Andi war davon schon fast überzeugt, als sie aus dem Augenwinkel eine Bewegung an der Hintertür bemerkte. Völlig atemlos schob sich Bailey durch die Tür. Aber so gehetzt sie auch wirkte, hatte sie sich trotzdem die Mühe gemacht, sich schön anzuziehen. Sie trug eine enge Jeans und eine eng anliegende Bluse mit einer hübschen Jacke. Ihre Haare waren immer noch gelockt und sie hatte sie teilweise hochgesteckt.

„Hey!", sagte sie stumm, als sie Andi entdeckte. Im selben Moment musste sie Cody neben Andi bemerkt haben, denn einen Moment lang erstarrte Bailey.

Andi hatte zwar den größten Teil ihres Lebens im Dschungel auf der anderen Seite der Erde verbracht, aber sie erkannte genauso wie jedes andere Mädchen, wenn sich zwei Menschen zueinander hingezogen fühlten. Als Cody Bailey entdeckte, schauten sie sich in die Augen, und Andi hatte das Gefühl, dass sie ein paar Sekunden lang so sehr aufeinander konzentriert waren, als wären sie ganz allein im Raum. Sie rutschte bewusst und diskret einen Sitz von Cody weg und winkte Bailey, sich zu ihnen zu setzen.

„Hallo." Bailey sprach mit ihnen beiden, als sie sich zwischen sie setzte und die Augen verdrehte. „Ich brauchte ein Prüfungsheft aus dem Campusladen und habe meine Schlüssel im Auto eingesperrt. Ein Wachmann musste mir helfen." Sie warf die Hände in die Luft. „Wenigstens war er da, als ich ihn brauchte. Da draußen ist es stockdunkel und eiskalt." Sie rieb mit den Händen über ihre Arme, um sich aufzuwärmen. „Ich dachte schon, ich würde die ganze Veranstaltung verpassen."

„Sie hat gerade erst angefangen." Andi zwang sich, Cody nicht anzuschauen, da sie immer noch damit beschäftigt war, aus den beiden schlau zu werden. „Hey." Sie beugte sich näher zu Bailey hinüber. „Wo ist Tim? Ihm würde es hier gefallen."

„Er hat einen Termin bei seinem Professor in Naturwissenschaften." Bailey drückte Andi kurz von der Seite. „Er kommt nächste Woche. Danke, dass du mir einen Platz freigehalten hast." Sie sagte nichts über Cody, sie zog keine Braue hoch und warf nicht einmal einen neugierigen Blick auf sie, um herauszufinden, warum ihre zwei Freunde nebeneinander saßen. Falls es Bailey störte, dass Andi so nahe neben Cody gesessen hatte, zeigte sie es nicht. Aber das änderte nichts an einer unübersehbaren, für Andi beunruhigenden Tatsache:

Der Blick, mit dem sie Cody ab dem Moment, in dem sie ihn erblickt hatte, angeschaut hatte, war alles andere gewesen als der Blick einer Schwester für ihren Bruder.

# Kapitel 10

Bailey hatte immer noch Mühe, ruhig zu atmen, und versuchte einzuschätzen, was zwischen Cody und Andi gelaufen war, als Cody sich herüberbeugte und sie umarmte, genauso wie sie einige Sekunden vorher Andi umarmt hatte. Es war keine lange Umarmung und auch keine, die in irgendeiner Weise falsch gedeutet werden könnte. Aber die wenigen Sekunden, die sie dauerte, fühlten sich seine Arme um ihre Schultern wunderbar an. Er lächelte, und aus seinen Augen sprach eine Vertrautheit, die Bailey vermisst hatte. „Hast du meine Nummer noch?"

„Natürlich." Ihre Wangen begannen zu glühen. Wie lang hatte sie nicht mehr so nahe neben Cody gesessen, dass sie ihn berühren konnte? Ihr Herz wusste die Antwort sofort. Seit jenem Julinachmittag im Haus ihrer Eltern. Cody hatte in seinem Brief recht. Sie waren sich seitdem wirklich fast aus dem Weg gegangen.

„Warum hast du mir dann keine SMS geschrieben?" Sein Tonfall verriet, dass er sich ein wenig ärgerte. „Ich hätte wenigstens zu dir auf den Parkplatz kommen können. Ein hübsches Mädchen wie du sollte nicht im Dunkeln allein auf dem Parkplatz herumlaufen und einen Wachmann suchen."

Bailey schaute auf ihren Schoß hinab, da es ihr unmöglich war, richtig durchzuatmen, solange sie in Cody Colemans Augen schaute. Sie nickte und gab ihm recht. Der Parkplatz war beängstigend gewesen, und obwohl hin und wieder ein Wachmann auftauchte, wäre es klüger gewesen, nicht allein zu sein. Sie schaute ihn wieder an. „Das nächste Mal."

Er tätschelte ihr Knie, und sie konzentrierten sich beide auf die Musik, die auf der Bühne gespielt wurde. Die Musik erfüllte den ganzen Hörsaal. Bailey schaute zu Andi hinüber und lächelte sie kurz an. Aber etwas störte sie. Sie wollte nicht zu lange darüber nachdenken, warum ihre zwei Freunde nebeneinandergesessen hatten. Andi und Cody hatten sich erst vor Kurzem zum ersten Mal gesehen, als Cody sie gebeten hatte, Bailey einen Brief zu geben. Aber heute Abend hatte Bailey in den ersten Sekunden, als sie an der Tür gestanden hatte, etwas gesehen, das nicht zu übersehen gewesen war. Sie fühlten sich zueinander hingezogen. Wenigstens Andi zu Cody.

Baileys Verstand arbeitete auf Hochtouren. Natürlich fühlte sich Andi zu Cody hingezogen. Welchem Mädchen ging es nicht so? Andi konnte nicht wissen, dass Bailey für Cody Gefühle hatte, die weit über eine reine Freundschaft hinausgingen. Jedes Mal, wenn von Liebe und Beziehungen die Rede gewesen war, hatte Bailey es hartnäckig vermieden, von Cody zu sprechen. Ihre Gefühle für ihn waren zu tief, zu persönlich, um sie jemandem zu erzählen. Sie waren persönlich und kompliziert. Besonders angesichts der Tatsache, dass sie irgendwie mit Tim Reed zusammen war. Bailey konnte Andi kaum einen Vorwurf daraus machen, wenn sie sich – innerhalb einer Viertelstunde – in Cody verliebt hatte.

Aber sie konnte es trotzdem nicht ertragen.

Bei allem, was Andi ihr sowieso schon voraushatte, würde Bailey sich eine andere Universität suchen müssen, falls Cody und Andi ein Paar wurden. Eine solche Situation würde Bailey nicht ertragen können. Ihr Herz schlug schnell und ungleichmäßig und schrie sie an, dass sie eine Möglichkeit finden müsste, um das Problem zu lösen. *Atme, Bailey ... konzentrier dich auf die Musik und atme.* Das Lied war „Step by Step". Bailey konzentrierte sich bewusst auf den Text: „Schritt für Schritt führst du mich ... und ich will dir alle Tage meines Lebens folgen."

Langsam nahm die Panik, die sich in ihr aufgebaut hatte, ein wenig ab. Sie waren nur ein paar Minuten zusammen gewesen. Es war ja nicht so, dass Cody Andi einen Heiratsantrag gemacht oder sie auch nur zum Essen eingeladen hätte. Er war wahrscheinlich später gekommen, hatte Andi gesehen und sich zu ihr gesetzt, um Bailey leichter finden zu können, wenn sie auftauchte.

„Ist alles in Ordnung?" Cody beugte das Gesicht wieder nahe zu ihrem herab. „Du bist so still."

Sie stieß ihn mit dem Ellbogen leicht in die Rippen und fühlte, wie ihre Augen funkelten, als sie ihn anschaute. „Ich bin überhaupt nicht still. Wir singen, falls du das nicht gemerkt hast."

Er lachte und hielt sich einen Moment verlegen die Hand vor die Augen. Als er den Kopf hob, waren seine Wangen gerötet. „Okay, nicht in diesem Sinn still. Du weißt, was ich meine."

„Wir sprechen später darüber." Sie lehnte sich einen Moment an seinen Arm. „Es tut so gut, dich zu sehen."

„Du hast meinen Brief gelesen?"

„Ja." Sie schaute ihm tief in die Augen. „Wir müssen reden."

Cody warf wieder einen Blick zur Tür. „Kommt Tim noch?" Hinter seiner Frage steckte mehr, besonders da seine Augen mehr wissen wollten als nur, ob Tim heute Abend zu der Veranstaltung käme.

Bailey suchte nach den richtigen Worten, brauchte dafür aber länger, als sie beabsichtigt hatte. Sie wollte ihm sagen, dass sie und Tim sich noch nicht ganz klar waren, dass sie nicht sicher war, ob sie in ihn verliebt war, und dass sie sich manchmal fragte, ob sie nicht nur eine Rolle spielte. Die Rolle, die jeder von ihr erwartete. Aber da die Musik so laut spielte und die Studenten um sie herum versuchten, sich darauf zu konzentrieren, Gott zu loben, begnügte sich Bailey mit einer kurzen Antwort. „Heute Abend nicht."

Cody nickte. Er tätschelte wieder ihr Knie und ließ dieses Mal die Hand ein wenig länger auf ihrem Bein liegen. Die Gruppe auf der Bühne sang noch ein Lied, und dann trat ein rothaariger, großer junger Mann auf die Bühne.

Andi flüsterte ihr zu: „Das ist Daniel. Ich habe ihn vor Beginn der Veranstaltung kennengelernt."

„Er sieht aus, als könnte er witzig sein."

„Das ist er auch." Ihr Lächeln sah aus, als wollte sie Bailey mehr damit sagen: Dass sie glücklich sei und absolut kein Interesse an Cody habe. Nur für den Fall, dass Bailey sich das fragte. „Ich hätte nicht gedacht, dass so viele Leute kommen würden."

„Ich auch nicht." Bailey warf ihrer Mitbewohnerin einen begeisterten Blick zu. „Ich bin so froh, dass wir davon gehört haben."

Daniel nahm dem Sänger das Mikrofon aus der Hand, und als die Gruppe sich gesetzt hatte, begrüßte er noch einmal alle und erinnerte sie an die Flyer. „Schaut euch die ganzen Veranstaltungen an. Es wird ein sehr interessantes Jahr." Die Leute klatschten Beifall. Als es wieder ruhig im Saal wurde, trat Daniel näher an die erste Reihe heran und schaute in die Gesichter. „Warum sind wir hier? Ich meine, warum sind wir wirklich hier?"

Bailey wand sich auf ihrem Stuhl, und als ihre Schulter an Cody stieß, rutschte sie nicht weg.

Daniels Augen waren freundlich, sein Lächeln war herzlich. „Ihr seid hier, weil ihr Gott liebt, und hier ist vielleicht der einzige Ort, an dem ihr ungezwungen über ihn sprechen könnt." Er brach ab und schaute in die Menge. Sein Blick blieb an Baileys Sitzreihe hängen. „Heute Abend sind unübersehbar auch viele hübsche Mädchen hier." Ein Lachen ging durch die Reihen.

*Natürlich*, dachte Bailey. Daniel hatte sie zwar gerade erst kennengelernt, aber ihm gefiel Andi auch. Sie warf einen Blick neben sich, aber Andi schien es nicht zu merken. Ihre Aufmerksamkeit war ganz darauf gerichtet, worauf Daniel mit seiner Botschaft hinauswollte.

„Wir sind hier, weil wir uns gegenseitig brauchen." Daniels Lächeln wurde ernster. „Zu Campus für Christus zu kommen ist, wie zu einem Familientreffen zu kommen. Wir gehören zur selben Familie und wir haben vieles gemeinsam. Und wir sind hier, um uns während des ganzen Studienjahres gegenseitig zu helfen."

Bailey überlegte, wie recht er damit hatte. Ihre ersten zwei Wochen an der Uni waren erstaunlich gewesen, und vieles davon verdankte sie Andi. Eine Mitbewohnerin zu haben, die genauso wie sie an Gott glaubte, war, wie eine Schwester zu haben. Zum ersten Mal in ihrem Leben. Leichte Schuldgefühle regten sich in ihr. Sie konnte Andi wirklich keinen Vorwurf daraus machen, dass sie neben Cody gesessen hatte oder sich vielleicht zu ihm hingezogen fühlte. Wenn Cody nicht mehr als eine Freundschaft mit Bailey wollte, warum sollten er und Andi dann nicht ein Paar werden? Dieser Gedanke fühlte sich wie Sandpapier auf Baileys Seele an, und sie drückte die Arme auf ihre Brust, da ihr plötzlich viel kälter war als vorher.

„Ich habe eine Bitte an euch: Wenn ihr zu Campus für Christus kommt, dann kommt mit einem offenen Herzen und lasst alles andere draußen vor der Tür. Hier ist nicht der Raum, um über die Leute aus eurem Chemiekurs zu lästern oder über eine Cheerleaderin zu lachen, die beim letzten Heimspiel beim Spagat gestürzt ist. Wenn wir zu Campus für Christus kommen, wollen wir das Beste für den anderen, während wir in unserer Freundschaft und in unserer Beziehung zu Jesus wachsen. Nehmt von den Leuten, die neben euch sitzen, nur das Beste an." Sein Grinsen wurde wieder breiter. „Wenn wir das machen, können wir den Abend genießen und haben viel mehr Energie, um uns auf die Botschaft zu konzentrieren." Seine Augen bewegten sich langsam durch den Raum. „Versteht ihr, was ich meine?"

Die Studenten nickten und murmelten zustimmend.

Bailey hatte schon öfter in einem Gottesdienst gesessen und sich gefragt, ob ihre Eltern oder ihr Bruder dem Prediger vorher eingeflüstert hatten, welche Worte sie hören musste. Heute war zweifellos wieder so ein Tag. Sie war zu dieser Veranstaltung gekommen und hatte sich mehr darauf gefreut, Cody zu treffen, als Lobpreislieder zu singen und eine Predigt zu hören. Und als sie gekommen war und gesehen hatte, dass Andi neben ihm saß, hatte ihr Herz seltsam reagiert und sie hatte sich gefragt, was sie verpasst hatte. Sie benahm sich fast paranoid, und während des Lobpreises war sie in Gedanken kein einziges Mal wirklich woanders als bei Cody und Andi gewesen.

Bailey unterdrückte ein langes Seufzen und schaute auf den Boden vor ihren Füßen.

Daniel kam zum Ende. „Heute Abend machen wir es kurz. Es gibt einen Tisch mit Getränken und Knabbereien, und es gibt viele Leute, mit denen ihr euch unterhalten könnt. Es ist wichtig, dass ihr euch kennenlernt. Aber vergesst nicht, was ich gesagt habe: Hier erwarten wir das Beste *voneinander* und wollen das Beste *füreinander*. Wir wollen das Miteinander so gut wie möglich praktizieren. Wir dienen einander und lieben einander und ermutigen einander, und am Ende des Tages haben wir eine gute Beziehung zu Gott und ..." Er schaute den vollen Saal erwartungsvoll an. „Und wir haben eine gute Beziehung ..."

Bailey hob den Kopf, als die Leute seinen Satz beendeten und wie aus einem Mund riefen: „... zueinander."

„Genau."

*Gott, das war genau das, was ich hören musste!* Bailey biss sich auf die Lippe. Nach dieser Andacht wusste sie, was sie als Nächstes zu tun hatte. Solange sie mit Tim zusammen war, konnte sie keinen Anspruch auf Cody erheben. Wenn er Andi mochte – und welcher Junge mochte sie nicht? – müsste sie sich an diesen Gedanken gewöhnen. Wenn das Teil von Gottes Plan war, konnte sie nicht dagegen ankämpfen oder versuchen, es zu ändern. Immerhin hatte Cody, lange bevor Andi auf der Bildfläche aufgetaucht war, seine Entscheidung getroffen. Er wollte mit Bailey nicht mehr als eine Freundschaft. Was für einen Sinn hatte es also, sich wegen Andi Sorgen zu machen und darüber, ob sie sich vielleicht zu Cody hingezogen fühlte? Falls es so sein sollte, musste sie sich mit ihrer Freundin freuen und dankbar sein, dass zwei ihrer besten Freunde zueinandergefunden hatten. Baileys Verstand konnte dem allem vorbehaltlos zustimmen. Aber sie fragte sich, wie viele solcher Predigten sie noch bräuchte, bevor ihr Herz auch zustimmen konnte.

Daniel betete am Ende der Veranstaltung, und während alle aufstanden und anfingen, sich zu unterhalten und aufeinander zuzugehen, setzte Bailey ein glückliches Lächeln auf. „Also..." Sie schaute ihre Freunde an. „Cody, hast du Andi schon kennengelernt?"

„Ja." Cody nickte Andi höflich zu. Bailey versuchte, nicht zu viel in diesen Moment hineinzudeuten, aber nichts in seinen Augen oder an seiner Miene verriet irgendein Interesse an Andi, das über Höflichkeit hinausging.

Andi hingegen ... Bailey kannte sie bereits gut genug, um das Funkeln in ihren Augen zu sehen, und sie bemerkte, dass sie Cody ein wenig mehr Aufmerksamkeit schenkte, als nötig gewesen wäre. „Cody hat nach Tim gefragt." Andi schaute Bailey an. „Er kommt nächste Woche mit, nicht wahr?"

„Ja. Das müsste er schaffen." Bailey schaute ihre Mitbewohnerin fragend an. Warum versuchte sie, Cody daran zu erinnern, dass Bailey einen Freund hatte? Damit Cody wüsste, welches Mädchen ihn nicht zu interessieren hatte? Bailey zwang sich, sich an die Andacht dieses Abends zu erinnern und das Beste von Andi zu denken. Außerdem hatte Andi keine Ahnung, was Bailey für Cody wirklich empfand.

„Bailey, warte! Ich habe dir die große Neuigkeit noch gar nicht gesagt!" Andi packte sie am Arm und strahlte über das ganze Gesicht. „Du und Tim und ich ... wir haben alle einen Rückruf wegen *Christmas Carol* bekommen! Am Montag nach dem Unterricht sollen wir da sein. Ist das nicht großartig?"

„Wirklich? Das ist ja unglaublich!" Bailey wollte sich freuen, aber sie konnte im Moment nur an Cody denken und daran, dass sie unbedingt ein paar Minuten mit ihm allein sein wollte, um ungestört mit ihm sprechen zu können. „Ich hoffe, wir bekommen alle eine Rolle!"

„Bestimmt. Das fühle ich." Andis Augen strahlten noch mehr auf. „Oh, und morgen sind die Dreharbeiten auf dem Campus! Mein Vater hat gesagt, dass wir beide einen Satz oder so sagen können. Er ist das Skript durchgegangen: Der männliche Hauptdarsteller bleibt stehen und spricht mit zwei Mädchen. Er dachte, dass wir dafür ideal geeignet wären!"

Diese letzte Neuigkeit war wirklich erstaunlich. „Mit diesen Rollen könnten wir es in den Filmschauspielerverband schaffen."

„Ich weiß. Stell dir nur vor, was das bedeuten würde! Wir könnten Ferienjobs als Schauspieler in LA bekommen, wenn wir wollen."

Cody hörte ihrem Gespräch zu, aber jedes Mal, wenn Bailey ihn anschaute, sagten seine Augen das Gleiche: dass auch er mit ihr irgendwohin gehen wollte, wo sie sich in Ruhe unterhalten könnten.

„Du kommst doch zu den Dreharbeiten, oder?" Andi ergriff Codys Ellbogen und warf ihm einen unwiderstehlichen Blick zu. „Du musst kommen. Vielleicht wirst du entdeckt!"

Cody lachte halbherzig. „Hollywood ist nichts für mich." Er schaute Bailey wieder an. „Vielleicht komme ich vorbei und schaue zu. Aber mehr nicht."

„Okay. Wenn du am Set bist, wirst du es dir bestimmt anders überlegen. Die Kameras strahlen etwas Faszinierendes aus. Du wirst schon sehen."

„Vielleicht." Er warf einen Blick auf seine Uhr und bewegte sich dabei so, dass Andi seinen Ellbogen loslassen musste. Er drehte sich zu Bailey herum. „Hey, wann hast du morgen deine erste Vorlesung?"

„Um acht." Sie verzog das Gesicht. „Sehr früh. Und du?"

„Erst um neun." Er steckte die Hände in seine Jeanstaschen. Seine Miene verriet, dass ihm das, was er als Nächstes sagen wollte, nicht leichtfiel.

Bevor Bailey ihn retten und etwas Unverblümtes sagen konnte wie etwa, dass sie und Cody jetzt nach draußen gingen, um sich eine Weile zu unterhalten, kam der Leiter der Gruppe, Daniel, auf sie zu. „Viele Leute sprechen von den Dreharbeiten." Er trat neben Andi und richtete seine ganze Aufmerksamkeit auf sie. „Es sieht ganz so aus, als bekäme dein Vater genug Statisten."

„Wunderbar." Andi lächelte Daniel höflich an. „Danke, dass du es bekannt gegeben hast."

Bailey dankte Daniel insgeheim für diese Ablenkung. Sie berührte Andi kurz an der Schulter. „Cody und ich gehen schon hinaus. Wir haben uns nicht mehr gesprochen, seit das Semester angefangen hat."

„Okay." Andi schien zu zögern. „Wartest du draußen auf mich?"

„In welchem Wohnheim wohnst du?" Daniel klang nicht aufdringlich, nur hilfsbereit.

Andi sagte es ihm, und er versicherte ihr, dass er sie gern begleiten würde. „Ich muss in dieselbe Richtung."

„Ich warte", bot Bailey schnell an. Sie wollte Andi nicht das Gefühl geben, mit einem Jungen zurückgehen zu müssen, den sie gerade erst kennengelernt hatte. „Im Ernst, Andi. Wir warten vor der Tür."

„Nein." Andi schien es sich überlegt zu haben. Sie schaute zuerst Bailey und dann Cody und dann wieder Bailey an. Sie sah einen Moment aus, als wären ihre Gefühle verletzt, aber dann gewann ihr Lächeln die Oberhand. Falls sie sich ärgerte, verriet ihr Ton das nicht. „Es ist okay." Sie winkte ab. „Geht ihr beide nur. Ich gehe dann mit Daniel nach Hause." Sie drehte sich wieder zu Daniel herum.

Daniel sah aus, als helfe er wirklich sehr gern. Als Bailey sicher war, dass Andi einverstanden war, nickte sie Cody zu und die beiden gingen zur Tür. „Es war schön, dich kennenzulernen", sagte Cody zu Andi.

„Dich auch." In Andis Tonfall lag etwas Kühles, das Cody aber anscheinend nicht bemerkte.

Draußen atmete Cody tief ein und langsam wieder aus. „Ich dachte schon, wir bekommen überhaupt nicht mehr die Gelegenheit, uns zu unterhalten." Der Weg vor dem Gebäude war dunkel und von Schatten überzogen, aber es war hell genug, dass sie einander ansehen konnten.

„Ich weiß." Bailey drückte ihre Tasche an die Brust. „Aber es war eine sehr gute Veranstaltung. Ich bin froh, dass wir da waren."

„Ich auch. Ich habe das gebraucht."

Bailey wusste nicht, wo sie anfangen sollte. Sie hatten sich so vieles zu erzählen. Es gab so viel über das neue Studienjahr, über das sie noch kein Wort miteinander gesprochen hatten. Bailey öffnete den Mund, um zu fragen, wie es in Codys WG lief, aber im selben Moment fragte er, ob es Bailey gefiel, mit Andi in einem Zimmer zu wohnen.

Sie lachten beide. Cody führte sie am Arm zu einer Laube gleich neben dem Weg. „Komm her." Er nahm ihr die Tasche ab und stellte sie neben seine Füße. Dann zog er sie in die Arme und hielt sie lange fest. „Vielleicht sollten wir hier anfangen."

Bailey hoffte, dass er nicht fühlen konnte, wie ihr Herz unter der Jacke hämmerte, aber selbst wenn er es fühlen könnte, hätte sie sich nicht aus seiner Umarmung gelöst. Sie sehnte sich nach einem solchen Moment, seit sie und Cody das letzte Mal im Juli zusammen gewesen waren. Während jetzt der kühle Wind durch die Bäume über ihnen strich und die Herbstblätter zu Boden tanzten, wollte Bailey am liebsten so stehen bleiben, sich in seinen warmen Armen geborgen fühlen und die Sterne über sich funkeln sehen.

Er trat zurück und schaute ihr in die Augen. „Ich habe dich vermisst, Bailey. Du hast ja keine Ahnung, wie sehr ich dich vermisst habe."

Sie wollte nur den Augenblick genießen und nicht zu viel darüber nachdenken. Aber die Gefühle in seinen Augen und sein Tonfall reichten weit über den Wunsch nach einer normalen Freundschaft hinaus. Sie schluckte und wusste nicht, was sie sagen sollte. „Ich habe dich auch vermisst."

„So wie es jetzt ist ..." Er schaute zur Seite. „... habe ich es nie gewollt." Er fuhr sich mit der Hand über den Kopf. „Wir gehen aneinander vorbei und es ist ... ich weiß auch nicht, es ist, als wären wir Fremde."

Bailey dachte an die Nächte, in denen sie sich nach Codys Stimme, nach seiner Nähe gesehnt hatte. Die langen Monate, in denen er im Irak gewesen war, und auch dann, als er nach Hause gekommen war. Sie hatte sich an seine Briefe geklammert und geglaubt, dass sie eines Tages mehr finden würden als die Freundschaft, die sie begonnen hatten. „Ich schätze ..." Sie versank in seinen Augen. „... ich habe dich damals, als du zurückkamst, so verstanden, dass du mit mir Schluss machtest. Ich nahm an, dass du das Tempo bestimmen musst, und dann ... habe ich nie wieder etwas von dir gehört."

Er sah aus, als wollte er sie küssen, aber dann bog er den Kopf zurück. Seine Hände lagen immer noch auf ihrem Rücken, aber jetzt war mehr Abstand zwischen ihnen. „Vergiss nicht ..." Er zog leicht eine Braue hoch. „Du hast einen Freund. Es wäre ein wenig komisch, wenn ich dich anrufe und zum Essen einlade."

Bailey nickte. „Ich weiß." Sie wollte die Dinge klarstellen, dass Tim zwar irgendwie ihr Freund war, aber dass das nicht hieß, dass sie in Tim verliebt war. „Wegen Tim ... Er und ich ..."

„Es ist okay." Cody ließ sie los. Er legte den Finger auf ihre Lippen und schüttelte den Kopf. „Erzähl es mir nicht. Ich will die Details nicht wissen." Sein Lächeln konnte die plötzliche Traurigkeit in seinen Augen nicht verbergen. „Du bist glücklich, Bailey. Das ist alles, was zählt. Es ist nur so ... Du und ich, wir zwei hatten etwas ganz Besonderes. Wenn Tim nichts dagegen hat und wenn du einverstanden bist, möchte ich in deinem Leben bleiben. Ich würde dich gern öfter sehen."

Verwirrung machte sich in Baileys Herz breit. Sie wollte ihm immer noch von Tim erzählen, aber es kam ihr falsch vor, das jetzt zu tun. Fast wie ein Verrat. Und das wäre nicht fair, am allerwenigsten Tim gegenüber. Sie konnte nichts anderes tun, als Codys Worte für bare Münze zu nehmen. Falls sie mit Tim Schluss machen wollte, müsste das in einem anderen Gespräch geschehen. Nicht hier mit Cody. Sie wollte ihn wieder umarmen, verschränkte stattdessen aber die Arme vor sich. „Tim hat kein Problem damit. Er weiß, dass wir Freunde sind."

Wärme trat in Codys Augen. „In letzter Zeit nicht mehr." Seine Augen funkelten, als sie wieder nahe neben ihm herging. „Aber das wird sich ändern. Versprochen."

„Gut." Sie war versucht zu fragen, was er von Andi hielt, aber sie wollte ihrer Eifersucht nicht noch mehr Raum geben. Sie hatte sich so sehr bemüht, nach dem Vorsingen ihre Eifersucht gegenüber ihrer Mitbewohnerin loszulassen. Sie hob ihre Tasche auf, und sie gingen wieder weiter. Gemütlich und wie gute Freunde. „Erzähl mir von deiner WG. Läuft es gut?"

„Ja, bestens. Mit den meisten." Er schaute sie vielsagend an. „Ich habe Stan gesagt, dass er ausziehen muss. Er kauft immer wieder Bier und hat an den Wochenenden Freunde da, mit denen er trinkt. In unserer Wohnung gibt es keinen Alkohol. Das ist die Regel."

Bailey schaute in den Schatten vor sich und erinnerte sich daran, wie sie Cody bewusstlos und halbtot mit einer Alkoholvergiftung auf dem Boden ihres Gästezimmers liegen gesehen hatte. „Du hast es weit gebracht."

„Mit Gottes Hilfe." Er kniff die Augen zusammen und schaute zum dunklen Himmel hinauf. „Jeden Tag muss ich zugeben, dass ich in Bezug auf Alkohol machtlos bin. Und jeden Tag trägt Jesus mich mit seiner Kraft durch. So wird es für den Rest meines Lebens bleiben."

Sie gingen eine Minute schweigend weiter. „Kommst du manchmal in Versuchung?"

„Kein einziges Mal. Mir war ziemlich schlecht, als ich das letzte Mal getrunken hatte. Mir wird schlecht, wenn ich nur an Alkohol denke."

„Gut. Das freut mich für dich." Sie trat leicht gegen einen Stoß aus gelben und roten Blättern. Sie waren schon halb bei ihrem Wohnheim.

Bailey hatte irgendwie damit gerechnet, dass sie Andi auf dem Heimweg treffen würden. Aber zu ihrem Wohnheim führten mehrere Wege. Andi und Daniel hatten vermutlich einen anderen Weg genommen. Eine andere Frage quälte Bailey, aber sie war nicht sicher, ob sie die Antwort darauf hören wollte. „Hast du eine Freundin?"

Cody zögerte. Dann schaute er sie einige Sekunden nur an, als gäbe es einiges, das er ihr sagen wollte, aber einfach nicht über die Lippen brachte. Wenigstens nicht jetzt. Schließlich zuckte er eine Schulter und schaute nach vorn. „Nein."

Bailey lachte. „Ich erinnere mich an die Zeit, als du jede Woche eine andere Freundin hattest. Damals, als du für meinen Vater gespielt hast."

„Ich war unmöglich." Er schüttelte den Kopf. „Ich habe genug von leichten Mädchen und oberflächlichen Verabredungen. Jetzt gehe ich lieber nach Hause und lerne." Ein Grinsen spielte um seine Mundwinkel, und seine Augen funkelten. „Habe ich dir erzählt, was ich vorhabe?"

„Nein. Was denn?" Ihr Magen schlug unter seinem Blick Purzelbäume, und sie musste sich zwingen zu atmen.

„Ich will Arzt werden. Ich denke daran, irgendwo auf dem Missionsfeld mein Praktikum zu machen. Vielleicht auf den Philippinen oder in Indonesien. Etwas in der Art."

„Wirklich?" Bailey staunte. „Ich dachte, du wolltest Footballtrainer werden."

„Ja. Bei meinen eigenen Kindern irgendwann. Bis dahin habe ich meine eigene Praxis und kann meine Arbeitszeit nach ihren Aktivitäten richten."

Bewunderung erfasste sie. Sie verlangsamte ihre Schritte, um die Zeit, die sie zusammen waren, so weit wie möglich in die Länge ziehen zu können. „Wie bist du darauf gekommen?"

Er ließ sich Zeit mit seiner Antwort. „Wahrscheinlich durch den Krieg." Der Blick in seinen Augen ließ sie nicht los. „Ich habe ein Bein verloren, aber ich habe viel bekommen, als ich dort war. Mehr Weisheit und Führung, als wenn ich hiergeblieben wäre."

Bailey merkte erst jetzt, dass sie die ganze Zeit, die sie zusammen waren, kein einziges Mal an Codys Bein gedacht hatte. Seine Prothese war von seinem Sportschuh und seiner Jeans versteckt, und er ging ohne das geringste Humpeln. Ihre Schulter war nahe neben seiner, während sie weitergingen. Näher als vorher. „Inwiefern?"

„Ich helfe gern anderen Leuten. Ich will ihnen helfen, ihre Freiheit zu bewahren oder wieder gesund zu werden. Beides ist eine Hilfe, die ich mir vorstellen kann. Es ist, als hätte Gott mich dafür geschaffen, anderen zu helfen."

„Das bedeutet aber, dass ein langes Studium vor dir liegt."

„Genau." Sein leises Lachen erfüllte ihre Sinne. „Das ist wahrscheinlich auch die Antwort auf deine Fragen in Bezug auf Mädchen. Ich will das Studium so schnell wie möglich schaffen. Damit bleibt nicht viel Freizeit." Er stieß sie mit dem Ellbogen. „Außer für die Leute, die mir wirklich wichtig sind." Sein Grinsen wurde jetzt scheuer als vorher. „Verstehst du?"

Bailey war glücklich, dass sie wieder gute Freunde waren wie in der Zeit, bevor Cody in den Krieg gezogen war. Als er zurückgekommen war, hatte es Zeiten gegeben, in denen sie nie gedacht hatte, dass sie das je wieder erleben würden. Besonders nachdem sie das Gefühl gehabt hatte, er hätte sie in den letzten zwei Wochen absichtlich ignoriert. Aber jetzt – jetzt war ihr Herz erfüllt von der Vertrautheit, die sie mit Cody verband.

Sie sprachen über das Vorsingen, und als sie auf Andi zu sprechen kamen, sagte Bailey schnell, dass sie wunderbar sei. „Ich muss sie erst noch besser kennenlernen, aber wir verstehen uns ganz gut, und es sieht so aus, als könnten wir gute Freundinnen werden."

Er schüttelte kurz den Kopf. „Sie hat viel Ausstrahlung, das ist nicht zu übersehen."

„Das stimmt." Bailey wollte ihn nicht fragen, wie er das meinte. Sie wollte nicht hören, dass Cody sich zu Andi hingezogen fühlte, oder herausfinden, dass er sich für sie interessierte. Im Moment genügte es, dass sie jetzt diese gemeinsamen Minuten hatten, ohne dass etwas die strahlende Freude in ihrem Herzen trübte.

Viel zu früh kamen sie vor ihrem Wohnheim an, und Cody nahm sie wieder in die Arme. „Ich bete jeden Tag für dich, Bailey. Dass Gott dich festhält und dass du in den richtigen Bereichen wächst, solange du hier bist." Er sah nicht mehr so aus, als wollte er sie vielleicht küssen, sondern als sei er einfach froh, dass sie sich wiedergefunden hatten. „Ich habe das heute Abend gebraucht."

„Ich auch. Es tut mir leid, dass wir so viel Zeit haben verstreichen lassen." Sie grinste und legte den Kopf schief. „Das passiert nicht wieder."

„Ich rufe dich an oder schreibe dir eine SMS. Vielleicht können wir hin und wieder einen Kaffee miteinander trinken. Und du sagst mir, wenn Tim das stört." Er wurde ernster. „Ich will mich nicht zwischen euch drängen."

Baileys Herz wurde schlagartig schwer. Sie wollte sich von seiner Bemerkung den Abend nicht verderben lassen, aber sie konnte nicht leugnen, dass seine Worte sie niederdrückten. Sie wünschten sich eine gute Nacht und versprachen, bald wieder miteinander zu sprechen, aber sobald sie in ihrem Wohnheim war, hätte sie am liebsten das Fenster geöffnet und ihm nachgerufen. Warum wollte er sich nicht zwischen sie drängen? Wenn er für sie so viel fühlte wie sie für ihn, sollte er sich dann nicht zwischen sie und Tim drängen wollen?

Es gab nur einen einzigen Grund, warum er den Abend mit dieser Bemerkung beendet hatte: Wenn er in die Zukunft blickte, wenn er den Weg, der vor ihm lag, sah und das jahrelange Studium, bis er Arzt wäre, und sein Praktikum im Ausland, sah er sie offensichtlich nicht an seiner Seite. In dieser Hinsicht war Tim anders. Selbst wenn er ihr Herz nicht zum Schwingen brachte wie Cody, war er nett und zuverlässig und in jeder Hinsicht ein wunderbarer junger Mann. Außerdem hatte er etwas zu ihr gesagt, das Cody nie gesagt hatte:

Dass er in sie verliebt sei.

# Kapitel 11

Der Ton war wie eine Alarmsirene, die ihn mit ihren unangenehmen Tönen aus dem Tiefschlaf riss. Es dauerte, wie er meinte, fünf Minuten, bis Chase sich im Bett aufsetzte und sich umschaute, aber nicht genau wusste, wo er war oder warum er sich in einem fremden Zimmer befand und Alarmglocken läuteten. Doch dann fiel es ihm nach und nach wieder ein. Er war in einem Hotelzimmer in Bloomington, Indiana; er hatte geschlafen, und das lästige Geräusch war nur sein iPhone. Er warf einen Blick auf die rot leuchtenden Zahlen auf dem kleinen Wecker neben dem Bett. Vier Uhr fünfzig. Kein Wunder, dass er noch geschlafen hatte.

Er nahm sein Telefon, aber es war eine unbekannte Nummer. Er nahm das Gespräch an und zwang sich, einen klaren Kopf zu bekommen. „Hallo? Hier ist Chase Ryan."

„Tut mir leid, dass ich Sie aufwecke, Chase. Sie werden nicht glauben, was mir passiert ist." Die Stimme kam ihm vage bekannt vor.

Chase rieb sich die Augen. Es war Freitag, Tag fünf der Dreharbeiten, und trotz der Fortschritte, die sie am Dienstag gemacht hatten, waren sie seitdem noch weiter hinter den Zeitplan zurückgefallen. Selbst wenn sie keine Stunde mehr weiter zurückfallen würden, müssten sie mindestens zwei Tage anhängen. Das Letzte, was er brauchte, waren noch mehr schlechte Nachrichten. Er schaute mit zusammengekniffenen Augen zum Fenster des dunklen Hotelzimmers. „Mit wem spreche ich?"

„Gary. Vom Catering."

Jetzt erkannte Chase ihn. Gary war der Mann, der Ritas Lachs jeden Morgen entgegennahm, der Mann, der dafür verantwortlich war, dass sie jeden Tag drei Mahlzeiten am Set bekamen. „Okay, Gary, was gibt's?"

„Wie ich schon sagte, Sie werden es nicht glauben." Er klang erschüttert. „Ich wollte heute Morgen aus der Zentrale in Indianapolis zum Set fahren wie jeden Tag, und plötzlich haben mich die entgegenkommenden Fahrzeuge angehupt und mit der Lichthupe angeleuchtet. Irgendwann merkte ich dann den Rauch."

„Rauch?" Chases Pulsschlag erhöhte sich.

„Den Rauch, der von meinem Küchenwagen aufstieg. Ich fuhr an den Straßenrand, aber als ich aus dem Auto stieg, stand das ganze Ding schon in Flammen. Es brannte überall."

„Ihr Essenswagen?" Das musste ein schlechter Traum sein. Chase wollte die Augen schließen und einen Weg aus diesem Albtraum finden und weiterschlafen.

„Er ist verbrannt, Chase. Aber machen Sie sich keine Sorgen, das heißt, machen Sie sich nicht allzu viele Sorgen: Der Wagen ist versichert und ich habe in der Zentrale angerufen. Wir bekommen bis zum Nachmittag einen anderen Wagen. Sie müssen vielleicht ein paar Papiere unterschreiben, aber ich denke, für das Abendessen können Sie mit mir rechnen. Es ist nur … Ich kann Ihnen heute kein Frühstück und kein Mittagessen liefern."

Chase schwang die Beine über die Bettkante. Das war kein Albtraum. Nicht der verbrannte Wagen oder der Lachs oder der Hundebiss. Das gehörte einfach dazu, wenn man einen Film drehte. Er stöhnte. „Das ist Ihr Ernst? Ihr Essenswagen ist ausgebrannt?"

„Völlig niedergebrannt. Es ist nur noch ein verkohlter Rest übrig." Er lachte nervös. „Die Feuerwehr sagte, dass ich von Glück sagen könne, dass ich lebend herausgekommen bin. Ein Paar Kilometer weiter, und das Ding hätte mit mir in die Luft fliegen können."

Chase fand keine Worte. Er stand auf und ging zum Fenster. Er hatte nur seine Pyjamahose an, und jetzt, da er aus dem Bett war, fror er ein wenig in der kalten Luft. „Das heißt, dass ich mich um einen Frühstücksplan kümmern muss."

„Und um das Mittagessen. Tut mir leid, Chase. Ehrlich. So etwas passiert normalerweise nicht."

Chase hätte ihm am liebsten gesagt, dass so etwas doch passierte. Wenigstens Keith und ihm. „Okay, Gary. Machen Sie sich deshalb keine Sorgen. Mir fällt eine Lösung ein." Es war noch nicht einmal sechs. Viel zu früh, um wegen des Frühstücks herumzutelefonieren. Doch dann fiel ihm JR im Hummerrestaurant ein. Keith hatte ihm die Visitenkarte des Mannes gegeben, und er fand sie sofort. Vielleicht fiel ihnen gemeinsam etwas ein, das funktionieren würde.

Chase stand auf und duschte. Einen Augenblick spielte er mit dem Gedanken, sein tägliches Bibellesen ausfallen zu lassen. Doch dann erinnerte er sich an etwas, das Kelly gestern Abend gesagt hatte. Sie hatte gesagt, dass sie beim Bibellesen wieder einmal zu dem Schluss gekommen sei, dass man es sich auch an den anstrengendsten Tagen nicht leisten konnte, *nicht* in der Bibel zu lesen. „An den Tagen, an denen viel los ist, brauche ich Gott am meisten", hatte sie gesagt.

Chase hatte ihr schnell recht gegeben, und jetzt hatte er Gelegenheit, diese Erkenntnis in die Praxis umzusetzen. Er wusste, wo er lesen wollte, den Abschnitt in der Bibel, von dem Keith neulich gesprochen hatte. Jakobus, Kapitel 1. Er hatte es oft genug gelesen, dass er es praktisch auswendig kannte. Aber jetzt wollte er etwas anderes finden, etwas, das tiefer ging und ihm half, mit der nächsten Krise am Set fertigzuwerden. Er begann am Anfang und las die Stelle, in der es hieß, dass man es als reine Freude ansehen solle, wenn der Glaube auf eine harte Probe gestellt wird. Er las weiter.

Erst als er bei Vers 11 ankam, sah er etwas, bei dem er abrupt stockte. Er las die Stelle noch einmal:

In der glühenden Mittagshitze verdorrt das Gras, die Blüten fallen ab, und alle Schönheit ist dahin. Ebenso wird es den Reichen ergehen. All ihre Geschäftigkeit bewahrt sie nicht vor Tod und Verderben.

War nicht genau das mit Garys Essenswagen passiert? Er war verbrannt, während Gary auf dem Weg zur Arbeit gewesen war. Es ging nicht darum, dass Gary etwas falsch gemacht hätte, sondern dass die menschliche Arbeit nicht von Dauer war. Nur das, was für die Ewigkeit geschieht, hat Bestand. Das bedeutete, dass in hundert Jahren sich wahrscheinlich niemand mehr an einen Film mit dem Titel *Der letzte Brief* erinnern würde. Und bestimmt würde sich niemand an die Anfechtungen erinnern, die Keith und Chase bei den Dreharbeiten zu diesem Film hatten bestehen müssen.

Aber künftige Generationen würden sich daran erinnern, welche Folgen dieser Film für das Leben der Zuschauer hatte, für ihren Glauben, ihre Seele, ihr Herz. Chase würde für die Schauspieler und die Crew ein Frühstück und Mittagessen auftreiben, und er würde das mit Blick auf die Ewigkeit tun. Das würde seinen Glauben und die Botschaft, die Menschenleben für Jesus verändern konnte, stärken. Alles andere würde am Ende sowieso vergehen.

Garys Essenswagen hatte das unter Beweis gestellt.

Als Chase um sechs Uhr an diesem Morgen JRs Handynummer

wählte, freute er sich fast wegen der Herausforderungen, die auf sie zukamen. Jede hatte einen Zweck, selbst diese jetzt. JR klang wach, als er sich am Telefon meldete. „Hallo, wie geht es meinem Freund Keith?"

„Gut." Chase merkte, dass er seinem Freund noch gar nichts von dem Essenswagen erzählt hatte. „Keith sagte, Sie sind ein Genie, wenn es ums Essen geht. Ist das richtig?"

„Darauf können Sie wetten. Das beste Steak und den besten Hummer in der Stadt bekommen Sie bei mir." JRs Selbstvertrauen war nicht zu überhören. „Wenn Sie Ihre Schauspieler zu einem guten Abendessen einladen wollen, haben Sie die richtige Nummer gewählt."

„Ehrlich gesagt …" Chase hielt den Atem an. „… dachte ich eher an Eier und Truthahnsandwiches. Nicht gleichzeitig."

Chase erklärte die Situation, und gemeinsam erstellten er und JR einen Plan. Der nächste Supermarkt hatte schon geöffnet. Also fuhr Chase hin und kaufte zwölf Dutzend Eier, zehn Laibe Brot, fünfzig Blaubeermuffins, elf Pfund Truthahnaufschnitt und eine Auswahl an Sandwichzutaten, Pommes und Salat. Die übrigen Zutaten hatte JR in seinem Restaurant.

Das Einkaufen ging schnell, und Chase und JR arbeiteten fieberhaft in JRs Küche, damit sie um sieben Uhr einen großen Behälter mit Rühreiern und Käse, frischem Pico de Gallo, warme Muffins, verschiedene Marmeladen und Säfte und ein Lachsfilet hatten. Gemeinsam brachten sie das Essen zum Set. Inzwischen saßen die meisten Schauspieler und die Crew bereits an den Tischen und schauten sich nach dem Essenswagen um.

„Frühstück!", verkündete Chase, als er und JR aus dem Wagen sprangen. „Kommt und holt es euch!"

Keith kam mit ungläubigem Gesichtsausdruck auf ihn zu. „Was in aller Welt ist passiert?"

„Habe ich dir das nicht erzählt?", lachte Chase. Jede Spur von Niedergeschlagenheit war verschwunden. „Garys Essenswagen ist heute Morgen abgebrannt. Ich bin heute für das Frühstück und Mittagessen zuständig."

Einen Moment stand Keith nur mit halb offenem Mund da. Dann nickte er langsam, salutierte Chase und stellte sich hinten in der Schlange an. Chase und JR blieben, bis alle gegessen hatten. Als sich herumsprach, dass der Essenwagen abgebrannt war, kamen mehrere

Schauspieler auf Chase zu, klopften ihm auf die Schulter oder schüttelten ihm die Hand.

„Sie stellen jeden Tag neue Maßstäbe für Produzenten auf", sagte ein Schauspieler zu ihm.

Janetta Drake, die einzige Christin unter den Schauspielern, setzte sich Chase gegenüber und drückte leicht seine Hand. „Sie haben keine Ahnung, was für ein Vorbild Sie jedem an diesem Set geben." Ihre Worte waren leise. „Die Leute wissen, dass bei Ihnen beiden etwas anders ist." Sie grinste ihn an, bevor sie aufstand und zum nächsten Tisch ging. „Ich weiß, dass Sie mit Ihren Filmen die Welt verändern wollen, Chase. Aber es ist gut zu wissen, dass Sie hier am Set anfangen."

Chase und JR fuhren zum Restaurant zurück, um das Mittagessen vorzubereiten. Eine Stunde später hatten sie hundert Truthahnbrote auf fünf Platten ausgebreitet, Obst und Gemüseplatten vorbereitet und acht Schüsseln mit Pommes fertig. Chase kehrte zum Set zurück und lagerte alles in zwei Kühlschränken. Dann eilte er los, um Keith zu finden. Sie machten heute Außenaufnahmen auf dem Universitätsgelände, und sein Freund brauchte bestimmt seine Hilfe. Was der Tag auch brachte – Chase war dafür bereit. Er nahm sich vor, dass er Kelly sagen würde, wie recht sie hatte, wenn sie heute Abend ihre Laptops auspackten. Er sehnte sich danach, mit seiner Frau zu reden. An einigen Tagen konnte man es sich einfach nicht leisten, um das Bibellesen ausfallen zu lassen. An Tagen wie heute. Auch wenn sie ein Wunder bräuchten, um genug Geld für den Film zu haben; auch wenn Ben Adams immer noch nicht zurückgerufen hatte; auch wenn sie erst eine Woche drehten und keiner voraussagen konnte, welche Schwierigkeiten die nächste Woche bringen würde.

Im Moment spielte das alles keine Rolle. Menschenleben wurden verändert, auch wenn bei den Dreharbeiten viel Verrücktes geschah. Diese Botschaft würde Chase nie vergessen.

Essenswagen waren vergänglich und leicht zu ersetzen. Menschen, die Seelen von Menschen, waren ewig.

# Kapitel 12

Keith war nicht sicher, wie Chase die Katastrophe mit dem Essenswagen gemeistert hatte, aber alle waren mit den Mahlzeiten zum Frühstück und Mittagessen zufrieden. Um vierzehn Uhr stand ein neuer Essenswagen am Set, und Gary und seine Leute bereiteten das Abendessen vor. Jetzt standen die meisten Schauspieler und Kameraleute auf dem Rasen des Geländes der Universität und warteten auf die nächste Szene. Chase war aufgetaucht, und er und Keith mussten sich absprechen, bevor sie mit der Szene beginnen konnten. Inzwischen versuchte Keiths Frau Lisa, zweihundert Studenten zu bändigen, die ihnen die Tür einrannten, weil sie Statistenrollen spielen wollten. Keith warf ihr einen liebevollen Blick zu, bevor er mit Chase verschwand. Sie war vor ein paar Tagen gekommen, wofür Keith sehr dankbar war. Sie hatte früher schon bei Keiths Dreharbeiten geholfen und schien zu wissen, was sie tun musste, um ihm den Rücken freizuhalten.

„Bist du so weit?" Chase war außer Atem, aber er sah glücklich aus wie die ganze Woche noch nicht. Die Geschichte, wie er sich in einen Koch verwandelt hatte, musste er später unbedingt noch zum Besten geben.

„Ja. Jake ist da, und er ist in jeder Szene perfekt." Keith schüttelte den Kopf und konnte nur staunen, dass sie ein Talent wie Jake Olson hatten gewinnen können. „Der Junge hat Erfahrung, das ist nicht zu übersehen. Er zeigt, was er kann."

„Wunderbar." Chase warf einen Blick auf das Klemmbrett. „Du hast heute Vormittag vier Szenen geschafft. Erstaunlich."

„Und das ohne meinen Regisseur." Keith bedachte ihn mit einem trockenen Lächeln. „Wir könnten ein Buch schreiben, wenn wir fertig sind." Er warf einen Blick auf seine Notizen. „Jetzt kommt der Teil des Films, in dem Jakes Figur am meisten über sein Leben nachdenkt. Er ist arrogant und egozentrisch. Das kommt schmerzlich ans Licht, als er mit seinen Freunden auf dem Campus spricht. Besonders angesichts des Briefes, den er gerade von seinem Vater bekommen hat."

„Andi spielt in den nächsten paar Szenen mit, nicht wahr?" Chase überflog die Liste und warf dann einen Blick auf die Studenten, die sich um Lisa drängten.

Keith folgte seinem Blick und bemerkte erst jetzt Andi und ein Mädchen, das ihre Mitbewohnerin Bailey sein musste. Sie standen etwas abseits von den anderen Studenten und lachten mit Jake Olson. Er runzelte die Stirn. „Das hat gerade noch gefehlt."

„Hmm." Chase sah es auch. Zum ersten Mal an diesem Tag wirkte er besorgt. „Nicht gerade der Typ, der sich mit meiner neunzehnjährigen Tochter unterhalten sollte, wenn es nach mir ginge."

Keith entfuhr ein Seufzen. Lisa sah nicht, was Andi machte, weil sie zu sehr damit beschäftigt war, die anderen Statisten zu organisieren. Keith legte seine Notizen auf den Stuhl. „Ich bin gleich wieder da."

Er marschierte über den Rasen und wandte den Blick keinen Moment von Andi ab. Ihre Körpersprache war nicht einladend, aber flirtend. Daran bestand kein Zweifel. Wie sie die Schultern und das Kinn hielt, die Haare zurückwarf, war auch aus vierzig Metern Entfernung nicht zu übersehen. Er hatte sich schon die ganze Zeit Sorgen gemacht, dass Andi sich hier an der Universität Hals über Kopf in das ausgelassene Studentenleben stürzen würde. Sie hatte ihm zwar keinen Anlass gegeben, an ihrem Glauben zu zweifeln oder an ihrer Entscheidung, nach biblischen Grundsätzen zu leben. Aber die Welt verstand es, Mädchen wie Andi anzulocken, Mädchen mit einem ungezügelten Appetit nach Leben. Andi war noch zu unerfahren und naiv und würde erst merken, welche Probleme man durch Leute wie Jake Olson bekommen konnte, wenn es zu spät war.

„Andi!", rief er. Sie drehte sich sofort um und richtete ihr breites Lächeln auf ihn.

„Papa, hallo!" Sie griff nach der Hand ihrer Freundin. Lachend kamen sie auf ihn zugelaufen und waren vor Begeisterung ganz aufgeregt. „Ich habe Bailey erzählt, dass wir vielleicht ein paar Zeilen sagen dürfen und ..." Sie brach ab. „Moment, ich habe euch ja noch gar nicht vorgestellt." Sie lachte leise. „Papa, das ist meine Mitbewohnerin, Bailey Flanigan."

„Hallo, Bailey. Ich habe viel von dir gehört." Keiths Sorgen um seine Tochter legten sich ein wenig. Vielleicht wollte Andi nur freundlich sein. Sie war doch bestimmt klug genug, um kein Interesse an einem Mann wie Jake Olson zu zeigen. „Bist du bereit für ein paar Zeilen heute?"

„Auf jeden Fall. Danke, Sir."

Keith war erleichtert, dass dieses Mädchen Andis Mitbewohnerin war. In Baileys Augen erkannte er eine Tiefe und ein Leuchten, das ihn beeindruckte. Sie strahlte nichts Flirtendes oder Geheucheltes aus. Keith hatte das starke Gefühl, dass sie genau die Richtige für seine Tochter war. Nicht nur eine Mitbewohnerin, sondern hoffentlich eine sehr gute Freundin. Als sie gestern telefoniert hatten, hatte Andi ihm erzählt, dass sie beide nicht das Glück gehabt hatten, eine Schwester zu haben.

„Aber jetzt haben wir einander", hatte sie gesagt, bevor sie aufgelegt hatte. „Ist das nicht herrlich, Papa?"

Das war wirklich herrlich. Vielleicht könnte Bailey dazu beitragen, Andi zur Vernunft zu bringen, falls sie sich von Jake oder einem anderen Schauspieler am Set einwickeln ließe. Er wollte gerade seine Sorgen wegen Jake ansprechen und Andi bitten, Abstand zu ihm zu halten, als Chase angerannt kam.

„Keith, wir brauchen dich." Er nickte den Mädchen zu. „Tut mir leid, aber es ist etwas passiert."

„Wir sind hier drüben." Andi deutete zu der Stelle, an der sie vorher gestanden hatten. „Sag uns nur, wann du uns brauchst."

Keith nickte geistesabwesend. Dann drehte er sich zu Chase um. Sein Magen zog sich besorgt zusammen. „Was ist passiert?"

„Am Set kursieren Gerüchte." Chase fuhr sich mit den Fingern durch die dunklen Haare. Seine Worte sprudelten aus seinem Mund. „Anscheinend hat die Schauspielerin, die Jakes Freundin spielen sollte, jedem erzählt, dass wir diesen Film nur auf dem christlichen Markt vertreiben wollen. Sie ist bereits gegangen und hat dem Kameramann gesagt, dass sie mit einem frommen Film nichts zu tun haben wolle." Chases Gesicht war ein paar Nuancen dunkler geworden. Dem Kameramann gefiel dieses Gerücht bestimmt auch nicht. „Jetzt hat sich Rita Reynolds in ihrem Wohnwagen eingesperrt und spricht mit ihrem Agenten und droht, auch zu gehen. Der Kameramann macht sich Sorgen, dass Jake auch geht. Er will, dass einer von uns in einer halben Stunde in der Pause aufsteht und etwas sagt. Wir sollen den Leuten sagen, dass sie sich keine Sorgen machen brauchen, weil dieser Film nicht als christlicher Film vermarktet wird."

Keith zwang sich, tief auszuatmen. Innerhalb weniger Minuten stand alles, wofür sie arbeiteten – das ganze Fundraising und die Bemühungen, Investoren zu überzeugen; die Zeit, die sie mit dem Drehbuchautor verbracht hatten und damit, alle hier zu den Außendreharbeiten zu bringen – das alles stand plötzlich kurz davor, in die Brüche zu gehen. Falls die Schauspieler sie im Stich ließen, würde ihr Film höchstens kurz in der Zeitschrift *Variety* erwähnt werden als ein weiterer unabhängiger Filme, der gescheitert war. Er legte Chase die Hand auf die Schulter. „Bete mit mir. Jetzt. Gott kennt die Antworten, auch wenn wir sie nicht sehen können."

Chase beugte den Kopf. Keiner von ihnen machte sich die geringsten Sorgen, weil sie in der Öffentlichkeit wegen der Anschuldigung, einen christlichen Film zu drehen, beteten. Es war keine Zeit für Ironie oder Zweifel. Sie brauchten ein Wunder und zwar sofort.

„Herr, wir wissen nicht, mit welchem Feind wir es zu tun haben. Gib uns Weisheit, gib uns die richtigen Worte. Gib uns einen Film. Bitte, Vater, lass uns auf diesem Missionsfeld bleiben. Wir versprechen, dass wir das alles für dich tun, durch dich und zu deiner Ehre. Amen."

„Amen." Chase schaute ihn zweifelnd an. „Du wirst es machen, oder? Welche andere Wahl bleibt uns schon?"

„Was werde ich machen? Beim Essen aufstehen und verkünden, dass dieser Film nicht als christlicher Film vermarktet wird?" Keiths Nerven waren angespannt. „Das werde ich bestimmt nicht tun!"

„Komm schon, Keith! Ich will genau wie du, dass dieser Film Menschenleben verändert. Aber es ist kein christlicher Film. Nicht in dem Sinn, der den Leuten Sorgen macht. Er wird nicht nur vor christlichem Publikum gezeigt werden."

Die Pause war erst in einer halben Stunde, und bis dahin mussten sie mindestens noch eine Szene drehen. Keith ging auf Lisa und die Statisten zu. „Ich kümmere mich darum." Er schaute Chase über die Schulter an. „Mach dir keine Sorgen."

Die erste Szene auf dem Campus war nicht schwer, und Keith konnte sich im Geist die Worte zurechtlegen, wie er die bevorstehende Ankündigung formulieren wollte. In der Szene kam Jake vor. Er ging geistesabwesend und niedergeschlagen über den Campus und ignorierte alle, an denen er vorbeikam. Nachdem er einen Weg überquert hatte, sank er auf eine Bank und zog den Brief aus der Tasche. Nicht, um ihn wieder zu lesen, sondern um sich an die Worte zu erinnern, die er gerade bekommen hatte, die Nachricht, die sein Leben veränderte. Die

Statisten waren wunderbar. Sie fügten sich nahtlos in die Szene ein und waren ganz bei der Sache, ohne Unsinn zu machen. Keith und Chase hatten die Szene nach dem zweiten Take im Kasten.

„Gut gemacht!" Chase benutzte das Megafon, um die Leute zu loben. Dann senkte er es und wandte sich an den Kameramann. „Fusselcheck."

Keith wartete, während der Kameramann seiner Aufforderung nachkam. Der ganze Film lief durch ein kleines Metallteil in der Kamera, und wenn sie eine Aufnahme hatten, die ihnen gefiel, mussten sie nur noch kontrollieren, dass keine Fusseln oder Haare die Qualität der Aufnahme beeinträchtigten.

„Alles klar." Der Kameramann hob den Daumen. „Gute Arbeit, Leute. Gute Arbeit von allen."

Keith zeigte seine Unruhe nicht. Falls der Kameramann sich wegen des Gerüchts Sorgen machte, zeigte er es auch nicht. Das gab Keith wenigstens einen Grund zu der Hoffnung, dass seine Schauspieler und Crew nicht kurz davorstanden, in Massenpanik auszubrechen. Trotzdem war die Ankündigung wichtig und Keith hatte vor, es nur einmal zu sagen. Er nahm Chases Megafon. „Okay, alle Statisten haben zwanzig Minuten Pause. Danach seid ihr bitte wieder hier. Alle anderen Schauspieler und die Crew kommen bitte jetzt in das Zelt beim Essenswagen. Ich habe allen etwas zu sagen."

Sein Tonfall war ernst und kurz angebunden, was seine Absicht war. Keith wollte, dass alle das, was er sagen wollte, ernst nahmen. Er ging neben Chase her, ohne ein Wort zu sagen. Ehrlich gesagt war er ein wenig von Chases Reaktion enttäuscht. Sie brauchten Glauben, um mit solchen Situationen fertigzuwerden. Sonst könnten sie gleich ihre Sachen packen und nach Indonesien zurückfahren.

„Du bist sauer auf mich." Chase schien Mühe zu haben, mit ihm Schritt zu halten. Sie hatten das Zelt und den Essenswagen auf eine Wiese auf der anderen Straßenseite verlegt. Dort würden sie ein paar Tage bleiben, solange sie auf dem Campus drehten.

„Ich bin nicht sauer." Keith lächelte seinen Freund an, wie er vielleicht einen jüngeren Bruder anlächeln würde. „Solange einer von uns das Ziel nicht aus den Augen verliert, schaffen wir es. Heute bin das ich. Das nächste Mal siehst du vielleicht klar, wenn ich das Handtuch werfen will."

„Ich will nicht das ..."

„Chase." Keith blieb stehen und schaute seinen Freund direkt an. „Wenn du auch nur eine Minute daran denkst, dich vor unsere Schauspieler und die Crew zu stellen und ihnen zu sagen, dass es kein christlicher Film wäre, hast du etwas verloren." Er hob die Hand. „Ich weiß, dass es ein langer Tag für dich ist."

„Ein guter Tag."

„Schön, ein guter Tag. Ich kann nicht erwarten, es im Hotel zu hören. Aber wie wir die nächste Viertelstunde anpacken, entscheidet, wie es weitergeht. Wir wissen beide, wie wichtig die nächste Viertelstunde ist." Er legte Chase einen Arm um die Schultern und sie gingen gemeinsam weiter. „Bete, dass Gott mir die richtigen Worte gibt."

Chase seufzte und schaute nach unten. „Ich werde beten. Es tut mir leid."

Keith trat kurz zu Lisa, bevor er in die Mitte des Essbereichs ging und wartete. Nach und nach füllten sich die Tische vor und neben ihm, bis alle da waren. Gary und die anderen Köche grillten draußen Rippchen. Der Duft wehte herein und verstärkte Keiths Überzeugung, dass sie in drei Stunden zum Essen alle noch hier sein würden, egal wie die Reaktion auf seine Ankündigung ausfiel. Keith dachte daran, das Megafon zu benutzen, aber er unterließ es doch. Im Zelt konnte er laut genug sprechen, um von allen gehört zu werden. Er nahm seinen Platz ein und achtete darauf, wo die Leute saßen und mit wem sie zusammensaßen. An einem Tisch saß Rita Reynolds und flüsterte mit Jake Olson und drei anderen Hauptdarstellern. Keith sah den Gesichtern der technischen Assistenten und Elektriker, der Beleuchter und Kameraleute an, dass auch sie inzwischen alle das Gerücht gehört hatten. Jetzt war der Moment gekommen, an dem der Produzent den Gedanken weit von sich weisen sollte, dass dieser Film als christlicher Film vermarktet werden sollte. Schweigen breitete sich im Zelt aus.

„Okay, die meisten von euch wissen, warum wir hier zusammengekommen sind." Keith bat Gott im Stillen um Führung. Er sah Chase, der auf der anderen Seite des Zelts neben Lisa stand. Chase hatte die Arme verschränkt und den Kopf gebeugt. Er betete. Anders konnte es nicht sein. Lisa hatte eine ähnliche Haltung eingenommen. Ermutigt erhob Keith die Stimme. „Offenbar ist unsere junge Schauspielerin gegangen, weil sie nicht bei einem christlichen Film mitarbeiten will."

Eine unerklärliche Ruhe legte sich über Keith. Bei jedem Augenpaar, in das er schaute, betete er, dass seine Ruhe ansteckend wirkte, dass sie alle vernünftig und logisch reagieren würden. Er schaute sich im gesamten Zelt um. „Wie viele von euch haben das Skript gelesen, bevor sie ihren Vertrag unterschrieben? Ich bitte um Handzeichen."

Langsam gingen Hände in die Höhe, bis jeder eine Hand in die Luft hielt. Keith nickte. „Das dachte ich mir." Er fühlte, wie Gott ihm Kraft gab. „Jetzt bitte ich wieder um Handzeichen. Wer von euch hat das Skript gelesen und gedacht, dass dieser Film ausschließlich ein christlicher Film sei, was auch immer das heißt?"

Eine Hand nach der anderen ging nach unten. Keith stand ein wenig aufrechter da als vorher. Chase hatte jetzt den Kopf gehoben und wirkte nicht mehr so besorgt wie vorher. Keith fühlte, wie Stolz in seiner Brust aufstieg. „Ich möchte eines ganz deutlich klarstellen: Ich bin Christ. Ich will, dass es da keine Missverständnisse gibt." Sein Tonfall blieb herzlich, das Selbstvertrauen in seiner Stimme war nicht zu überhören. „Mein Mitproduzent und der Regisseur dieses Films, Chase Ryan, ist auch Christ. Für alle, die es nicht wissen: Chase und ich waren sieben Jahre auf dem Missionsfeld in Indonesien und haben dort Menschen von Jesus erzählt." Er hob einladend, aber nicht aufdringlich die Hände. „Wenn ihr wissen wollt, wie man in den Himmel kommt und eine Beziehung zu Gott haben kann, sprecht bitte einen von uns an."

Ein paar schmunzelten. Keith sah nur ein paar Leute, die sich bei der Richtung, die seine Rede einschlug, unangenehm wanden. Er schaute die Schlüsselpersonen direkt an, die Leute, bei denen er sich die meisten Sorgen machte. „Wollt ihr wissen, was ich mir von diesem Film erhoffe? Ich hoffe, dass die Leute für immer verändert sind, wenn sie das Kino verlassen, weil sie unseren Film gesehen haben. Ich hoffe, dieser Film weckt in ihnen den Wunsch, ihren Charakter zu verändern und mehr Liebe zu ihren Mitmenschen zu bekommen. Ich hoffe, er macht sie in ihrem Glauben an Gott und in ihrer Hingabe an ihre Familie stärker."

Ein paar nickten zustimmend. Keith lächelte sie dankbar an. „Ich hoffe, dass genau so, wie Jakes Figur die Veränderung erfährt, die durch diesen Brief ausgelöst wird, dass genau so Millionen Zuschauer eine ähnliche Veränderung erleben werden." Keith trat einen Schritt vor. „Aber trotz dieser ganzen Wünsche und Hoffnungen will ich auf keinen Fall, dass dieser Film nur von Christen gesehen wird. Wir haben an dem Skript nichts verändert. Es ist dasselbe Skript, das jeder von euch gelesen hat und dem ihr alle zugestimmt habt. *Der letzte Brief* wird nicht als christlicher Film vertrieben. Es ist ein Film, den Leute wie ihr und ich gedreht haben. Ein Team, in dem einige Christen sind und einige nicht. Leute, die davon überzeugt sind, dass Kinobesucher ein Recht auf Filme haben, die inspirierender sind als der Müll, der teilweise in den Kinos läuft."

Chase und Lisa strahlten jetzt und feuerten ihn beide stumm an. Keith war fast fertig. „Dieser Film hat die Chance, Preise zu gewinnen, weil ihr alle jeden Tag so viel Professionalität zeigt. Kommt nicht auf die Idee, jetzt zu gehen, denn wir sind dabei, etwas Großartiges zu leisten." Er trat einen Schritt zurück und senkte ein wenig die Stimme. „Ich hoffe, damit habe ich alles klargestellt."

Einen Moment rührte sich niemand. Keiner sprach ein Wort. Alle hatten den Blick immer noch auf Keith gerichtet. Doch dann stand in der hinteren Ecke Janetta Drake auf und begann langsam und laut zu klatschen. Keith traten Tränen in die Augen, aber er drängte sie zurück. *Danke, Herr, für Janetta.* Sie spielte in diesem Film die Rolle der Krankenschwester, die Jakes Figur entscheidende Dinge sagt, die ihm helfen, ein besserer Mensch zu werden und die Bedeutung des Briefes seines Vaters voll zu erfassen. Sie war die einzige Christin unter den Schauspielern, eine Frau Mitte vierzig, groß, blond und sowohl innerlich als auch äußerlich schön. Sie war Mutter und sogar schon Großmutter. Vor ihrer Schauspielkarriere war sie leidenschaftliche Reiterin und Leiterin eines Pflegeheims gewesen. Mitgefühl war für Janetta nichts Unbekanntes, und es zeigte sich jedes Mal, wenn sie vor der Kamera stand.

Obwohl sie damit das Risiko einging, von ihren Kollegen gemieden zu werden, stand sie auf und stellte sich hinter Keiths Erklärung. Das war genau das, was die Schauspieler und die Crew brauchten. Der Kameramann stand als Nächster auf und stimmte in Janettas Applaus mit ein. Danach folgten der Cheftechniker und drei Kameraleute. Ein paar Schauspieler, die Nebenrollen spielten, gingen durch das Zelt und traten neben Janetta und zeigten ihre Solidarität und ihre Entscheidung, hierzubleiben und mit Keith und Chase weiterzuarbeiten.

Die Sekunden vergingen, und einer nach dem anderen stand auf und klatschte Beifall für Keith Ellisons Mut, einen Standpunkt zu vertreten, der in einer Welt, in der niemand den Mut hatte, die Wahrheit offen auszusprechen, nicht selbstverständlich war. Als schließlich auch Jake Olson und Rita Reynolds aufstanden und zu klatschen begannen, liefen Janetta Tränen übers Gesicht. Lisa trat zu ihr und legte die Arme um sie. Die zwei Frauen lehnten die Köpfe aneinander, während Keith seinen Mitarbeitern applaudierte. „Das ist für euch!", übertönte er den Lärm. „Jetzt gehen wir und drehen einen Film, der die Welt verändern wird."

Als die Menge sich auflöste und zum Set zurückging, sah Keith, dass Chase ihn von der anderen Seite des Zelts aus anschaute. Der Blick, den sie wechselten, sagte alles, was sein Freund fühlte. Chase tat es leid. Er ärgerte sich über sich selbst, dass er dem Druck fast nachgegeben hatte. Aber vor allem verstand er, dass Keith ihm vergab. Die zwei Männer waren enge Freunde, sie waren im selben Team. Und das würde immer so bleiben.

Keith nickte Chase zu. Sie würden später darüber sprechen, wenn sie im Hotel zurück waren. Aber jetzt ging Keith zu seiner Frau und umarmte sie. „Danke, dass du gebetet hast." Er flüsterte in ihre Haare. „Ich habe dein Gebet in jeder Sekunde gespürt."

Sie hob das Gesicht und küsste ihn leicht auf die Lippen. Keith und Lisa liebten sich, seit sie zur Schule gegangen waren, und der Blick in ihren Augen sagte ihm, dass die Gefühle zwischen ihnen so stark waren wie immer. „Du warst brillant."

„Gott hat gewonnen." Das Zelt war jetzt fast leer, und er erwiderte ihren Kuss. „Komm, drehen wir noch ein paar Szenen."

Als sie zum Set zurückschlenderten, wurde Keith erst richtig bewusst, wie wichtig dieser Sieg war. Was heute Nachmittag passiert war, würde ihnen keinen Oscar einbringen, und es brächte auch nicht mehr Geld auf das Bankkonto. Vor ihnen standen immer noch hohe Berge. Aber diesen einen Berg hatten sie bezwungen. Keith legte den Arm um Lisa, überquerte mit ihr die Straße und schaute zu, wie seine Mitarbeiter und Crew am Set an die Arbeit gingen. Er musste lächeln.

Denn der Blick auf dieser Seite des Berges war wirklich atemberaubend.

# Kapitel 13

Andi und Bailey nahmen an der Besprechung nicht teil. Sie waren nicht wirklich Teil der Besetzung und der Crew. Auch keiner der anderen Statisten war hingegangen. Was auch immer in der Pause passiert war, wusste Andi nicht. Doch sie erkannte, dass die Leute, die dem Aufruf ihres Vaters gefolgt waren, frisch motiviert und sehr konzentriert an ihre Arbeit zurückkehrten.

In der nächsten Szene spielte Janetta Drake mit, eine Schauspielerin, über die man in Hollywood sprach. Sie hatte ihre Karriere erst spät begonnen, aber sie brachte Gefühle auf die Leinwand, zu denen nur wenige Schauspieler in der Lage waren. An dieser Szene waren sie und ein Professor beteiligt, die beide von dem Brief wussten, den Jakes Figur bekommen hatte. Die Statisten wurden immer noch gebraucht, aber Andis Vater hatte gebeten, dass Bailey und Andi bei dieser Szene pausierten.

„Ist das ein gutes Zeichen?", fragte Andi ihre Mutter, als sie aus dem Essenszelt zurückkamen.

„Ja." Ihre Mutter küsste sie auf die Stirn. „Wenn du und Bailey Sprechrollen habt, könnt ihr nicht in anderen Szenen im Hintergrund auftauchen."

„Natürlich." Andi hätte bei dieser guten Nachricht am liebsten einen lauten Freudenschrei ausgestoßen. Sie eilte über den Rasen, um Bailey, die gerade bei der Zuschauermenge stand, die Details zu schildern.

Die Polizei hatte den Bereich abgesperrt, damit niemand ihre Dreharbeiten störte. Bailey stand auf der Innenseite des Absperrbands und unterhielt sich mit einigen jungen Müttern und ihren Kindern, die auf der anderen Seite aufgeregt auf- und absprangen. Andi hatte sie schon fast erreicht, als sie eine Hand auf der Schulter fühlte. Sie erwartete, ihre Mutter zu sehen, aber als sie sich umdrehte, stand Jake Olson vor ihr.

Sein Grinsen war langsam und lässig. „Hey." Er ließ die Hand sinken, wandte aber den Blick nicht von ihrem Gesicht ab. „Wir haben unser Gespräch vorhin nicht beendet."

Andi war nicht sicher, ob es wirklich ein Gespräch gewesen war. Eigentlich hatten sie sich nur einander vorgestellt. Sie zwang sich, ruhig zu bleiben und nicht daran zu denken, dass sie hier mit Jake Olson sprach, mit Amerikas neuestem Frauenschwarm. Sie lachte, um wieder Luft zu holen. „Du hast recht. Das haben wir nicht."

„Ich habe ein paar Minuten Zeit." Er warf einen Blick zu der Stelle, an der Janetta gerade ihre Szene spielte. „Mindestens fünfzehn Minuten." Er forderte sie mit einem Nicken auf, ihm zu folgen. „Komm. Stellen wir uns dort hinüber. Dort sind wir aus dem Weg."

„Okay." Andi schaute sich schnell um, um zu sehen, ob ihr Vater sie beobachtete. Aber er und Chase standen an einem kleinen Monitor bei den Dreharbeiten, und ihre Mutter arbeitete mit den Statisten auf dem Weg hinter der Stelle, an der sich Janetta befand. Bailey unterhielt sich immer noch beim Absperrband. Andi bemühte sich, nicht übermäßig besorgt zu wirken. Sie ging neben Jake her, und als sie eine Baumgruppe erreichten, lehnte sich Jake an einen Baum und legte einen Fuß an den nächsten Baumstamm.

„Du bist also ein Missionarskind, ja?" Seine Augen waren noch faszinierender, wenn man ihn persönlich sah. Wenigstens im Licht unter den Bäumen.

Andi hatte keine Ahnung, woher er wusste, dass sie ein Missionarskind war, aber sie hatte nichts zu verbergen. „Ja. Ich habe sieben Jahre im Dschungel gelebt." Sie merkte, wie ihre Augen lebhaft wurden. „Es war faszinierend." Eine gewisse Scheu befiel sie, obwohl sie den Blick nicht abwandte. „Aber jetzt bin ich bereit, das Leben hier in den Staaten zu erleben."

Er zog eine Braue in die Höhe. „Da gibt es viel zu erleben." Ein leichtes Lachen kam über seine Lippen. „Du hast ja keine Ahnung, wie viel es hier zu erleben gibt. Ich möchte wetten, dass du noch nicht viel erlebt hast."

„Eigentlich nicht." Andi hatte das Gefühl, dass das Gespräch gefährlich in eine falsche Richtung lief. Sie lenkte es eilig zum ursprünglichen Thema zurück. „Ich kann dir vielleicht irgendwann etwas über Indonesien erzählen."

„Ja." Seine Miene wurde ernster. „Ich wollte so etwas schon immer mal machen." Er schaute über die Straße zum Essenszelt und zu den Wohnwagen, die dorthin gebracht worden waren. „Ich habe ein paar tolle Bilder gemacht, als ich zu den Dreharbeiten für meinen letzten

Film in Afrika war." Er dachte ein paar Sekunden nach. „Hey, ich habe ein paar davon in meinem Wohnwagen. Willst du sie sehen?"

„Wirklich?" Andi schaute sich um, aber niemand schien sie zu beachten. „Warum nicht? Wir sind bald wieder zurück, nicht wahr?"

„Natürlich." Er grinste sie an. Schnell marschierten sie zu den Wohnwagen, die den Parkplatz beim Essenszelt säumten.

Alarmglocken läuteten in Andis Kopf. Ihre Eltern wären nie damit einverstanden, dass sie allein mit Jake Olson mitging, um sich etwas in seinem Wohnwagen anzuschauen. Sie wären entsetzt, wenn sie wüssten, dass sie diese Einladung überhaupt in Betracht zog. Aber die Alarmglocken wurden von ihrem wild klopfenden Herz übertönt. Immerhin war sie erwachsen. Wenn ihr Vater seinen Film nicht ausgerechnet hier drehen würde, wären ihre Eltern auch nicht in der Nähe und könnten Andis Entscheidungen nicht kommentieren. Es war mitten am Tag, und Jake musste am Set zurück sein, sobald die jetzige Szene im Kasten war. Es blieb nicht genug Zeit, um in ernsthafte Schwierigkeiten zu kommen. Was konnte schon passieren, wenn sie über die Straße ging und sich ein paar Bilder anschaute?

„Woran denkst du?"

„An den Film", log sie. „Mein Vater lässt mich und meine Freundin ein paar Zeilen sagen."

„Hm." Er stieß sie leicht mit der Schulter. „Noch ein schönes Mädchen, das Schauspielerin werden will"

„Ja, das will ich wirklich." Andi gefiel der Themenwechsel. „Ich konnte im letzten Jahr bei einigen Theaterprojekten an der High School mitspielen. Und ich habe in Kalifornien einen Kurs belegt. Es ist unbeschreiblich, wenn man vor der Kamera steht und in einer Rolle aufgeht." Es war herrlich, darüber zu sprechen. „Ich liebe das."

„Ich auch." Sie kamen auf der anderen Straßenseite an und gingen durch das Essenszelt zu den Wohnwagen. „Bis auf die Paparazzi."

„Sie haben dich aber anscheinend erst in diesem Jahr entdeckt." Sie warf ihm einen mitfühlenden Blick zu. „Es kann nicht leicht sein, ständig beobachtet zu werden."

„Besonders dann, wenn man sich in ein Mädchen verliebt." Er verlangsamte sein Tempo und schaute sie besonders lang an. „Dadurch wird es schwierig, sich mit einem Mädchen zu treffen."

Andi konnte sich das gar nicht vorstellen. Sie wurde nervöser, je näher sie zu seinem Wohnwagen kamen, und als sie hineingingen, fragte sie sich, ob er ihr Herz laut gegen ihre Rippen schlagen hörte.

Er ging auf die andere Seite, und wie er gesagt hatte, nahm er ein gerahmtes Bild aus dem Regal neben dem Fenster. Es war ein Bild von Jake und einem kleinen afrikanischen Jungen mit einem zerrissenen weißen T-Shirt. „Das ist JJ." Jake grinste das Foto an. „Ich kann seinen nigerianischen Namen nicht aussprechen, deshalb sage ich JJ zu ihm."

„Er ist süß."

„Unser Drehort befand sich in der Nähe des Dorfes, in dem er wohnte. Ich konnte ihm eine Matratze kaufen, bevor wir weggingen."

Andi bewunderte Jake. „Die meisten würden gar nicht auf eine solche Idee kommen, dafür zu sorgen, dass das Kind ein Bett bekommt."

„Es war nicht fair, dass er auf dem Boden schlafen musste."

Im Wohnwagen war es still, und plötzlich wurde Andi unsicher. Was machte sie allein mit Jake Olson in seinem Wohnwagen? Sie trat einen Schritt zur Tür. In diesem Moment klingelte ihr Handy. Sie zog es aus der Tasche und hielt es mit nervöser Miene hoch. „Mein Vater."

„Upps." Jake lachte, um sein Mitgefühl zu zeigen. Aber es klang eher herablassend. Es interessierte ihn nicht im Geringsten, ob sie jetzt Probleme bekam. „Ich habe vergessen, dass du dich abmelden musst."

„Nein, das muss ich nicht. Er will mir wahrscheinlich nur sagen, wann die Szene gedreht wird, in der ich mitspiele." Sie klappte das Telefon auf. „Hallo, Papa."

„Wo bist du?" Ihr Vater klang eher besorgt als gereizt. „Ich habe Bailey gefragt. Niemand hat dich weggehen sehen."

„Ich bin mit Jake unterwegs. Er wollte mir etwas zeigen." Sie lächelte Jake unsicher an. „Wir sind gleich wieder zurück."

Das Schweigen ihres Vaters sagte mehr als viele Worte. „Ich warte auf dich."

„Okay." Andi klappte das Telefon zu und ließ die Hand mit dem Handy sinken. „Danke, dass du mir das Bild gezeigt hast." Sie zitterte, so nervös war sie. „Ich denke, wir sollten jetzt zurückgehen."

Jake sah nicht so aus, als hätte er es eilig, wieder zu gehen. Er war genauso cool und selbstsicher, wie sie nervös war. Ohne Vorwarnung griff er nach ihrer Hand, und sie keuchte leicht und wich zurück, als hätte sie sich gebrannt.

„Hey, keine Sorge." Jake hob in einer Unschuldsgeste die Hände.

„Ich wollte nur dein Handy nehmen." Sein Lächeln verriet ihr, dass er sie für sehr jung und unerfahren hielt. Aber trotzdem schien er Interesse an ihr zu haben. „Ich wollte dir meine Nummer geben. Das ist alles."

Sie atmete schnell und war immer noch entsetzt, dass sie mit ihm allein war, und konnte es nicht erwarten zurückzugehen. Ihr Vater wartete auf sie und hielt wahrscheinlich Ausschau nach ihr. Aber trotzdem kam sie sich albern vor, weil sie gedacht hatte, er wollte sie berühren.

„Und?" Jakes Miene war völlig harmlos. „Kann ich dir meine Nummer geben?"

„Natürlich." Andi lachte leise. „Entschuldige. Es ist ein wenig seltsam, hier zu sein."

„Ich weiß. Ich hätte vorher fragen sollen." Er nahm ihr Handy und gab seine Nummer bei ihren Kontakten ein. „Jetzt bin ich dran. Kann ich deine Nummer haben?"

Passierte das wirklich? Jake Olson gab ihre Nummer in sein Handy ein, und jetzt wollte er ihre Nummer haben? Sie blinzelte zweimal. „Klar. Natürlich."

Er gab ihr das Handy zurück und zog seines aus der Tasche. „Schieß los."

Sie ratterte die Nummer herunter und ging dann ein paar Schritte auf die Tür zu. „Wahrscheinlich suchen sie uns schon."

„Noch etwas." Er lehnte sich in den Türrahmen des kleinen Wohnwagens und schaute sie an. „Die Schauspielerin, die meine Freundin spielen sollte, hat heute den Set verlassen. Sie brauchen einen Ersatz." Er trat einen Schritt näher. „Du solltest deinen Vater fragen, ob du für die Rolle vorsprechen kannst."

Andi war bei diesem Gedanken sprachlos. Sie nickte nur und biss sich auf die Lippe. „Danke. Ich … ich werde ihn fragen." Sie hatte noch nichts davon gehört, dass eine Schauspielerin abgesprungen war, und jetzt hatte sie das Gefühl zu schweben. Die Vorstellung, diese Rolle bekommen zu können, war mehr, als sie sich je erträumt hatte.

Auf dem Rückweg ging ihr ein Zitat aus Rachel Baughers Buch durch den Kopf. Andi hatte es oft gelesen: „Gott interessiert sich mehr für unseren Charakter als für unser Wohlbefinden." Die Worte gingen Andi immer wieder durch den Kopf, als sie und Jake zum Set aufbrachen. Sie war nicht sicher, was sie in dieser Situation bedeuteten. Sie wusste nur, dass sie, auch wenn Gott ihr diese Rolle schenkte, auf eines aufpassen musste:

Dass sie dabei ihren Charakter nicht verlor.

Jake schaute ihr wieder in die Augen, als sie sich den anderen näherten. „Es war nett mit dir. Vielleicht können wir in den nächsten Tagen einmal zum Lake Monroe fahren. Wenn man mich am Set nicht braucht."

„Das wäre schön", antwortete sie, ohne nachzudenken. Sie fühlte die Augen ihres Vaters aus fünfzig Metern Entfernung auf sich. Sie lächelte Jake an. „Bis später."

„Ich melde mich."

Sie warf ihm ein letztes Lächeln zu. Dann drehte sie sich um und lief leichtfüßig zu Bailey, die immer noch am Absperrband stand und mit den Zuschauern sprach. Bailey schaute sie besorgt an.

„Wo warst du?", flüsterte sie. „Dein Vater hat dich überall gesucht."

„Ich war mit Jake weg." Sie konnte die Aufregung in ihrer Stimme hören und kicherte leise. „Ich erzähle es dir später."

Im Moment wollte sie nicht mit ihren Eltern sprechen. Sie waren immer noch viel zu sehr die Missionare, die sie immer gewesen waren. Sehr altmodisch in ihren Ansichten. Sie würden keine Minute verstehen, warum sie Jake so faszinierend fand. Außerdem waren sie mit den Dreharbeiten beschäftigt. Andi arbeitete sich näher zum Geschehen vor, damit sie zusehen konnte, wie Jake gegenüber Janetta Drake seinen Platz einnahm. Seine schauspielerische Leistung war brillant. Er sollte sich lieber an die Paparazzi gewöhnen, denn er würde in den nächsten Jahrzehnten noch viele große Filme drehen.

Als die Aufnahme fertig war, warf Andi einen Blick über die Wiese zu Bailey. Sie mochte ihre neue Mitbewohnerin. Vielleicht war sie die Freundin, nach der sie sich immer gesehnt hatte, die Freundin, die wie eine Schwester wäre, die sie nie gehabt hatte. Sie mochte Bailey so sehr, dass sie es nicht wagte zu erwähnen, dass sie sich zu Cody Coleman hingezogen gefühlt hatte. Zwischen Bailey und ihm war etwas, auch wenn Bailey es nicht zugeben wollte.

Andi legte den Kopf schief und schaute Bailey noch ein paar Minuten an. Was hatte Bailey an sich, dass sie eifersüchtig auf sie war? Eifersucht war für sie etwas völlig Ungewohntes. Vielleicht weil sie ohne Gleichaltrige aufgewachsen war, mit denen sie hatte konkurrieren müssen, oder weil sie sich nie durch ein anderes Mädchen eingeschüchtert gefühlt hatte. Andi war nicht sicher, aber in Baileys Augen lag etwas Süßes und Unbeschreibliches, das sie in ihren eigenen Augen nie gesehen hatte. Eine Tiefe und ein Selbstvertrauen, ein Glaube, der keine Grenzen kannte. Was es auch war – es machte Bailey viel schöner und anziehender, als sie selbst wusste.

Andi war froh, dass die Sache mit Cody nie wirklich zur Sprache gekommen war. Jetzt war es sowieso egal. Ihr Interesse lag jetzt nicht mehr bei Baileys gut aussehendem Freund, sondern bei Jake Olson. *Dem* Jake Olson! Sie und Bailey spielten in der vorletzten Szene an diesem Nachmittag. Die Szene war nicht sehr lang. Sie saßen auf einer Bank und unterhielten sich gemütlich, und dann kam Jake auf sie zu und fragte, ob sie in einem bestimmten Mathekurs seien. Andi sagte Ja, und er fragte, ob sie den Professor gesehen hätten, der vor ein paar Minuten vorbeigegangen war. Bailey sagte Nein, aber sie hätten nicht wirklich aufgepasst. Und das war alles. Ende der Szene. Trotzdem jagte es Andi einen Schauer über den Rücken, am selben Set zu sein wie Jake, sooft sich ihre Blicke begegneten. Sie hätte sich diesen Tag nicht schöner erträumen können.

Wenigstens nicht, bis ihr Vater sie beiseitenahm, während alle anderen ins Lager zurückgingen. „Ist es wahr?" Enttäuschung sprach aus seinen Augen.

„Was?" Sie hatte nichts Schlimmes getan. Es war also nicht schwer, ruhig zu bleiben.

„Du warst in Jakes Wohnwagen? Mit ihm allein?"

Andis Wangen begannen zu glühen. „Ja. Aber es ist nichts passiert." Sie seufzte theatralisch, als könne sie nicht glauben, dass er auch nur andeuten konnte, sie hätte sich unschicklich verhalten. „Er hat mir ein Bild von einem kleinen nigerianischen Jungen gezeigt, den er bei seinem letzten Film getroffen hat." Sie zog die Braue in die Höhe, um ihm zu sagen, dass er mit diesem Verdacht eindeutig zu weit gehe. „Was hast du denn gedacht, was wir gemacht haben, Papa?"

„Hör zu, Schatz." Er blieb stehen und legte die Hände zärtlich um ihr Gesicht. „Jake hat sehr viel Erfahrung mit Mädchen. Anders kann ich es nicht ausdrücken." Er schaute ihr in die Augen und betrachtete ihre Miene. „Es ist schmeichelhaft, so viel Aufmerksamkeit zu bekommen. Aber Schatz, bitte, bitte, sei vorsichtig. Du bist ein einzigartiges Mädchen. Jake ist nichts für dich."

„Ja, Papa." Sie nickte zustimmend. „Es tut mir leid. Ich … ich wollte nicht, dass du dir Sorgen machst." Sie meinte ihre Entschuldigung ernst, aber nur wegen der großen Sorge in seiner Stimme. Sie umarmten sich, und dann ging ihr Vater ihre Mutter suchen, die mit Janetta Drake zum Essenszelt gegangen war. Erst als sie fort waren, dachte Andi darüber nach, welche Sorgen ihre Eltern haben mussten, wenn sie sich in Jake Olson verliebte. Ihr Vater hatte recht. Jake war es gewohnt, bei Mädchen zu bekommen, was er wollte. Das bedeutete, dass er und sie nichts gemeinsam hatten. Aber musste sie ihr ganzes Leben lang jeder Versuchung aus dem Weg gehen? Immer auf der sicheren Seite bleiben?

Sie seufzte und ging ihre Telefonnummern durch, bis sie Jakes Nummer sah. Es wäre am besten, wenn sie seine Anrufe und Nachrichten ignorierte, falls er sich überhaupt bei ihr meldete. Aber obwohl ihr gesunder Menschenverstand das sagte, merkte sie, dass eine ungewohnte Aufregung tief in ihrem Herzen Wurzeln schlug. Die Aufregung, weil sie nur wenige Zentimeter von einem Mann wie Jake entfernt war. Vielleicht wäre er zu ihr anders. Egal, was ihr Kopf sagte oder wie sehr ihr Glaube versuchte, sie zurückzuhalten, hatte sie bei dieser fremden und neuen Aufregung eine Ahnung. Eine Ahnung, die gar nicht so schlecht war:

Wenn sie es zuließe, könnte dieses berauschende Gefühl sie verzehren.

\* \* \*

Die Dreharbeiten waren für diesen Tag beendet, und Bailey kehrte zu ihren Freunden am Absperrband zurück, die gekommen waren, um bei den Dreharbeiten zuzuschauen: Ashley Blake, auf deren Kinder sie manchmal aufpasste, und Ashleys Schwestern Kari, Erin und Brooke mit ihren Kindern. Auch Katy Hart Matthews, Daynes Frau. Katy hatte ein paar neue Kinder vom christlichen Kindertheater mitgebracht, damit sie sehen konnten, wie ein richtiger Film gedreht wurde.

Das alles weckte bei Bailey schöne Erinnerungen. Vor ein paar Jahren hatten sie, ihre Mutter, ihr Bruder Connor und Tim Reed auf der anderen Seite des Absperrbandes gestanden, während Dayne hier einen Film gedreht hatte.

„Du warst heute gut." Ashley legte einen Arm um ihre Schultern und umarmte sie. „Ich bin immer noch fest überzeugt, dass wir dich eines Tages im Kino sehen werden."

„Nicht im Kino." Bailey verzog das Gesicht und grinste dann Katy an. „Ich habe gesehen, wie anstrengend dieses Leben ist. Aber vielleicht auf einer Broadwaybühne. Das wäre noch besser."

„Dort ist man nicht der ständigen Beobachtung ausgesetzt." Katy umarmte Bailey auch. „Aber Ashley hat recht. Du warst sehr gut. Du hast eine natürliche Begabung, etwas, das man nicht lernen kann."

„Das findest du wirklich?" Bailey liebte die Zeit am Set.

„Danke, dass du uns Lisa Ellison vorgestellt hast." Brooke hielt ihre zwei Töchter Hayley und Maddie an den Händen. „Ich glaube, unser Vater hat ihren Mann Keith neulich im Krankenhaus kennengelernt."

„Durch das Krankenhaus kennt fast jeder unseren Vater." Kari hatte ihre kleine Tochter auf der Hüfte sitzen. „Er ist berühmter als viele andere in der Stadt."

„Das stimmt." Erin grinste ihre Schwestern an.

„Das habe ich gehört." Bailey nickte. „Habt ihr mit Lisa gesprochen?"

„Ja." Ashley hatte ihren Sohn Cole an der Seite und zerzauste seine blonden Haare. „Wir haben sie an einem der kommenden Sonntage, die sie in der Stadt sind, zu einem Familienessen bei uns eingeladen. Ich denke, es könnte ihnen guttun zu wissen, dass viele Menschen für das Gelingen ihrer Arbeit beten und dass sie in Bloomington neue Freunde haben."

„Auf jeden Fall." Bailey gefiel dieser Gedanke. „Ihr solltet Andi auch mit einladen. Dann hätte sie noch jemanden, wenn ihre Eltern nach Los Angeles zurückfliegen."

„Du musst auch kommen." Katy lächelte sie an. „Seit du im Studentenwohnheim wohnst, sehen wir dich kaum noch."

Die Baxter-Schwestern und ihre Schwägerin Katy standen sich sehr nahe. Sie erinnerten Bailey an ihre eigene Familie. Wenn sie zusammen am Tisch saßen, waren sie die besten Freunde. Bailey hoffte, sie und ihre Brüder würden sich auch so nahestehen, wenn sie irgendwann verheiratet waren und selbst Kinder hatten.

Ashley und die anderen riefen ihre Kinder zusammen und verabschiedeten sich. Als sie gerade gegangen waren, fuhr Tim Reed vor, stieg aus dem Auto und lief auf Bailey zu. „Sag nicht, dass ich es verpasst habe!"

Sie kicherte über das Bild, das er abgab, als er mit tief enttäuschtem Gesicht auf sie zueilte. „Im Ernst! Ich habe mich beeilt, um deinen großen ersten Auftritt vor der Kamera mitzuerleben, und jetzt komme ich zu spät."

„Es ging schneller, als sie gedacht hatten." Bailey umarmte ihn. „Heute hat man richtig gespürt, dass Gott hier wirkt. Die Produzenten hatten alles, was sie heute drehen wollten, beim ersten oder zweiten Take im Kasten, und das in einer Qualität, von der alle begeistert sind."

Die meisten Leute auf dem Campus hatten sich inzwischen wieder zerstreut, und obwohl das Absperrband noch nicht wieder eingerollt war, war der Bereich jetzt nicht mehr ein abgesperrter Drehbereich, sondern einfach ein Teil des Universitätsgeländes. Tim deutete zu einer Bank in der Nähe. „Können wir uns dort auf die Bank setzen? Die Dreharbeiten sind ja offensichtlich vorbei."

„Natürlich", lachte Bailey, als sie zu der Bank gingen und sich nebeneinandersetzten. „Wie war dein Tag?"

„Willst du das wirklich wissen?" Er sah beunruhigt aus, als beschäftige ihn etwas sehr Wichtiges. „Mir ist heute etwas Wichtiges klar geworden. Ich konnte es nicht erwarten, mit dir zu sprechen."

Sie schaute ihm in die Augen und spürte die Verwirrung, die ein gewohnter Teil ihres Lebens geworden war. Der Abend gestern mit Cody war herrlich gewesen, aber jetzt, als Tim neben ihr saß, war sie nicht bereit, sich von ihm zu trennen. Vielleicht hatte Cody recht und Tim war wirklich besser für sie? Vielleicht konnte Cody an Tims Charakter etwas sehen, an seinem Verhalten, wenn er mit ihr zusammen war, das sie selbst noch nicht gesehen hatte.

Tim nahm ihre Hand und hielt sie wie einen kostbaren Schatz fest. Ohne ein Wort zu sagen, hob er ihre Finger an seine Lippen und küsste sie behutsam.

„Wow." Sie wusste nicht, was sie sagen sollte. Schmetterlinge flatterten in ihrem Bauch. „Was hat das alles zu bedeuten?"

„Ich saß in meinem Naturwissenschaftskurs, als es mir plötzlich durch den Kopf schoss: Ich bin nicht sicher, ob du wirklich weißt, was ich für dich fühle." Er nahm ihre andere Hand jetzt auch und rutschte näher, bis ihre Knie sich berührten. „Ich denke immer, dass wir später Zeit haben für eine tiefere Beziehung, aber dann dachte ich über gestern Abend nach. Du warst ohne mich bei Campus für Christus und ... Ich habe mit Daniel gesprochen."

„Daniel?" Bailey war verblüfft. „Woher kennst du ihn?"

„Er sitzt in Naturwissenschaften neben mir."

Bailey ahnte, worauf er hinauswollte. „Hat er dir erzählt, dass ich dort war?"

„Du und Cody Coleman." Tim schaute ihr tief in die Augen. „Cody hat dich zu deinem Wohnheim begleitet, nicht wahr?"

„Ja." Sie lächelte ihn mitfühlend an, hatte aber keine Schuldgefühle. Ihre Beziehung zu Tim war nicht exklusiv. Sie konnte sich mit anderen Jungen treffen. „Wir hatten uns länger nicht mehr gesehen und einiges zu erzählen."

„Das ist auch okay, es ist nur ... ich weiß auch nicht. Wahrscheinlich ist mir klar geworden, dass ich dich verliere, wenn ich nicht aufpasse." So deutlich hatte Tim ihr seit dem Abschlussball seine Gefühle nicht mehr gezeigt. Er ließ eine ihrer Hände los und berührte vorsichtig ihr Gesicht. „Vielleicht sage ich es dir nicht oft genug, aber ich mag dich, Bailey. Ich mag dich sehr. Ich denke viel öfter an dich, als du ahnst."

Bailey dachte an die vielen Male, in denen sie gedacht hatte, ein Traum ginge in Erfüllung, wenn Tim Reed ihr seine Gefühle so gestehen würde. Was bedeutete das für sie? Sie schaute ihm in die Augen und sah, dass er sie in sein Herz blicken ließ. „Manchmal frage ich mich das schon." Ihre Stimme war leiser als vorher, und sie beugte sich zu ihm vor, bis ihr Gesicht nur wenige Zentimeter von seinem entfernt war. „Meistens bin ich nicht ganz sicher, was du fühlst. Du hast mich seit dem Abschlussball nicht mehr geküsst."

„Weil ich dich respektiere." Er strich mit den Fingern über ihre Wange und hielt eine ihrer langen Locken in der Hand. „Wenn ich dich öfter küsse, will ich bestimmt nicht mehr aufhören. Deshalb versuche ich, Abstand zu halten. Um keinen unnötigen Druck aufkommen zu lassen."

Das war nicht nur die richtige Antwort, sondern es war eine Antwort, mit der er direkt in ihr unentschlossenes Herz sprach. Cody wollte, dass sie nur Freunde waren, und Tim sagte ihr, dass er sie so sehr mochte, dass er Abstand hielt. Hatte sie dafür nicht die ganze Zeit gebetet?

„Du magst mich also? Wirklich?" Bailey wollte es noch einmal aus seinem Mund hören. Damit sie sich später überzeugen konnte, wenn sie allein war und daran zweifelte, dass dieser Moment Wirklichkeit gewesen war.

„Natürlich mag ich dich, Bailey. Du und ich ... wir sind miteinander aufgewachsen. Wir haben miteinander Theater gespielt und ich hatte dich schon immer sehr gern. Es gab aber immer einen Grund, warum ich warten musste: Entweder spielten wir im selben Stück, oder ich führte Regie. Aber jetzt kann ich nicht zulassen, dass du noch länger an meinen Gefühlen zweifelst." Tim beugte sich vor und küsste sie zärtlich. Als er den Kopf zurückzog, war seine Stimme anders. Seine Gefühle für sie waren wunderbar klar. „Du bist alles, was ich mir je bei einem Mädchen gewünscht habe, Bailey. Das musst du wissen."

„Danke." Sein Kuss brannte immer noch auf ihren Lippen, und sie wollte so gern, dass er sie noch einmal küsste. Aber sie würde ihn nicht dazu drängen. Wenn er versuchte, sie zu respektieren, konnte sie ihm die Sache nicht noch schwerer machen. Und jetzt, da sie wusste, wie gern er sie küssen würde, war sein Kuss noch viel bedeutungsvoller.

„Siehst du?" Er sah benommen aus. Genauso wie sie wahrscheinlich auch aussah. „Ich würde dich die ganze Zeit so küssen, aber ..." Er setzte sich auf und atmete langsam ein. „Du verdienst etwas Besseres."

Wieder schlug Baileys Herz Purzelbäume. Sie sagte nichts, aber das war auch nicht nötig. Sie hatte das Gefühl, dass ihre Augen ihm alles sagten, was er wissen wollte. Sie hatte kaum gewagt, daran zu denken, dass Tim so fühlte, aber es gab nichts Schöneres, als es aus seinem Mund zu hören. Sie würde diesen Moment nie vergessen.

Tim stand auf und half ihr auf die Beine. „Du musst gehen."

„Ja." Sie verbrachte das Wochenende wieder bei ihrer Familie, und ihre Mutter erwartete ihre Hilfe beim Kochen des Abendessens. Langsam kam sie in seine Arme und schob die Hände auf seinen Rücken. Manchmal hatte sie bei Tim das Gefühl, dass ihr Herz nicht so ganz bei der Sache war. Aber in diesem Moment war das nicht der Fall.

Tim zog sie an sich heran. „Hab Geduld mit mir, ja? Ich will nichts überstürzen."

„Ich weiß", flüsterte sie an sein Gesicht. „Wir sind jung. Wir müssen es langsam angehen."

„Genau." Er strich mit dem Daumen eine Haarsträhne von ihrer Wange. „Du warst heute bestimmt wunderbar. In deiner Szene."

„Katy und ihre Schwägerinnen waren hier. Sie haben alle gesagt, dass ich es gut gemacht habe." Sie grinste. „Es war nicht einmal eine ganze Minute. Also keine große Sache."

„Doch, es war eine große Sache." Er küsste sie wieder. Dieses Mal nicht so lang wie vorher. „Du bist großartig, egal, was du machst, Bailey. In meinen Augen bist du immer großartig." Er trat einen Schritt zurück und begleitete sie zum Weg, der zum Parkplatz führte, auf dem ihr Auto stand. „Vergiss das nie, bitte."

Bailey sagte ihm gerade, dass sie nie wieder an seinen Gefühlen für sie zweifeln würde, als ihr Blick auf einen Jungen in der Ferne fiel, der wie Cody aussah. Ja, er war es. Sie war sich sicher. Es war sein Körperbau und seine Haarfarbe. Sie sah sein Gesicht nicht richtig, aber er war es, und er hatte sie und Tim eindeutig beobachtet. Als sie jetzt in seine Richtung schaute, drehte er sich um und ging weiter, ohne zu winken oder zu lächeln oder sie irgendwie zu grüßen. Bei seinem Anblick stockte Bailey der Atem. Da sie abgelenkt war, war ihr Abschied von Tim kurz und unromantisch. Warum konnte sie Cody nicht aus ihrem Herzen verbannen?

Auf dem Weg zu ihren Eltern ärgerte sie sich über sich selbst. Tim ließ sie in sein Herz blicken, er gestand ihr seine Gefühle und behandelte sie wie eine Prinzessin. Warum genügte dann ein einziger Blick auf Cody, um alles zu zerstören? Jetzt, da sie ihn gesehen hatte, konnte sie nicht aufhören, an ihn zu denken, obwohl das überhaupt keinen Sinn ergab. Sie konnte sich einreden, dass ihre Gefühle für Cody anders waren, aber warum reagierte sie dann so sehr, wenn sie ihn sah? Vielleicht war sie aber auch noch nicht bereit, die Wahrheit zu gestehen. Nicht einmal sich selbst gegenüber:

So herrlich es mit Tim auch war – ein Teil ihres Herzens würde für immer Cody Coleman gehören.

# Kapitel 14

Keith und Chase schauten in Chases Hotelzimmer die Aufnahmen des Tages an und staunten über das, was sie sahen. Es sprach sich allmählich herum, dass *Der letzte Brief* ein ausgezeichneter Film werden würde, und die Produzenten waren begeistert, wenn sie an die Zukunft dachten, die als Filmemacher vielleicht vor ihnen lag. Sogar ein Reporter von *Entertainment Tonight* hatte sich bei ihnen gemeldet und um ein Interview gebeten.

„Schade, dass Lisa schon schläft. Ich kann das alles gar nicht glauben." Keith spulte ein Stück zurück und ließ die Szenen noch einmal ablaufen. „Das ist unglaublich gut."

„Kein Wunder, dass alles so schwer war!" Chases Lachen verriet die Erschöpfung, die sie beide nach einem so langen Tag spürten.

Keith überflog die Szenenliste, die sie gedreht hatten, und war von einer großen Dankbarkeit erfüllt. „Eine so gute Qualität der Aufnahmen und ein ganzer Tag, an dem fast niemand gedroht hat, seine Arbeit hinzuwerfen! Wenn das so weitergeht, glaube ich sogar, dass Gott uns auch bei der Finanzierung weiterhilft."

Chase warf ihm einen vorsichtigen Blick zu. „Die besten Chancen haben wir, wenn wir weiterhin Zeit gutmachen. Das wäre schon ein großes Wunder."

Sie hatten die erste volle Woche Außenaufnahmen hinter sich, und heute war ohne Frage der bisher beste Tag gewesen. Auch wenn der Essenswagen verbrannt war, waren sie so glücklich, wie sie es seit dem Anfang der Dreharbeiten nicht mehr gewesen waren. Sie hatten verlorene Zeit gutgemacht, indem sie am Nachmittag drei zusätzliche Szenen gedreht hatten, und die Qualität war wirklich faszinierend.

Als sie die Arbeit dieses Tages bewundert hatten, wandte sich Keith an seinen Freund. „Wir brauchen einen Ersatz für Penny."

„Ich verstehe immer noch nicht, dass sie einfach gegangen ist, weil sie gehört hat, wir würden diesen Film als christlichen Film vertreiben."

„Vielleicht ist es so sogar besser. Sie hätte sonst mit ihrer Einstellung alle negativ beeinflussen und die Qualität der ganzen Besetzung beeinträchtigen können." Keith wurde wie schon mehrmals seit der

Mittagspause bewusst, dass das Treffen, das er mit den Schauspielern und der Crew gehabt hatte, vielleicht eine Solidarität untereinander geschaffen hatte, die dazu geführt hatte, dass alle ihre Höchstleistungen abriefen. *„Wer Gott liebt, dem dient alles, was geschieht, zum Guten.* Das habe ich heute Morgen gelesen. Wenn Penny fort ist, ist sie fort. Aber wir müssen uns vom Casting-Direktor ein paar Schauspielerinnen schicken lassen, die am Montagvormittag vorsprechen können."

„Es gefällt mir überhaupt nicht, wieder von vorne anzufangen." Chase verschränkte die Arme. „Hast du noch eine andere Idee?"

„Die Rolle ist nicht so groß, aber trotzdem brauchen wir jemanden, der etwas von der Arbeit versteht. Das sind wir den anderen Schauspielern schuldig."

„Hey!" Chases Gesicht strahlte auf. „Was ist mit Andi oder ihrer Mitbewohnerin, Bailey? Sie sind im richtigen Alter."

Keith hätte diesen Gedanken selbst nicht laut ausgesprochen. Andi hatte diese Möglichkeit Lisa gegenüber erwähnt, aber das bedeutete noch lange nicht, dass sie diese Idee ernst nehmen mussten. „Ich glaube, Jake Olson hat die Idee heute Nachmittag schon Andi gegenüber geäußert." Er klickte auf die Szene mit Bailey und Andi auf der Bank, in der sie mit Jake über seinen Professor sprachen. Diese Szene würden sie neu drehen müssen, falls eine der beiden die Rolle als Jakes Freundin übernähme. Aber das wäre ein geringeres Problem, als zum jetzigen Zeitpunkt ein neues Casting für die Rolle durchzuführen.

Keith ließ die kurze Szene dreimal ablaufen. Als er nach dem dritten Mal auf Stopp drückte, war er nicht sicher, ob er laut aussprechen wollte, was er gesehen hatte. Er schaute Chase an. „Und? Was hast du gesehen?"

„Soll ich ehrlich sein? Mir gefiel Andis Mitbewohnerin Bailey sehr gut."

Das Gleiche hatte Keith auch gedacht, aber er hatte es nicht sagen wollen. Besonders da er das Gefühl hatte, seine eigene Tochter zu verraten. „Ich habe es auch gesehen." Er spielte die Szene noch einmal ab. „Sie ist so, wie ich mir das Mädchen für diese Rolle vorstelle."

„Genau." Chase betrachtete die Szene kritisch. „Andi ist umwerfend. Sie lässt die ganze Szene heller strahlen und fällt jedem auf, wenn sie einen Raum betritt. Ihr Tag wird kommen. Aber Bailey … In ihren Augen liegt eine Tiefe, die wir für diese Rolle brauchen."

„Das ist es. Tiefe." Keith verbarg seine Enttäuschung, dass das Mädchen, das offenbar die größere Tiefe besaß, die größere innere Schönheit, Bailey Flanigan und nicht seine Tochter war. Aber er war nicht wirklich überrascht. Seit Andi die Entscheidung getroffen hatte, an die Universität von Indiana zu gehen, war sie nicht mehr dieselbe. Sie hatte keine Grenzen überschritten, aber er war nicht sicher, ob sie immer die besten Entscheidungen traf. Deshalb war sie auch mit Jake Olson in seinen Wohnwagen gegangen, als niemand in der Nähe gewesen war.

„Sollten wir Bailey zum Vorsprechen einladen?" Chase stand auf und setzte sich auf den Stuhl. Er schlug die Beine übereinander. „Ich denke, einen Versuch wäre es wert."

„Auf jeden Fall." Keith hatte trotzdem noch ein paar Bedenken. „Wir müssen aber über ein paar Dinge beten."

„Und die wären?"

„Dass Jake beide Mädchen in Ruhe lässt und dass Andi mir vergibt, wenn ich sie morgen anrufe."

„Du hast recht", seufzte Chase und fuhr sich mit der Hand über den Nacken. „Diese Anliegen müssen mit auf die Gebetsliste."

Keith klappte seinen Computer zu und stand auf. „Hast du irgendetwas von der Gewerkschaft gehört?"

„Kein Wort. Die Gewerkschaft sollte klug genug sein, uns in Ruhe zu lassen. Bei den Streiks in Hollywood und ihren ganzen anderen Problemen müssen die Leute arbeiten, weil sie sich sonst die Abgaben an die Gewerkschaft nicht leisten können." Chases Tonfall war ein wenig sarkastisch. „Die Gewerkschaft sollte sich um die größeren Probleme kümmern, die sie haben. Ich hoffe, wir sind ihnen zu klein, um sich hier einzumischen."

„Das hoffe ich auch. Solange niemand aus der Crew jemand von der Gewerkschaft einen Tipp gibt, wissen sie wahrscheinlich gar nicht, dass wir hier drehen."

„Wir tun nichts Illegales." Chase klang frustriert. „Die Leute haben die Verträge unterschrieben, die wir ihnen vorgelegt haben."

„Die Gewerkschaft sieht das aber anders."

„Ja. Gott muss uns in diesem Punkt helfen. Er weiß, dass wir nicht noch mehr verkraften." Chase verschränkte die Hände hinter dem Kopf und streckte sich. „Hatte Lisa einen guten Tag?"

„Ja, einen sehr guten Tag." Keith war so froh, dass sie hier bei ihm war. Er konnte nicht zählen, wie oft sie ihm heute schon geholfen hatte. „Ich glaube, sie hat die Familie von diesem Dr. Baxter, der Jake behandelt hat, kennengelernt. Sie haben sie überredet, dass wir an einem Sonntag zu ihnen zum Essen kommen müssen, solange wir in Bloomington sind." Er dehnte sich zuerst auf der einen und dann auf der anderen Seite. Er hatte die letzten drei Tage keine Zeit für seine übliche Joggingrunde gehabt, und da die Situation am Set so angespannt war, fehlte ihm die Gelegenheit abzuschalten. „Hey, bevor ich gehe ..." Sein Tonfall war jetzt ernster als vorher. „Kamen von Rita noch mehr Annäherungsversuche? Oder hält sie jetzt Abstand zu dir?"

„Sie hat es aufgegeben." Chase schüttelte den Kopf. „Ich habe ihr sehr deutlich gezeigt, dass ich nicht interessiert bin."

„Sei trotzdem vorsichtig. Der Teufel will bei diesem Film überall mitspielen. Jeden Tag ist etwas anderes."

„Wie du schon gesagt hast: Bei so hohen Bergen muss die Aussicht auf der anderen Seite gigantisch sein." Chase lächelte und deutete auf Keiths Computer. „Schau dir nur die Aussicht an, die wir schon haben."

Keith lachte. „Es war ein guter Tag. Morgen machen wir hoffentlich weiteren Boden gut." Er wünschte Chase eine gute Nacht und ging durch den Flur zu seinem Zimmer. Unterwegs betete er für morgen. Für die Schauspieler und die Crew, dass keine Unfälle passierten und es keine Skandale gab und dass sie weiterhin in einem guten Tempo vorankamen. Doch am meisten betete er für seine geliebte Tochter.

Dass sie, wenn er ihr morgen die Nachricht überbringen müsste, nicht an sich und auch nicht an seiner Liebe zu ihr zweifeln würde. Sondern dass sie durch diese Erfahrung und die Enttäuschung wachsen würde und dass eines Tages in naher Zukunft das Mädchen mit der Tiefe in den Augen und der atemberaubenden inneren Schönheit nicht jemand anders wäre.

Sondern seine geliebte Andi.

\* \* \*

Chase wollte noch nicht schlafen gehen. Zu Hause war es erst neun Uhr, und er wollte Kelly erzählen, was heute alles passiert war, wie großartig die Woche geendet hatte, obwohl so vieles schiefgelaufen war. Er nahm seinen Hotelschlüssel und sein Handy und fuhr mit dem Fahrstuhl in die Lobby hinab.

Er schenkte sich eine Tasse Kaffee ein und setzte sich an den Kamin. Kelly meldete sich beim zweiten Klingeln. „Was? Heute Abend kein Videochat?" Sie klang entspannt und dankbar für den Anruf.

„Ich trinke Kaffee in der Lobby." Er machte es sich auf einem Ledersessel neben dem Kamin bequem. „Ich konnte es nicht erwarten, deine Stimme zu hören. Du wirst nicht glauben, was für einen Tag wir hinter uns haben." Er erzählte ihr alles, angefangen beim verbrannten Essenswagen bis zu Keiths Rede vor der versammelten Mannschaft aus Schauspielern und Filmcrew. „Du hättest ihn hören sollen, wie er mutig vor allen stand und ihnen sagte, dass der Film nicht ausdrücklich christlich sei, aber dass wir Christen sind und dass er hofft, dass die Botschaft dieses Films auf der ganzen Welt Menschenleben verändert."

„Ist Lisa auch da?"

„Ja. Ich wünschte, du wärst auch hier. Keith stand da, lächelte alle an, obwohl er damit rechnen musste, dass die Hälfte der Schauspieler geht, und sagte ihnen, wenn sie mehr über Jesus wissen wollen, könnten sie uns ansprechen."

„Die Hälfte wollte gehen?" Kelly bemühte sich offensichtlich, sich ihre Angst nicht anmerken zu lassen, aber sie schien den Ernst der Situation jetzt erst richtig zu erfassen.

„Es ging das Gerücht um, dass mehrere wichtige Schauspieler gehen wollten, falls es ein christlicher Film wäre. Eine Schauspielerin, die eine Nebenrolle hatte, war vor Keiths Ankündigung schon gegangen. Wir versuchen, sie durch Andis Mitbewohnerin zu ersetzen."

„Meine Güte, Chase!" Sie lachte, aber sie klang eher benommen als amüsiert. „Du hast recht. Das war wirklich ein anstrengender Tag."

Chase trank einen Schluck von seinem Kaffee und schaute ins Feuer. „Aber Kelly, du müsstest sehen, was wir heute gedreht haben. Die Schauspieler haben sich in der zweiten Tageshälfte selbst übertroffen. Besonders Janetta Drake und Jake Olson. Sie haben eine erstaunliche Arbeit abgeliefert."

Ihr Gespräch wanderte weiter zu Kelly und den Mädchen. Molly hatte eine Erkältung, und Macy war gestürzt und hatte sich das Knie aufgeschürft. „Wir vermissen dich alle." Kellys Stimme war wieder fröhlich. „Hast du immer noch vor, am nächsten Wochenende nach Hause zu kommen? Für einen Tag oder so?"

Chase sah nicht, wie das möglich sein sollte, da ihr Zeitplan so eng war, aber er wollte es versuchen. „Das kann ich dir erst sagen, wenn es so weit ist." Sie unterhielten sich noch ein paar Minuten über das Leben zu Hause, und Chase trank seinen Kaffee leer. „Ich gehe jetzt lieber schlafen. Morgen geht es wieder früh weiter. Ich muss um sieben Uhr am Set sein." Er sagte ihr, dass er sie liebe, und bat sie, die Mädchen für ihn zu umarmen und zu küssen.

Als er auflegte, blieb er noch ein paar Minuten am Feuer sitzen und dankte Gott für die Worte aus dem Jakobusbrief, die er am Morgen gelesen hatte, und dafür, wie diese Verse alles, was heute passiert war, beeinflusst hatten. Wieder war es ihm bewusst geworden: Nur das, was ewig war, hatte Bestand. Er lächelte über Gottes Güte, warf seinen Becher in den Abfalleimer und fuhr zu seinem Zimmer hinauf. Gähnend steckte er die Karte in die Tür, aber als sie aufging, fuhr er erschrocken zurück. Es dauerte ein paar Sekunden, bis er ganz begriff, was er sah: Auf dem Stuhl neben seinem Bett saß Rita Reynolds.

„Wie sind Sie in mein Zimmer gekommen?" Chases Herz schlug kräftig. Er hatte noch nie ein Hotelzimmer geöffnet und feststellen müssen, dass jemand unerlaubt in sein Zimmer eingedrungen war.

Rita trug eine enge Trainingshose und ein knappes Oberteil. Sie hielt lächelnd eine Schlüsselkarte hoch. „Schlüssel sind leicht zu bekommen, Chase. Viel leichter als Sie." Sie warf die Karte auf den Tisch und lächelte. „Nachtportiers glauben alles."

Sie war so unverfroren, dass Chase nicht wusste, was er sagen sollte. „Sie sind hier falsch." Er hielt ihr die Tür auf und wartete. „Bitte gehen Sie."

„Einen Moment." Sie verschränkte die Arme und schaute ihn ein bisschen weniger kokett an. „Ich habe eine Frage zu den Aufnahmen morgen. Ich dachte, wir könnten uns hier in Ruhe darüber unterhalten."

Chase glaubte ihr kein Wort. „Wir können morgen darüber sprechen. Beim Frühstück am Set."

Rita schaute ihn an. „Sie wollen wirklich nicht die Tür schließen und hereinkommen? Sie wollen nicht, dass ich hierbleibe und mich mit Ihnen unterhalte?"

„Nein." Chase hatte immer noch Mühe zu glauben, dass sie das tatsächlich getan hatte. Dass sie sich einen Schlüssel für sein Zimmer besorgt hatte und hier in seinem Zimmer saß. „Ich bin verheiratet, Rita. Ich unterhalte mich nicht mit anderen Frauen in meinem Hotelzimmer." Sein Tonfall entspannte sich ein wenig. „Ich weiß, dass Sie das schockieren wird, aber das mache ich nicht einmal mit Ihnen."

Sie stand auf und dehnte sich. „Das Training hat gutgetan. Der Fitnessraum hier im Hotel ist wirklich gut." Sie streckte sich noch einmal. Dabei wurde unter dem knappen Oberteil ihr gebräunter, flacher Bauch sichtbar.

Chase weigerte sich, sie anzuschauen. „Rita, ich meine es ernst." Er deutete zur Tür. „Bitte gehen Sie."

Sie ging auf ihn zu. Als sie nur wenige Zentimeter von ihm entfernt war, blieb sie stehen und schaute ihm tief in die Augen. „Sie wissen nicht, was Sie verpassen, Chase. Sie sind so ein braver, christlicher Junge." Sie legte die Hand locker auf seine Taille. „Ich beobachte Sie den ganzen Tag, Chase. Sie sind der attraktivste Produzent, mit dem ich je zusammengearbeitet habe. Was ist falsch daran, wenn wir uns ein wenig näher kennenlernen?"

Rita Reynolds war für Chase keine Versuchung. Aber als sie so nahe vor ihm stand und er den Pfefferminzgeruch in ihrem Atem riechen konnte, ahnte er, wie leicht es passieren könnte – wie leicht ein Mann trotz starker Überzeugungen und eines festen Glaubens mehrere kleine Kompromisse eingehen und am Ende einen großen moralischen Fehler begehen konnte. Er schluckte und trat an die Wand zurück. „Die einzige Frau, die ich so nahe kennenlernen will, ist meine Frau." Er lächelte, blieb aber fest und sprach klar und deutlich. „Gute Nacht, Rita."

Sie stellte sich auf Zehenspitzen und küsste ihn auf die Wange. „Gute Nacht, Chase." Sie zuckte mit einer Schulter, als wollte sie sagen, es sei sein Pech, wenn er sich das entgehen ließe. „Ich warte morgen beim Frühstück auf Sie."

Er hielt ihr die Hand hin. „Mein Schlüssel?"

Ein leises Lachen kam über ihre Lippen. „Okay." Sie ließ die Schlüsselkarte in seine Hand fallen. „Aber dort, woher ich diese Karte habe, gibt es noch mehr."

„Hören Sie zu!" Er wollte es ihr unmissverständlich klarmachen. „Es ist mein Ernst, Rita. Tun Sie das nicht wieder. In meinem Zimmer haben Sie nichts verloren."

Ihr Lächeln verriet ihm, dass sie sich durch seine Worte nicht endgültig abwimmeln ließ. „Lassen Sie es mich wissen, wenn Sie es sich anders überlegen. Ich denke, wir würden es beide genießen, wenn wir uns besser kennenlernen."

Endlich ging sie, und er schloss schnell die Tür, schob die Kette vor und ging langsam zum Bett. War es wirklich eine Selbstverständlichkeit für Rita Reynolds, bei Männern zu bekommen, was sie wollte – jeden Mann zu bekommen, den sie wollte? Oder lief es an den meisten Filmsets so? Er hatte von den vielen Affären am Set zwischen Schauspielern gehört, egal ob sie verheiratet waren oder nicht.

Aber dass Rita sich ins Zimmer ihres Produzenten schlich? Das passierte wahrscheinlich genauso oft, wie es vorkam, dass ein Essenswagen niederbrannte.

Er nahm die Bibel vom Nachttisch und las noch einmal das erste Kapitel des Jakobusbriefes. Sie hatten wirklich genug Anfechtungen und Versuchungen. Diese letzte Versuchung war fast lachhaft. Aber Gottes Wort war wahr, und Chase klammerte sich daran, während er sich die Zähne putzte und dann schlafen legte. *Betrachte es als Grund zur Freude, wenn dein Glaube immer wieder hart auf die Probe gestellt wird ...* Er konnte sich über Rita ärgern und wegen der Verzögerungen an diesem Morgen frustriert sein. Die Angst hätte diese Nacht beherrschen können, denn er wusste, dass die Schauspieler daran gedacht hatten zu gehen. Aber nach allem, was heute passiert war, nach den verschiedensten harten Proben und den weisen Worten aus dem Jakobusbrief ließ Chase nur ein einziges Gefühl zu, bevor er an diesem Abend einschlief:

Freude.

\* \* \*

Andi fuhr am Samstagmorgen im strömenden Regen zu Bailey nach Hause, um mit ihr ein paar Stunden zu lernen. Außerdem wollte sie Baileys Familie kennenlernen, ihre Eltern und ihre vielen Brüder, von denen sie erzählt hatte. Als sie in die Einfahrt bog, trat sie auf die Bremse und schaute fassungslos aus dem Fenster. Wenn Bailey hier wohnte, war es kein Wunder, dass sie an den Wochenenden nach Hause fahren wollte. Andi verstand nicht, warum sie überhaupt ins Studentenwohnheim gezogen war, wenn sie hier wohnen konnte.

Sie fuhr langsam an mehreren gepflegten Bäumen und Sträuchern vorbei zu dem runden Platz vor einer langen, überdachten Veranda. Drei Verandaschaukeln hingen rechts neben der Haustür, und Andi malte sich aus, wie schön es sein musste, an Sommerabenden hier zu sitzen und den Sonnenuntergang zu genießen. Sie stellte das Auto ab und kam zur Tür.

Bailey öffnete ihr mit freudestrahlenden Augen. „Du kommst genau richtig. Papa macht heute seine berühmten Pfannkuchen!" Baileys Vater trainierte die Indianapolis Colts, aber die Mannschaft hatte an diesem und am nächsten Wochenende ein Heimspiel. „Die ganze Familie freut sich, wenn Papa am Wochenende hier ist. Komm herein."

„Wow." Andi trat ein und blieb gleich nach der Haustür stehen, um den Kronleuchter und das breite Treppenhaus zu bewundern. „Du hast mir nicht erzählt, dass du in einem Schloss wohnst."

„Es ist nur ein Haus." Bailey nahm Andi lachend an der Hand und führte sie durch einen kurzen Gang in die größte Küche, die Andi je gesehen hatte. „Komm, ich stelle dir alle vor."

Am Küchentisch saßen Baileys Brüder: Connor, der mindestens einen Meter fünfundachtzig groß war, Shawn, BJ, Justin und Ricky. Drei der Jungs – Shawn, BJ und Justin – waren aus Haiti adoptiert. Das wusste Andi bereits durch die Bilder, die Bailey im Wohnheim über dem Bett hängen hatte. Aber es war herrlich, Baileys Brüder persönlich kennenzulernen. Im Nu unterhielten Andi und die Flanigans sich über das Leben an der Uni, über den Film, den Andis Vater drehte, und über die Footballsaison der Jungs.

„Justin hat letzte Woche fünf Touchdowns geworfen", erzählte Ricky. Er war der Jüngste und hatte hellblonde Haare und große, blaue Augen. „Du hättest ihn sehen sollen, Andi." Er versuchte, sich zwischen Andi und Bailey zu drängen, um ihr alles ausführlich zu schildern. „Es ging um die Schulmeisterschaften. Im zweiten Spiel fängt Justin den Ball ab und läuft damit den ganzen Weg zurück." Ricky hielt drei Finger in die Höhe. „Drei gigantische Touchdowns und zwei Touchdowns durch Konter. Unglaublich, oder?"

Andi schaute mit hochgezogenen Brauen den dreizehnjährigen Justin an. „Das hätte ich gern gesehen."

Er zuckte verlegen die Achseln, weil sein kleiner Bruder die Sache so aufbauschte. „Das war nichts Besonderes. Es ist nur ein Mittelstufenspiel."

Ricky reckte die Faust in die Luft. „Ja, aber warte nur bis zum nächsten Jahr. Du musst zu einem Spiel kommen, ja?"

Die Jungs erzählten noch mehr Geschichten und stellten Fragen, und als Baileys Eltern nach unten gekommen waren, verstand Andi noch besser, warum Bailey an den Wochenenden zu Hause sein wollte. Ihre Familie war faszinierend. Ihre Eltern waren nett und hatten einen starken Glauben und es war nicht zu übersehen, dass sie sich liebten. Bailey hatte gesagt, dass ihre Mutter ihre beste Freundin sei. Nachdem sie beim Frühstück neben ihr gesessen hatte, konnte Andi sehen, wie gut die beiden sich verstanden. Die beeindruckende Größe des Hauses war längst vergessen.

Andi freute sich für ihre Freundin, für das Leben, das sie hier mit ihrer Familie hatte. Aber die Gemeinschaft mit den Flanigans verstärkte Andis Unruhe und ihren Wunsch, etwas anderes als eine Missionarstochter zu sein. Wenn ihre Eltern normale Berufe gehabt hätten, hätten sie vielleicht noch mehr Kinder bekommen und Andi hätte Geschwister, womöglich sogar eine so große Familie wie Bailey. Stattdessen war ihr jede Art von traditionellem Familienleben, das sie vielleicht hätten haben können, verwehrt geblieben. Das war ein weiterer Grund, warum sie jetzt ihren eigenen Weg finden wollte, um Bereiche des Lebens zu entdecken, die ihr bisher vorenthalten geblieben waren.

„Du willst Schauspielerin werden, nicht wahr?" Jenny Flanigans Lächeln war herzlich und verständnisvoll und riss sie aus ihren Gedanken.

„Ja. Das würde ich sehr gern." Andi erinnerte sich daran, dass Jake vorgeschlagen hatte, dass sie für die Rolle seiner Freundin vorsprechen könne. „Vielleicht bekomme ich sogar Gelegenheit, im aktuellen Film meines Vaters eine richtige Rolle zu spielen." Sie schaute Bailey aufgeregt an. „Das werden wir an diesem Wochenende erfahren."

„Katy Hart hat hier gewohnt, als sie Schauspielerin war." BJ hatte ein großes Stück Pfannkuchen im Mund, und seine Worte waren nicht deutlich zu verstehen.

„Schluck bitte zuerst hinunter." Jim Flanigan drehte den nächsten Pfannkuchen in der Pfanne um, schaute aber seinen Sohn über die Schulter an. „Heute ist nicht Männertag."

„Entschuldigung." BJ hielt sich den Mund zu und kaute.

Andi kicherte und schaute Bailey neugierig an. „Männertag?"

„Männertag ist, wenn Mama und ich nicht da sind." Bailey rümpfte die Nase. „Du willst nicht wissen, was hier los ist, wenn Männertag ist."

Die Jungs grinsten alle und Ricky kicherte, bis seine Backen ganz rot wurden. „Ein Männertag ist nichts für Mädchen."

„Nein." Andi lächelte Jenny an. „Gebt mir Bescheid, wenn hier Männertag ist. Dann bleibe ich im Wohnheim."

„Jedenfalls ..." BJs Mund war jetzt leer. „... hat Katy Hart hier gewohnt, als sie Schauspielerin war."

Andi war immer noch damit beschäftigt, die Puzzleteile von Baileys Leben zusammenzufügen. „Katy Hart, die Schauspielerin, die mit Dayne Matthews verheiratet ist?"

„Genau." Bailey lächelte.

„Ich habe viel über sie in den Klatschzeitungen gelesen. Ich lese sie zwar nicht, aber wenn man im Supermarkt an der Kasse wartet, sieht man sie, und die Schlagzeilen verraten viel."

„Das sind größtenteils Lügen." Jenny wechselte einen vielsagenden Blick mit Jim. „Es ist ein Wunder, dass Katy und Dayne es unbeschadet überstanden haben, wie die Presse sie behandelt hat."

Das Frühstück ging mit viel Lachen und mit so lebhaften Gesprächen weiter, dass Andi sich erneut eine solche Familie wünschte. Ihre Eltern waren wunderbar, aber sie hatte sich als Einzelkind noch nie so einsam gefühlt wie jetzt. Als die beiden Mädchen ins Wohnzimmer gingen, um Hausaufgaben zu machen, wusste Andi eines mit Gewissheit: Sie wollte so viele Wochenenden wie möglich bei Baileys Familie verbringen.

Sie machten es sich in dem Zimmer mit der riesigen Fensterwand vor dem großen Kamin bequem. Bailey drückte einen Schalter, der die Gasflammen zum Leben erweckte, und kuschelte sich dann in die Ecke eines bequemen Sofas. Andi setzte sich auf den Boden, um ihre Geschichtsblätter ausbreiten zu können. Sie und Bailey waren die einzigen Erstsemester in ihrem Kurs, und sie mussten einige Stunden investieren, um den Stoff nachzuholen.

Bevor sie anfingen, schaute sich Andi um. „Ich kann kaum glauben, dass sich Dayne Matthews hier in Katy Hart verliebt hat. Das ist so cool."

Bailey zuckte die Achseln. „Sie sind ganz normale Menschen wie du und ich."

„Trotzdem. Katy war eine Theaterregisseurin in einer Kleinstadt, und dann heiratete sie Amerikas beliebtesten Schauspieler." Sie senkte die Stimme und ihre Aufregung wuchs. „Das ist, als würde ich Jake Olson heiraten."

„Mit dem Unterschied, dass Dayne ein anderer Mensch war, als er eine Beziehung zu Katy begann." Sie schaute Andi vorsichtig an. „Jake … Er scheint ein wenig zu wild für dich zu sein. Findest du nicht?"

„Überhaupt nicht. Er war gestern sehr nett. Ich meine, Bailey, wie du schon sagtest: Man darf nicht alles glauben, was man liest." Sie wollte, dass ihre Freundin ein gutes Gefühl dabei hatte, dass sie sich zu Jake hingezogen fühlte. „Jedenfalls denke ich, dass ich mich in ihn verlieben könnte. Wir werden ja sehen, ob er anruft."

Bailey blätterte in ihrem Geschichtsbuch und nickte geistesabwesend. „Die Prüfung geht über das ganze Kapitel fünf, oder?"

„Und über einen Teil von Kapitel sechs." Andi hatte ihr Buch auch in der Hand und schlug es an der gleichen Stelle auf wie Bailey.

„Hast du Cody wiedergesehen? Seit wir uns am Donnerstag bei Campus für Christus getroffen haben?"

„Nein." Andi hatte kaum noch an Cody gedacht, seit sie mit Jake gesprochen hatte, aber jetzt, da Bailey ihn erwähnte, wollte sie wissen, welche Gefühle ihre Freundin für ihn hatte. Andi stützte den Ellbogen auf die Sofakante und schaute Bailey an. „Warum fragst du?"

„Ich war nur neugierig. Es sah aus, als würdet ihr beide euch gut verstehen, als ich auftauchte."

Andi hörte nicht die geringste Spur von Eifersucht in Baileys Stimme. Deshalb sagte sie: „Er sieht sehr gut aus. Das muss man ihm lassen." Andi schaute ins Kaminfeuer. „Ich dachte irgendwie, du magst ihn."

„Ich bin mit Tim zusammen." Baileys Antwort kam schnell. Sie schaute Andi lächelnd an. „Cody und ich sind nur Freunde. Mehr wird zwischen uns nie sein."

„Wirklich? Läuft es zwischen dir und Tim so gut?"

Baileys Augen leuchteten im flackernden Licht des Feuers. Der Regen fiel draußen jetzt stärker, und der Himmel war wegen der Wolken so dunkel, dass man fast meinen konnte, es wäre gleich Abend. „Wir haben uns gestern sehr gut unterhalten. Wenn es so weitergeht, werde ich wohl Ja sagen."

„Ja?" Andis Stimme blieb leise, obwohl sie aufgeregt klang. „Wozu sagst du Ja?"

„Auf deine Frage." Bailey kicherte. „Du weißt schon, die Frage, ob es zwischen Tim und mir gut läuft. Und vielleicht auch auf deine andere Frage." Sie zog die Braue in die Höhe. „Du weißt schon, ob ich verliebt bin."

„Ach so." Andi strich sich übertrieben mit der Hand über die Stirn. „Ich dachte, du wolltest eine Art Ankündigung machen."

„Bestimmt nicht. Das ist noch Ewigkeiten weit weg." Bailey tippte auf ihr aufgeschlagenes Buch. „Okay, wir sollten jetzt ernst werden."

Sie beschäftigten sich ungefähr eine Viertelstunde mit dem Kapitel, als Andis Telefon klingelte. Sie zog es aus der Tasche und warf einen kurzen Blick auf die Nummer. Ihr Vater! „Okay, jetzt kommt's!" Sie kauerte sich auf die Knie und kämpfte gegen die Nervosität an, die sie plötzlich befallen hatte. „Meine Eltern waren den ganzen Vormittag in einer Besprechung, in der entschieden werden sollte, ob ich für die Rolle von Jakes Freundin vorsprechen kann." Sie atmete kurz ein und öffnete das Handy. „Hallo, Papa! Wie lautet das Urteil? Darf ich vorsprechen?"

Das Zögern ihres Vaters verriet ihr, dass die Antwort nicht gut sein konnte. „Hör zu, Schatz. Chase und ich haben gestern Abend und noch einmal heute Morgen darüber gesprochen. Deine Mutter war heute auch dabei. Wir sind uns alle drei in unserer Entscheidung einig." Er brach ab.

„Und wie lautet eure Entscheidung?" Andi legte den Kopf auf die Knie und konnte die Antwort nicht erwarten.

„Wir haben uns die Aufnahmen von gestern angesehen. Mindestens zehnmal, und wir haben entschieden, Bailey für die Rolle vorsprechen zu lassen."

Langsam erhob sich Andi von den Knien und ließ sich auf das Sofa sinken. Sie schaute Bailey an und schüttelte den Kopf, um ihr zu signalisieren, dass sie nicht für die Rolle vorsprechen würde. Bailey schaute sie mitfühlend an. Andi war dankbar, dass sie ihr so ehrlich ihr Mitgefühl zeigte. Bailey hatte keine Ahnung, dass Andi deshalb nicht für die Rolle vorsprechen sollte, weil die Produzenten stattdessen sie wollten.

Ihre Reaktion war die einer echten Freundin, und Andi hatte sie nie so gern gehabt wie in diesem Moment.

Ihr Vater sprach weiter. Er versuchte, ihr die Entscheidung zu erklären. „Gott hat wunderbare Pläne mit dir, Andi. Das wissen wir alle. Du hast etwas ganz Besonderes, und das wird eines Tages auf der Leinwand zu sehen sein, falls das Gottes Wille für dein Leben ist. Es kommen noch andere Gelegenheiten. Aber im Moment ... Ich weiß auch nicht, Schatz. Ich kann dir nur sagen, dass du Gott immer an erster Stelle in deinem Leben haben sollst. Dann öffnet er dir die Türen, wenn die Zeit gekommen ist."

„Okay."

„Du bist enttäuscht, ich weiß. Aber versuche, uns zu verstehen. Wir mussten in erster Linie an den Film denken, und Bailey ... Sie hat etwas, das wir für diese Rolle suchen."

„Es ist okay." Andi konnte der Stimme ihres Vaters anhören, dass es für ihn genauso schwer war wie für sie. Sie wollte nicht, dass er sich schlecht fühlte. Deshalb bemühte sie sich um einen verständnisvollen Ton. „Mach dir um mich keine Sorgen, Papa. Es ist nur eine Rolle. Wie du gerade selbst gesagt hast: Es werden noch andere kommen."

Wieder zögerte ihr Vater. „Bist du gerade bei den Flanigans?"

„Ja." Sie schaute Bailey wieder mit einem traurigen Lächeln an. „Baileys Vater hat uns Pfannkuchen gebacken und wir wollen Geschichte lernen."

„Würde es dir etwas ausmachen, Schatz, wenn ich kurz mit Bailey spreche? Wir würden sie gern noch heute zum Vorsprechen einladen. Falls es passt, könnten wir dann die Szenen am Montagnachmittag drehen."

Andi hatte große Mühe, gegen die Eifersucht gegenüber Bailey anzukämpfen. Bailey hatte dieses herrliche Selbstvertrauen, dieses unerschütterliche Wissen, wer sie war. Sie hatte eine wunderbare Familie und war befreundet mit wichtigen Leuten in der Filmindustrie, mit Katy Hart und Dayne Matthews ... Und jetzt bekam sie auch noch das! Die Rolle, von der Andi geträumt hatte. Trotzdem konnte sie Bailey nicht böse sein. Nichts davon war ihre Schuld. Außerdem standen sie sich schon zu nahe, um wirklich eifersüchtig aufeinander sein zu können. Andi dankte ihrem Vater, dass er es versucht hatte. Sie sagte ihm, dass sie ihn liebe.

Dann schaute sie Bailey an und versuchte, sich für sie zu freuen. „Hier. Mein Vater will mit dir sprechen." Als sie ihr das Telefon reichte, fühlte Andi, dass sie anfing, sich wirklich für Bailey zu freuen. Bailey war ihre neue beste Freundin, und beste Freundinnen waren nicht eifersüchtig aufeinander oder missgönnten der anderen ihren Erfolg. Sie feierten jeden Sieg gemeinsam.

Und das war erst der erste von vielen Siegen, die sie hoffentlich miteinander feiern würden.

# Kapitel 15

Chase fühlte Gottes Hilfe und seinen Schutz, als sie in der nächsten Woche die ersten zwei Tage drehten. Baileys Vorsprechen war ausgezeichnet verlaufen, und Chase und Keith hatten gestaunt, wie natürlich sie sich vor der Kamera bewegte. Andererseits war das vielleicht gar keine so große Überraschung. Sie war immerhin bei Katy Hart in die Schule gegangen, die ebenfalls eine außergewöhnlich talentierte Schauspielerin war. Bailey sollte ihre Szenen am Freitag drehen und möglicherweise an einem oder zwei Tagen in der kommenden Woche. Chase und Keith hatten die Reihenfolge der Szenen ein wenig umgestellt, um ihre Produktion zeitlich noch enger zu planen. Bis jetzt lief der Film gut. Sie lagen nur noch einen Tag zurück und nicht mehr zwei oder mehr Tage. Jeder Tag kostete mehrere Zehntausend Dollar, und obwohl Keith weiterhin Leute anrief und vor allem versuchte, Ben Adams zu erreichen, hatte er bis jetzt keinen Erfolg. Es war unbedingt notwendig, dass sie an jedem Tag so viel wie möglich schafften.

Sie drehten gerade eine Szene mit Rita und Jake, und ein paar Techniker flüsterten neben Chase, dass dieser Film wirklich etwas Besonderes sei. Die Aufnahmen, die sie bekamen, waren der Stoff, der bei großen Preisverleihungen auf der Liste stand. Chase wollte an so etwas überhaupt nicht denken. Er konnte Gott nur bitten, dass sie den Film fertigbrachten, bevor ihnen das Geld ausging.

Die Szenen heute spielten in einem Restaurant und in einem Park auf der gegenüberliegenden Straßenseite. Chase schaute zu, wie die Szene gedreht wurde, und als sein Regieassistent „Schnitt" rief, war Chase der Erste, der klatschte. „Gute Arbeit, Leute! Fusselcheck."

Rita und Jake kamen aus dem Restaurant. Sie lachten miteinander und sahen leicht erschöpft aus. Jemand reichte Rita ein Handtuch, mit dem sie sich den Hals abwischte.

„Hier drinnen ist es wie in einer Sauna", verkündete sie der Crew, die um sie herumstand. Sie blinzelte Jake zu. „Oder Mr Olson heizt mir ein bisschen zu sehr ein."

Er schmunzelte wieder und klopfte ihr auf den Rücken. „Du warst umwerfend." Er nickte zum Imbisstisch auf der anderen Straßenseite hinüber. „Ich hole dir eine Flasche Wasser."

Chase beobachtete die beiden besorgt. Rita war Mitte dreißig. Sie war doch bestimmt nicht an ihrem vierundzwanzigjährigen Kollegen interessiert! Er nahm sich vor, Keith darauf anzusprechen, nur um sicherzugehen, dass nichts schieflief. Er lächelte bei sich. Keith und er wollten keinen Skandal bei ihren Dreharbeiten.

Rita schaute ihn im Vorübergehen an. Ihre Augen versuchten, ihn zu locken, und verspotteten ihn gleichzeitig. „Sie haben Ihre Chance vertan, Chase."

„Kommen Sie schon, Rita. Lassen Sie Jake in Ruhe. Er ist noch ein Kind." Chase bemühte sich um einen lockeren Tonfall. Es stand ihm nicht zu, Rita zu sagen, für welchen Mann sie sich interessieren durfte und für welchen nicht. „Keine unmoralischen Angebote, okay?"

Sie blieb stehen und baute sich nahe vor ihm auf. „Ich bin Profi. Keine Angst!" Sie ging weiter, schaute Chase aber mit hochgezogener Braue noch einmal an. „Aber mit einem haben Sie nicht recht: Jake ist ganz gewiss kein Kind mehr." Sie ging lachend zum Imbisstisch. Chase stieß ein verzweifeltes Seufzen aus und versuchte, sich von ihrer Einstellung nicht irritieren zu lassen. Solange sie keinen Skandal heraufbeschwor, hatte sie recht: Was sie privat machte, war ihre Sache.

Keith trat neben ihn und sprach so leise, dass nur Chase ihn hören konnte. „Jetzt hat sie Jake ins Visier genommen, was?"

„Keine Ahnung. Falls sie zu weit geht, müsstest du vielleicht mit ihr sprechen. Bei mir meint sie, ich wäre eifersüchtig."

„Ich kümmere mich darum, falls sie zu weit geht."

„Danke." Chase wollte gerade Keiths Meinung dazu hören, ob sie wohl vor dem Mittagessen noch eine oder zwei Szenen mehr drehen könnten, als eine Kolonne aus etlichen glänzenden, schwarzen Geländewagen um die Ecke bog und mit quietschenden Reifen vor dem Restaurant zum Stehen kam.

„Was ist das?" Chase ging ein paar Schritte näher auf die Fahrzeuge zu. Panik ergriff ihn, als er die Autos anschaute. „Sie haben Streikschilder dabei."

„Das sieht gar nicht gut aus." Keith verschränkte die Arme und stellte sich neben Chase. Keiner von ihnen sprach die Frage aus, ob das vielleicht Gewerkschaftsvertreter waren, die sie bei den Dreharbeiten behindern wollten. Aber als zwei Dutzend Männer aus den Autos sprangen, etwas von unfairen Arbeitsbedingungen riefen und mehrere große Streikschilder hochhielten, war klar, was hier passierte: Ihr schlimmster Albtraum wurde wahr.

Die Gewerkschaft war gekommen, um die Dreharbeiten zu blockieren.

Alle am Set reagierten schockiert. Als die Kameraleute und Techniker begriffen, was los war, versammelten sie sich murrend um Chase und Keith. Einer der mutigeren Kameraleute drehte sich zu seinen Kollegen um und deutete wütend auf die Streikposten. „Wer hat sie gerufen? Der Feigling soll vortreten, damit wir alle sehen, wer es war."

Niemand meldete sich.

Die über zwanzig Männer von der Gewerkschaft marschierten vor das Restaurant und bauten sich in einer Reihe auf, die den Türrahmen versperrte. Chase konnte nicht glauben, dass das wirklich passierte.

„Das können sie doch nicht machen!", zischte er Keith zu, der immer noch neben ihm stand und genauso ungläubig schaute wie er.

„Es sieht so aus, als hätten sie es schon gemacht." Keith schien mehr über die Gewerkschaft zu wissen. Aber bevor er Chase irgendetwas mitteilen konnte, trat ein Mann, der der Anführer der Gruppe sein musste, vor.

Er war ein schmächtiger, klein gewachsener Mann, nicht gerade so, wie Chase sich einen Anführer vorgestellt hätte. Aber was ihm an Größe fehlte, machte er mit seinem Auftreten wett. „Ich nehme an, Sie sind die Produzenten?"

Keith reichte dem Mann die Hand. „Ich bin Keith Ellison. Das ist mein Mitproduzent, Chase Ryan."

Der Mann schaute Keiths Hand an und schmunzelte. „Sparen Sie sich Ihren Händedruck." Er verschränkte die Arme. „Ich bin Larry Fields, Vorsitzender des Gewerkschaftsverbandes von Indiana. Uns ist zu Ohren gekommen, dass Sie hier einen Film drehen und unseren Leuten weniger als den Tariflohn zahlen."

„Es handelt sich um einen unabhängigen Film mit einem sehr begrenzten Budget." Keith deutete auf die Filmcrew, die um sie herumstand. „Diese Männer waren einverstanden, für einen fairen Lohn zu arbeiten, auch wenn er leicht unter dem Lohn liegt, den Gewerkschaftsarbeiter normalerweise bekommen."

„Die Arbeitsbedingungen hier sind ausgezeichnet", rief einer der Techniker dem Gewerkschaftsboss zu. „Verschwindet und lasst uns unsere Arbeit machen!"

Laute Rufe folgten. Die meisten aus der Filmcrew wiederholten seine Worte und gaben dem Gewerkschaftsvertreter deutlich zu verstehen, dass er hier nicht erwünscht war und nicht gebraucht wurde. „Geht und löst die Probleme in Hollywood, falls ihr etwas tun wollt. Wir brauchen Arbeit", rief ein Elektriker.

„Ja, lasst uns in Ruhe!"

„Hier geht es nicht um uns!"

„Verschwindet!"

Die Stimmung heizte sich auf, und die Crew sah aus, als würden sie die Streikposten am liebsten eigenhändig wieder in ihre Fahrzeuge stecken. Chases Anspannung war fast unerträglich. Dieses Mal hatten sie Probleme. Große Probleme. Aber wenigstens stand die Crew auf ihrer Seite. Er betrachtete die Gruppe und fragte sich, wer von ihnen die Gewerkschaft angerufen hatte. Es musste jemand von ihnen gewesen sein. Sonst hätte die Gewerkschaft überhaupt nichts von dem Film erfahren.

Larry Fields schaute finster drein und wartete, bis die Leute sich beruhigt hatten. „Schaut eure Gewerkschaftsverträge an, Leute. Wenn ihr in die Gewerkschaft eintretet, willigt ihr ein, dass wir eure Arbeitsbedingungen aushandeln." Sein Schmunzeln klang fast hämisch. „Genau das wollen wir hier machen. Eure Arbeitsbedingungen aushandeln."

Chase wollte etwas sagen, aber Keith hinderte ihn mit erhobener Hand daran. Stattdessen wandte er sich selbst mit ruhiger Stimme an den Gewerkschaftschef. „Das hier ist kein Gewerkschaftsfilm. Das wusste die Filmcrew, als sie unterschrieb." Er lächelte, als wäre das vielleicht alles, was nötig war, um das Problem zu lösen und die Gewerkschaftsvertreter dazu zu bewegen, dorthin zurückzukehren, woher sie gekommen waren.

Wieder schmunzelte Larry. „Mein Freund, dann habt ihr ein Problem. Denn die Filmcrew, die ihr euch für euren kleinen Low-Budget-Film ausgesucht habt, ist eine Gewerkschaftscrew. Jeder Einzelne von ihnen." Er erhob die Stimme und richtete seine nächsten Worte an die murrenden Crewmitglieder. „Nur damit ihr es wisst: Wir haben Streikposten aufgestellt, die eine weitere Produktion dieses Films verhindern. Streikbrecher verlieren ihre Gewerkschaftsmitgliedschaft." Er deutete drohend auf sie. „Und ich werde persönlich dafür sorgen, dass ihr keinen einzigen Tag mehr in diesem Geschäft arbeitet."

Chase war entsetzt. Das war keine Interessensvertretung der Arbeitnehmer. Das war Erpressung. Sie fuhren scharfe Geschütze auf, von denen nur die Gewerkschaft profitierte, aber nicht die Angestellten. Solange es kein Gewerkschaftsfilm war, konnte die Gewerkschaft keinen einzigen Cent vom Lohn der Leute verlangen. Sobald es ein Gewerkschaftsfilm wäre, würden diese Männer finanziell davon profitieren. Das musste der einzige Grund sein, aus dem sie hier waren. Und weil offenbar ein Mitglied der Crew der Gewerkschaft einen Tipp gegeben hatte.

Die Schauspieler hatten sich zu der Gruppe gesellt, die um Keith und Chase herumstanden, und Jake Olson rief dem Gewerkschaftsboss zu: „Hier ist niemand unglücklich. Verschwindet!"

„Du bist glücklich", konterte Larry. „Du bekommst ja deinen Tariflohn."

„Die Techniker und Kameraleute in ganz Hollywood streiken wegen euch Clowns." Jake schob die Brust heraus und wollte sich nicht geschlagen geben. „Wie sollen sie ihren Lebensunterhalt bezahlen können, wenn ihr sie nicht arbeiten lasst?"

Larry lachte wieder. „Selbst wenn du dich noch so aufspielst, Mr Filmstar, bleiben wir hier." Sein Lächeln war stolz und arrogant, als er sich umdrehte und über den Parkplatz zum Restaurant ging und sich zu den anderen gesellte. Das Restaurant war für diesen Tag geschlossen, weil Keith und Chase es gegen Bezahlung für ihre Dreharbeiten benutzen durften. Es war noch nicht einmal Mittag, und die Gewerkschaft hatte ihnen ein Ultimatum gestellt, gegen das sie nichts machen konnten.

Chase ging auf die Streikposten zu, aber Keith hielt ihn am Arm fest. „Sei vorsichtig. Wenn wir hier etwas erreichen, dann nur, wenn wir eine gemeinsame Basis finden. Vergiss das nicht."

„Danke." Chase hätte seinen Freund am liebsten angeschrien. Natürlich wusste er, dass sie eine gemeinsame Basis finden mussten, aber er weigerte sich, sich von einer Gruppe Gewerkschafter einschüchtern zu lassen. „Komm mit! Damit ich nicht die Beherrschung verliere." Erhobenen Hauptes ging er mit Keith auf die Mitte der Streikposten zu, wo Larry Fields jetzt ein eigenes Schild hochhielt. Auf dem Schild stand: „Die Produzenten von *Der letzte Brief* haben unfaire Arbeitsbedingungen!" Chase verstummte, als er sah, wie gründlich sie diese Aktion geplant hatten. Wann hatten sie Zeit gehabt, Schilder speziell für diesen Film drucken zu lassen? Er warf einen Blick auf ein paar andere Schilder. Auf zwei Schildern stand: „Unfaire Arbeitsbedingungen!" Auf mehreren hieß es nur: „STREIK!"

Chase schaute Larry an. „Was wollen Sie, Mr Fields? Wie lauten Ihre Forderungen?"

„Wie wir schon sagten", fügte Keith hinzu. „Das ist eine Low-Budget-Produktion. Ohne die Streiks in Hollywood hätten wir diesen Leuten die Stelle nicht anbieten können. Aber Sie haben sie selbst gehört. Die Leute wollen arbeiten. Sie sind sehr zufrieden und sie bekommen ihr Geld."

Larry ignorierte ihn. Stattdessen wandte er sich an Chase. „Wir wollen, dass jeder technische Mitarbeiter ab heute nach Gewerkschaftslohn bezahlt wird, und wir wollen bis Freitag eine Nachzahlung für die bisher gearbeiteten Tage. Außerdem verlangen wir, dass ihr die Krankenversicherung für den Fall eines Unfalls erhöht."

Chase fühlte sich, als wäre er mit voller Wucht gegen einen Baum gelaufen. Er hatte Mühe, richtig Luft zu bekommen, denn das, was Larry sagte, bedeutete mit anderen Worten: Mit dem Film war es aus. Der Crew den Gewerkschaftslohn zu zahlen und für die bereits geleisteten Arbeitstage die Differenz nachzuzahlen, bedeutete schlagartig Mehrkosten in sechsstelliger Höhe. Geld, das sie nicht hatten und nicht aufbringen konnten. Das hatten sie bereits in der letzten Woche bei jeder geschlossenen Tür, auf die Keith gestoßen war, gemerkt. Niemand wollte mehr Geld in ihren Film investieren, und wenn sie nicht Zeit gutmachten, ging ihnen das Geld aus, bevor sie mit den Dreharbeiten fertig waren.

Der Gewerkschaftsboss wartete, aber Chase oder Keith konnten auf die Forderungen nichts sagen. Chase hatte Mühe, sein Temperament zu zügeln. „Also gut. Sie hören von unserem Anwalt." Es war ein Versuch, das Gesicht zu wahren, obwohl klar war, dass die Lösegeldverhandlungen für ihren Film begonnen hatten, ob ihnen das gefiel oder nicht. Als Chase und Keith zu den nervös aussehenden Schauspielern und der Filmcrew zurückgingen, hatte keiner von ihnen eine Ahnung, was sie ihnen sagen sollten. Chase nickte Keith zu. Falls jemand verhindern konnte, dass Panik ausbrach, dann Keith. Das hatte er an diesem Set schon einmal unter Beweis gestellt.

„Okay, alle bitte zuhören." Keith legte die Hände wie ein Megafon an seinen Mund. „Die Gewerkschaft hat kein Recht, uns so bei unserer Arbeit zu blockieren, aber wir brauchen einen Anwalt, um das zu regeln." Das einzige Zeichen, das verriet, dass er nervös war, war die Schnelligkeit, mit der er sprach. Natürlich konnte ihm niemand einen Vorwurf daraus machen, dass er schnell sprach. Wertvolle Minuten verrannen, während die ganze Produktion plötzlich zum Stillstand gekommen war. „Ihr könnt jetzt alle in die Mittagspause gehen. Wenn wir etwas wissen, geben wir euch Bescheid."

Die Gesichter der Schauspieler und der Crew spiegelten die Gefühle wider, die in Chase tobten: Wut und Angst, Traurigkeit und Frust. Sie alle wirkten dankbar, dass sie einen Grund hatten, den Streikposten den Rücken zu kehren und über den Parkplatz zum Essenszelt und zu den Wohnwagen zu gehen.

Chase ging neben Keith her. „Okay, welchen Anwalt? Das letzte Mal hatten wir wegen der Verträge mit einem Anwalt zu tun."

„Ich habe eine Idee." Keith suchte in seiner Brieftasche nach einer Visitenkarte. „Ich rufe Dr. Baxter an."

„Den Mann, der Jake genäht hat?" Chase brauchte sofort eine Lösung. Er wusste nicht, inwiefern dieser Anruf ihnen weiterhelfen sollte.

„Ja, und Dayne Matthews' Vater." Keith blieb stehen und bedeutete Chase, in der Nähe zu bleiben. Die Schauspieler und die Crew gingen an ihnen vorbei. Sie unterhielten sich in kleinen Dreier- oder Vierergruppen. Ihr Ärger über das Auftreten der Streikposten wurde an ihrem Ton und an ihrer Körpersprache sichtbar. Als sie ungestört waren, zog Keith das Handy heraus und wählte die Nummer auf der Rückseite der Visitenkarte. Ein kurzes Gespräch und eine Erklärung folgten. Keith tätigte einen zweiten Anruf, dieses Mal bei Dayne. Wieder dauerte der Anruf nicht lang, aber als Keith auflegte, lächelte er. „Dayne ist auf dem Weg. Er will die Schauspieler und die Crew ermutigen."

„Und sonst?" Chase tippte mit dem Fuß auf den Asphalt. Die Sonne schien, und er schaute seinen Freund mit zusammengekniffenen Augen an. „Konnte er dir einen Anwalt empfehlen?"

„Ja." Keith wählte bereits eine weitere Nummer. „Sein Bruder Luke ist Anwalt für Medienrecht. Dayne sagte, dass er die Kosten übernimmt, egal, wie hoch sie sind."

Chase ging ein paar Schritte weiter und schaute zum blauen Himmel hinauf. Zum ersten Mal, seit die Geländewagen vorgefahren waren, atmete er wieder richtig ein. *Gott ... du bist bei uns ... wir können dich fühlen. Bitte hilf uns durch diesen Albtraum. Wir stecken tief in der Klemme.*

*Ich bin bei euch, mein Sohn ... Ich allein weiß, was ich mit euch vorhabe: Ich, der Herr, werde euch Frieden schenken und euch aus dem Leid befreien. Ich gebe euch wieder Zukunft und Hoffnung.*

Gottes Gnade überwältigte ihn so sehr, dass er fast auf die Knie fiel. Tränen schossen ihm in die Augen, und er blinzelte sie zurück. Das war der Bibelvers, den der Film verdeutlichen sollte: Gott hatte gute Gedanken und gute Pläne für seine Menschen. Aber bei dem Wahnsinn, der sich auf der anderen Straßenseite zutrug, hatte Chase die Wahrheit fast vergessen. Er flüsterte noch ein „Danke" zum Himmel und drehte sich um. Er sah, dass Keith ein konzentriertes Gespräch führte.

Als er auflegte, war sein Tonfall so zuversichtlich wie in der letzten halben Stunde nicht mehr. „Luke Baxter kann uns helfen, aber er arbeitet in Indianapolis und ist heute am Gericht. Er kann frühestens um drei Uhr hier sein. Bis dahin sollen wir nicht ohne Anwalt mit den Gewerkschaftern sprechen."

Chase atmete aus und fühlte, wie seine Schultern nach vorn sackten. „Wir verlieren einen ganzen Tag."

„Mindestens." Keith legte Chase den Arm um die Schultern. „Gott ist bei uns. Das müssen wir jetzt genauso glauben wie damals im Dschungel."

„Ich weiß." Chase erinnerte sich wieder an den Vers. „Es wird gut werden. Irgendwie wird es gut ausgehen."

Dayne Matthews fuhr, kurz nachdem Chase und Keith das Essenszelt betreten hatten, in einem Dodge Pickup vor. Er begrüßte ein paar Schauspieler, die er offenbar kannte. Sein Erscheinen löste Begeisterung unter den Schauspielern und der Crew aus und trug zu einer positiven Stimmung an diesem Nachmittag bei.

Er fand Chase und Keith und stellte sich vor. „Es tut mir leid, dass ich es nicht früher geschafft habe. Wir sind mit den Vorbereitungen für die Herbstproduktion des christlichen Kindertheaters beschäftigt." Sie sprachen über Kinder und Bloomington und Daynes Entscheidung, vorerst keine Filme mehr zu drehen. „Aber ich will Ihnen beiden sagen, dass wir voll und ganz hinter dem stehen, was Sie hier machen. Meine Frau und ich, meine ganze Familie, wir beten für Sie und glauben, dass Gott mit diesem Film großartige Dinge vorhat."

„Bis das jetzt kam." Chase wollte nicht resigniert klingen, aber die Uhr tickte so laut in seinem Kopf, dass er kaum klar denken konnte. „Haben Sie so etwas schon einmal erlebt?"

„Ich habe davon gehört." Daynes Blick war besorgter als vorher. „Es kommt darauf an, welches Ziel sie verfolgen. Wenn sie nur mehr Geld wollen, treiben Sie und Ihr Anwalt normalerweise irgendwo das Geld auf und alle sind glücklich. Aber wenn sie ein Exempel statuieren wollen, weil Sie Gewerkschaftsarbeiter in einem Nichtgewerkschaftsfilm einsetzen, können sie ziemlich böse werden." Sein Lächeln verriet sein Mitgefühl. „Ich kann Ihnen nur eines versprechen: Sie haben den besten Anwalt in der Branche."

Chase und Keith dankte ihm für seine Hilfe. Dayne versprach, sich wieder zu melden, um zu hören, wie es weiterging. Als er gegangen war, entließ Keith die Schauspieler und die Crew für diesen Tag und sagte allen, dass sie sich für morgen früh bereithalten sollten. Nur für alle Fälle. Danach zogen er und Chase sich in den Produktionswagen zurück, um das Einzige zu tun, das sie tun konnten, bis Luke Baxter kam:

Gott um ein Wunder bitten.

\* \* \*

Die Verhandlungen begannen um sechzehn Uhr an diesem Tag und wurden um zweiundzwanzig Uhr ergebnislos abgebrochen. Soweit Keith es beurteilen konnte, hatten sie keine großen Fortschritte gemacht, aber Luke Baxter übernachtete bei seinem Vater in Bloomington und wollte ihnen beistehen, bis sie einen Durchbruch schafften.

Die Sachlage war einfach, auch wenn die Diskussionen im Produktionswagen komplex und hitzig gewesen waren. Larry Fields und drei seiner Leute aus der Gewerkschaft ließen sich von ihren Forderungen nicht abbringen und bestanden auf dem vollen Gewerkschaftslohn und einer vollständigen Nachzahlung. Luke hatte immer wieder auf sie eingeredet und versucht, sie zur Vernunft zu bringen. Keith und Chase hatten ihm vollen Zugang zu ihren Konten und Finanzierungskonzepten gegeben. Dadurch konnten sie widerlegen, was Larry Fields ihnen vorgeworfen hatte: dass es sich in Wirklichkeit um einen Big-Budget-Film handelte, weil Rita Reynolds und Jake Olson mitspielten. Die Bücher verrieten, wie es wirklich war. Die zwei Schauspieler hatten eingewilligt, für ein sehr niedriges Honorar bei diesem Projekt mitzuarbeiten, weil sie an den Film glaubten.

„Es geht nicht immer nur um Geld", hatte Luke den Gewerkschaftsvertretern klargemacht. „Nicht einmal in Hollywood."

Fields und seine Leute schauten die Finanzierung an, waren aber immer noch skeptisch. „Irgendwo ist noch mehr Geld. So ist es immer." Er lehnte sich zurück und versuchte, eine freundliche Miene aufzusetzen. „Ich will nur das, was meinen Leuten zusteht. Einen fairen Lohn und nicht mehr."

Natürlich wollte er in Wirklichkeit mehr: die zusätzliche Versicherung und die Nachzahlungen. Aber seine ganzen Forderungen waren belanglos, denn Keith und Chase hatten einfach kein Geld.

Als sie eine Pause einlegten, zog Luke Keith und Chase beiseite. „Ich habe mit Dayne gesprochen, ob er Geld in Ihren Film investiert, aber sein Geld ist bis März festgelegt."

Keith war gerührt, dass Luke seinen Bruder überhaupt gefragt hatte. Daran hätten er oder Chase nie gedacht.

„Dayne hat mir gesagt, dass er es angeboten hätte, als er persönlich mit Ihnen sprach, aber sein Finanzberater hatte den unsicheren Markt kommen sehen und ihm geraten, sein Geld langfristiger anzulegen. Aber im März ist es zu spät für Sie."

„Wir brauchen mehr Geld. Das steht fest. Aber selbst dann ist es nicht richtig, diesen Leuten das zu zahlen, was die Gewerkschaft verlangt. Diese Crew hat die Verträge unterschrieben, und wir zahlen ihnen einen guten Lohn."

Luke pfiff leise. „Für einen Nichtgewerkschaftsfilm ist der Lohn sehr hoch."

„Und die Gewerkschaft hat nichts dafür getan." Chase wirkte nach den stundenlangen Verhandlungen resigniert. Er hatte den Schauspielern und der Crew schon gesagt, dass sie erst morgen Mittag wieder gebraucht würden. Und das auch nur, wenn am Morgen alles sehr gut lief. „Um wie viel Uhr fangen wir wieder an?"

„Um acht Uhr. Früher sind die Gewerkschaftsvertreter nicht bereit, sich mit uns zu treffen."

Die Nacht war unruhig, da Lisa mehrmals in der Nacht aufstand, weil sie nicht schlafen konnte. „Wichtiger als mein Schlaf ist es, dass ich bete", sagte sie zu Keith. „Mach dir um mich keine Sorgen."

Um acht Uhr am nächsten Morgen setzten sie sich wieder an den Verhandlungstisch. Larry Fields ergriff das Wort: „Wir weichen nicht von der Stelle. Wir haben zwanzig Leute, die bereit sind, rund um die Uhr den Streik aufrechtzuerhalten. Diese Leute sind Gewerkschaftsarbeiter und sollten den Gewerkschaftslohn bekommen."

„Aber sie haben etwas anderes unterschrieben." Luke hatte Kopien der Verträge der ganzen Filmcrew in einem großen Ordner. Er schob ihn über den Tisch. „Schauen Sie nach, Mr Fields. Ein Produzent muss sich auf das Wort seiner Leute verlassen können. Und alle haben schriftlich ihr Wort gegeben und eingewilligt, für diesen Lohn zu arbeiten."

„Sie haben das nie mit uns abgesprochen." Er wechselte einen Blick mit seinen Leuten. „Gewerkschaftsmitglieder müssen Stellen in Gewerkschaftsfilmen annehmen. Jeder Einzelne von ihnen steht im Moment in Gefahr, seine Gewerkschaftsmitgliedschaft zu verlieren, und das bedeutet das Aus für sie in der Branche."

Keith gefiel es überhaupt nicht, als Larry davon sprach, der Crew die Gewerkschaftsmitgliedschaft zu entziehen. Es gab nicht genügend Nichtgewerkschaftsfilme, um als Kameraleute, Elektriker und Assistenten davon leben zu können. Larry hatte recht. Ohne ihre Mitgliedschaft in der Gewerkschaft waren sie erledigt. Sein Magen zog sich zusammen, und er lehnte sich auf dem Sitz zurück, konnte aber nichts anderes tun, als zuzuhören und zu beten.

Die Stunden vergingen langsam. Nach dem Essen tätigte Keith noch einen Anruf, um den Schauspielern und der Crew den Rest des Tages freizugeben und sie zu bitten, sich für die Dreharbeiten am nächsten Morgen bereitzuhalten. Dieses Mal hatte der Kameramann eine Frage. „Morgen ist Freitag. Die Leute wollen wissen, ob sie einfach ein verlängertes Wochenende machen sollen, unbezahlt, und am Montag wieder hier sein sollen."

„Nein." Keith war durch das Angebot, dass sie unbezahlt frei haben wollten, fast versucht einzuwilligen, aber sobald die Schauspieler die Stadt verlassen und sich im ganzen Land verstreuen würden, waren die

Chancen, am Montag wieder alle hierzuhaben, sehr gering. „Wir müssen durchhalten. Heute wird es irgendwann einen Durchbruch geben, das verspreche ich Ihnen. Sagen Sie allen, dass wir morgen und am Samstag drehen, damit wir verlorene Zeit gutmachen. Sie haben alle eingewilligt, an zwei Samstagen zu arbeiten. Dieser Samstag ist einer davon."

Noch während er das sagte, hatte Keith nicht die geringste Ahnung, wie sie die Zeit wieder aufholen wollten, die sie verloren hatten, und wie es helfen sollte, am Samstag zu arbeiten. Sie konnten es sich leisten, die Crew diese und nächste Woche zu bezahlen, aber danach? Er kehrte in den Verhandlungsraum zurück und hatte Mühe, den Kopf nicht hängen zu lassen. Er wollte am liebsten irgendwo im Wald einen ruhigen Platz suchen und zu Gott schreien und ihn um ein Wunder bei den Gesprächen zwischen Luke Baxter und Larry Fields bitten.

Aber stattdessen setzte er sich zu Chase und schaute zu, wie die Stunden vergingen. Irgendwann gegen siebzehn Uhr unterbrachen beide Seiten die Verhandlungen für ein hastiges Abendessen, hatten aber vor, die ganze Nacht weiterzuverhandeln, falls es nötig sein sollte. Fields und seine Leute wollten jeden einzelnen Vertrag und das ganze Finanzierungskonzept durchgehen.

„Das könnte die ganze Nacht dauern", warnte Luke sie. „Wir brauchen viel Kaffee."

Bevor sie zu der voraussichtlichen Marathonverhandlung wieder zusammenkamen, rief Keith Lisa an. „Ich komme mir vor, als spiele ich in einem schlechten Film mit, ohne dass irgendeine Lösung oder ein Ende in Sicht wäre."

„Schatz, das tut mir so leid." Lisa klang, als hätte sie geweint. „Ich will helfen, aber ich kann nichts anderes tun als beten."

„Genau das brauchen wir, Schatz. Gott weiß, was hier geschieht."

„Aber ihr habt den ganzen Tag und den ganzen letzten Abend mit diesen Leuten gesprochen. Was kann es da noch zu sagen geben?"

„Die Verhandlungen führt Luke. Er ist ein unglaublich guter Anwalt, und Dayne zahlt sein Honorar. Unser Schicksal liegt in guten Händen, aber unsere Schauspieler verlieren die Lust, in Bloomington herumzuhängen. Wir müssen heute Abend eine Einigung erzielen."

Lisa schwieg einen Moment. Dann holte sie tief Luft. „Ich habe eine Idee: Im Gebet liegt Macht. Je mehr Leute beten, umso besser. Ich rufe meine neuen Freunde an. Vielleicht hat jemand von ihnen Zeit, sich mit mir irgendwo zum Beten zu treffen. Wir werden nicht aufhören, solange ihr nicht mit euren Verhandlungen aufhören könnt."

Keith malte sich aus, wie eine fremde Stadt mit seiner Frau zusammensaß und mit ihr wegen dieser Krise betete. Er war sicher, dass Dr. Baxters Töchter und andere aus der Familie diese Herausforderung annehmen würden, und er wollte das auch sagen. Immerhin wartete Lisa auf eine Antwort. Aber er brachte kein Wort über die Lippen.

Die Tränen, die ihm die Kehle zuschnürten, ließen es nicht zu.

# Kapitel 16

Die Telefonkette wurde sofort in Gang gesetzt. Lisa rief Ashley Blake an, die ihr ihre Nummer als Kontaktperson zu den Baxters gegeben hatte. Obwohl sie versuchte, mit klarer Stimme zu sprechen, verlor sie die Fassung und begann zu weinen.

„Lisa, was ist? Was ist passiert?" Im Hintergrund hörte Lisa bei Ashley ein Baby weinen.

Lisa hatte Schuldgefühle, weil sie ihre neue Freundin belästigte, aber sie wusste keinen anderen Ausweg. Ihr Mann stand mit dem Rücken zur Wand. Sie fand schließlich mühsam die Stimme wieder. „Die Gewerkschaft der Filmcrew ist gekommen. Sie bestreiken die Dreharbeiten und haben am Set Streikposten aufgestellt."

Ashley verstand nicht, was das bedeutete, und Lisa brauchte ein paar Minuten, um ihr die Situation zu erklären. „Luke hilft also bei den Verhandlungen?"

„Ja, aber die Gewerkschaftsführer sind sehr schwierig. Dein Bruder fürchtet, dass sie versuchen könnten, an unserem Film ein Exempel zu statuieren. Um zu beweisen, dass sie die Macht haben, einen Film zu verhindern, wenn sie das wollen."

„Das ist ja furchtbar!"

„Ja." Lisa wollte nicht, dass Ashley sie schluchzen hörte. Sie atmete zitternd ein. „Es hängt alles von den Gesprächen heute Nacht ab. Ich habe Keith gesagt, dass ich fragen würde, ob wir uns irgendwo zum Beten treffen können."

Ashley überlegte ein paar Sekunden „Im Theater! Ich rufe Dayne und Katy an. Sie haben bestimmt nichts dagegen. Heute Abend finden dort Proben statt, aber sie sind gegen sieben Uhr zu Ende. Wir könnten uns dort treffen und so lange bleiben, wie wir wollen."

Lisa spürte Ashleys Begeisterung. „Wirklich? Du glaubst, dass wir das könnten?"

„Auf jeden Fall. Ich muss noch telefonieren, aber stell dich darauf ein, dass wir uns heute Abend um sieben Uhr im Theater treffen. Selbst wenn außer uns niemand kommt, werden wir miteinander beten."

Die nächsten Stunden vergingen langsam. Um sieben Uhr stellte Lisa ihr Auto am Straßenrand gegenüber dem Bloomingtoner Theater ab und ging hinein. Katy Matthews begrüßte sie an der Tür. „Die Proben sind vorbei. Herzlich willkommen bei uns! Ashley hat uns von dem Gebetstreffen erzählt. Wir können die ganze Nacht hierbleiben, falls das nötig sein sollte." Sie umarmte Lisa. „Solange wir brauchen."

Lisa konnte kaum glauben, dass diese Menschen so freundlich waren. Sie kannten sich kaum, und doch waren Katy, Dayne, Ashley und ihre Familie bereit, sich die Zeit zu nehmen und für den Film ihres Mannes zu beten. Lisa folgte Katy ins Theater. Obwohl die Proben für heute zu Ende waren, saßen noch viele Kinder in den Sitzreihen. Nach und nach betraten viele Erwachsene das Theater, aber statt ihre Kinder abzuholen und zu gehen, setzten sie sich ebenfalls hin.

„Was ist hier los?" Lisa stand plötzlich Ashley gegenüber und staunte über die vielen Menschen, die das Theater füllten.

„Im christlichen Kindertheater herrscht eine enge Gemeinschaft. Die Leute wissen, was für einen Film dein Mann drehen will. Wir halten zusammen. Wir haben den Eltern Bescheid gegeben. Die meisten haben gefragt, ob sie bleiben und mitbeten können."

Tränen traten Lisa in die Augen, und sie legte sich die Finger auf den Mund. „Ich ... ich weiß nicht, wie ich dir danken soll, Ashley."

„Mach dir darüber keine Gedanken." Ashley berührte Lisa an der Schulter. „Ich weiß, wie es ist, wenn die halbe Stadt im Gebet hinter uns steht. Diese starke Liebe zu spüren tut sehr gut."

„Ja." Lisa war nicht sicher, ob sie noch mehr sagen konnte. Sie setzte sich neben Ashley und ihren Mann Landon und ihre drei Kinder. In den nächsten zehn Minuten trafen nach und nach Ashleys Schwestern und ihre Familien ein. Erin, die jüngste von Ashleys Schwestern, erklärte, dass ihr Mann bei ihren kleinen Töchtern zu Hause geblieben war. „Wenn wir in einer Stunde noch hier sind, nehme ich die anderen Kinder mit zu mir nach Hause. Dann könnt ihr anderen hierbleiben und beten."

„Hierbleiben?" Wieder war Lisa erstaunt.

„Wir müssen bleiben." Cole, Ashleys Sohn, der in die fünfte Klasse ging, hielt den Arm hoch und zeigte Lisa ein Armband, auf dem „P.U.S.H" stand. Er grinste sie an. „Wissen Sie, was das heißt?"

„Nein." Lisas Herz begann, kräftiger zu schlagen. Sie hatte das Gefühl, dass Gott heute Abend ein Wunder wirken wollte. Die vielen

Leute, die immer noch durch die Türen strömten, waren ein lebendiger Beweis dafür.

„Das heißt: ‚Pray Until Something Happens'[3]." Er grinste breit. „Das wollen wir heute Abend machen. Wir beten, bis etwas geschieht."

Lisa schaute schnell von Cole zu Ashley. „Ich ... ich verstehe nicht ganz."

„Wir legen keinen Zeitpunkt für das Ende dieses Gebetstreffens fest." Ashley tätschelte Lisas Hand. „Du bleibst mit deinem Mann in Kontakt und wir beten."

„Ja." Cole gefiel diese Idee. „Bis etwas geschieht."

Die Liebe dieser Familie, dieser Menschen, die bis vor einer Woche noch Fremde gewesen waren, war unbegreiflich. So sollte die Familie Gottes miteinander umgehen. Lisa konnte Gott nur schweigend dafür danken. Ein paar Minuten vergingen, und es kamen immer noch Leute und setzten sich. Lisa war wieder verwirrt. Diese ganzen Leute konnten doch nicht alle zum christlichen Kindertheater gehören. Wieder fragte sie Ashley, was hier los war.

„Unser Gemeindepastor hat die Gebetskette in Gang gesetzt. Die Leute rufen einander an und geben das Gebetsanliegen weiter."

Dieses Mal konnte Lisa Ashley nur wortlos umarmen. Als sie den Kopf zurückzog, schaute sie ihrer neuen Freundin lange in die Augen. „Die Zeit wird uns wieder aus Bloomington fortführen und wir werden bald wieder getrennte Wege gehen. Aber solange ich lebe, werde ich das hier nie vergessen. Danke."

„Gern geschehen." Ashley erwiderte die Umarmung. „Jetzt fangen wir endlich an zu beten."

Als Dayne auf die Bühne trat, um die spontane Gebetsversammlung zu beginnen, betraten Bailey Flanigan, ihre Familie und Andi das Theater. Inzwischen war der Saal so voll, dass sie nur noch einen Stehplatz an der Wand bekamen. Lisa winkte ihnen zu und bedankte sich stumm bei ihnen, während Dayne auf der Bühne das Mikrofon nahm.

„Danke, dass ihr alle gekommen seid. Die Bibel fordert uns auf, ohne Unterlass zu beten, und verspricht, dass dort, wo nur zwei oder drei zusammen sind, Gott mitten unter ihnen ist." Er lächelte die Leute freundlich an. „Ich denke, diese Mindestanzahl haben wir heute Abend eindeutig erreicht."

---

[3] Bete, bis etwas geschieht.

Ein herzlicher Applaus ging durch den Raum, und Dayne sprach weiter. „Freunde von uns, Keith Ellison und Chase Ryan, drehen einen Film, mit dem sie Gott verherrlichen wollen. Ein Bericht über ihr Projekt stand in der Zeitung, und viele von euch wissen, dass sie Außenaufnahmen in Bloomington drehen. Ich habe die Produzenten getroffen. Sie waren Missionare, bevor sie beschlossen, Filme zu drehen." Er machte eine kurze Pause. „Heute Abend hat Keith Ellisons Frau Lisa uns gebeten zu beten, weil ihr Mann und sein Co-Produzent in einer schwierigen Situation stecken. In einer sehr schwierigen Situation." Dayne erklärte mit einfachen Worten, was am Set gerade passierte.

„Und deshalb werden wir, wie mein Neffe Cole so gern sagt, beten, bis etwas geschieht. Wir halten euch auf dem Laufenden, falls wir etwas hören. Bitte habt die Freiheit zu gehen, wenn ihr gehen müsst. Uns ist klar, dass morgen Schule ist."

Dann erklärte er den Ablauf: Er würde anfangen zu beten, und dann konnte jeder, der beten wollte, der Reihe nach auf die Bühne kommen und laut beten. Lisa schaute ungläubig zu. Der Glaube der Menschen hier weckte in ihr den Wunsch, von San Jose nach Bloomington zu ziehen. Andi hatte Glück, dass sie zu diesen Menschen Kontakt hatte. Lisa würde sich nie wieder Sorgen machen, dass sie niemanden in Bloomington hätte.

Dayne begann das Gebet, und auch wenn hin und wieder ein Baby weinte oder das eine oder andere Kind etwas flüsterte, waren alle konzentriert bei der Sache. Einer nach dem anderen brachte leidenschaftlich sein Gebet vor Gott und stand für Keith und Chase und den Kampf ein, den sie ausfochten.

Um acht Uhr schrieb Lisa Keith eine SMS, um zu fragen, ob es Anzeichen für Fortschritte gebe, aber es gab keine. Um neun Uhr verließ sie das Theater und rief ihn an. „Du wirst nicht glauben, was hier geschieht. Die ganze Stadt ist zusammengekommen, um für uns zu beten, Keith. Es wird einen Durchbruch geben. Das glaube ich einfach."

„Ich hoffe es." Er klang resigniert und müde. „Sie gehen jeden einzelnen Vertrag Zeile für Zeile durch. Bis jetzt sind wir keinen Schritt weitergekommen. Luke ist jedoch unermüdlich. Betet bitte weiter."

Um zehn Uhr mussten viele Familien mit kleineren Kindern gehen. Erin hielt ihr Versprechen und nahm die Baxterkinder außer Cole und Maddie mit nach Hause, damit sie ins Bett kamen. Maddie und Cole, die beiden Ältesten, durften bleiben und waren fest entschlossen, ihr Versprechen einzulösen: zu beten, bis irgendeine Antwort kam. Als es schon fast elf war, fand Lisa Ashley und teilte ihr ihre Bedenken mit. „Ihr braucht alle euren Schlaf. Ihr müsst nicht noch länger bleiben."

„Mach dir deshalb keine Gedanken." Ashley sah nicht im Geringsten müde aus. „Das ist unsere Aufgabe. Wir beten weiter. Für Gott ist diese Nacht noch nicht vorbei."

Ein Vater aus dem christlichen Kindertheater stand am Mikrofon, und als er von der Bühne trat, fiel Lisa auf, dass sie selbst noch kein einziges Mal laut gebetet hatte. Ihre Stimme war jetzt ruhiger, da Gott ihr die Kraft für einen Kampf gab, den sie nie hatte kämpfen wollen. Sie ging die Stufen hinauf und sprach klar und zuversichtlich.

„Gott, wir flehen dich an: Schenke uns heute Abend ein Wunder. Sprich in die Herzen der Menschen, die diesen Film verhindern wollen, und lass in dieser Stunde einen Durchbruch geschehen. Wir brauchen dich, Herr. Wir können diesen Kampf nicht allein kämpfen. Danke für alles ..." Ihre Stimme zitterte, und sie blinzelte die Tränen zurück, während sie auf die ungefähr fünfzig Menschen blickte, die noch geblieben waren. Sie schaute auf den Boden vor ihren Füßen und schaffte es, nicht in Tränen auszubrechen. „Danke für unsere vielen neuen Freunde. In Jesu Namen. Amen."

Cole war schon mehrmals am Mikrofon gewesen, aber er folgte ihr schnell. Er war ein Junge, den man einfach gern haben musste. Einen solchen Sohn hatte sie sich früher auch gewünscht, als sie noch gedacht hatte, sie hätten eines Tages viele Kinder. Doch dann hatte ihr Arzt gesagt, dass sie keine Kinder mehr bekommen könne, nachdem Lisa drei Fehlgeburten gehabt hatte. Alle drei Babys waren Jungen gewesen.

Sie lächelte Cole an, als er anfing zu beten. „Du bist ein sehr großer Gott, und wir haben dich schon viele Wunder wirken sehen. Meine kleine Schwester, mein Vater, unser altes Haus. Dass Hayley Fahrrad fährt." Er zuckte die Achseln. „Es sind zu viele Wunder, um sie aufzählen zu können, Gott. Wir wissen also ganz genau, dass du dafür sorgen kannst, dass dieser Film weitergeht. Ich bitte dich jetzt nicht einmal mehr darum. Vielmehr will ich dir einfach danken, weil ich weiß, dass du das machst. In Jesu Namen."

Und so ging es weiter.

Aus elf Uhr wurde Mitternacht, und obwohl die Leute anfingen zu gähnen, blieben immer noch dreiundzwanzig Menschen hier und waren bereit, die ganze Nacht zu beten. Der Durchbruch kam um halb drei Uhr morgens, als Lisa schon furchtbare Schuldgefühle hatte, weil sie diese ganzen lieben Leute um den Schlaf brachte. Das Handy in ihrer Tasche vibrierte, und sie huschte hinaus, um den Anruf entgegenzunehmen.

„Wir sind wieder im Geschäft." Keith war am anderen Ende der Leitung und hatte Tränen in der Stimme. „Es ist eine lange Geschichte, aber irgendwie haben die Nachrichtensender Wind davon bekommen, was hier los ist, und ein Reporter von der Zeitung in Indianapolis rief Larry Fields an. Alles, was danach kam, diente nur noch dazu, dass er das Gesicht wahren konnte." Keith seufzte, und die Erleichterung in seiner Stimme war deutlich zu hören.

„Und wie lautet der Kompromiss?"

„Wir bezahlen ab sofort Gewerkschaftslöhne. Das sind ein paar Tausend Dollar pro Woche mehr für jeden Mitarbeiter, aber Luke war brillant. Er fand heraus, dass wir jedem aus der Crew hundert Dollar Spesen pro Tag zahlen. Da es jetzt aber ein Gewerkschaftsfilm ist und die Gewerkschaft das nicht verlangt, werden wir dieses Geld ab morgen sparen. An der Differenz werden wir nicht zerbrechen."

Lisa wollte ihn nicht auf das aufmerksam machen, was sie beide genau wussten: Sie hatten schon nicht genug Geld gehabt, um den Film fertig zu drehen, *bevor* sie zugestimmt hatten, Gewerkschaftslöhne zu zahlen. Jetzt, da sie zwei volle Tage zurücklagen, brauchten sie immer noch einen Investor, um den Film fertig drehen zu können. Aber diese Schlacht würden sie später austragen. Im Moment war es nur wichtig, den betenden Leuten im Theater die gute Nachricht mitzuteilen: Gott hatte gewonnen. Die Produzenten konnten morgen mit den Dreharbeiten weitermachen.

Als sie ins Theater zurückging, waren aller Augen auf sie gerichtet. „Es ist vorbei!" Sie hob die Hände. „Sie haben eine Einigung erzielt. Morgen früh gehen die Dreharbeiten weiter!"

Die Leute erwachten schlagartig zu neuem Leben. Menschen standen auf und umarmten sich und erhoben die Hände zu ihrem Gott, der sie liebte, egal, wie groß das Problem war, das sich ihnen stellte. Lisa schaute Ashley auf der anderen Seite des Saales an und bedankte sich stumm bei ihr. Was sie am Anfang des Abends gesagt hatte, stimmte:

Diese gemeinsame Gebetsnacht hatte sie zu lebenslangen Freunden gemacht, egal, ob sie je wieder eine so intensive Zeit miteinander erleben würden oder nicht.

Bevor sie gingen, kam Cole auf Lisa zu und umarmte sie. „Ich habe es Ihnen gesagt." Er hielt ihr sein Armband wieder hin. „Ich wusste, dass Gott es tun würde."

Diese Worte begleiteten Lisa, als sie ins Hotel zurückfuhr und allein ins Bett schlüpfte. Keith und Chase würden mit Luke die restliche Nacht daran arbeiten, die Verträge für jedes Mitglied der Crew neu zu schreiben, damit um sieben Uhr, wenn der neue Drehtag begann, alles fertig war. Sie hatten überhaupt nicht geschlafen, aber Gott würde sie durch den nächsten Tag führen. Lisa wollte das, was sie von Cole gelernt hatte, in Zukunft umsetzen. Egal, welche Probleme sie bis zum Ende der Dreharbeiten noch hatten, sie würde beten, bis etwas geschah.

So wie eine ganze Stadt heute Abend gebetet hatte.

# Kapitel 17

Andi und Bailey standen am Freitag nach den Vorlesungen gemeinsam vor dem Anschlagbrett und lasen die Besetzungsliste für *Christmas Carol*.

„Das glaube ich nicht!" Andi lehnte sich an die Wand und starrte die Liste an. „Isabel? Selbst in meinen kühnsten Träumen hätte ich nie gedacht, dass ich Isabel spielen würde!"

Bailey umarmte sie herzlich. „Siehst du! Gott hat alles in der Hand. Jede von uns hat diese Woche eine große Rolle bekommen."

Sie lasen die Liste weiter und sahen, dass Bailey den Geist der vergangenen Weihnacht spielte. „Das wird lustig. Diese Rolle ist wirklich witzig. Sie gefällt mir." Baileys Blick wanderte auf der Liste nach oben. Sie keuchte. „Schau nur! Tim ist Scrooge!" Sie packte Andi am Arm und sie tanzten im Kreis. „Das ist ja unglaublich! Tim wird sprachlos sein!"

Beide mussten in einer halben Stunde am Filmset sein, und nachdem sie die Besetzungsliste gesehen hatten, gingen sie über den Campus zu der Stelle, an der heute gedreht wurde: im gleichen Hörsaal auf der Westseite der Universität, in dem auch die Veranstaltungen von Campus für Christus stattfanden. Baileys Szene stand für heute Nachmittag auf dem Plan, und wenn alles gut lief, könnten sie an einem einzigen Tag alle Szenen drehen, in denen Bailey mitspielte.

Unterwegs versuchte Bailey, Tim anzurufen, aber sie hatte nur seine Mailbox dran. „So etwas Gigantisches kann ich ihm nicht auf die Mailbox sprechen." Sie steckte das Handy wieder in die Tasche und ging neben Andi weiter. „Was für eine Woche!"

Andi war froh, dass keine Spannungen zwischen ihnen aufgekommen waren. Auch wenn beide hin und wieder leichte Eifersucht auf die andere verspürt hatten, hatten sie das mittlerweile überwunden. Aber es gab immer noch einiges, das Andi Bailey nicht anvertraut hatte. Sie hatten ungefähr noch fünfzehn Minuten zu laufen, und als die Aufregung wegen der Besetzungsliste sich ein wenig gelegt hatte, holte Andi tief Luft. „Fragst du dich manchmal, ob nicht alles nur Zufall ist?"

Bailey schaute sie fragend an. „Inwiefern Zufall?"

„Ich weiß nicht. Dass meine Freundin Rachel starb, bevor sie eine Chance hatte, wirklich zu leben. Dass mein Vater so große Probleme hat, diesen Film zu drehen." Sie kniff die Augen zusammen und schaute gegen die Nachmittagssonne. „Vielleicht ist das einfach nur Zufall. Vielleicht ist Gott gar nicht an allem beteiligt, was passiert."

„Hmm." Bailey verlangsamte ihre Schritte. Besorgnis schwang in ihrer Stimme mit. „Willst du damit sagen, dass du dich fragst, ob es Gott wirklich gibt?"

„Nein, nicht unbedingt." Andi war nicht sicher, wie sie ihre Gefühle in Worte fassen sollte. „Es ist nur so ... weißt du, so wie die Welt nun einfach ist. Weißt du, ich habe vor einiger Zeit abends ein Pärchen beobachtet – ja, zugegeben, ich habe sie ein bisschen belauscht. Im Lauf des Gesprächs habe ich begriffen, dass mindestens einer von ihnen noch mit einem anderen Partner verheiratet ist. Meinst du ... kann es denn wirklich falsch sein, dass man eine neue Beziehung anfängt, wenn man den ersten Partner nicht mehr liebt? Schau dich doch um, das macht doch fast jeder. Diese Sache mit dem einen Partner ‚Bis dass der Tod euch scheidet' ... meinst du nicht, dass das eine ziemlich altmodische Sichtweise ist?"

„Nun", Bailey zog die Brauen hoch, richtete den Blick aber weiter auf den Weg. Ihr Ton war freundlich, aber bestimmt. „Die Bibel äußert sich dazu sehr deutlich. Diese Leute können wirklich nett und alles sein, aber es ist nicht richtig, einfach unseren Begierden und Gefühlen nachzugeben, weißt du ... einfach zu machen, was wir wollen."

„Das ist die richtige Antwort." Andis Verwirrung war ihr deutlich anzusehen. „Glaub mir, durch meine Eltern weiß ich die richtigen Antworten." Sie lächelte. „Manchmal ist es schwer, etwas einfach zu glauben, nur weil es so in der Bibel steht. Und was ist, wenn alles nur eine große Täuschung ist? Wahrscheinlich muss ich das für mich selbst herausfinden."

„Ja." Bailey hakte sich bei Andi unter. „Und du wirst es herausfinden. Du kennst die Wahrheit. Sie wird immer in dir leben."

Andi lehnte den Kopf an Baileys Schulter, doch plötzlich blieb sie stehen. „Mein Handy! Es klingelt." Andi war fast sicher, dass es Jake Olson war. Sie ging in die Hocke und begann, in ihrem Rucksack zu wühlen, bis sie ihr Handy schließlich hochhielt und gleichzeitig aufklappte. „Hallo?"

„Hey." Seine Stimme klang gemütlich und ungezwungen. „Ich dachte schon, du ignorierst meinen Anruf."

„Natürlich nicht." Sie hielt die Hand über das Telefon und flüsterte: „Es ist Jake!" Sie schwang sich den Rucksack wieder über die Schulter. Die beiden Mädchen schlenderten langsam weiter.

Andi räusperte sich. „Ich dachte, du würdest nie anrufen."

„Deinen Eltern gefällt es wahrscheinlich nicht, dass ich das mache."

„Es wäre ihnen egal. Meine Eltern sind großartig. Sie lassen mich meine Entscheidungen selbst treffen, seit ich an der Uni bin." Andi warf einen nervösen Blick in Baileys Richtung. Ihren Eltern würde es eindeutig etwas ausmachen, dass sie mit Jake sprach. Natürlich machte es ihnen etwas aus. Das wusste sie genauso gut wie Bailey.

„Also ... für den Fall, dass wir heute am Set keine Gelegenheit haben, miteinander zu sprechen, wollte ich nur fragen, ob du zum Lake Monroe fahren willst, wenn wir heute Abend fertig sind."

Andi war genauso aufgeregt wie bei ihrem ersten Gespräch mit Jake. „Wer kommt alles mit?" Sie wollte Bailey nicht anschauen, weil sie keine missbilligenden Blicke ernten wollte.

Jake lachte leise. „Nur wir zwei. Wenn du nichts dagegen hast."

„Klar, ich meine, das klingt gut."

„Können wir dein Auto nehmen?"

„Natürlich. Es steht in der Nähe der Stelle, an der wir heute Nachmittag drehen."

„Gut." Wieder war seine Stimme tief und einschmeichelnd und machte sie ganz benommen. „Du kannst mir diesen See zeigen, von dem alle erzählen, und na ja ... vielleicht finden wir ja noch etwas anderes, das wir tun können, oder was meinst du?"

„Okay." Andi merkte, wie ihr Gesicht zu glühen begann. Sie war sicher, dass Bailey ihr ansah, wie nervös sie war. Sie vereinbarten, sich bei seinem Wohnwagen zu treffen, wenn die Dreharbeiten beendet waren. Dann verabschiedeten sie sich. Andi steckte das Handy in die Außentasche ihres Rucksacks und warf ihrer Mitbewohnerin einen aufgeregten Blick zu. „Bailey, du wirst es nicht glauben! Er will mit mir heute Abend zum Lake Monroe fahren. Nur wir beide!" Sie stieß ein leises Kreischen aus. „Dieser Tag wird immer besser!"

Bailey sah bei Weitem nicht so glücklich aus wie Andi. „Nur ihr beide? Ich weiß nicht ... Er hat einen ziemlich draufgängerischen Ruf."

„Er wird nichts versuchen. Das riskiert er nicht." Andi wehrte Baileys Worte mit einer Handbewegung ab. Sie erwähnte nicht, dass Jake versprochen hatte, ihr ein paar Dinge zu zeigen. „Mein Vater ist sein Produzent."

„Und wenn er versucht, dich zu küssen?"

Andi dachte einige Sekunden über diese Frage nach. Dann blieb sie stehen. Eine Mischung aus Angst, Erwartung und Trotz lag in ihrer Stimme. „Vielleicht lasse ich mich von ihm küssen. Ich wurde noch nie geküsst. Wäre es so schlimm, wenn mein erster Kuss von Jake Olson wäre?" Sie ging wieder weiter. Ihre schnellen Schritte verrieten ihre Gereiztheit. „Du hast Tim. Du hast selbst gesagt, dass du glaubst, dass du in ihn verliebt bist."

„In letzter Zeit denke ich das, ja."

„Bei dir ist alles in bester Ordnung. Aber wann bin ich an der Reihe, Bailey? Kannst du mir das sagen?"

Bailey versuchte nicht, ihr eine schnelle Antwort zu geben. Keine Bibelstelle oder Predigt, die Andi ablehnen würde. Stattdessen bemühte sie sich um eine ruhige Stimme. „Es ist bestimmt nicht leicht für dich. Das kann ich mir gut vorstellen."

Sie schwiegen ein paar Minuten, und dann stieß Andi ein langes Seufzen aus. „In der Kirche sprechen alle immer davon, dass wir von diesem gerettet und von jenem erlöst werden müssen. Die Leute geben Zeugnis davon, was für ein schlimmes Leben sie geführt haben, bis Gott eingegriffen und alles verändert hat." Sie umklammerte immer noch mit einer Hand ihren Rucksack, aber jetzt hob sie ihre freie Hand und ließ sie resigniert wieder nach unten fallen. „Es ist, als hätte ich Gott immer in meinem Leben gehabt. Manchmal will ich wissen, wie es sich anfühlt, gerettet zu werden. Vielleicht muss ich ein wenig auf der anderen Seite leben, bevor ich Gott und das, was er für mich getan hat, wirklich schätzen kann."

Bailey wirkte nachdenklich, als hätte sie viel zu sagen, sei aber nicht sicher, wo sie anfangen solle.

„Komm schon." Andi war nicht wütend, sie war sich nur der Dinge, derer sie sich sicher sein sollte, nicht mehr sicher. Dieses Gefühl warf einen Schatten über alles, was an diesem Tag so gut war. „Sag schon! Ich weiß, dass du etwas denkst. Sag es mir!"

„Ich wollte dir von meinen Freunden an der High School erzählen."

„Was?" Andi merkte, dass sie eigentlich kein Interesse an Baileys Geschichte hatte, aber sie drehte sich im Gehen zu ihr um. „Im Ernst. Sag es mir!"

„Es ist nur so – nun ja, ich ging an keine christliche Schule. In der achten und neunten Klasse hatte ich wirklich gute Freunde, aber als wir älter wurden, ging es ihnen so ähnlich wie dir, nehme ich an. Sie wollten das Leben kennenlernen, ein wenig auf der gefährlichen Seite leben."

„Ich will nicht zu viel Gefahr", widersprach Andi, aber sie blieb lang genug stehen, um den Rest von dem zu hören, was Bailey ihr zu sagen hatte.

„Ich weiß. Die anderen wollten das damals auch nicht." Bailey schaute durch die fast kahlen Äste eines Baumes, unter dem sie vorbeigingen, zum Himmel hinauf. „Aber einer nach dem anderen rutschte hinein. Alkohol und dann Drogen, Sex mit einem Jungen und dann mit einem anderen. Es dauerte nicht lang, dann waren sie anders. Das Leben hatte sie irgendwie verändert. Wir hatten nichts mehr gemeinsam, und so ... Ich weiß auch nicht, mein letztes Schuljahr war ziemlich einsam."

Andi konnte sich vorstellen, wie komisch es sein musste, die Zeit mit Partys und Freunden zu verbringen und trotzdem mit jemandem befreundet zu sein, der so unschuldig war wie Bailey. Aber es war nicht Baileys Schuld, dass ihre Freunde sich verändert hatten. „Du glaubst also, dass sie an ihren Entscheidungen kaputtgegangen sind?"

„Es ist nie so, wie man es sich vorstellt. Keine meiner Freundinnen aus der Schule, die diesen Weg einschlug, war am Ende glücklich." Bailey schaute Andi mitfühlend an. „Meine Mutter sagt immer, wenn diese Mädchen ihre Unschuld zurückbekommen könnten, wenn sie die Zeit zurückdrehen und es anders machen könnten, würden sie es sofort machen. Sie sagt, Gott hat besondere Pläne für Mädchen wie dich und mich, für Mädchen, die nach Gottes Plänen leben."

„Ja, aber was ist, wenn Gott das alles egal ist?" Die Frage klang schnell und gedankenlos. „Ich meine, warum hat Gott Rachel sterben lassen? Und wenn er will, dass ich einen guten Freund habe – warum ist der Einzige, der an mir Interesse zeigt, Jake Olson?"

„Du musst Geduld haben. Gott hat etwas Gutes für dich vor, Andi. Mach es Jake heute Abend nicht zu leicht, falls du dich entscheidest, mit ihm zu gehen. Er erwartet wahrscheinlich, dass alles nach seinem

Willen geht. Aber Mädchen wie du ... wie wir ... sind etwas Besonderes. Deinen ersten Kuss solltest du von jemandem bekommen, der so ist wie du."

Andi blinzelte ihre Tränen zurück, die plötzlich in ihre Augen stiegen, denn das war das Netteste, was je eine Freundin zu ihr gesagt hatte. „Weißt du, was ich hasse?"

„Was?" Die Luft zwischen ihnen war plötzlich weniger drückend.

„Ich hasse es, wenn andere so viel von mir erwarten. Nur weil ich ... ich weiß auch nicht, was auch immer ich bin. Ein Missionarskind, die Tochter eines Produzenten ..."

„Schön und talentiert und vollkommen rein." Bailey zog die Braue hoch. „Das höre ich oft von meinen alten Freundinnen. Ich hasse es auch. Sie denken, ich wäre perfekt, obwohl das überhaupt nicht wahr ist."

„Mein Vater sagt, das liegt daran, dass Mädchen wie du und ich wie ein strahlend weißes Blatt Papier sind. Die anderen Mädchen wie an deiner Schule sind sozusagen etwas vergilbt, nicht wirklich schlecht, aber sie sind Kompromisse eingegangen."

Bailey lachte. „Das hat meine Mutter auch gesagt. Das vergilbte Papier kommt einem ganz gut vor, bis es neben dem blütenweißen Papier liegt, richtig?"

„Richtig." Andi lachte und drückte Bailey von der Seite. Aber sie rümpfte die Nase und fügte einen letzten Gedanken hinzu: „Aber findest du nicht, dass Blütenweiß ein wenig langweilig ist?"

Sie kamen am Set an, und Bailey schaute ihre Freundin nur kopfschüttelnd an. Dann blieb sie stehen, legte Andi die Hände auf die Schultern und sagte eindringlich: „Denk das nicht! Du bist etwas Besonderes, Andi Ellison." Bailey ließ die Hände sinken und blickte sie ernst und mitfühlend an. „Du und ich, wir sind beide etwas Besonderes. Verkauf dich nicht zu billig."

Andi schaute Bailey lange in die Augen. „Danke." Sie umarmte ihre Freundin. „Es tut gut, das zu hören." Sie warf einen Blick zu der Stelle hinüber, an der Jake Olson gerade mit ihrem Vater sprach. „Besonders wegen heute Abend." Sie umarmten sich noch einmal, und dann eilte Bailey los, um herauszufinden, wo sie erwartet wurde. Nach ein paar Schritten drehte sie sich noch einmal um und grinste Andi an. „Hey, heute Abend ist Homecoming[4] an der Clear Creek High. Willst du mitkommen? Vielleicht das mit dem See vergessen?"

„Äh ... Falls es mit Jake nicht gut läuft, vielleicht."

„Okay. Aber du weißt nicht, was dir entgeht. Jeder wird da sein!" Sie winkte wieder und ihr Lächeln hatte eine tiefere Bedeutung. „Sag nicht, du hättest an diesem schönen Freitagabend keine anderen Möglichkeiten!"

Andi lachte. „Warte es ab! Vielleicht tauche ich wirklich auf."

Bailey hielt den Daumen in die Höhe und lief dann los. Andis Magen zog sich nervös zusammen, als sie über die verschiedenen Möglichkeiten nachdachte. Mit Bailey ein Footballspiel zu besuchen war die ungefährliche Variante. Oder mit Jake zum See zu fahren. Eigentlich konnte es nur eine Entscheidung geben. Die sichere Variante war das Footballspiel. Aber Andi war ihr ganzes Leben auf Nummer sicher gegangen.

Heute würde Andi die Szene auf der Bank noch einmal spielen, dieses Mal mit einer anderen Studentin. Allerdings hatte nur Andi einen Text. Das war ein Zugeständnis, das ihr Vater ihr heute per SMS mitgeteilt hatte. Sie ging auf ihre Mutter zu, die sich wieder um die Statisten kümmerte. Dabei dachte sie weiter über Baileys weise Worte nach und überlegte, ob sie am Abend immer noch daran denken würde, was ihre Freundin gesagt hatte.

Oder ob sie unter dem Vollmond am Ufer des Lake Monroe mit Jake Olson alle weisen Ratschläge, die sie je gehört hatte, vergessen würde.

* * *

Cody war nicht mehr bei einem Footballspiel der Clear Creek High School gewesen, seit er aus dem Krieg zurück war. Jedes Mal, wenn er daran dachte, sah er vor seinen inneren Augen, wie er selbst mit dem Ball zum Touchdown lief und im Flutlicht am Freitagabend über das Feld flog. Er fühlte die Polster auf seinen Schultern, roch den Schweiß seines Trikots und hörte den Jubel der Zuschauer.

Sollte er ohne die zwei Beine, die ihm die ganzen Jahre, in denen

---

[4] Homecoming ist eine jährliche Tradition an den High Schools in den USA. Bei diesem festlichen Anlass findet Ende September oder Anfang Oktober zu Ehren ehemaliger Schüler ein Footballspiel oder etwas Ähnliches statt.

er für Clear Creek gespielt hatte, so treu gewesen waren, jetzt wieder hierhergehen? Hier im Stadion würde er so deutlich wie nirgendwo sonst fühlen, was er verloren hatte. Deshalb hatte er nicht vorgehabt, ins Stadion zu gehen. Vielleicht ein anderes Mal. In drei, vier Jahren, wenn seine Prothese genauso selbstverständlich ein Teil von ihm wäre, wie es früher sein Bein gewesen war. Aber jetzt? Er hatte immer noch Mühe, so zu gehen, dass sein Gang normal aussah.

Aber eines war ihm noch wichtiger als der Wunsch, den Schmerz zu vermeiden, wenn er die Footballmannschaft von Clear Creek High auf dem Feld sah, auf dem er früher Höchstleistungen gezeigt hatte: Vielleicht würde Bailey Flanigan da sein.

Heute Abend ging es nicht nur um ein Footballspiel. Die Filmcrew drehte Hintergrundaufnahmen für ihren Film. Wenigstens hatte das in der Zeitung gestanden. Außerdem würde Baileys Vater mit Sicherheit da sein. Die Colts hatten dieses Wochenende wieder ein Heimspiel, und beim Homecoming war er bestimmt auf dem Feld und erinnerte sich mit seinem früheren Trainerstab an die vielen großartigen Spiele, die sie hier gespielt hatten.

Cody stellte sein Auto auf dem Parkplatz ab, auf dem die Spieler parkten, wenn sie gelegentlich im Flutlicht trainierten. Schon lange, bevor er die Rampe zum Stadioneingang hinaufging, konnte er den Lärm hören und die Lichter sehen. *Denk nicht dran*, sagte er sich. *Es ist eine neue Saison, ein neuer Tag. Hilf mir, es als neuen Tag zu sehen, Herr. Bitte ... ich kann nicht hier sein, wenn du mich nicht führst.*

*Mein Sohn, ich verlasse dich nicht und lasse dich nicht im Stich. Wo du hingehst, da bin ich auch.*

Die Antwort in seiner Seele war lauter als der Lärm aus dem Stadion. Gott war bei ihm. An diese Gewissheit klammerte sich Cody. Gott hatte ihn aus dem Irak nach Hause gebracht. Er würde ihn auch ein Homecoming-Spiel an der Clear Creek High School überstehen lassen. Cody trat an die Kasse, um den Eintritt zu zahlen, aber die Frau an der Kasse stutzte, als sie ihn sah.

„Moment, du bist doch Cody Coleman, nicht wahr?" Sie saß in einer kleinen Holzkabine und beugte sich heraus, um ihn besser sehen zu können. „Mein Sohn hat vor drei Jahren mit dir gespielt." Sie schaute ihn einen Moment fragend an. „Ich habe dich nicht mehr hier gesehen, seit du aus dem Irak zurück bist."

„Ja, Madam." Die Zeitung hatte von seiner Heimkehr berichtet. Die meisten wussten, dass er aus dem Krieg zurück war und dass er verwundet zurückgekommen war.

„Ich nehme kein Geld von dir." Die Frau schüttelte Cody die Hand. „Danke, dass du deinem Land gedient hast. Du bist der beste Junge, den wir haben, Cody. Bleib so, wie du bist."

Cody dankte der Frau und ging die Stufen zum Stadion hinauf. Er lächelte. Gott hatte gewusst, was er brauchte. Bei einer solchen Begrüßung, wie er sie gerade erlebt hatte, fiel es ihm leicht, diesen Abend als Neuanfang zu sehen, als Beginn eines Lebens als Fan der Footballmannschaft der Clear Creek High School. Er atmete die kühle Herbstluft tief ein, die Kälte, die immer den Beginn der Footballsaison ankündigte. Er fand einen ruhigen Platz abseits der Fans der Heimmannschaft und ließ seinen Blick über das Feld schweifen.

Da war sie! Die Nummer 81. Die Rückennummer, die er immer gehabt hatte. Ein großer, dürrer Junge trug sie heute. Cody setzte sich, stemmte die Ellbogen auf die Knie und ließ den Anblick auf sich wirken. War es nicht erst gestern gewesen, dass er da draußen gewesen war und seinen Mannschaftskameraden auf den Rücken geklopft hatte und es auf der Bank nicht hatte erwarten können, dass seine Nummer aufgerufen wurde und er den nächsten Touchdown zu erzielen versuchte? Die Bilder vor seinen Augen verschwammen, und ein paar Sekunden versuchte er, sich in die Zeit zurückzuversetzen, als die Spiele freitagabends selbstverständlich gewesen waren – so selbstverständlich, als käme immer wieder eine neue Saison, eine neue Chance, für Clear Creek zu spielen.

Er richtete sich ein wenig auf und blinzelte. Nur einmal, aber durch dieses Blinzeln wurden die Bilder wieder klarer und er erinnerte sich, wer er war und wo er war und dass diese wunderbare Zeit in seinem Leben nie wiederkommen würde. Egal wie gern er noch mitspielen würde, wie sehr er immer noch davon träumte, er könnte einen Pass des Quarterbacks auffangen und wie der Wind über das Feld laufen. Cody bückte sich und rieb mit der Hand über das harte Plastik und Metall, aus dem sein Unterschenkel bestand. Selbst mit der Prothese hätte er gern den Ball wieder in den Armen gefühlt.

Er stand auf und ließ den Blick über die Zuschauer schweifen, bis er Baileys Mutter und ihre Brüder fand. Falls Bailey da war, holte sie sich vielleicht gerade etwas am Kiosk. Er stieg die Stufen hinab und ging an einigen Reihen vorbei, bis er genau hinter ihnen stand.

„Hey! Das wird ein schönes Spiel werden, was?"

Jenny Flanigan drehte den Kopf und strahlte ihn an. „Cody! Du bist gekommen!" Sie drehte sich um und umarmte ihn. Auch Baileys Brüder drehten sich um und jeder umarmte ihn oder schlug ihm kräftig auf die Schulter.

„Schön, dich zu sehen." Connor war jetzt genauso groß wie Cody. „Bailey muss jede Minute hier sein."

„Sie ist noch unterwegs. Sie hat eine Rolle in dem Film bekommen, der auf dem Campus gedreht wird, und es dauerte alles ein wenig länger." Jenny rutschte zur Seite und deutete auf den Platz neben sich. „Setz dich doch."

Cody verarbeitete noch, was Baileys Mutter gerade gesagt hatte. „Sie … hat eine Rolle in dem Film?"

„Ja!" Jenny lächelte über das ganze Gesicht. „Ich war sicher, dass sie dir das erzählt hätte. Sie freut sich riesig." Sie zögerte und sah etwas verwirrt aus. „Wann hast du sie denn das letzte Mal gesehen?"

„Vor über einer Woche. Beim Treffen von Campus für Christus."

„Richtig. Gestern Abend war sie wegen der Gebetsnacht nicht dort."

Wieder hatte Cody das Gefühl, ausgeschlossen zu sein, aber dieses Mal sagte er nichts. Connor musste seine ahnungslose Miene gesehen haben, denn er erzählte ihm, dass die Filmproduzenten bei ihrem Film eine Krise gehabt hatten und die halbe Stadt nach den Proben des christlichen Kindertheaters im Theater zusammengekommen war, um für die Produzenten zu beten.

„Alles ging gut", sagte er und grinste. „Es war bestimmt gut, dass so viele Leute für sie gebetet haben."

Cody nickte und richtete dann seine Aufmerksamkeit auf das Footballspiel auf dem Feld. Aber innerlich dachte er über gestern Abend nach und über die Tatsache, dass er nichts davon gehört hatte. Er vermutete, dass Bailey wahrscheinlich mit Tim dort gewesen war. Cody selbst war bei Campus für Christus gewesen und dann zu Hause in seiner Wohnung. Er hatte am Schreibtisch gearbeitet und sich gefragt, warum er Bailey angelogen und ihr nicht gestanden hatte, was er für sie fühlte.

Zwanzig Minuten vergingen und Bailey war immer noch nicht aufgetaucht. Cody stand auf und grinste seine Freunde an. „Ich gehe an den Spielfeldrand hinab."

„Ja, tu das!" Jennys Lächeln verriet ihm, wie gern sie ihn hatte. „Jim freut sich, wenn er mit dir sprechen kann. Er bleibt während des ganzen Spiels unten."

„Okay, also dann ... Sagt Bailey einen schönen Gruß."

Ihr Lächeln verblasste. „Sie wird dich sehen wollen." Sie schaute zu den Stadiontoren hinauf, aber von Bailey war keine Spur zu sehen. „Du kommst dann wieder, nicht wahr?"

„Vielleicht. Ich habe noch so viel zu tun." Cody beugte sich vor und umarmte Baileys Mutter noch einmal. „Es war schön, euch zu sehen."

„Dich auch." Sie mussten schreien, um den Lärm der vielen Leute zu übertönen. „Komm öfter vorbei, Cody. Wir vermissen dich."

„Okay." Cody hatte nicht vor, sie öfter zu besuchen, aber das war im Moment die einzig richtige Antwort. „Ich schaue, was ich machen kann."

Er bezwang die Stufen besser, als er gedacht hatte. Er konnte sich an keinem Geländer festhalten, sich nirgends abstützen. Aber er gewöhnte sich immer mehr an die Prothese, und das Training für den Triathlon kam ihm sehr zugute.

Während er ging, dachte er an Baileys Mutter und ihre Einladung. Wenn er sie nicht besuchte – was er seit Juli fast überhaupt nicht mehr getan hatte – ging sie wahrscheinlich davon aus, dass er einfach keine Zeit hatte. Aber das war es nicht. Keiner von ihnen konnte wissen, dass er es bei den Flanigans nicht lange aushielt, solange Bailey mit Tim zusammen war. Jeder Moment war eine Erinnerung an alles, was er nicht hatte, an alles, was er wahrscheinlich nie haben würde.

Er erreichte das Feld und ging hinter die Bank zu der Stelle, an der Jim Flanigan mit ein paar Trainern stand. Jim erblickte Cody sofort. Er grinste und winkte ihn zu sich. Wieder fühlte sich Cody in eine andere Zeit zurückversetzt, als er auf Coach Flanigan zuging und den Rasen fühlte und den Pulsschlag des Spiels ein paar Meter neben sich spürte.

Jim Flanigan drückte ihn kräftig. „Schön, dich endlich wiederzusehen, du Fremder!" Er boxte Cody leicht an die Schulter. „Du gehörst zu unserer Familie, Cody. Du musst dich öfter blicken lassen."

„Ich weiß. Darüber habe ich gerade mit Jenny gesprochen." Cody hatte als Kind nie einen Vater gehabt. Jim Flanigan kam für ihn einem

Vater am nächsten. Das machte ihm die Sache noch schwerer. Das war ein Grund mehr, warum er sich nur ausmalen konnte, wie es wäre, wenn er tatsächlich mit Bailey zusammen wäre.

Er verdrängte diesen Gedanken. „Die Mannschaft spielt gut."

„Ich wünschte, dasselbe könnte ich auch von den Colts sagen."

„Ihr seid nicht schlecht. Ihr gewinnt die Hälfte eurer Spiele." Cody war stolz auf Jim. Er war stolz darauf, dass Jim wieder als Trainer in der NFL arbeitete. Er war zu gut, um sich zu lange von der großen Bühne zurückzuziehen.

Sie unterhielten sich über frühere Spiele und die Filmcrew, die heute beim Spiel drehte, und wie sich Jims Söhne beim Sport machten.

„Dieser Justin!" Jims Miene verriet, dass er selbst überrascht war. „Der Junge kann laufen. Ich denke, nächstes Jahr wird er in der Auswahlmannschaft dabei sein."

Je länger sie sich unterhielten, umso mehr hatte Cody das Gefühl, zu Hause zu sein. Wenn er so auf dem Feld stand, war er fast wieder Teil der Mannschaft. Aber als die Halbzeitpause kam, wollte er nicht mit in die Umkleidekabine gehen, obwohl Jim ihn dazu einlud. „Ich muss noch lernen. Am Montag ist eine Arbeit fällig."

„Hast du Bailey gesehen? Sie hat es nicht rechtzeitig geschafft, aber sie wollte nachkommen."

„Noch nicht." Er schaute mit zusammengekniffenen Augen auf die Tribüne hinauf. „Vielleicht sehe ich sie auf dem Weg zum Ausgang." Er wollte gerade gehen, als der Stadionsprecher wieder seinen Lautsprecher einschaltete. „Meine Damen und Herren, die meisten von Ihnen wissen, dass heute Abend Homecoming ist. Wir möchten alle ehemaligen Schüler der Clear Creek High School mit einem kräftigen Applaus begrüßen, aber ganz besonders unsere Kriegsveteranen, die nach der High School in der Armee für die Freiheit und Sicherheit unseres Landes ihr Leben riskiert haben. Und da er früher Footballspieler der Clear Creek High war, bitte ich um einen ganz besonders kräftigen Applaus für Cody Coleman."

Cody fühlte sich wie ein Reh, das im Scheinwerferlicht einer ganzen Stadt gefangen war. Ein Teil von ihm wollte fliehen, sich auf die Tribüne unter die anderen anonymen Zuschauer mischen. Aber dann geschah etwas Unglaubliches: Die Leute erhoben sich von ihren Plätzen, und im ganzen Stadion wurde laut applaudiert und Codys Rückkehr gefeiert. Alle zeigten ihm damit ihre Wertschätzung und ihren Dank. Nicht nur für die Touchdowns, die er früher erzielt hatte, sondern dafür, dass er sein Leben für das Wohl jedes Einzelnen im Stadion riskiert hatte.

Jim legte den Arm um Codys Schultern. „Genieße es, Cody! Du hast es verdient."

Ein letztes Mal stand Cody Coleman im Flutlicht an der Zwanzig-Yard-Linie und hob das Gesicht, dass die begeisterten Fans ihn sehen konnten. Er hörte zu, während das Publikum ihm zujubelte und begeistert für ihn und alles, was er repräsentierte, klatschte. Er war ein Held. Cody schloss die Augen und sog den Applaus wie Wasser für seine ausgedörrte Seele auf.

Zum letzten Mal.

# Kapitel 18

Andi überließ Jake das Steuer. Er kannte sich hier zwar nicht aus, aber so hatte sie eher das Gefühl, dass dieser gemeinsame Abend ein Date war. Ihre Eltern hatten im Hotel Besprechungen mit mehreren Leuten aus der Filmcrew, und keiner von ihnen hatte in den letzten Nächten viel Schlaf bekommen. Andi nahm an, dass sie zu müde waren, um sich zu sehr für ihre Pläne an diesem Abend zu interessieren.

Ihre Mutter war kurz vor Ende der Dreharbeiten auf sie zugekommen. „Hast du heute Abend etwas vor?"

Andi lächelte und bemühte sich um einen ungezwungenen Ton. „Bailey hat mich eingeladen, mit zum Homecoming-Spiel ihrer High School zu gehen. Ich schätze, die halbe Stadt wird dort sein."

„Wir drehen heute Abend im Stadion. Aber das übernimmt der Regieassistent, damit wir ein wenig Schlaf nachholen können." Ihre Mutter legte die Hand sanft um Andis Gesicht. „Wir hatten bis jetzt nicht viel Zeit miteinander, weil am Set so viel los war."

„Das macht nichts." Sie küsste ihre Mutter auf die Wange. „Das holen wir am Wochenende nach."

Sobald ihre Mutter das Set verlassen hatte, steuerte Andi auf Jakes Wohnwagen zu, neben dem sie sich mit ihm verabredet hatte. Sie tröstete sich mit dem Gedanken, dass sie nicht wirklich gelogen hatte. Bailey hatte sie tatsächlich eingeladen, zu dem Spiel mitzukommen. Vielleicht ging sie später auch noch hin, je nachdem, wie der Abend lief.

Sie waren zehn Minuten vom Lake Monroe entfernt, und Andi bewunderte, wie gut Jake hinter dem Lenkrad aussah. Er warf einen Blick auf sie. „Haben deine Eltern ein Problem damit, dass wir heute Abend zusammen sind?"

Andi lächelte ihn nervös an. „Ich habe meinen Vater nicht gesehen, und meiner Mutter habe ich es nicht direkt gesagt."

„Jetzt bin ich aber gekränkt." Er bedachte sie mit dem neckischen Lächeln, das die Kinobesucher überall liebten. „Schämst du dich, mit mir zusammen zu sein?"

„Sagen wir einfach, dass meine Eltern und ich das Leben zurzeit nicht durch die gleiche Brille sehen."

„Hm. Nette Umschreibung." Er zog anerkennend eine Braue in die Höhe. „Ich wusste nicht, dass Missionarskinder so klug sind."

„Wir Missionarskinder sind nicht alle gleich." Sie hasste es, wenn die Leute sie in eine Schublade steckten. Sie wollte hinzufügen, dass nur das Leben in letzter Zeit komplizierter geworden sei. Aber sie war nicht sicher, ob sie mit ihm darüber sprechen wollte. Er hatte bereits klargestellt, dass er mehr Erfahrung hatte als sie. Jetzt, da sie allein waren, wollte sie ihm keinen Anlass geben, das unter Beweis zu stellen.

Andi wollte ihn nicht anstarren, aber sie warf wieder einen kurzen Blick auf ihn, und ihre Gedanken drehten sich um die nächsten Minuten. Wenn sie am See ankamen, würde die Sonne schon untergehen. Was wollten sie eigentlich dort machen? Über alles sprechen, was sie nicht gemeinsam hatten? Eine Anspannung baute sich in ihr auf, und auch wenn Jake völlig entspannt wirkte, dachte sie daran, ihn zu bitten, sie in die Stadt zurückzubringen. Sie könnten in einem kleinen Café in der Nähe des Campus, wo auch andere Leute waren, einen Kaffee trinken.

„Wie weit ist es noch?" Die Sonne war noch nicht untergegangen, aber die Schatten über der Straße wurden schon länger. Er warf einen Blick nach vorn. „Auf dem letzten Schild stand, dass es noch zwei Meilen sind."

„Ja." Andi war bisher nur einmal mit Bailey hier gewesen. Die beiden waren einmal nach ihren Vorlesungen am Seeufer spazieren gegangen. „Der Parkplatz liegt rechts, gleich nach der nächsten Kurve."

„Wunderbar." Er schaltete das Radio ein und suchte, bis er Rapmusik fand. Er bewegte sich zum Rhythmus der Musik und sang jedes Wort mit, einschließlich ein paar Stellen, bei denen Andi errötete.

Sie schaute aus dem Seitenfenster und sah im Geiste das Gesicht ihrer Mutter vor sich und hörte den Ernst in ihrer Stimme, als sie bedauert hatte, dass sie nicht genug Zeit miteinander verbrachten. Damals in Indonesien waren sie und ihre Mutter die besten Freundinnen gewesen, genauso wie Bailey und ihre Mutter es heute noch waren. Aber im letzten Jahr, seit Andi angefangen hatte, an einigen Dingen zu zweifeln, die sie ihr Leben lang geglaubt hatte, standen sie und ihre Mutter sich nicht mehr so nahe. Ihre Beziehung war nicht schlecht. Sie verstanden sich immer noch ganz gut, wenn sie zusammen waren. Es war Andis Schuld, das wusste sie. Sie erzählte ihrer Mutter nicht alles, was sie machte oder fühlte. Sie meldete sich nicht mehr so oft bei ihr. Wenn ihre Mutter wüsste, welche Zweifel sie hatte und welche Wünsche sie an Abenden wie heute hatte, hätte sie mit ihr reden wollen. Ihre Eltern würden sie vielleicht sogar von der Universität von Indiana nehmen und sie auffordern, sich in San Jose einzuschreiben.

Das wollte Andi um jeden Preis vermeiden. Deshalb behielt sie ihre Verwirrung und ihre Fragen, ihre Neugier und ihre Versuchungen für sich.

„Du bist so still." Jake bog auf den Parkplatz und stellte das Auto ganz vorn ab. Das einzige andere Auto weit und breit war ein Dodge Pick-up, der neben dem Wanderweg parkte. Er stellte den Motor ab und drehte sich zu ihr herum. „Ist alles okay?"

„Ja. Bestens." Ihre Antwort kam schnell. Sie wollte doch hier sein, oder? Um einen Abend mit Jake Olson zu verbringen? Wie viele Mädchen im Land würden für eine solche Chance nicht alles geben? Sie suchte eine Erklärung für ihr nachdenkliches Verhalten. „Ich denke nur über die Dreharbeiten von heute nach."

„Komm! Wir können uns draußen weiterunterhalten." Jake stieg aus dem Auto, und mit ein paar lockeren Schritten joggte er auf ihre Seite herum und hielt ihr die Tür auf. „Die Sonne geht bald unter."

Andi gefiel es, wie er das sagte, als wollte er genauso wenig mit ihr in der Dunkelheit allein sein wie sie mit ihm. Sie ließ ihn vorangehen, doch sobald sie auf dem Weg waren, ging sie neben ihm her. Andi war einen Meter siebzig groß, und ihr fiel auf, dass Jake nicht viel größer war als sie. Höchstens einen Meter fünfundsiebzig.

„Wegen der Dreharbeiten." Er hielt den Kopf hoch und schien trotz seiner nicht auffallenden Körpergröße überlebensgroß. „Was hast du gedacht?"

„Es hat Spaß gemacht." Ihre Miene wurde selbstbewusster. „Das ist genau das, was ich später machen möchte. Solche Filme drehen."

„Ich habe die Aufnahmen heute gesehen." Sein Grinsen wirkte echt. „Du siehst vor der Kamera gut aus."

„Wirklich?"

„Natürlich." Er schaute ihr tief in die Augen. „Du bist unglaublich schön. Zum Teil deshalb, weil du es nicht weißt."

Sie schaute auf ihre Füße hinab, da sie nicht sicher war, wie sie mit dem Schwindelgefühl umgehen sollte, das sein Kompliment bei ihr auslöste. „Danke." Sie hob wieder das Gesicht und fühlte, dass ihre Augen leuchteten. „Wenn du das sagst, bedeutet mir das sehr viel."

Der See lag links von ihnen, an einem steinigen Ufer. Die andere Seite des Weges war von Bäumen völlig überschattet, was diesem Abend eine intime Atmosphäre verlieh, die Andi nicht so unangenehm war, wie sie befürchtet hatte.

„Wir haben heute viel geschafft. Bailey war gut." Er zuckte die Achseln. „Sie ist talentiert." Er verlangsamte seine Schritte und blieb schließlich ganz stehen, ohne den Blick von ihr abzuwenden. „Aber du wärst besser gewesen. Ich nehme an, dein Vater wollte nicht, dass ihm jemand vorwirft, er würde dich bevorzugen."

Auf diesen Gedanken war Andi bis jetzt nicht gekommen. Bailey war sehr talentiert, und sie hatte mehr Schauspielerfahrung als sie, aber vielleicht hatte Jake tatsächlich recht. Vielleicht wäre sie und nicht Bailey für die Rolle besser gewesen, aber ihr Vater hatte Angst, wie die Schauspieler reagieren würden, wenn er die Rolle mit seiner eigenen Tochter besetzte. Sie lächelte Jake dankbar an. Ihre Anspannung, weil sie mit ihm allein war, verschwand immer mehr.

„Du glaubst mir, nicht wahr?" Er trat näher, bis nur noch wenige Zentimeter zwischen ihnen lagen. „Du bist sehr begabt, Andi." Er legte die Hand sanft an die Seite ihres Gesichts. „Du hast keine Angst, oder?"

Sie schluckte, wandte aber den Blick nicht ab. „Wovor?"

„Davor." Er schaute sich in der Stille und Einsamkeit um. Seine Augen verschmolzen mit ihren. „Davor, mit mir allein zu sein."

„Nein." Sie schüttelte den Kopf und merkte, dass ihr Lächeln scheuer wurde als vorher. Der Boden unter ihren Füßen schaukelte plötzlich und ihr Herz raste wie wild. „Ich habe keine Angst. Ich ... ich wollte mit dir hierherkommen."

„Gut." Er kam noch näher. „Ich will nicht, dass du Angst hast."

Aus dieser Nähe sah er so gut aus, dass sie nicht sicher war, ob sie von ihm zurückweichen könnte, selbst wenn sie wollte. Als hätte er sie gefangen und als wäre sie machtlos, etwas daran zu ändern.

„Du zitterst." Seine Stimme war nur noch ein Flüstern.

Sie fühlte seinen warmen Atem an ihrer Wange und roch den schwachen Duft seines Rasierwassers. Kühle Luft wehte leicht um ihre Gesichter, und Andi war absolut sicher, dass sie diesen Moment nicht vergessen würde, solange sie lebte. Es bestand kein Grund, warum ihre

Knie zitterten. Hier bei Jake zu sein war wie ein Traum, der Wirklichkeit geworden war, denn sie war das Mädchen, die Einzige auf der ganzen Welt, mit der er zusammen sein wollte.

Er schaute ihr in die Augen, und in seinen Augen veränderte sich etwas. Das Lächeln machte einem intensiven, begierigen Blick Platz. Er fuhr mit den Fingern über ihre Wangenknochen. „Im Dschungel gibt es nicht viele Männer."

„Nein." Scham mischte sich mit den anderen Gefühlen, die in ihrem Herzen tobten. Weil sie längst weglaufen sollte, aber es nicht konnte. Seine Berührung auf ihrer Haut war berauschender als alles, das sie bisher erlebt hatte.

„Du bist also noch Jungfrau?" Er atmete jetzt anders. Schneller und keuchender. „Liege ich mit dieser Annahme richtig?"

„Natürlich." Andi hob das Kinn und bemühte sich, wie sonst auch stolz darauf zu sein. Aber irgendwie kam sie sich wegen ihrer Unerfahrenheit neben Jake wie ein Kind vor, wie eine Zehnjährige, die noch nicht lesen konnte. Sie suchte etwas, das sie sagen könnte, irgendeine Unwahrheit, die ihr helfen würde, das Gesicht zu wahren. Immerhin war sie Studentin. Sie legte die Hand leicht auf die Hüfte. „Was nicht heißt, dass ich keine Gelegenheiten gehabt hätte!"

„Das …" – er beugte sich vor und überzog ihren Nacken mit einer Spur federleichter Küsse, bis seine Lippen ihren Mund fast berührten – „… überrascht mich nicht."

Ihr ganzes Sein war nur noch darauf fixiert, wie sich seine Lippen auf ihrem Hals anfühlten, und plötzlich begriff sie, was gleich passieren würde. Hier auf einem abgelegenen Wanderweg mit Blick auf den Lake Monroe würde sie von keinem anderen als von dem berühmten Jake Olson ihren ersten Kuss bekommen. Selbst während der Fahrt hierher hatte sie nicht wirklich gedacht, dass er sie tatsächlich küssen würde. Der Gedanke, überhaupt von einem Mann geküsst zu werden, war für sie weit weg und irreal, als würde dieser Moment nie für sie kommen.

Ihr Herz hämmerte so laut in ihrer Brust, dass es ihre ganzen Sinne erfüllte. *Was geschieht mit mir?* Sie schob die Hände auf seinen Rücken. Sie hatte keine Zeit, ihre Gefühle zu analysieren, und begriff nur eines: Sie könnte ihn jetzt nicht mehr aufhalten, selbst wenn sie wollte. Aber sie wollte nicht. Sie brauchte dringend Luft, aber ihre Lunge konnte mit ihrem rasenden Herzen einfach nicht Schritt halten.

„Ist es okay?" Seine Worte fühlten sich wie Samt auf ihrem Gesicht an. „Darf ich dich küssen?"

Sie war nicht sicher, ob sie Ja sagte oder ob der Ton von selbst über ihre Lippen kam, als sie versuchte auszuatmen. Im nächsten Moment schloss er den Abstand zwischen ihnen. Seine Lippen drückten sich sanft auf ihre. Zuerst war das Gefühl so wunderbar, dass sie sich schwerelos fühlte, von einem Gefühl davongetragen, das besser war als alles, was sie sich je ausgemalt hatte.

Aber noch während sie die ersten Gefühle genoss, die ihre Sinne erfüllten, schob er sie ein Stück nach hinten, bis sie an einem Baumstamm lehnte. Sein Kuss, der wie etwas aus einem Märchen begonnen hatte, wurde aggressiv und grob. Sie wand sich ein wenig, und plötzlich hatte sie vor Angst das Gefühl, als drückten feuchtkalte Finger ihr den Hals zu. Was machte sie hier? Wie hatte sie mit einem Mann, den sie überhaupt nicht kannte, hierherkommen können? Sie hatte Geschichten von Mädchen gehört, die mit Männern, die sie kaum kannten, an solche Orte gingen.

„Jake ..." Sie legte die Hand auf seine Brust und wischte sich mit der anderen den Mund ab. Sie war außer Atem. „Nicht so ... nicht so schnell."

„Es ist nichts falsch daran. Wir genießen einander nur." Er küsste sie wieder und dann noch einmal. „Mit dir so zusammen zu sein ... Du bringst mich um den Verstand, Andi. Ich kann nicht aufhören."

Seine Küsse wurden intensiver und besitzergreifender. Er schob eine Hand in ihre Haare hinauf und drückte sie noch enger an sich, während er die Lippen an ihr Ohrläppchen bewegte. „Ich habe dir versprochen, dass ich dir ein paar Dinge zeigen werde. Erinnerst du dich?"

In diesem Moment begriff Andi, dass das Unmögliche tatsächlich passieren könnte. Er ging bereits so weit, dass sie sich nicht mehr wohlfühlte. Sie hatte gewollt, dass ihr erster Kuss zärtlich und romantisch wäre, aber es war wie eine billige Szene in einem zweitklassigen Film. Wieder versuchte sie, Abstand zu ihm aufzubauen, aber noch bevor sie etwas sagen konnte, hörten sie Stimmen aus der anderen Richtung.

Jake zog den Kopf zurück. Seine Augen waren groß und nervös. Sein Atem kam schnell. „Was war das?"

„Keine Ahnung." Sie dankte Gott im Stillen für die Ablenkung und zupfte ihren Pullover wieder zurecht. „Da kommt jemand."

In diesem Moment tauchten Dayne Matthews und seine Frau Katy auf dem Wanderweg auf. Sie hielten sich an den Händen, unterhielten sich und waren voll und ganz aufeinander konzentriert. Katy trug ihre kleine Tochter in einer Babytrage auf dem Bauch und hielt mit der Hand schützend den Hinterkopf des Kindes. Sie blickten im selben Moment auf und bemerkten Andi und Jake. Einen Augenblick blieben sie stehen und waren offenbar überrascht, hier im Wald jemanden zu treffen.

„Jake?" Daynes Blick verriet gleichzeitig sowohl seine Verwirrung als auch die Tatsache, dass er genau wusste, in was sie hier hineinplatzten. „Was macht ihr hier?"

Andi war immer noch außer Atem, und ihr Gesicht fühlte sich an, als verbrenne es gleich. Sie schaute Katy in die Augen und senkte dann beschämt den Blick auf den Boden hinab. Natürlich kannte Dayne Matthews Jake. Sie waren in Hollywood wahrscheinlich bei denselben Veranstaltungen gewesen.

Jake stieß ein nervöses Lachen aus. Er steckte eine Hand in die Tasche und hielt Dayne die andere hin. „Hey, Mann ... Neulich am Set war nicht viel Zeit, um mit Ihnen zu reden."

Das kurze Schweigen, das folgte, veranlasste Andi, den Blick zu heben. Dayne hatte eine Braue hochgezogen, zuerst in Jakes Richtung und dann in ihre. „Sie sind Keiths Tochter, nicht wahr?"

„Ja." Andi zitterte. Sie trat einen Schritt näher neben Jake und nickte Dayne höflich zu. „Ich habe Sie schon ein paarmal gesehen, aber wir wurden uns nie vorgestellt."

„Es freut mich, Sie kennenzulernen." Daynes Worte kamen zögernd. Er wusste zweifellos, in welche Situation sie hineingeplatzt waren. Er legte den Arm um seine Frau. „Das ist meine Frau Katy und das ist unsere kleine Sophie." Er schaute Jake vielsagend an. „Es wird ein wenig zu dunkel, um noch hier draußen zu sein. Finden Sie nicht?"

„Ja." Jake lachte wieder und nahm Andi an der Hand. „Wir wollten nur noch ein paar Minuten bleiben."

„Gut." Dayne ging weiter und winkte Jake zu sich. „Kommt! Ihr könnt mit uns zurückgehen."

Die Erleichterung, die Andi durchströmte, verriet ihr, welche große Angst sie gehabt hatte. Sie konnte fühlen, wie sehr Jake sich gegen diese Aufforderung sträubte, aber bevor er protestieren konnte, entzog sie ihm ihre Hand, lächelte Katy an und ging neben ihr her. „Bailey Flanigan und ich wohnen zusammen in einem Zimmer." Ihr Gesicht glühte noch immer vor Verlegenheit, aber sie plapperte einfach drauflos, um ihre Unsicherheit zu vertreiben. „Sie hält große Stücke auf Sie."

„Danke." Aus Katys freundlicher Miene sprach keine Kritik. „Ich halte auch große Stücke auf Bailey."

Jake und Dayne machten Smalltalk auf dem Rückweg zum Parkplatz. Der schwarze Dodge war Daynes Auto. Jetzt fiel es Andi wieder ein. Es war dasselbe Auto, mit dem er diese Woche zum Set gekommen war. Dayne schüttelte Jake wieder die Hand. „Führen Sie ein anständiges Leben, Jake?"

Wieder klang Jakes Lachen eher nervös als belustigt. „Nicht so wie Sie. Mit Familie und Kirche und so."

„Das war die beste Entscheidung, die ich je treffen konnte." Er schaute Jake an. „Treffen Sie gute Entscheidungen, Olson! Dieses Geschäft verschlingt Sie sonst mit Haut und Haaren." Er berührte ihn leicht am Arm. „Falls Sie irgendwann über Gott sprechen wollen ... über das, was wichtiger ist als jeder Film, wissen Sie ja, wo Sie mich erreichen können. Hinterlassen Sie einfach eine Nachricht im Bloomingtoner Theater."

„Okay." Jake sah jetzt ernster aus als vorher. „Danke, Mann."

Andi reichte Katy zum Abschied die Hand. „Ihr Baby ist wirklich süß."

„Sie ist sehr lebhaft." Katy küsste Sophie auf den Kopf. „Sie lernt jeden Tag etwas Neues." Katy schaute Andi in die Augen. Dieses Mal sprach sie so leise, dass die Männer sie nicht hören konnten. „Wissen Ihre Eltern, dass Sie hier sind?"

Die Scham kam mit voller Wucht zurück. Andi wollte schon lügen, aber sie hatte das starke Gefühl, dass Katy sie durchschauen würde. „Nein."

„Das dachte ich mir." Katy legte Andi eine Hand auf die Schulter. „Jake ist für ein Mädchen wie Sie noch nicht bereit, Andi. Verkaufen Sie sich nicht so billig."

Der Himmel war jetzt fast dunkel, aber trotzdem sah sie den Ernst in Katys Augen. Andi biss sich auf die Lippe und nickte schnell. „Okay." Sie stand mit dem Rücken zu Jake und Dayne, die noch miteinander sprachen. Trotzdem antwortete sie sehr leise. „Ich glaube, Sie sind genau im richtigen Moment gekommen."

Katy lächelte. „Das glaube ich auch."

Sie verabschiedeten sich und stiegen in ihre Autos. Erst als Dayne und Katy weggefahren waren, stieß Jake ein frustriertes Seufzen aus. „Ein wunderbares Timing!" Er legte die Hand auf Andis Knie. Ohne irgendwelche verführerischen Worte oder zärtlichen Blicke rutschte er näher. „Wo waren wir stehen geblieben?"

Sie rutschte zur Autotür, damit er sie nicht erreichen konnte. Was war mit ihr los? Sie kam sich billig vor und war von sich selbst enttäuscht. Was hatte sie sich nur gedacht? Was wäre passiert, wenn Katy und Dayne nicht genau in diesem Moment gekommen wären? Ihr Selbstvertrauen war zurückgekehrt, als sie Jake anschaute und erklärte: „Wir wollten zurückfahren." Ihre Lippen brannten immer noch von seinem Kuss, aber sie konnte es nicht erwarten, nach Hause zu kommen und sich das Gesicht zu waschen.

Er knirschte mit den Zähnen. Dann wandte er sich von ihr ab und schaute aus dem Seitenfenster. Als er sie wieder anschaute, war die charmante Maske verschwunden. „Willst du mich auf den Arm nehmen? Du lässt dich von mir so küssen, und jetzt sollen wir einfach aufhören?"

Die Angst, die sie vorher gehabt hatte, meldete sich wieder. Dayne und Katy waren fort, und falls Jake sie gewaltsam zu etwas zwingen wollte, wusste Andi nicht, wie sie sich verteidigen sollte. Es war jetzt fast dunkel. Deshalb kam es auch nicht infrage, allein zurückzulaufen. *Du musst Ruhe bewahren,* sagte sie sich. *Gott, bitte hilf mir, ruhig zu bleiben. Hilf mir, das Richtige zu sagen.* Sie atmete langsam ein, um ruhig zu werden. „Jake, wir haben schon längst aufgehört." Sie verzog das Gesicht. „Ich fühle mich nicht gut. Im Ernst. Ich würde gern zurückfahren."

Jake runzelte störrisch die Stirn. Aber als sie sagte, dass ihr nicht gut sei, sackten seine Schultern nach unten und er ließ den Motor an. „Meinetwegen." Er bog aus dem Parkplatz und überschritt auf dem Weg zu seinem Hotel alle Geschwindigkeitsbegrenzungen. Er drehte das Radio so laut, dass sie nicht miteinander sprechen mussten.

Bei jeder Meile fühlte sich Andi schlechter. Sie hatte sich eingeredet, dass es aufregend und mutig wäre, mit Jake an den See zu fahren. Dass es die Aufregung wäre, vor der sie ihr ganzes Leben lang bewahrt worden war. Stattdessen konnte sie es nicht erwarten, ihn loszuwerden. Vor dem Hotel angekommen, knallte er den Ganghebel unsanft auf Parken und schaute sie an. Sein Lächeln war fast böse. „Du hast heute wirklich etwas verpasst, Süße. Ich war bereit, dich mit allem vertraut zu machen." Er hob die Hände und legte den Kopf schief, als wollte er sagen, dass sie wirklich einen großen Fehler gemacht habe. „Wir hätten einen richtig schönen Abend haben können."

„Weißt du was?" Andi besaß noch so viel Rückgrat, um ehrlich zu sein. Es war wahrscheinlich sowieso das letzte Mal, dass er mit ihr sprach. „Unter einem schönen Abend stelle ich mir etwas anderes vor."

Er schmunzelte und sein Tonfall verriet, dass er überhaupt keine Achtung vor ihr hatte. „Vielleicht hast du mir ja etwas vorgemacht." Er tätschelte ihre Hand, als wollte er in diesem letzten Moment die Dinge zwischen ihnen in Ordnung bringen. „Vielleicht hast du einfach weniger Erfahrung, als du gesagt hast." Er salutierte spöttisch und war im nächsten Moment aus dem Auto gesprungen. Sie schaute ihm nicht nach, als sie ausstieg und auf die Fahrerseite ihres Autos herumging. Auf der fünfminütigen Fahrt zum Studentenwohnheim spielte sie diesen Abend ungewollt immer wieder im Kopf durch. Sie war dumm gewesen, und, was noch schlimmer war: Sie wäre fast vergewaltigt worden. Was war denn schon daran, dass er ein Filmstar war? Das hätte ihn nicht daran gehindert, ihr Gewalt anzutun. Und sie hätte sich vermutlich zu sehr geschämt, um ihn anzuzeigen. Das hatte er sich wahrscheinlich schon ausgerechnet, bevor sie überhaupt losgefahren waren.

Ihr war zum Erbrechen übel, als sie ihr Auto abstellte und die Treppe in ihr Wohnheim hinaufstieg. Ein Wachmann saß an der Tür, aber er las in einem Buch und blickte nicht auf, als sie vorbeiging. Niemanden würde es interessieren, wenn sie jetzt vergewaltigt nach Hause käme. Sie wäre nur eine weitere einsame Studentin, die einen großen Kummer mit sich herumschleppte.

In ihrem Zimmer schaute sie das Bild von Bailey und ihrer Familie an, das neben Baileys Bett hing. Bailey hätte nie etwas so Riskantes, etwas so Gefährliches gemacht. Sie hatte Andi heute vor Jake gewarnt. Sie hatte also kommen sehen, dass so etwas passieren würde. Andi ließ sich aufs Bett fallen und starrte zur Decke hinauf. Aber sie würde nie so gut sein wie Bailey Flanigan. Andererseits könnte sie das nach den Erfahrungen von heute Abend vielleicht doch. Sie war sich nicht sicher.

Vor ihrem geistigen Auge sah sie Jake, wie er sie verspottete und ihr sagte, dass er ihr einiges zeigen wolle. Er war eingebildet und abstoßend. Daran änderte auch seine Berühmtheit nichts. Andi blinzelte und stellte sich vor, wie dieser Abend um ein Haar ausgegangen wäre. Wenn sie ehrlich war, musste sie zugeben, dass sie vor allem Jake widerlich fand und nicht so sehr das, was er hatte tun wollen. Wenn er zärtlicher und romantischer gewesen wäre, wäre es ihr vielleicht egal gewesen, wenn er mehr gewollt hätte als ein paar Küsse. Seine Worte gingen ihr wieder durch den Kopf. Was war falsch daran, wenn zwei Menschen miteinander schliefen? Sie genossen nur einander, nicht wahr? Waren das nicht Jakes Worte gewesen? Wenn er besser auf sie eingegangen wäre und es nicht so eilig gehabt hätte, wäre sie vielleicht bereit gewesen, diese neuen Erfahrungen ein wenig weiter zu erforschen.

Das Abschlussfoto mit Rachel erregte ihre Aufmerksamkeit. Andi schaute lange in die Augen ihrer Freundin. *Du warst ein gutes Mädchen, Rachel. Aber wohin hat dich das gebracht? Was kam dabei heraus?* Am liebsten wollte sie losziehen und etwas anstellen. Sie wollte Jake beweisen, dass sie sehr wohl in der Lage war, mehr zu tun als zu küssen. Trotz ihrer Unerfahrenheit. Aber der Gedanke, etwas so Verrücktes zu machen, beunruhigte sie nicht nur sehr. Er verstärkte zudem noch ihre Übelkeit.

Wie hatte sie ihren ersten Kuss nur so verschwenden können?

Tränen traten ihr in die Augen, und sie dachte daran, den restlichen Abend zu Hause zu bleiben und Rachels Zitatebuch zu lesen. Jedes Mal, wenn sie darin blätterte, fand sie etwas, das sie ansprach. Als spräche Gott aus den Zeilen des Tagebuchs ihrer Freundin direkt in ihre Seele. Sie nahm ihr Handy und warf einen Blick darauf. Es war noch nicht einmal halb neun. Das hieß, dass die zweite Halbzeit des Homecoming-Spiels an der Clear Creek High School wahrscheinlich gerade erst angefangen hatte.

Sie setzte sich auf und beschloss, zum Stadion zu fahren. Mit Bailey zusammen zu sein würde ihr helfen, diesen furchtbaren Abend zu vergessen. Sie stand auf und warf beim Hinausgehen einen Blick in den Spiegel. Ein paar Sekunden konnte sie ihr Spiegelbild nur anstarren. Etwas sah anders aus, obwohl sie nicht genau sagen konnte, was es war. Erst als sie sich umdrehte und ihre Handtasche vom Schreibtischstuhl nahm, wurde ihr bewusst, warum ihr Spiegelbild anders aussah, warum ihre Augen nicht so leuchteten wie sonst immer. Genauso wie Baileys Augen immer leuchteten. Diese Erkenntnis drückte Andi wie eine schwere Last nieder, während sie sich auf den Weg zum Footballspiel machte.

Sie hatte einen Teil ihrer Unschuld verloren.

# Kapitel 19

Cody wurde es schwer ums Herz, als er beobachtete, wie Bailey sich am Ende der Halbzeitpause zu ihrer Mutter und ihren Brüdern setzte. Sie war nicht allein. Sie war mit Tim Reed gekommen, und obwohl die beiden sich nicht an den Händen hielten, sahen sie glücklich aus. Sie setzten sich vor Baileys Mutter auf denselben Platz, auf dem Cody vorher gesessen hatte. Er sah, wie Bailey sich zurücklehnte und etwas zu ihrer Mutter sagte. Dann hielt sie die Hand wie einen Schild an die Stirn und schaute zur Seitenlinie hinab.

Falls sie nach ihm Ausschau hielt, sollte sie ihn nicht dabei ertappen, wie er sie beobachtete. Sie war mit ihrem Freund hier, und jetzt, da die Halbzeitpause vorbei war, konnte Cody es nicht erwarten, aus dem Stadion zu verschwinden. Er ging noch einmal zu Jim Flanigan hinüber und umarmte ihn. Sie unterhielten sich ein wenig über Codys Entscheidung, Medizin zu studieren und eine Gemeinde in der Nähe der Universität zu besuchen. Er bedankte sich bei dem Mann, der für ihn mehr ein Vater war als jeder andere Mann in seinem Leben.

„Ohne dich würde ich das alles nicht machen." Cody bemühte sich, nicht zu ernst zu klingen, aber er wollte dieses Kompliment trotzdem loswerden.

Jim erwiderte seine Umarmung und hielt ihn genauso fest wie einen eigenen Sohn. „Komm bald wieder. Das ist mein Ernst, Cody. Wir vermissen dich."

„Ja." Er lächelte, aber nur um den Schmerz zu verbergen, der sich in ihm regte. Er vermisste die Flanigans mehr, als er zeigen wollte. Im Weggehen winkte er noch ein letztes Mal. „Gewinnt das Spiel morgen!"

„Das wird schwer werden." Jim setzte sein Grinsen auf, das Cody aus den Jahren, in denen er für ihn gespielt und bei den Flanigans gewohnt hatte, bestens kannte. „Wir sind stolz auf dich, Cody. Ruf an, wenn du etwas brauchst."

Cody schaute nur zweimal zu Bailey hinüber, während er die Stufen zum Ausgang hinaufstieg. Beide Male war sie nicht in ein Gespräch mit Tim vertieft oder genoss den Freitagabend mit den Menschen, die sie am meisten liebte. Beide Male schaute sie ihn direkt an. Auch aus dieser Entfernung sah er den verletzten Blick in ihren Augen, eine Mischung aus Verwirrung und Enttäuschung, als könne sie nicht verstehen, warum er ging, ohne mit ihr zu sprechen.

Er benahm sich unhöflich, aber er konnte nicht anders. Als er das zweite Mal zu ihr hinschaute, winkte er leicht mit den Fingern, und dann zwang er sich, nicht mehr in ihre Richtung zu schauen. Er ging den Weg zum Parkplatz hinauf und spürte den kalten Wind, der ihm jetzt entgegenschlug. Konnte Bailey denn nicht verstehen, warum er nicht zu ihr hinüberging? Er könnte nie ungezwungen bei Bailey und Tim sitzen und so tun, als fühle er sich mit dieser Situation wohl.

Er wusste immer noch nicht, wie er es schaffen sollte, sie nicht mehr zu lieben. Daran änderte auch die Tatsache nichts, dass er wirklich davon überzeugt war, dass jemand wie Tim Reed besser zu Bailey passte. Diese Erkenntnis änderte nichts an seinen Gefühlen für sie.

„Hey! Cody? Bist du das?"

Er blickte auf und sah, dass Andi Ellison, Baileys Mitbewohnerin, den Hang herablief. „Hey." Er bemühte sich um einen fröhlichen Tonfall. Wenn er ohne Bailey leben müsste, sollte er vielleicht anfangen, einen Weg zu suchen, sich mit der Situation abzufinden. „Die zweite Halbzeit läuft schon."

„Ich weiß." Sie kam atemlos bei ihm an. „Ich konnte nicht früher kommen."

„Du verpasst nicht viel. Clear Creek führt mit drei Touchdowns."

„Ich wollte Bailey suchen." Sie blieb stehen und legte die Arme um sich. Im Licht, das von den Flutlichtern nach draußen fiel, sahen ihre Augen aus, als habe sie geweint. „Hast du sie gesehen?"

„Sie sitzt bei Tim und ihrer Familie, in Höhe der Fünfzigyard-Linie."

„Ach! Tim ist bei ihr." Andi versuchte, ihre Enttäuschung zu verbergen, aber es gelang ihr nicht ganz. Wieder sah sie sehr traurig aus. „Dann fahre ich vielleicht lieber zum Wohnheim zurück."

„Okay." Er ging zu seinem Auto weiter, und sie drehte sich um und ging neben ihm her. Cody war nicht sicher, ob er sie ansprechen sollte. Er kannte sie eigentlich nicht und konnte also nicht erwarten, dass sie ihm anvertrauen würde, wie es ihr ging. Selbst wenn etwas nicht stimmte. Aber die kalte Nacht und ihre Nähe gaben ihm den Mut, sie trotzdem zu fragen. „Hey … ist mit dir alles in Ordnung?"

Sie legte den Kopf schief, schaute ihn aber trotzdem an. „Nicht wirklich." Ihre Zähne klapperten leise, während sie weiterging. „Das ist eine lange Geschichte." Sie gingen ein paar Meter weiter. Dann schaute sie ihn wieder an. „Also, was läuft zwischen dir und Bailey?"

Er lachte leise. „Das ist auch eine lange Geschichte."

Dieses Mal verlangsamte sie ihre Schritte und schien plötzlich eine Idee zu haben. „Vielleicht warte ich hier draußen auf Bailey." Sie klang jetzt nicht mehr so bedrückt wie vorher. „Hast du noch etwas vor?"

„Nein." Er zögerte einen Moment. „Eigentlich nicht. Ich muss nur nach Hause und an meinem Referat weiterarbeiten."

Sie zuckte leicht die Achseln. „Willst du reden? Wir könnten uns in mein Auto setzen." Sie deutete auf die erste Autoreihe. „Mein Auto steht ganz vorne. Damit ich Bailey sehe, wenn sie vorbeigeht."

Er dachte kurz nach. „Klar. Warum nicht." Es gab keinen Grund, warum er sich nicht eine Weile zu Baileys Mitbewohnerin setzen sollte. Sie gingen mit genügend Abstand zueinander zu ihrem Auto und er rutschte auf den Beifahrersitz ihres alten, blauen Jetta. Aus den Erfahrungen seiner Highschoolzeit konnte Cody noch heute genau einschätzen, ob ein Mädchen etwas von ihm wollte. Andis Stimme, ihre Körpersprache und der Blick in ihren Augen verrieten ihm, dass das heute nicht der Fall war. Er hatte gegen die Vorstellung, Andi besser kennenzulernen, nichts einzuwenden. Sie war ein nettes Mädchen, selbst wenn sie nicht Bailey war. Außerdem hatte er sich mit niemandem mehr richtig unterhalten seit ... seit seinem Spaziergang vor über einer Woche mit Bailey nach der Veranstaltung von Campus für Christus. Und Bailey hatte heute Abend keine Zeit für ihn.

„Okay." Er lehnte sich an die Beifahrertür. „Erzähl mir deine lange Geschichte."

Andi holte tief Luft und umklammerte das Lenkrad. Ihre Augen schauten nach vorn, aber im Licht der Straßenlampen auf dem Parkplatz war deutlich zu sehen, dass sie etwas anderes vor sich sah: Vielleicht das, was sie so traurig gemacht hatte. Schließlich schaute sie ihn verlegen an. „Ich war heute Abend mit Jake Olson unterwegs."

„Hmm." Das überraschte Cody nicht wirklich. Andi war ein auffallend schönes Mädchen, und Jake hatte sie wahrscheinlich diese Woche am Set öfter gesehen. „Und es lief nicht so gut?"

„Nein." Sie erzählte ihm, dass sie zum Lake Monroe gefahren waren und dass sie sich Sorgen gemacht hatte, als sie feststellte, dass sie wahrscheinlich die Einzigen auf dem Wanderweg am Seeufer waren. „Aber gleichzeitig störte mich das irgendwie nicht. Mein ganzes Leben war bisher so behütet. So vorhersehbar." Sie lehnte den Kopf an die Kopfstütze zurück. „Manchmal bin ich es leid, dass alles immer so sicher ist."

Cody hätte ihr am liebsten gesagt, dass es bei ihm genau anders herum war. Bis fast ans Ende seiner Schulzeit war seine Jugend alles andere als sicher gewesen. Er lächelte sie traurig an. „Willst du meine ehrliche Meinung hören? Es ist nicht so schön, gefährlich zu leben."

„Trotzdem." Andi klopfte ruhelos auf das Lenkrad, und er spürte, dass sie einen unersättlichen Appetit nach Leben hatte. Nach allem, was das Leben zu bieten hatte. „Wahrscheinlich habe ich auch einfach genug von dem Bild des perfekten Missionarskindes." Sie machte eine Handbewegung, als wolle sie ihn nicht mit den Einzelheiten langweilen. „Als wir dort draußen waren, sagte er ein paar nette Sachen, und ehe ich richtig wusste, was passierte, küsste er mich."

Cody verstand, wovon sie sprach. In seinem Leben hatte es eine Zeit gegeben, in der er sich genauso verhalten hätte wie Jake und sich genommen hätte, was ein unschuldiges Mädchen wie Andi ihm geben wollte. Er hörte ihr zu und sah, dass sie sich nicht ganz wohl dabei fühlte, als sie ihm erzählte, wie das Küssen intensiver geworden war. Als sie Angst bekommen hatte, waren plötzlich Dayne Matthews und seine Frau aus der anderen Richtung aufgetaucht.

„Vielleicht hat Gott auf dich aufgepasst." Cody fühlte sich wie ein älterer Bruder. Genauso wie am Anfang, als er und Bailey solche Gespräche geführt hatten.

„Ja. Vielleicht war es auch nur Zufall." Andi schloss die Augen. „Ich denke jetzt ständig, dass mein erster Kuss etwas Besonderes hätte sein sollen. So wie für Bailey und Tim."

Cody atmete leise ein und versuchte, äußerlich keine Reaktion zu zeigen. Aber sie hätte ihm nicht stärker wehtun können, wenn sie ihm einen Pfeil ins Herz gebohrt hätte. Er hatte geahnt, dass Bailey ihren ersten Kuss von Tim bekommen hatte, hatte aber versucht, nicht daran zu denken. Doch jetzt brannte sich dieses Bild in sein Herz und seine Seele ein. Es war von einem tiefen Bedauern begleitet. Er musste etwas sagen. Sonst würde sie etwas in sein Schweigen hineininterpretieren.

„Also ..." Cody fuhr sich mit der Zunge über die Unterlippe und bemühte sich um eine ruhige Stimme. „Also verstehen sich Bailey und Tim gut?"

„Ja." Andi drehte sich so, dass sie mit dem Rücken an der Tür lehnte. „Am Anfang des Semesters war sie sich nicht ganz sicher. Sie mochte ihn, aber sie war nicht sicher, ob sie in ihn verliebt war, weißt du?"

„Mhm." Sein Herz brach, aber er durfte es unter keinen Umständen zeigen. Er wollte die nächste Frage nicht stellen, aber er konnte nicht anders. „Und jetzt?"

„Anscheinend hat Tim sich Sorgen gemacht, weil er ihr nicht wirklich gesagt hat, was er für sie empfindet. Deshalb kam er letzte Woche eines Tages nach den Dreharbeiten und sagte ihr, was er für sie fühlt."

Wieder wurde Cody übel. Er wusste genau, von welchem Tag Andi sprach, denn er war in einiger Entfernung auf dem Gelände unterwegs gewesen und hatte die beiden gesehen. Sie hatten an der Stelle, an der die Dreharbeiten stattgefunden hatten, auf einer Bank gesessen und waren in ein Gespräch vertieft gewesen. Er war zu weit weg gewesen, um zu sehen, ob Tim sie an jenem Nachmittag geküsst hatte, aber selbst wenn er das nicht getan hatte, waren sich die beiden sehr nahe gewesen und sie waren zu sehr miteinander beschäftigt gewesen, um ihn auch nur zu bemerken.

Andi erzählte weiter, dass Baileys Gefühle für Tim jetzt stärker waren, nachdem sie miteinander gesprochen hatten. Sie zögerte, und ihr Blick verriet, dass sie versuchte, aus Cody schlau zu werden. „Jetzt bist du dran."

„Mit der langen Geschichte?"

„Ja." Sie schien sich in seinem Beisein wohlzufühlen, und wirkte nicht mehr so traurig wie vorher. „Du hast früher bei Baileys Familie gewohnt, nicht wahr?"

„Sie haben mich sozusagen gerettet. Ich brauchte damals Hilfe." Er erinnerte sich an die erste Zeit bei den Flanigans. Er hatte Bailey beobachtet, ihre süße Art, ihren starken Glauben an Gott, der schon immer ein so wichtiger Teil von ihr gewesen war. Er hatte sich oft gesagt, dass er nie gut genug für ein Mädchen wie Bailey wäre. Das sagte er sich immer noch.

„Was wurde aus deiner Familie? Hatten sie nichts dagegen, dass du von zu Hause ausgezogen bist?"

„Ich hatte nur meine Mutter, und ihr ging es nicht gut. Sie war einige Zeit im Gefängnis. Ohne die Flanigans wäre ich in einem Heim gelandet."

„Hm." Sie schaute ihn verständnisvoll an. „Sie sind wirklich nett. Ich war letztes Wochenende bei ihnen zu Hause."

„Ja, sie sind sehr nett."

„Du hast erwähnt, dass du Hilfe brauchtest. Hattest du Schwierigkeiten?"

Cody hatte keine Angst davor, ihr die Wahrheit zu sagen. Er war froh, dass er inzwischen einen großen Abstand zu jener Zeit hatte. „Ich hatte sehr große Probleme mit Mädchen und mit Alkohol. Ich hatte es in beiden Bereichen sehr stark übertrieben." Er kniff die Augen zusammen und erinnerte sich daran, wie er damals gelebt hatte. „Wenn du sagst, dass du kein so sicheres und behütetes Leben führen willst, zieht sich in mir etwas zusammen. Ich kenne die andere Seite. Sie enthält nichts Gutes, auch wenn es kurzzeitig vielleicht anders aussieht."

Andi wollte mehr Einzelheiten wissen, und er erzählte ihr, dass er eines Abends so betrunken nach Hause gekommen war, dass er bewusstlos auf den Boden gefallen war. „Ich wäre fast gestorben. Wenn die Flanigans mich nicht am nächsten Morgen gefunden hätten, wäre ich jetzt nicht mehr hier." Er schüttelte langsam den Kopf. „Das war damals sehr knapp."

„Cody, das ist ja furchtbar!"

Ihre Bestürzung verriet ihm, dass ihr das, was er erzählte, neu war. Bailey hatte ihr kein Wort über seine Vergangenheit verraten, und diese Erkenntnis entlockte ihm ein Lächeln. Selbst an einem Abend, an dem er mehr Beweise als je zuvor hatte, dass sich zwischen Bailey und Tim etwas sehr Ernstes entwickelte. Bailey machte sich immer noch etwas aus Cody, denn sie hatte ihrer Mitbewohnerin nicht beiläufig etwas über seine Vergangenheit erzählt.

„Du und Bailey." Jetzt wirkte sie ein wenig unsicher. „Habt ihr zwei jemals, du weißt schon … daran gedacht, ein Paar zu werden?"

„Nicht wirklich." Er konnte nicht eindeutig Nein sagen, da die Gefühle, die sie füreinander gehabt hatten, bevor er in den Krieg gezogen war, echt gewesen waren. Auch wenn sie zu nichts geführt hatten, waren sie trotzdem echt und sehr tief gewesen. „Nach meiner Alkoholvergiftung verbrachten wir viel Zeit miteinander. Bailey machte an der

Schule eine schwere Zeit durch und ich war da. Wir unterhielten uns viel, gingen miteinander spazieren. Solche Sachen."

Andis Lächeln verriet, dass sie immer noch auf eine Antwort wartete. „Und?"

„Und sie ging immer noch zur High School und ich ging zur Armee. Ich hätte es damals nicht gewagt, mehr zu wollen, und ... Ich weiß auch nicht, als ich aus dem Krieg zurückkam, hatte sich einiges geändert. Viel Zeit war vergangen."

„Und sie war mit Tim zusammen."

„Genau."

„Du empfindest aber etwas für sie, oder? Es sieht wenigstens so aus."

„Ich mag sie immer noch." Cody bemühte sich, unbeteiligt zu wirken, und hoffte, sie sähe den Pfeil nicht, der immer noch in seinem Herzen bohrte. „Sie wird wahrscheinlich immer wie eine Schwester für mich sein. Sie kannte Tim schon, bevor ich in den Krieg zog. Er ist gut für sie. Wirklich. Ich freue mich für die beiden."

Andi sah nicht vollständig überzeugt aus, aber sie sagte nichts mehr zu dem Thema. Sie unterhielten sich noch eine Weile über ihre Kurse und über Campus für Christus und die Missionsreise auf die Philippinen, die einige Studenten im nächsten Sommer planten. Inzwischen begann das Stadion, sich zu leeren, und Andi hielt nach Bailey Ausschau.

„Tim fährt normalerweise ziemlich bald nach Hause. Er wohnt bei seinen Eltern." Andi legte das Kinn aufs Lenkrad und suchte die Gesichter draußen ab. „Vielleicht fahre ich mit Bailey zu ihren Eltern nach Hause." Sie warf Cody ein schnelles Lächeln zu. „Das ist auf jeden Fall besser, als allein zu sein."

Cody verstand, wie sie sich fühlte. Wenn er könnte, würde er heute Abend auch zu den Flanigans fahren. Auch wenn es schon lange her war, fühlte er sich dort immer noch wie zu Hause. Er gähnte und legte die Hand auf die Tür. „Danke für das Gespräch."

„Ebenfalls danke. Du kannst gut zuhören. Und es war schön, dich besser kennenzulernen." Ihre Augen funkelten. Wieder eher so wie damals, als sie bei der Veranstaltung von Campus für Christus neben ihm gesessen hatte. Sie hielt ihm die Hand hin. „Gib mir deine Handynummer, und ich gebe dir meine. Dann können wir uns schreiben."

„Gern." Er zog sein Handy heraus und nach einer Minute hatten sie die Nummern ausgetauscht. „Okay, dann bis demnächst." Er öffnete die Tür und stieg aus.

„Hey." Sie beugte sich über den Beifahrersitz, um ihn besser sehen zu können. „Gehst du diese Woche zu Campus für Christus? Bailey und ich haben Theaterprobe und kommen wahrscheinlich ein wenig später."

„Ich bin da."

„Setz dich wieder weiter hinten hin und halte uns einen Platz frei." Sie grinste. „Miteinander macht es mehr Spaß."

Er gab ihr recht. Sie unterhielten sich noch kurz über Campus für Christus, dann trennten sie sich. Als er sich aufrichtete und zu seinem Auto ging, ließ er seinen Blick über die vielen Footballfans schweifen für den Fall, dass Bailey unter ihnen wäre. Aber er entdeckte sie nicht.

Als er bei seinem Auto ankam, stellte er fest, dass er sich so gut fühlte wie schon lange nicht mehr. Das Gespräch mit Andi war besser gewesen, als er erwartet hatte. Sie war nett und hübsch, und obwohl sie vielleicht eine rebellische Tendenz hatte, sah er das gottesfürchtige Mädchen, das sie tief in ihrem Herzen war. Wenn Bailey nicht wäre, würde er sich vielleicht für ein Mädchen wie Andi Ellison interessieren. Aber es gab zwei Probleme, die verhinderten, dass sich jemals etwas zwischen ihnen entwickeln würde. Erstens, weil sie Baileys Mitbewohnerin war.

Und zweitens, weil sie, so nett sie auch war, nie das Mädchen sein würde, das er eigentlich wollte.

Dieses Mädchen konnte nur Bailey Flanigan sein.

# Kapitel 20

Kelly Ryan öffnete das Fenster ihres kleinen Hauses und spürte die warme Luft des Herbstnachmittags im Gesicht. Der Herbst in San Jose war einfach perfekt. Die Bäume wurden bunt, die Berge und Hügel in der Ferne stachen vom blauen Himmel ab und die Landschaft war von Weinbergen überzogen, mit unzähligen Weinstöcken, voll mit überreifen Trauben, die kurz vor der Ernte standen. Kelly schaute aus dem Fenster und seufzte. In diesem Jahr empfand sie das alles als nicht so schön wie sonst, und das aus einem einzigen Grund:

Chase war zweitausend Meilen weit weg.

Ihr Gespräch gestern Abend war nicht gut gelaufen. Er war nach der Auseinandersetzung mit der Gewerkschaft erschöpft gewesen und hatte zugegeben, dass sie dadurch mit den Dreharbeiten so weit zurückgefallen waren, dass sie nicht genug Geld hatten, um den Film zu Ende drehen zu können.

„Was?" Kelly wollte nicht bestürzt klingen. Sie hatte alles in ihrer Macht Stehende getan, um ihn in seiner Entscheidung für diesen Film zu unterstützen. Sie kümmerte sich allein um den Haushalt und die Mädchen und alles zu Hause in San Jose und versuchte, Verständnis zu zeigen, dass er jeden Tag erst spät am Abend anrufen konnte. Aber genau das hatte sie von Anfang an befürchtet: Wenn ihnen das Geld ausging, bevor der Film zu Ende gedreht war, würden sie es den Investoren zurückzahlen müssen. Sie standen kurz vor dem sicheren Bankrott.

Ihr Magen zog sich zusammen, was in letzter Zeit oft passierte. *Gott, hast du uns wirklich aus diesem Grund hierhergeführt? War es dein Wille, dass wir in dem Chaos von Hollywood versinken und alles verlieren?*

Sie wünschte sich eine Zusicherung, dass Gott, der die ganze Welt geschaffen hatte, ihnen ein paar Investoren schicken würde. Aber er schickte ihnen keine Investoren. Wenigstens in letzter Zeit nicht. Kelly atmete die warme Luft ein und versuchte, die Schwere aus ihrem Herzen zu vertreiben. Nichts an ihrem Leben erschien ihr richtig, und sie hatte keine Ahnung mehr, wie sie den dunklen Wolken entfliehen sollte, die sich um sie herum zusammengebraut hatten.

„Mami, komm und schau dir mein Bild an!" Mollys fröhliche Stimme hallte durch das Haus. „Schnell, Mami! Bevor Macy es zerreißt!"

Sie kämpfte gegen ihre Müdigkeit an, während sie in die Richtung ging, aus der die Stimme ihrer Tochter zu hören war. „Ich komme schon, Schatz." Sie ging um die Ecke. Vor ihr kniete Molly an ihrem alten Holzküchentisch. Die Tischplatte wackelte gefährlich, als sie mit ihrem blauen Stift über die Seite malte.

„Der Tisch ist bald kaputt, glaube ich." Molly schob sich die glatten, blonden Haare aus dem Gesicht und steckte sie sich hinters Ohr. Dann schaute sie unter den Tisch und stieß an das nächste Tischbein. „Ja, er geht kaputt."

Kelly bemühte sich, sich von dieser nächsten schlechten Nachricht nicht entmutigen zu lassen. Sie hatten den Tisch bei einem Garagenverkauf gekauft, als sie aus Indonesien zurückgekommen waren. Fünfzig Dollar für einen Tisch und vier Stühle. Sie kam näher und setzte sich zu ihrer vierjährigen Tochter. „Papa repariert ihn, wenn er nach Hause kommt."

Sie legte den Kopf schief und schaute sie mit ihren großen blauen Augen besorgt an. „Wann kommt er wieder? Morgen?"

„Nein, Schatz. Erst in ein paar Wochen."

„Oh." Molly runzelte die Stirn und konzentrierte sich dann wieder auf ihre Zeichnung. „Wochen sind eine lange Zeit." Sie deutete auf ihre Zeichnung. „Schau! Das habe ich für Papa gemalt."

Kelly betrachtete das Kunstwerk. „Lass mich sehen. Das bist du, richtig? Mit den langen blonden Haaren?"

„Ja." Sie deutete auf das andere Strichmännchen, das viel größer war. „Und das ist Papa. Es ist ein Bild von unserem Wiedersehen." Sie deutete auf den blauen Himmel und die gelbe Sonne. „Siehst du? Es ist ein wunderschöner, glücklicher Tag!"

In diesem Moment kam Macy ins Zimmer gestürmt und hielt ihre Babypuppe hoch in die Luft. Sie hatte die Puppe an einem Arm und einem Bein gepackt und ließ sie durchs Haus fliegen. Im Laufen machte sie ein tiefes, dröhnendes Geräusch wie ein Düsenjet. Als sie bei Molly ankam, fegte die Puppe tief über ihre Zeichnung.

„Nicht!" Molly schirmte ihr Kunstwerk mit dem Körper ab und schaute ihre Schwester finster an. „Siehst du, Mami! Ich habe dir ja gesagt, dass Macy es zerreißt."

„Macy, Schatz. Nicht so stürmisch!" Kelly wollte am liebsten nach nebenan gehen, sich hinlegen und bis zum nächsten Morgen durchschlafen. Dabei war es erst zwei Uhr nachmittags.

„Mein Baby fliegt." Macy blieb stehen und schaute Kelly mit einem flehenden Blick an. „Bitte, Mama, mein Baby will fliegen." Macy hatte schon vor ihrem zweiten Geburtstag im letzten Frühling gut sprechen können. Da Molly ihr großes Vorbild war, dem sie nacheiferte, tat sie alles, um mit ihr Schritt zu halten.

„Okay, aber dein Baby kann nicht über Mollys Bild fliegen." Kelly hatte keine Ahnung, wie ihre jüngste Tochter auf eine solche Idee kam. Fliegende Babys. „Warum fliegt dein Baby eigentlich, Schatz?"

Ein Lächeln zog über Macys Gesicht. „Um Papa zu besuchen!"

Kelly war nicht sicher, ob es an ihrer abgrundtiefen Müdigkeit lag oder daran, dass ihre beiden Töchter ihren Vater unübersehbar vermissten, aber Macys Antwort trieb ihr Tränen in die Augen. Müde, wütende Tränen. Chase sollte bei ihnen zu Hause sein und nicht irgendeiner verrückten Idee nachjagen, die sie in den finanziellen Ruin treiben würde.

Molly schaute sie an und legte die Fingerspitzen an Kellys Wange. „Bist du traurig, Mami? Wegen Papa?"

„Ja, Schatz. Ich will auch, dass er nach Hause kommt." Sie musste eine Möglichkeit finden, die Stimmung im Haus wieder aufzuheitern. Sonst würden sie es nicht schaffen. „Okay, Mädchen, wie wäre es mit einer Limonade?"

Die Mädchen sprangen begeistert auf.

„Ich verstehe das als ein Ja." Kelly war ihren Töchtern dankbar, dass sie dafür sorgten, dass alles so normal wie möglich blieb, glücklich und in einem normalen Lebensrhythmus. Sie hielten immer noch jeden Morgen eine Andacht und lasen abends Geschichten von Prinzessinnen. Aber nach dem Gespräch gestern Abend mit Chase war Kelly nicht sicher, wie lange sie für ihre Kinder noch eine glückliche Miene aufsetzen konnte. Sie maß drei Löffel Limonadenpulver ab und musste niesen, als ihr das feine, gelbe Pulver in die Nase stieg.

Molly drehte sich schnell zu ihr um. „Du wirst doch nicht krank, oder, Mami?"

„Nein, Schatz. Mir geht es gut." Sie lachte trotz ihres schweren Herzens. Molly kümmerte sich immer um alle. Nicht nur um Macy, sondern um alle in der Familie. Wenn jemand nieste oder hustete oder sich den Kopf hielt, wollte sie sofort wissen, ob es ein Problem gab.

Sie nippten Limonade, während Molly ein neues Bild, dieses Mal für Kelly, zu malen begann und Macy ihre Babypuppe weiter durchs Wohnzimmer fliegen ließ. Mit jeder Minute, die verging, versuchte Kelly sich einzureden, dass alles in Ordnung sei, dass diese Wochen nur eine schwierige Phase seien, die vorübergehen würde. Bald käme Chase nach Hause und sie würden die finanziellen Folgen durchrechnen. Selbst wenn sie wegen des gescheiterten Films Bankrott anmelden müssten, würden sie eines Tages wieder auf die Beine kommen. Das taten Christen, nicht wahr? Solange sie Gott und einander und ihre süßen Mädchen hatten, die sangen und malten und spielten, würde alles gut werden.

Aber heute war es ein fast unmöglicher Kampf, sich selbst davon zu überzeugen. Statt Freude und Kraft erfüllte Kelly eine tiefe Traurigkeit und Leere, und sie war zu müde, um auch nur an einen einzigen Bibelvers denken zu können, der diese Niedergeschlagenheit vertreiben und ihr neue Hoffnung geben könnte. Als die Mädchen ihren Mittagsschlaf machten, ging sie ins Schlafzimmer und holte eine Schachtel mit alten Briefen und Fotoalben unter dem Bett hervor. Wenn sie in Gedanken zu der Zeit zurückkehrte, in der alles begonnen hatte, könnte sie sich vielleicht wieder daran erinnern, warum sie sich in Chase verliebt hatte.

Sie hatten alle an der Cal State University Northridge studiert. Kelly und Lisa Ellison hatten internationale Studien belegt und Chase und Keith hatten auf einen Abschluss als Filmproduzenten hingearbeitet. Keith hatte bereits mehrere Jahre versucht, als Schauspieler den Durchbruch zu schaffen. Er hatte kleinere Rollen gespielt und einen kleinen unabhängigen Film produziert. Aber er und Lisa hatten geheiratet und Andi war geboren worden. Gott machte Keith klar, dass er etwas anderes tun solle. Deshalb ging er wieder an die Uni, um Produzent zu werden.

Doch dann unternahmen er, Lisa und Kelly eine Missionsreise nach Indonesien. Ihre Träume und Ziele veränderten sich innerhalb einer einzigen Woche. Praktisch über Nacht waren Keith und Lisa überzeugt, dass sie nach Indonesien gehen und den Leuten von der Erlösung durch Jesus Christus erzählen und sie lehren sollten, ihr Leben auf Gottes ewige Wahrheit in der Bibel zu gründen.

Diese Nachricht war für Kelly wie ein Fingerzeig Gottes gewesen. Sie war an die Uni gegangen, weil sie Missionarin werden wollte, und jetzt hatte sie zwei Freunde, die mit ihr gehen würden. Chase lernte sie erst ein Jahr später kennen. Selbst heute war sich Kelly noch nicht ganz sicher, ob er wirklich im Dschungel hatte leben wollen oder ob er einfach aus Liebe zu ihr mitgekommen war.

Sie strich mit der Hand über die Kiste mit den Erinnerungen. Sie konnte Lisas Reaktion immer noch hören, als Kelly ihr erzählt hatte, dass Chase alles stehen und liegen ließe und mit ihnen nach Indonesien gehen wollte. Lisa hatte laut gelacht. Es war kein spöttisches Lachen gewesen, sondern ein Lachen, das gezeigt hatte, dass sie sehr erstaunt war.

„Im Ernst? Dieser Mann würde dir bis ans Ende der Welt folgen." Sie schaute sie überrascht an. „Er ist so ein netter Junge, Kelly. Bist du sicher, dass er in Indonesien zurechtkommt?"

Kelly hatte damals und auch in ihrem ersten Jahr im Dschungel viel gelacht. Seine Erfahrungen in Indonesien hatten Chase verändert und reifen lassen, und als er ihr ein Jahr später einen Heiratsantrag machte, war ihr Ja nur noch Formsache gewesen. Sie war Hals über Kopf in Chase Ryan verliebt gewesen.

Sie seufzte. Allein das kostete sie schon fast ihre ganze Kraft. Zum dritten Mal in dieser Woche fragte sie sich, ob sie vielleicht Depressionen habe, ob sie vielleicht Medikamente brauche, um wieder mehr Lebensmut zu bekommen. Aber sie verwarf diesen Gedanken. Sie brauchte Gott und sie brauchte Chase und sie brauchte die Gewissheit, dass sie in einem Jahr noch ein Dach über dem Kopf hätten. Soweit sie wusste, bekam man das nicht auf Rezept.

Den Deckel ihrer Erinnerungsschachtel hatte sie schon längst weggeworfen, da er verzogen gewesen war und nicht mehr gepasst hatte. Deshalb lag eine feine Staubschicht auf den obersten Sachen. Darunter war ein großes Fotoalbum, das Bilder von ihrer ganzen Zeit in Übersee enthielt. Kelly fuhr mit den Fingern über den beigefarbenen Stoffbezug und sah in der Nachmittagssonne eine kleine Staubwolke aufsteigen. Sie schaute zu, wie sie sich auflöste, und dachte nach. Vielleicht war dies das Problem in ihrem Leben und in ihrer Ehe. Selbst in ihrem Glauben. Sie hatte zugelassen, dass sich eine Staubschicht daraufgelegt hatte.

„Du solltest hier sein, Chase", flüsterte sie. Wieder raubten ihr die

Tränen eine klare Sicht, und sie blinzelte ein paarmal, um besser sehen zu können. Wenn er endlich nach Hause kam, könnten sie sich auf den Boden setzen und diese Bilder gemeinsam anschauen. Das gäbe ihnen einen Grund, sich wieder stark zu fühlen, oder? Sie schaute aus dem Fenster auf den strahlend blauen Himmel. *Gib mir Kraft, bitte, Gott. Ich kann Chase nicht ermutigen, wenn ich mich so fühle.*

Sie wartete, aber sie bekam wieder keine Antwort. Nur die Traurigkeit und die Unzufriedenheit, die ihr leeres Herz niederdrückte. Zehn Minuten blätterte sie in dem Album, in den Kapiteln und Jahren ihres Lebens auf dem Missionsfeld. Aber sosehr sie es auch versuchte, konnte sie sich kaum wiedererkennen. Es war nicht nur so, dass sie älter geworden war oder gut zwanzig Pfund zu viel hatte. Etwas an ihrem Gesichtsausdruck, an ihrer zuversichtlichen Art, die sie auf jedem Foto ausstrahlte, schien ihr jetzt fremd zu sein.

„Wer bist du?" Sie strich mit den Fingern über das junge, strahlende Gesicht, das sie damals gehabt hatte. „Wer bist du, Kelly Ryan, du Missionarin?" Ihre Kehle zog sich zusammen, als noch mehr Tränen in ihre Augen traten. „Und wie konnte ich dich unterwegs verlieren?"

Die Erinnerungen waren lebendig und schön, aber sie kamen ihr vor, als gehörten sie zu einem anderen Menschen, in eine andere Zeit. Sie klappte das Album zu und legte es beiseite. In der Schachtel waren noch viele Briefe, die ihre Eltern ihnen nach Indonesien geschickt hatten, ein ganzer Stapel, der mit einem Gummi zusammengehalten wurde. Das war das Schwerste daran gewesen, als sie jahrelang fort gewesen waren: Ihre Eltern hatten sie sehr vermisst. Ihr Vater war erst vor Kurzem in Rente gegangen und hatte seine Stelle in Los Angeles verlassen. Und sie planten, jetzt nach San Jose zu ziehen, um in der Nähe ihrer Enkelkinder zu sein.

Kelly legte den Briefstapel neben das Fotoalbum und öffnete die alte Samtschmuckschatulle mit der kaputten Halskette, die Chase ihr an ihrem ersten gemeinsamen Weihnachten geschenkt hatte. Sie öffnete die kleine Schachtel und fuhr mit dem Finger über die einzelnen Teile. Sie hatte die Kette immer reparieren lassen wollen. Die Kette hatte einen Anhänger, ein kleines Herz aus Weißgold mit einem winzigen Diamanten. Aber die Kette war vor drei Jahren gerissen und die Teile lagen seitdem in dieser Kiste unter dem Bett.

Eine einsame Träne rollte über Kellys Wange und landete auf ihrem Unterarm. Sie wischte die nasse Spur weg, die sie hinterließ, und schluchzte leise. Chase hatte nie viel Geld gehabt. Er hatte fast ein Jahr gespart, bis er das Geld für diese Halskette zusammengehabt hatte, aber er hatte sie ihr unbedingt schenken wollen.

„Ein Herz, ein strahlendes Licht", hatte er zu ihr gesagt, als sie das Geschenk ausgepackt hatte. „Das verbindet uns. Diese Kette wird uns immer daran erinnern."

Jetzt würde vielleicht nie der Tag kommen, an dem sie es sich leisten könnten, die Kette reparieren zu lassen. Sie stellte die Schachtel beiseite und schaute auf die nächste Schicht kostbarer Erinnerungen hinab. Ein kleiner Plastikrahmen ragte aus den anderen Umschlägen mit Erinnerungsstücken heraus. Kelly nahm ihn und wischte ihn an ihrer Jeans ab.

Als sie ihn umdrehte, wusste sie sofort, was es war. Tränen liefen ihr übers Gesicht. „Chase, sieh dich nur an!" Sie schaute sich den Inhalt dieser Schachteln nur selten an, aber als sie es das letzte Mal gemacht hatte, war ihr dieses Bild irgendwie entgangen. Auf dem Bild war Chase zu sehen, in dem Sommer, in dem sie ihren ersten Heimaturlaub in den USA gemacht hatten. Sie standen im Garten einer Kirchengemeinde in Springfield, Missouri. Das Foto war am Rand leicht verblasst. Es war eine Nahaufnahme von Chase, der mit großen Augen erstaunt grinste. Und in der Hand, kaum sichtbar auf dem Bild, hielt er ein Glühwürmchen. Chase war zum ersten Mal östlich der Rocky Mountains gewesen.

Aber das war nicht das Entscheidende auf diesem Bild.

Der Moment wurde wieder lebendig, als Kelly das Foto anschaute. Sie hatten einen wunderbaren Sonntagsgottesdienst gefeiert und waren von der Gemeinde einer kleinen Kirche auf dem Land herzlich begrüßt worden, die sie in ihrem Missionsdienst unterstützte. An diesem Abend war die Gemeinde zum Grillen und Picknick mit verschiedenen Spielen im Freien zusammengekommen.

Als die Sonne unterging, liefen einige Kinder zu einer Stelle, an der das Gemeindegelände an einen kleinen Wald grenzte. In der heißen, feuchten Augustnacht waren jede Menge Glühwürmchen unterwegs, und die Kinder lachten und hüpften und fuchtelten mit den Händen, um diese kleinen Wunderwerke der Natur einzufangen.

Chase hatte mit Kelly und dem Pastor und seiner Frau an einem

Klapptisch gesessen. „Sie haben viel Spaß." Er lächelte und konnte das Verhalten der Kinder nicht ganz verstehen. „Was machen sie da?"

„Glühwürmchen fangen." Die Frau des Pastors schaute wehmütig zu den Kindern hinüber. „Die Kinder lieben das immer noch."

Chase runzelte die Stirn. Er schaute den Pastor und dann Kelly an. „Ihr nehmt mich auf den Arm, oder? Das ist nur ein Scherz?"

„Nein." Jetzt sah der Pastor verwirrt aus. „Sie fangen wirklich Glühwürmchen."

„Aber ..." Selbst im schwachen Licht des Sommermondes konnten sie alle den Schock in Chases Gesicht sehen. „Das ist doch unmöglich." Er schüttelte den Kopf. „Glühwürmchen gibt es doch nur im Märchen."

Der Pastor und seine Frau schauten sich verblüfft an, bevor der Mann sich wieder an Chase wandte. „Es gibt sie wirklich." Er deutete zu den Kindern hinüber. „Da drüben fliegen wahrscheinlich hundert Glühwürmchen."

„Mindestens", gab Kelly dem Mann recht. „Siehst du sie nicht, Chase? Sie sehen aus wie funkelnde Lichter, weil sie im Fliegen immer wieder kurz aufleuchten."

Chase war aufgesprungen, noch bevor sie den Satz beendet hatte. „Komm mit." Er nahm ihre Hand. „Ich glaube das erst, wenn ich eines in der Hand halte."

Sie gingen schnell über die Wiese, aber je näher sie den lachenden Kindern kamen, umso langsamer wurden Chases Schritte. „Diese ... diese ganzen kleinen Lichter in der Luft?" Er schaute Kelly mit großem Staunen in den Augen an. „Das sind Glühwürmchen?"

„Ja." Sie lachte vor Freude über diesen Augenblick. „Ich fange dir eines." Sie lief voraus und hatte im Nu ein Glühwürmchen gefangen. Sie hielt die Finger leicht darüber und legte es Chase vorsichtig in die Hand. Als sie das machte, leuchtete das Glühwürmchen ein paar Sekunden auf, dann wurde es wieder dunkel.

Chase war so schockiert, dass er es fast fallen ließ, aber er hielt es fest und schaute es durch die Spalten zwischen seinen Fingern an, als es immer wieder aufleuchtete. Er war von dem Wunder und Zauber des Glühwürmchens so fasziniert, dass seine Stimme fast erstickt klang. Er hatte das Insekt immer noch in der Hand und schaute Kelly lang und tief in die Augen. „Jetzt ... jetzt ist nichts mehr unmöglich. Wenn

Gott uns Glühwürmchen schenkt ... wenn es Glühwürmchen nicht nur im Märchen gibt, dann ... dann ist alles, was ich mir je erträume, möglich."

Weil sie bei Menschen zu Besuch waren, die sie noch nie gesehen hatten, und weil Kelly sich an sie erinnern wollte, hatte sie eine Kamera dabei. Sie zog sie heraus und hielt dieses Bild als Erinnerung an ein Erlebnis fest, das sie beide ihr Leben lang nicht vergessen würden.

Seitdem waren viele Jahre vergangen, aber auch jetzt trieb ihr die Verwunderung in Chases Gesicht die Tränen in die Augen. Gott hatte in Indonesien diesen Moment immer wieder benutzt, um ihnen Mut zu machen. Sie waren in einer aussichtslosen Situation gewesen oder hatten nichts zu essen gehabt, oder sie waren mit dem Tod eines Dorfbewohners oder einer feindseligen Gruppe unter den Dorfbewohnern konfrontiert worden, und Chase hatte sie nur angeschaut und gesagt: „Wenn es Glühwürmchen gibt, kann Gott uns auch durch diese Situation führen."

Kelly hielt das Bild mit beiden Händen und hob es näher, als könnte sie, wenn sie dieses Bild anschaute, irgendwie zu den Tagen der Verwunderung und des Staunens zurückkehren, in denen ihnen nichts unmöglich erschienen war. Plötzlich begriff sie etwas, und von einer Sekunde auf die andere wusste sie, was sie tun musste.

Freudentränen liefen ihr übers Gesicht, als sie das Bild an ihre Brust drückte. *Gott, ich höre dich. Ich tue, was du sagst. Das verspreche ich dir."*

„Mami?", fragte eine schläfrige Stimme. Hinter ihr stand Molly mit ihrer rosa Schlafdecke. Sie tapste langsam näher und strich Kelly die Haare aus der Stirn. „Warum weinst du?"

Sie konnte nicht sprechen, weil die Freude wie warmer Regen auf den ausgedörrten Boden ihres Herzens fiel. Sie hielt das Bild hoch. „Siehst du das?"

„Ja. Das ist Papa." Sie zog die Decke höher. „Warum weinst du deshalb?"

„Es ist okay, Schatz." Sie legte das Foto wieder in die Schachtel und umarmte ihre kleine Tochter. „Ich bin nicht mehr traurig, weil ich jetzt weiß, was ich tun muss."

„Hat Papa dir etwas gesagt?" Molly fuhr immer noch mit der Hand über Kellys Haare.

„Nein, Schatz. Ich glaube, Gott hat mir etwas gesagt."

„Oh." Molly ließ die Decke sinken und war plötzlich ganz ernst. „Wenn Gott dir gesagt hat, dass du etwas tun sollst, dann solltest du es lieber machen."

„Ja, das denke ich auch."

Molly gähnte und umarmte Kelly noch einmal. „Ich gehe zu Macy. Sie soll auch aufstehen."

Während Molly aus dem Zimmer lief und ihre Schwester rief, warf Kelly einen letzten Blick auf das Foto. Aber als sie die Schachtel wieder unters Bett schieben wollte, hielt sie inne. Sie nahm das Bild aus der Schachtel und stellte es auf den Nachttisch. Dieser Nachmittag war plötzlich verheißungsvoller als alle Tage der letzten Woche zusammengenommen. Nicht weil sie eine Lösung für ihre Probleme gefunden hätte oder weil sie Chase weniger vermissen würde. Sondern weil sie zum ersten Mal, seit Chase mit diesem Film angefangen hatte, genau wusste, was sie tun sollte. Und sie würde es tun, auch wenn es nicht ganz leicht wäre.

Denn es war etwas, das Gott ihr gesagt hatte.

# Kapitel 21

Bailey verbrachte den ganzen Samstag mit ihren Brüdern. Sie schaute Shawn, Justin und BJ beim Fußballspielen zu und sah die zweite Hälfte von Rickys Footballspiel. Die Jungen spielten großartig, und Bailey genoss es, mit ihren Eltern und Connor an der Seitenlinie zu sitzen. Connor probte für das christliche Kindertheater *Eine Braut für sieben Brüder*, aber heute Vormittag hatte er frei, sodass sie den Nachmittag zusammen verbringen konnten.

Trotz der ganzen Ablenkung konnte Bailey jedoch das Bild von Andi und Cody nicht aus ihrem Kopf bringen, obwohl seitdem vierundzwanzig Stunden vergangen waren. Keiner der beiden wusste, dass sie sie in Andis Auto gesehen hatte. Und die Erinnerung ließ sich einfach nicht aus ihrem Kopf verbannen.

Die Flanigans gingen am Abend zum Siebzehn-Uhr-Gottesdienst. Das war der Lieblingsgottesdienst ihrer Familie, da ihr Vater sonntags meistens als Trainer der Colts unterwegs war. Die Predigt befasste sich mit dem fünften Kapitel des Römerbriefs, und Bailey hatte das Gefühl, sie wäre nur für sie geschrieben worden. Als hätte jemand vorher angerufen und dem Pastor verraten, welche Worte sie hören musste.

In diesem Kapitel des Römerbriefs stand, dass ein Mensch, der Jesus liebte und vertraute, nicht nur das Versprechen auf Erlösung hatte, sondern auch große Hoffnung. Hoffnung auf die Ewigkeit, Hoffnung in dem Wissen, dass Gott immer in der Person des Heiligen Geistes da war. Und, was am schwersten zu verstehen war: Hoffnung in Anfechtungen.

Bailey war bewusst, dass sie im Vergleich zu Menschen, die in Indien verhungerten oder in China verfolgt wurden, im Vergleich zu einem Obdachlosen, der auf den Straßen von Los Angeles lebte, oder einem Krebspatienten, der in einem Krankenhaus dahinsiechte, keine wirklich nennenswerten Probleme hatte. Keine einzige Anfechtung. Aber nach dem, was sie gestern Abend gesehen hatte, hörte sie die Worte dieser Predigt mit ganz anderen Ohren. Die Hoffnung sah so aus: Leid macht geduldig, und Geduld vertieft und festigt unseren Glauben. Und der Glaube und das Wissen, dass nichts etwas an unserem

Glauben oder an unserem Platz bei Gott etwas ändern kann, gibt uns Hoffnung.

Tim war den ganzen Tag bei seiner Familie, und sie hatten sich nur ein paar SMS geschrieben. Den Freitagabend hatten sie gemeinsam mit Baileys Familie verbracht und viel miteinander gelacht. Als sie nach dem Homecoming-Spiel zu Hause gewesen waren, hatten sie *Tabu* gespielt und Pizza bestellt und über BJs Aussprache gelacht, als er gesagt hatte, er wolle „saubere" Sahne zu seinem Burrito. Die drei Jungs waren vor sieben Jahren aus Haiti zu ihnen gekommen, aber BJ hatte manchmal immer noch Probleme, das richtige Wort zu finden, um etwas zu beschreiben.

Ihr Vater hatte gelacht und gefragt: „Du hast wirklich die ganze Zeit gedacht, dass es *saubere* Sahne heißt?"

BJ hatte nur gegrinst und die Achseln gezuckt. „Saubere Sahne oder saure Sahne, ist doch egal."

Bailey und Tim saßen nebeneinander und lachten, bis Bailey kaum noch Luft bekam. BJ brachte die Familie immer wieder zum Lachen, und das genossen sie alle. Alle liebten BJ. Der Abend war schön gewesen, und Tims Umarmung zum Abschied war nett und nicht übertrieben gewesen. Er hielt sich an sein Versprechen, dass er sie nicht zu oft küssen wollte. Küsse waren etwas für besondere, seltene Momente.

Aber trotz des schönen Abends hatte Bailey gestern nicht einschlafen können, und sie war den ganzen Tag irgendwie verletzt gewesen. Erst als sie nach dem Gottesdienst wieder zu Hause waren, kam ihre Mutter zu ihr und legte ihr sanft die Hand auf die Schulter. „Was ist los, Schatz? Du wirkst aufgewühlt."

Ein trauriges Lachen kam aus Baileys Mund. „Du kennst mich einfach zu gut."

„Ich habe gestern Abend schon gemerkt, dass dich etwas bedrückt, aber dann hast du mit Tim ganz glücklich gewirkt, und ich dachte, es wäre wieder vorbei."

„Die Predigt heute hat mir geholfen." Bailey schloss die Augen und lehnte sich in die Arme ihrer Mutter. „Ich kapiere es einfach nicht, Mama. Ich versuche immer wieder, es loszulassen, aber ich weiß auch nicht … ich fühle mich irgendwie betrogen, glaube ich."

Ihre Mutter legte die Arme um Baileys Schultern, und Bailey kehrte zum letzten Abend nach dem Spiel zurück und erzählte ihrer Mutter jede Einzelheit: Sie verließ nach Spielende das Stadion, ging den Weg zum Parkplatz hinauf und überlegte, warum Cody nicht wenigstens zu ihnen gekommen und Hallo gesagt hatte, als sie plötzlich Andis blauen Jetta entdeckte. Sie zitterte in der kalten Nachtluft und drückte die Arme enger um sich, als ihr bewusst wurde, was sich vor ihren Augen abspielte.

Andis Autotür stand offen und jemand, der sehr nach Cody aussah, stieg aus und hatte seine ganze Aufmerksamkeit auf Andi gerichtet. Sie verlangsamte ihre Schritte. Als er sich aufrichtete, atmete sie schnell ein. Es war eindeutig Cody. Was bedeutete das? Seit Cody das Stadion verlassen hatte, ohne mit ihr zu sprechen, hatte er hier bei Andi gesessen? Und er hatte die ganze Zeit mit Andi gesprochen? Sie wollte nicht von ihnen gesehen werden. Deshalb versteckte sie sich unauffällig hinter anderen Leuten und schaute nicht mehr in die Richtung von Andis Auto.

Tim ging neben ihr her. Er merkte sofort, dass mit ihr etwas nicht stimmte, und beugte sich näher zu ihr vor. „Was ist mit dir?"

„Nichts. Mir ist nur ein wenig kalt." Bailey war wirklich kalt, aber sie konnte ihrem Freund schlecht erzählen, was sie eigentlich quälte: dass es sie verletzte und sie sich betrogen fühlte, weil Cody eine Stunde mit ihrer Mitbewohnerin verbracht hatte.

„Glaubst du, sie interessiert sich für ihn?" Ihre Mutter hob mit einer leichten Berührung Baileys Kinn, damit sie einander ansehen konnten. „Hätte Andi dir das nicht erzählt?"

„Keine Ahnung." Deshalb hatte sie den restlichen Abend ihre Traurigkeit verstecken müssen. Es wäre Tim gegenüber nicht fair gewesen, schlechte Stimmung zu verbreiten.

Die Jungs hatten im Zimmer nebenan Freunde zu Besuch, und ihr Vater schaute als Vorbereitung für morgen Footballspiele an. Ihre Mutter führte sie zum Garderobenschrank. „Komm, setzen wir uns vors Haus und unterhalten uns."

Bailey liebte es, dass ihre Mutter sich immer Zeit für sie nahm, egal, was Bailey beschäftigte – ob sie wegen einer Probe nervös war oder in der Schule Probleme hatte oder ob es wegen eines Jungen etwas zu besprechen gab. In letzter Zeit hatten sie sich öfter über Cody unterhalten, und sie waren immer zum selben Schluss gekommen: Cody mochte sie, ja. Aber wenn er nicht aufhörte, ihr zu sagen, dass

Tim für sie besser wäre als er, konnte er nicht allzu viel Interesse an ihr haben.

Bailey und ihre Mutter holten warme Mäntel aus dem Schrank und eine alte Decke und einen Schal für jeden. „Das müsste reichen", kicherte Bailey.

„Damit frieren wir nicht, selbst wenn ein Schneesturm kommt."

Sie lachten beide, als sie hinausgingen und sich auf die erste Verandaschaukel setzten. Als sie sich gesetzt hatten, lehnte Bailey den Kopf an die Schulter ihrer Mutter. „Ich mag Tim. Darum geht es nicht, weißt du?"

„Ja." Ihre Mutter legte Bailey den Arm um die Schultern. „Tim ist ein sehr netter Junge. Ihr beide scheint schon immer gut zueinanderzupassen. Wenigstens auf dem Papier."

„Siehst du! Das ist es genau. Warum auf dem Papier?" Sie richtete sich auf und schaute ihrer Mutter in die Augen. „Weil ich es auch so empfinde. Er ist wirklich nett und großartig, aber ich bin trotzdem nicht sicher, ob ich in ihn verliebt bin."

„Verliebt zu sein ist eine ernste Sache, Schatz. Du hast dich körperlich auf nichts eingelassen; es ist nicht schlecht, wenn du dich auch emotional nicht zu sehr an einen Jungen bindest. Wenn du dich dann in einen jungen Mann verliebst, ist es etwas ganz Besonderes und unglaublich Schönes. Du bist immer noch sehr jung für eine solche lebenslange Liebe."

Bailey tat es gut, das zu hören. Dadurch hatte sie auch weniger Schuldgefühle, weil sie mit Tim befreundet war, obwohl sie nicht bereit war, ihm zu sagen, dass sie ihn liebte, oder auch nur, dass sie in ihn verliebt war. Sie mochte ihn diese Woche mehr als letzte Woche, und dass er ihr offen gesagt hatte, was er für sie fühlte, tat ihrer Beziehung auch gut. Sie atmete aus und setzte die Schaukel leicht in Bewegung. „Das führt uns wieder zu Cody."

„Ja." Der Tonfall ihrer Mutter war ernst und nachdenklich, denn niemand wusste besser als ihre Mutter, wie viel Cody ihr bedeutete. „Ich erinnere mich, dass ich ihn beobachtet habe, als er am 4. Juli durch die Tür kam. Er ging damals noch auf Krücken, weil sein linkes Bein ab dem Knie fehlte. Ich habe gesehen, dass du das wahrgenommen hast, aber dann nicht weiter darauf eingegangen bist."

„Weil es nicht wichtig ist."

„Ich war oben bei meiner Zimmertür und habe euch zwei miteinander sprechen sehen, bevor ich ins Zimmer ging. Ich dachte bei mir: So hat noch nie jemand Bailey angesehen." Ihre Mutter atmete langsam ein. „Ich habe deinem Vater an jenem Abend gesagt, dass ich glaube, dass Cody dich liebt. Wir waren uns beide einig, dass es uns nicht wundern würde, wenn ihr beide ein Paar werdet."

„Ich weiß. Das dachte ich auch." Bailey wollte ihr erzählen, dass Cody ihr praktisch befohlen hatte, dass ihre Gefühle für ihn nicht mehr als freundschaftlich sein sollten. Aber als sie das gerade erklären wollte, klingelte ihr Handy. Sie zog es heraus und sah, dass es Andi war.

„Interessantes Timing", murmelte Bailey. Sie verzog das Gesicht. „Wartest du bitte einen Moment? Ich würde gern drangehen." Sie klappte das Telefon auf und hielt es sich ans Ohr. „Hallo, Andi."

„Hi!" Sie klang ein wenig zu glücklich und aufgedreht. Wahrscheinlich, weil sie am Freitag einen schönen Abend mit Cody verbracht hatte. „Wo warst du nach dem Spiel?"

„Wir sind mit meiner Familie nach Hause gefahren." Bailey bemühte sich, ungezwungen zu klingen. „Bist du noch zum Spiel gegangen?"

„Ja. Ich kam nach der Halbzeitpause an, und rate mal, wen ich getroffen habe?"

„Wen?" Sie wollte die Geschichte aus Andis Sicht hören.

„Cody Coleman! Er wollte gerade gehen, als ich ankam, und er sagte mir, dass Tim bei dir sei." Sie holte tief Luft. „Der Abend mit Jake lief überhaupt nicht gut, und ich wollte unbedingt mit dir sprechen. Aber ich nahm an, wenn Tim bei dir ist …"

„Ich hätte trotzdem mit dir sprechen können. Tim klebt ja nicht ständig an mir."

„Ich weiß. Aber als ich Cody traf, kamen wir ins Gespräch. Irgendwie saßen wir dann bis zum Ende des Spiels in meinem Auto. Als das Spiel aus war und die Leute herauskamen, haben wir dich gesucht, aber weder dich noch deine Brüder oder deinen Vater gesehen. Keinen von euch."

Bailey war mit ihren nächsten Worten vorsichtig. Sie wollte das Verhältnis zu ihrer Mitbewohnerin nicht gefährden, aber sie musste es unbedingt wissen. „Worüber habt ihr euch denn so lang unterhalten? Über etwas Ernstes?"

„Irgendwie schon." Andis Tonfall verriet sie. Sie war zweifellos an

Cody interessiert. „Wir haben uns lange Geschichten erzählt. Ich erzählte ihm von meinem Abend mit Jake, den ich dir immer noch erzählen muss, und er hat mir dann seine Geschichte erzählt: Warum er bei deiner Familie wohnte und warum du und er nie ein Paar geworden seid."

Baileys Herz schlug doppelt so schnell wie normal. Darüber hatte Cody mit Andi gesprochen? Sie wollte nicht anklagend oder überstürzt klingen. Als sie lang genug gezögert hatte, lachte sie, als wollte sie sagen, dass sie nie auf so eine Idee kommen würde. „Und, was hat er gesagt?"

„Er sagte, dass er immer mehr wie ein Bruder für dich war." Alles an Andis Tonfall verriet Bailey, dass sie nicht das Gefühl hatte, irgendetwas Falsches getan zu haben, dass ihr Gespräch mit Cody, wenigstens für Andi, eine völlig normale Art gewesen war, den Freitagabend zu verbringen.

Aber Bailey brach beim Gedanken, dass Cody Andi seine tiefsten Gedanken und Gefühle erzählte, das Herz. Sie schaute ihre Mutter an und schüttelte den Kopf, um ihr damit stumm mitzuteilen, dass das Gespräch mit Andi nicht gut lief. Wenigstens nicht für Bailey.

Andi erzählte, dass sie mit Cody viel gemeinsam hätte, dass Cody, wisse, wie es sei, gefährlich zu leben und Erfahrungen zu sammeln. „Ich habe ihm gesagt, dass ich mir dieses Leben manchmal wünsche. Du weißt schon, weil ich immer so behütet gelebt habe."

Bailey verdrehte die Augen. „So wie ich Cody kenne, hat er dich dazu nicht ermutigt."

„Nein. Absolut nicht." Wieder klang Andi verwirrt. „Aber ich habe ihm geantwortet, dass es manchmal schwer ist. Wie mein Date mit Jake. Ich habe ihm gesagt, dass du in Tim verliebt bist und mit ihm glücklich bist und dein Leben genießt, aber wen hat Gott für mich? Da ich sonst niemanden habe, bin ich mit Jake zum See gefahren. Warum auch nicht? Das habe ich ihm erzählt."

Inzwischen wollte Bailey nichts mehr über Andis Date mit Jake hören. Alles, was sie am Freitag getan hatte, auch ihr Gespräch mit Cody, kam Bailey wie ein Versuch vor, unbedingt Aufmerksamkeit zu erregen. Zum ersten Mal war sie nicht sicher, ob sie und Andi wirklich gute Freundinnen werden würden. Das würde unmöglich werden, wenn Andi sich wieder in gefährliche Situationen bringen und dann Cody benutzen würde, um über alles zu sprechen und wieder auf den richtigen Weg zurückzufinden. Aber Bailey wollte nicht grob sein. Deshalb hörte sie trotzdem zu. Andi erzählte ihr von der Fahrt zum See und dass sie das Gefühl gehabt hatte, in Gefahr zu sein, und von dem Kuss und dass Katy und Dayne gekommen waren. Alles.

„Irgendwie habe ich wahrscheinlich bekommen, was ich wollte. Ich bekam meinen ersten Kuss von Jake Olson. Aber es war nicht so schön, wie ich es mir vorgestellt hatte. Sonst wäre ich nicht gekommen, um dich zu suchen." Sie schwieg einen Moment. „Cody sah mir an, dass ich geweint hatte. Deshalb kamen wir überhaupt ins Gespräch."

Ihre Mutter beobachtete sie. Deshalb beherrschte Bailey sich und verdrehte nicht wieder die Augen. Sie hatte ihrer Mutter vorher schon gesagt, dass sie es hasste, wenn sie anfing, gegenüber einem anderen Menschen bitter zu werden.

Der Anruf war kurz danach zu Ende. Andi sagte, sie müsse noch Hausaufgaben machen, und Bailey wollte ungestört mit ihrer Mutter sprechen.

„Das sah nicht so gut aus." Ihre Mutter klang nicht neugierig, sondern nur besorgt. Wieder legte sie den Arm um Baileys Schultern.

„Nein. Du hättest sie hören sollen, Mama." Als sie ihr Handy zuklappen wollte, vibrierte es, weil eine SMS ankam. Bailey warf einen Blick auf das Display und sah, dass sie von Tim war. „Nur eine Sekunde." Sie klappte das Handy auf und las die Nachricht. *Ich vermisse dich und bete, dass Gott dich umarmt, weil ich das heute Abend nicht kann.*

Bailey lächelte und hielt ihrer Mutter das Handy hin. „Du ahnst gar nicht, wie gut das in diesem Moment tut."

„Tim ist reifer geworden." Ihre Mutter lächelte über die SMS und schaute dann Bailey an. „Das ist sehr nett von ihm."

„Er schreibt, dass er für mich betet und mich mag." Sie verschränkte die Arme vor der Brust und lehnte sich wieder an die gepolsterte Rückenlehne der Schaukel zurück. „Cody ist gestern im Stadion einfach an mir vorbeigegangen, ohne ein Wort zu sagen."

„Also, weißt du ..." Ihre Mutter legte den Kopf schief. „Um fair zu sein: Du warst mit Tim da. Ich habe gesehen, dass Cody dich angesehen hat, als er ging. Ich nahm an, dass er sich wahrscheinlich einfach nicht wohl dabei gefühlt hätte, zu uns zu kommen, wenn du mit deinem Freund da bist."

„Aber warum?" Bailey würde Cody nie verstehen. Sie verstand nicht, wie er sich benahm, seit er aus dem Irak zurück war. Sie warf die Hände in die Luft und ließ sie wieder auf ihren Schoß fallen. „Er redet doch ständig davon, dass wir nur Freunde sein sollen und wie wunderbar Tim zu mir passt. Wenn er das wirklich so meint, dann sollte er doch froh sein, dass ich mit meinem Freund da bin."

„Bailey." Die Stimme ihrer Mutter verriet, dass sie das keine Sekunde glaubte. „Komm schon, Schatz. Cody empfindet das nicht so. Ich habe dir gesagt, dass ich seinen Blick gesehen habe, als er am 4. Juli hier war. Ich glaube, er empfindet sehr viel für dich, aber vielleicht ..." Ihre Miene wurde nachdenklich, als sie in die Nacht hinausschaute. „Vielleicht glaubt er, er wäre nicht gut genug für dich. Er meint immer noch, dass er wegen seiner Vergangenheit ein schweres Paket mit sich herumschleppt."

„Aber das hat er doch alles hinter sich."

„Vielleicht sieht er das anders." Sie berührte Baileys Hand.

„Das sollte er aber nicht." Bailey hörte, dass ihre Stimme ein wenig lauter wurde, und sie bemühte sich, wieder ruhiger zu sein. „Er liebt jetzt Gott, und er trinkt nicht mehr. Er hat mit solchen Mädchen, mit denen er sich an der High School abgab, nichts mehr zu tun. Und er hat die Gefangenschaft im Irak überlebt." Bailey wollte glauben, dass ihre Mutter recht hatte und Cody sich nur so sonderbar verhielt, weil er starke Gefühle für sie hatte. Das hatte er in seinem Brief vor über einer Woche mehr oder weniger gesagt. Aber wenn er mit ihr zusammen war, klangen seine Worte nicht so, als sehne er sich nach ihr und als halte er nur Abstand zu ihr, weil er glaubte, dass er nicht gut genug für sie wäre. Sie schaute ihre Mutter traurig an. „Er hat Andi erzählt, dass er für mich immer wie ein Bruder ist."

Ihre Mutter verzog die Lippen zu einem schwachen Lächeln, als gäbe es vieles, bei dem sie Bailey helfen müsste, es zu verstehen, aber als sei sie nicht sicher, wo sie anfangen solle. „Angenommen, ich habe recht. Angenommen, er hat sehr tiefe Gefühle für dich, okay?"

„Okay." Es war ein gutes Gefühl, sich das vorzustellen, auch wenn es nicht wahr war.

„Er trifft zufällig deine Mitbewohnerin und die beiden unterhalten sich. Falls sie auf Tim zu sprechen kamen ..."

„Sie kamen auf Tim zu sprechen." Bailey fragte sich immer, woher ihre Mutter so viel wusste. Sie konnte fast vorhersehen, wie das Gespräch mit Andi gelaufen war, auch wenn sie nicht dabei gewesen war. Sie runzelte die Stirn. „Andi hat Cody gesagt, dass ich in Tim verliebt sei."

„Siehst du?" Ihr Lächeln wurde breiter. „Cody hört das. Was soll er sagen, als Andi ihn dann auffordert, sein Verhältnis zu dir zu erklären und ihr zu beantworten, warum ihr nie ein Paar geworden seid? Einem Mädchen, das er kaum kennt, erzählt er bestimmt nicht, dass er hofft, dass du und Tim bald miteinander Schluss macht oder dass er mehr für dich empfindet, als er dir zeigt. Schatz, wenn er es *dir* nicht sagt, wird er es *ihr* bestimmt nicht erzählen."

Bailey holte tief Luft und dachte über diese Möglichkeit nach. Ihre Mutter könnte recht haben, aber in ihrer Argumentation war ein Punkt, der nicht passte. „Wenn er mit mir zusammen ist, muss er mir nicht ständig sagen, dass er meint, Tim passe besser zu mir. Er kann nett sein, und er kann es respektieren, dass ich einen Freund habe, aber wenn er solche tiefen Gefühle für mich hat, sollte er mir wenigstens ein kleines Zeichen geben."

„Das wäre hilfreich, nicht wahr?" Ihre Mutter schauderte leicht. „Es wird kalt."

„Da ist noch eine Sache: Vielleicht hat Cody nicht gesagt, dass er für mich etwas empfindet, weil er, während er neben der atemberaubenden Andi Ellison saß, anfing, Gefühle für sie zu entwickeln. Ist das nicht möglich?"

Ihre Mutter schien über diese Möglichkeit nachzudenken. „Vielleicht."

„Und zur gleichen Zeit schickt Tim mir liebe Nachrichten und ist wirklich für mich da und sagt mir, dass er mich mag und dass er es nur aus Respekt vor mir langsam angehen will."

„Eines muss man sagen." Das Lächeln ihrer Mutter war voll Stolz. „Beide Jungs in deinem Leben respektieren dich. Das ist ein Beweis dafür, dass dein Charakter wirklich Gott die Ehre gibt, Schatz. Dein Vater und ich sind so stolz auf dich."

Ihr wurde warm ums Herz. „Danke."

„Was ist, wenn du recht hast? Wie würde sich das auf deine Freundschaft mit Andi auswirken?"

„Das weiß ich nicht. Es gefällt mir nicht, dass sie eine Stunde mit

ihm gesprochen hat, dass die beiden so lange in ihrem Auto saßen."
Baileys Frust verblasste allmählich. „Aber ich habe kein Recht, mich aufzuregen. Falls du dich irrst und er mich wirklich nur als Schwester sieht, sollte ich mich für ihn freuen, wenn er Andi mag."

Ihre Mutter verzog das Gesicht. „Das wäre hart."

„Aber es wäre richtig."

„Ja." Ihre Mutter nickte langsam. „Es wäre auf jeden Fall richtig."

„Was ist, wenn …" Bailey kam ein neuer Gedanke. „Was ist, wenn Cody in unser Leben geführt wurde, damit wir ihm helfen konnten, dass er von den ganzen Mädchen und Partys wegkam, damit er Gott finden konnte? Damit er eines Tages die wirkliche Liebe seines Lebens kennenlernen konnte, das Mädchen, das Gott für ihn vorgesehen hat?" Sie wollte diesen Gedanken nicht weiter ausführen, aber sie musste es aussprechen. „Und wenn dieses Mädchen Andi Ellison ist?" Bei diesem Gedanken wurde ihr richtig schlecht. „Wie könnte ich ihnen böse sein oder wie könnte ich Gott böse sein, falls das sein Plan ist?"

Ihre Mutter schaute sie nachdenklich an. „Du erstaunst mich, Bailey. Du besitzt sehr viel Weisheit."

„Im Ernst, Mama. Wenn das Gottes Weg ist, kann ich nicht dagegen ankämpfen."

„Das heißt aber nicht, dass es leicht wäre." Sie deutete auf Baileys Handy. „Und dann ist da Tim. Aber weißt du, was das Beste ist?" Sie drückte Bailey von der Seite. „Gott hat den Überblick. Halte an deiner Liebe zu ihm fest, führe dein Leben nach seinem Willen."

„Ja." Bailey spürte, wie diese Möglichkeit sie schwer niederdrückte.

Als sie und ihre Mutter die Decke zusammenlegten und wieder ins Haus gingen, wusste sie mit Gewissheit, dass sie weder Andi noch Cody länger böse sein konnte. Selbst jetzt hätte sie beide am liebsten umarmt und ihnen gesagt, dass sie nicht sauer sein konnte. Sie mochte beide, und genauso wie bei Tim wusste sie mit absoluter Sicherheit, dass Gott sie aus einem bestimmten Grund in ihr Leben geführt hatte. Falls dieser Grund darin bestand, dass sie die beiden tatsächlich ermutigen und sich für sie freuen sollte, falls sie sich ineinander verliebten, konnte Bailey sich darüber auch nicht ärgern. Sie konnte ihnen nicht böse sein. Weder weil sie eine Stunde miteinander im Auto gesessen hatten noch weil sie sich ihre Geheimnisse erzählt hatten, als Bailey nicht dabei gewesen war. Nicht einmal dann, wenn sie sich ineinander verliebten.

Selbst wenn sie keine Ahnung hatte, wie sie mit diesem Schmerz leben sollte.

# Kapitel 22

Das Geld ging zur Neige. Die dritte Woche der Dreharbeiten war fast vorbei, und sie hatten auf dem Konto noch Geld für ungefähr eine weitere Woche, aber das war alles. Chase hatte sich mit Keith mehrmals zusammengesetzt und sie waren die Zahlen durchgegangen. Egal, wie sehr sie versuchten, Geld zu sparen oder die Mittel, mit denen sie arbeiteten, zu strecken – sie kamen immer zum gleichen Ergebnis: Rein rechnerisch war es ihnen unmöglich, den Film zu Ende zu bringen, wenn kein neuer Investor ihr Projekt unterstützte.

Keith dachte sogar daran, nach Los Angeles zu fliegen und ein Gespräch mit Ben Adams' Assistentin zu suchen. Als er das letzte Mal angerufen hatte, war die Sekretärin extrem kurz angebunden gewesen und hatte ihm gesagt, dass Ben auf unbegrenzte Zeit außer Landes sei. Alle anderen Möglichkeiten liefen ins Leere.

Es war Donnerstagabend, und Chase wollte an etwas anderes als an ihre finanziellen Probleme denken. Denn die traurige Ironie bei dem Ganzen sah so aus: Das Filmmaterial, das ihre Schauspieler und die Filmcrew ablieferten, war weiterhin faszinierend. Wenn sie mehr Investoren finden könnten, hätten sie einen Film, der bei Filmfestivals eine Chance haben könnte, einen Film, um den die Studios sich streiten würden. *Der letzte Brief* konnte das Leben von Menschen auf der ganzen Welt berühren und sie veranlassen, über den Glauben und die Familie und die Zukunft nachzudenken, die Gott für sie vorgesehen hatte. Falls das geschehen sollte, bekämen die Investoren ihr Geld vielfach zurück, und Chase und Keith könnten mit ihren Filmen einen Schritt weitergehen und die Welt mit einer Botschaft erreichen, die von Wahrheit und Hoffnung und Lebensveränderung sprach.

Aber wenn sie nicht bald – sehr bald – Geld von Investoren bekämen, würde nichts davon geschehen.

Chase war auf dem Weg zum Essenszelt, als der Kameramann ihn einholte. „Haben Sie das Material gesehen, Mann? Die Filmaufnahmen sind so gut, dass Sie wahrscheinlich die halbe Nacht nicht schlafen können." Er war ein alter Hase, ein Fachmann, der schon mehr als hundert Filme gedreht hatte. „Etwas so Besonderes wie diesen Film gibt es nur alle paar Jahre." Er klopfte Chase kräftig auf den Rücken. „Das ist ein einmaliger Film, Mann. Im Ernst, der Film ist einfach gut."

Die Wahrheit hing wie ein Damoklesschwert über allem, was Chase tat. Falls nicht bald etwas geschah – ihr Buchhalter und ihr Investmentteam hatte alle Möglichkeiten probiert – hätten sie am Ende einen der besten Filme, der nie fertiggestellt wurde. Natürlich könnten sie einpacken und nach San Jose zurückfahren und an die Tür jedes Millionärs klopfen, den sie kannten, und ein paar zusätzliche Hunderttausend Dollar erbitten. Aber die Zeit verging und die Dinge würden sich ändern. Die Schauspieler begannen neue Projekte, und wenn Hollywood eine Einigung mit der Gewerkschaft erzielte, würde die Filmcrew an anderen Filmen oder TV-Shows mitarbeiten. Sie hatten nur eine einzige Hoffnung: Es musste bald ein Investor auftauchen.

Eine gute Nachricht war, dass Chase gestern einem Reporter von *Entertainment Tonight* ein Interview über den Film gegeben hatte. Er hatte bei dem Gespräch alles getan, um anzudeuten, dass sie finanzielle Hilfe brauchten. Allerdings hatte er es so formuliert, dass er den Schauspielern und der Filmcrew, die die Sendung höchstwahrscheinlich sahen, keine Angst einjagte, dass das unmittelbare Aus bevorstand.

Während Chase über die Straße zum Essenszelt ging, ließ er das Interview noch einmal im Geiste Revue passieren. Er analysierte jede seiner Antworten Wort für Wort und kam zu dem Schluss, dass er getan und gesagt hatte, was er konnte.

Der Reporter war sehr fröhlich und positiv gewesen. Das war bei Leuten, die solche Interviews führten, nicht immer der Fall. Er war schon einen Tag vorher hier gewesen, um ein paar Aufnahmen zu sehen und Jake Olson und Rita Reynolds zu interviewen.

Für sein Gespräch mit Chase hatte er eine Szene auf dem Universitätsgelände im Hintergrund gezeigt.

„Das ist der erste große Film, an dem Sie und Keith Ellison arbeiten, und es gehen Gerüchte um, dass Sie das gewisse Etwas eingefangen haben." Das Lächeln des Reporters verriet jedem Zuschauer, dass er selbst auch der Meinung war, dass der Film etwas Besonderes war. „Was ist Ihr Geheimnis hier draußen in Bloomington?"

Chase wirkte vor der Kamera ungezwungen und entspannt. Deshalb hatten sie beschlossen, dass Chase bei diesem Interview im Vordergrund stehen sollte, obwohl Keith mehr Schauspielerfahrung hatte. Er lächelte den Reporter ruhig an und achtete darauf, dass seine Antwort zwar zurückhaltend war, aber doch die Neugier der Zuschauer weckte.

„Wir haben sehr talentierte Schauspieler und eine sehr begabte Filmcrew." Seine Miene wurde ernster. „Das Skript ist faszinierend, es hat eine sehr starke Aussage. Und wir bekommen viel Hilfe von oben."

Der Reporter störte sich nicht an der letzten Aussage, aber er runzelte die Stirn. „Sie sprechen davon, dass Sie Hilfe von oben bekommen. Ich habe gehört, dass Sie und Ihr Mitproduzent vor mehreren Jahren christliche Missionare waren. Es gibt Gerüchte, dass es am Anfang der Dreharbeiten Verwirrung gab, dass es vielleicht ein christlicher Film ist und die Schauspieler überlistet worden waren, die Verträge für dieses Projekt zu unterschreiben. Können Sie uns dazu etwas sagen?"

„Ja." Chase lachte. Seine Stimme war genauso freundlich und leicht verblüfft, als hätte der Mann ihn gefragt, warum der Himmel blau sei. „Es gab ein Gespräch und es lief sehr gut. Keith hat mit allen am Set gesprochen und ihnen erklärt, dass wir beide zwar Christen sind und dass wir auch der Meinung sind, dass dieser Film eine starke Botschaft verkündet, aber dass der Film nicht als christlicher Film auf den Markt kommen wird." Chase sprach weiter, dass es in den letzten Jahren selbstverständlich einige sehr gute christliche Filme gegeben habe und dass es für solche Filme bestimmt einen Markt gebe. „Aber unser Ziel ist es, die Massen zu erreichen, die Menschen, die nicht ins Kino gehen würden, um einen Film zu sehen, der nur christlich ist."

„Das heißt, dass es in Ihrem Film keine vulgäre Sprache oder Sexszenen geben wird?"

„Davon werden Sie in unserem Film nichts sehen." Chase wurde wieder ernster. „Wir wollen aber mehr als nur einen sauberen Film drehen. Wir wollen einen Film, der buchstäblich Menschenleben verändern wird. Deshalb machen wir das."

Der Reporter nickte. „Beeindruckend. Ich habe mit Jake Olson und Rita Reynolds gesprochen und sie haben das Gleiche gesagt. Sie fanden die Geschichte in *Der letzte Brief* faszinierend und wollten unbedingt darin mitspielen." Er schüttelte ungläubig den Kopf. „Und das alles drehen Sie mit einem unabhängigen Budget mit nur zwei Millionen Dollar. Ist das richtig?"

„Ich muss dazu sagen: Wir brauchen immer Investoren. Aber ja ..." Sein Selbstvertrauen wuchs, während Chase sprach. „Uns ist es sehr wichtig, bei diesem Film unabhängig zu bleiben. Auf diese Weise behalten wir die gestalterische Kontrolle und der Film wird nicht zu etwas verändert, das wir nie beabsichtigt haben."

„Ich habe einige Aufnahmen gesehen und muss den Gerüchten zustimmen." Der Journalist schaute in die Kamera. „*Der letzte Brief* ist ein Film, den Sie sich nicht entgehen lassen sollten. Er wird von zwei Produzenten gedreht, die eigene Wege einschlagen. So etwas muss man in unserer heutigen Welt bewundern." Er schüttelte Chase die Hand. „Sie haben hier wirklich einen ganz besonderen Film. Es handelt sich um *Der letzte Brief* von Oak River Films." Er wandte sich wieder an Chase. „Ich wünsche Ihnen alles Gute."

Das Interview zu bewerten war nicht leicht. Der Sender hatte vor einer Woche angerufen und von der Möglichkeit gesprochen, einen Bericht über sie zu bringen, aber gesagt, dass er nichts versprechen könne. Sie hatten seitdem dafür gebetet, aber nichts mehr gehört. Chase und Keith wussten ganz genau, wie viel es für sie bedeuten würde, wenn überhaupt über den Film gesprochen wurde, besonders so früh bei den Dreharbeiten. Aber der Reporter hatte sich nicht festgelegt, wann die Aufnahme gesendet werden würde und ob das Interview überhaupt über den Äther ginge, bevor der Film fertig war.

Das war ein weiteres Gebetsanliegen: Dass das Interview so früh im landesweiten Fernsehen gezeigt wurde, dass sich noch ein Investor von dem Projekt angesprochen fühlte. Das Interview war ihre letzte verzweifelte Hoffnung, das Geld, das sie brauchten, noch zu bekommen. Sonst müssten sie bei *Entertainment Tonight* anrufen und ihnen sagen, dass sie das Interview löschen könnten. Es hatte keinen Sinn, einen Bericht über einen Film zu zeigen, der nie fertiggestellt wurde.

Chase holte sich einen Teller mit Hähnchenfleisch und gebackenen Bohnen aus dem Essenswagen und setzte sich zu Keith und Lisa ans Ende eines Tisches. An den meisten Abenden saßen die Schauspieler und die Filmcrew an getrennten Tischen und hielten Abstand zueinander und zu den Produzenten. Der heutige Abend bildete keine Ausnahme. Als Chase sich setzte, fiel ihm auf, wie schwer ihn die Sorgen niederdrückten, weil sie fast kein Geld mehr hatten.

Er beugte sich vor und schaute Keith und seine Frau direkt an. Sie saßen weit genug von den anderen weg, dass niemand sie hören konnte. „Ich weiß nicht, ob ich das noch lange durchhalte." Er lächelte breit, damit jeder, der sie beobachtete, denken musste, dass sie sich über das köstliche Hähnchen oder den schönen, warmen Tag heute unterhielten. Er würde den anderen nicht zeigen, wie bedrückt er war. Die Schauspieler und Kameraleute, der Regieassistent und der Chefkameramann – sie alle reagierten auf Chases und Keiths Stimmung. Mit einem so knappen Budget zu arbeiten war mit Sorgen verbunden. Alle waren jedes Mal erleichtert, wenn Zahltag war und sie ihre Schecks bekamen. So war es bei jedem unabhängigen Film. Jetzt, da das ganze Projekt infrage stand, wagte Chase es nicht, seine Erschöpfung zu zeigen oder seine Angst, die ihn fast auffraß.

„Wir haben uns gerade darüber unterhalten." Lisa aß eine Gabel voll Bohnen und senkte den Blick. „Keith hatte heute noch eine andere Hoffnung."

„Aber es wurde nichts daraus." Keiths Miene war friedlich und ruhig. „Das haben wir vor einer Stunde erfahren."

„Unglaublich." Chase konzentrierte sich auf sein Hähnchen. Es kam ihm vor, als sprächen sie in einem Geheimcode, damit niemand merken würde, wie ernst das Thema war. „Ich frage mich immer wieder: Warum hat Gott uns so weit gebracht, um uns jetzt scheitern zu lassen?"

„Wir wissen nicht, ob wir scheitern." Keiths Stimme war nicht lauter als ein Flüstern. „Es könnte noch etwas passieren. Das Interview könnte im Fernsehen laufen und jemand könnte darauf reagieren."

Chase kaute auf seinem Hähnchen und versuchte, diese Möglichkeit realistisch einzuschätzen. „Ich sage mir das auch immer: Dass vielleicht jemand das Interview sieht und sich bei uns meldet." Er hob den Blick und setzte wieder ein Lächeln auf, nach dem ihm absolut nicht zumute war. „Aber wenn ich wirklich darüber nachdenke, sehe ich, wie ein möglicher Investor auf seinem Ledersofa sitzt und zufällig auf unseren Bericht stößt. Er hört sich das Interview an, aber er denkt nichts weiter, als dass er vielleicht diesen Film gern sehen würde, wenn er fertig ist. Er hat Geld, aber er macht sich Sorgen um seine Auslandsinvestitionen und seine Immobilienholdings und die Unsicherheit des Aktienmarktes und die Steuererhöhungen, die fast jedes Jahr kommen." Chase behielt sein Lächeln bei, aber er schüttelte den Kopf. „Es fällt mir schwer, mir vorzustellen, dass der Mann zu sich sagt: ‚Das bringt mich auf eine Idee! Ich sollte in einen solchen Film Geld investieren.' Und dann steht er auf und ruft bei Oak River Films an."

„Es sind schon seltsamere Dinge passiert." Keiths Lächeln galt niemand anderem als Chase. Trotz allem, was passiert war, und trotz der besorgniserregenden Geschwindigkeit, in der ihnen das Geld ausging, blieb Keith ruhig. „Außerdem hat uns Gott hierhergeführt. Wenn er will, dass wir ohne Film nach Hause fahren, nehmen wir uns Zeit, ihn zu fragen, wohin wir als Nächstes gehen sollen."

„Ja." Chase grub mit der Gabel in seinen Bohnen. „Wie damals in Indonesien."

„Genau." Lisa schaute ihn an, und in ihren Augen stand sehr viel Weisheit und Vertrauen. „Indonesien war für uns alle wunderbar. Falls Gott uns wieder dorthin führt, würde ich mich freuen. Ich würde mich mit ganzem Herzen darauf einlassen."

Chase wusste, dass das die richtige Antwort war, aber in der jetzigen Situation, in der die Schauspieler und die Crew auf sie angewiesen waren, konnte er die Haltung seiner Freunde nicht teilen. „Wisst ihr was? Ich war gern Missionar im Dschungel. Mir hat das alles sehr gut gefallen. Ihr wart beide dabei und habt gesehen, was Gott in diesen Jahren an mir getan hat." Er beugte sich über seinen Teller, und seine Stimme war leise und durchdringend. „Aber ich will nicht nach Indonesien zurückgehen. Ich will diesen Film zu Gottes Ehre fertig drehen und ihn ins Kino bringen, damit jeder ihn sehen kann." Er richtete sich auf. Seine Stimme klang jetzt resigniert. „Ich kann einfach nicht glauben, dass Gott uns so weit geführt hat, um uns jetzt scheitern zu lassen."

Keith und Lisa hörten ihm schweigend zu. Chase wollte gerade noch einmal die Liste mit möglichen Investoren durchgehen, um sicherzugehen, dass Keith jeden auf der Liste noch einmal kontaktiert hatte, als der Kameramann auf sie zukam. „Ich muss mit Jake und Rita wegen der Dreharbeiten morgen sprechen." Er nahm seine Baseballkappe ab und fuhr sich mit den Fingern durch die Haare. „Sie sind noch nicht ins Hotel zurückgefahren, aber ich kann sie nicht finden. Ich habe an ihre Wohnwagentüren geklopft, aber dort waren sie nicht. Könntet ihr mir bei der Suche helfen? Ich kann hier erst Feierabend machen, wenn ich mit ihnen gesprochen habe."

Das Hähnchen war gut, aber Chase war wegen seiner angespannten Nerven der Appetit vergangen. Er stand auf. „Ich suche sie." Er ging zwischen den Tischen hindurch und blieb unterwegs kurz stehen, um ein paar Nebendarstellern auf den Rücken zu klopfen und sich nach unten zu beugen und Janetta Drake zu umarmen.

„Wie läuft es?" Sie durchschaute ihn immer besser als die anderen, weil sie von allen Schauspielern als Einzige wusste, welchen Kampf es für sie bedeutete, einen unabhängigen Film mit einer Botschaft von Glaube und Hoffnung zu drehen.

„Gut." Er tätschelte ihren Arm und lächelte. „Es läuft gut, Janetta. Danke der Nachfrage."

Sie schaute ihn ein wenig länger an und schüttelte den Kopf. „Es läuft nicht gut, Chase. Das sehe ich in Ihren Augen."

„Die Aufnahmen, die wir haben, übertreffen unsere höchsten Erwartungen." Er zuckte leicht die Achseln. „Das läuft wirklich sehr gut."

„Aber was ist mit den anderen Dingen, mit den Problemen, mit denen Produzenten sich herumschlagen müssen?" Das Mitgefühl in ihren Augen machte ihn erneut dankbar, dass sie sich am Set befand.

Er konnte ehrlich zu ihr sein, aber nur in einem gewissen Maß. Das drohende finanzielle Aus ging nur das Produktionsteam etwas an.

„Okay, ich kann Ihnen nur eines sagen." Er ging in die Hocke, um auf Augenhöhe zu ihr zu sein. „Wir könnten Ihre Gebete gut gebrauchen. Mehr will ich dazu nicht sagen."

Sie nahm seine Hand und drückte sie mütterlich. „Darum müssen Sie mich nicht bitten, Chase. Ich bete ständig, seit ich am Set bin." Sie lächelte und ihre Augen strahlten wie die eines Kindes auf. „Gott tut hier etwas sehr Großes. Er wird Sie nicht im Stich lassen. Das hat er mir gesagt."

„Gut." Chase nickte und bemühte sich, nicht zu ernst zu werden. „Es wäre nett, wenn er mir das auch sagen würde."

Nach Janetta sagte Chase noch ein paar anderen Leuten Hallo und machte seinen Mitarbeitern Komplimente. Chase und Keith nahmen sich vor, die Leute, mit denen sie arbeiteten, zu loben, sooft sich eine Gelegenheit dazu ergab.

Schließlich ging er um die Ecke und marschierte über die Straße zum Set zurück. Sie drehten in einem Vorlesungsgebäude auf dem Campus. Chase fragte sich, ob seine zwei Hauptdarsteller am Set geblieben waren, um noch einmal einige Szenen zu proben.

Aber das Gelände war dunkel und still. Von Jake oder Rita war keine Spur zu sehen. Chase runzelte verwirrt die Stirn. *Seltsam,* dachte er.

Normalerweise saßen die beiden mit den anderen Schauspielern beim Abendessen. Und da sie noch nicht ins Hotel zurückgefahren waren, mussten sie irgendwo hier sein. Er ging wieder über die Straße und steuerte zwischen den Wohnwagenreihen auf den Wohnwagen zu, der Rita gehörte. Er war doppelt so groß wie die anderen; eine weitere Forderung, die Rita gestellt hatte. Sie hatte in letzter Zeit keinen Versuch mehr unternommen, ihn zu verführen, aber bei Rita Reynolds überraschte ihn nichts mehr. Chase hatte das Gefühl, dass hinter ihrer hübschen Fassade, die jeden Tag vor die Kamera trat, eine zutiefst verunsicherte Frau steckte.

„Rita?", rief er. „Jake?"

Das Gelände zwischen den Wohnwagen war sehr dunkel, und er ging im Schatten. Er war fast am Ende der Reihe angelangt, kurz vor Ritas Wohnwagen, als ihre Tür aufging und Jake heraustrat und auf der obersten Stufe stehen blieb. Er hielt Rita in den Armen, und die Szene, die sich Chases Augen bot, hätte in einem jugendfreien Film nichts verloren gehabt.

„Hey!", rief er ihnen zu und trat näher. „Jake, Rita, was ist denn hier los?"

Erschrocken löste sich Jake abrupt von ihr. Doch dann lächelte er und küsste Rita wieder, dieses Mal mit unverhohlener Leidenschaft. Als er sich von ihr löste, legte er die Hand an die Stirn und schaute zu Chase hinunter. „Wo ist das Problem? Ich sage meiner Kollegin nur gute Nacht." Seine Stimme war gleichzeitig belustigt und spöttisch, als wollte er klarstellen, dass Chase nicht das Recht hatte, sich einzumischen, wenn sich seine Schauspieler küssten.

Rita wirkte verlegen. Sie hob die Hand, um Jake davon abzuhalten, sie wieder zu küssen. „Stimmt etwas nicht, Chase?"

„Ja." Er kochte vor Wut, als er auf sie zutrat.

Jake ließ Rita los. „Haben Sie ein Problem damit, dass wir uns küssen?" Er schmunzelte und wandte sich an Rita. „Wir haben nur an unserer Chemie gearbeitet, nicht wahr?"

„Na ja." Rita konnte nicht viel dazu sagen. Sie spielte Jakes Mutter. „Es ist keine große Sache, Chase. Wir bauen nur ein wenig Spannung nach einem langen Tag am Set ab."

Chase zog eine Braue hoch. „Das ist mein Film, und mein Ruf steht auf dem Spiel." Er trat einen Schritt näher und fühlte, wie seine Augen funkelten. „Wir brauchen keinen Skandal am Set, der die Paparazzi anlockt."

„Liebesbeziehungen am Set gibt es immer wieder." Jake legte den Arm locker um Ritas Schultern. „Wir könnten Ashton und Demi sein." Er zog Rita ein wenig näher an sich heran. „Na ja, in ihren besseren Zeiten. Nicht wahr, Baby?"

Rita schien dieser Vergleich nicht zu gefallen. „So viel älter als du bin ich auch wieder nicht." Sie löste sich aus Jakes Umarmung. Ihre nächsten Worte verrieten ihr Verständnis. „Es tut mir leid, Chase. Wir haben uns nichts dabei gedacht."

Ihre Entschuldigung überraschte Chase und vertrieb einen Teil seines Ärgers. „Es ist einfach so, dass ihr beide die Stars meines Films seid. Eure Leistungen sind nicht zu übertreffen, und dafür bin ich sehr dankbar." Seine Stimme war jetzt ruhiger und sachlicher. „Aber ich verlange, dass auch das, was hinter den Kulissen geschieht, tadellos ist. Dass wir uns so verhalten, während wir an diesem Film arbeiten, dass niemand uns etwas anhaben kann."

„Okay. Okay." Jake lachte und trat einen Schritt zurück. Er schob die Hände in seine Jeanstaschen und legte den Kopf schief. „Wir hatten nur ein wenig Spaß."

„Nicht auf meine Kosten." Chase hoffte, sein Blick signalisiere Jake, wie ernst es ihm war. „Verstanden?"

„Ja." Er richtete sich auf und wirkte plötzlich reumütig. „Das war ein Fehler, Chase. Wir sind in Zukunft brave, kleine Schauspieler."

„Danke." Chase wusste, dass der Mann ihn verspottete, aber er beschloss, das nicht an sich heranzulassen. „Das ist mir wirklich sehr wichtig. Übrigens, der Kameramann sucht Sie. Er will über die Szenen morgen sprechen."

Jake ging unbekümmert pfeifend los, aber Rita blieb noch. Sie legte Chase die Hand auf die Schulter. „Das hätte nicht passieren dürfen. Sie haben recht."

Chase wollte sie fragen, wie sie das hatte zulassen können, aber er wollte hier auf dem dunklen Gelände zwischen den Wohnwagen kein zu tiefes Gespräch mit Rita Reynolds führen. Er nickte und achtete darauf, dass seine Augen deutlich zeigten, dass er Abstand zu ihr hielt. „Danke. Wir müssen hier am Set alles tun, um unseren guten Ruf nicht zu gefährden."

„Das stimmt." Sie hatte immer noch die Hand auf seiner Schulter. „Ich schätze ... ach, ich weiß nicht, ich denke immer noch jeden Tag, was wir miteinander haben könnten. Natürlich nicht am Set. Aber im Hotel. Eine Freundschaft." Sie massierte die Finger in seine Schultermuskeln. „Oder noch ein wenig mehr."

Ein Seufzen kam aus Chases Brust. „Rita, zum letzten Mal: Ich bin nicht interessiert." Ihre Hartnäckigkeit verblüffte ihn.

„Vielleicht habe ich mich deshalb von Jake küssen lassen. Er ist wenigstens nicht verheiratet."

„Aber er ist Ihr Kollege, und aus diesem Grund sollten Sie beide ein wenig zurückhaltender sein, bis wir den Film abgedreht haben." Er trat einen Schritt auf das Essenszelt zu. „Kommen Sie mit. Der Kameramann will auch mit Ihnen sprechen." Er ging ein paar Schritte vor ihr, bis sie zurück beim Zelt waren. Erst dort begriff Chase mit voller Wucht, was soeben passiert war. Er ging zu Keith und Lisa zurück und sagte ihnen, dass er es heute keine Minute länger am Set aushielt. „Ich brauche ein wenig Abstand. Wir sehen uns dann morgen früh."

„Um sieben Uhr."

„Ich weiß." Er verkniff sich, die Summe zu sagen, die von ihrem Bankkonto wegging, sobald morgen früh die Uhr wieder zu ticken begann. Er brauchte dringend etwas Schlaf, sonst würde er etwas sagen, das er später bereute. „Danke für eure ganze Mühe, Leute."

„Ebenfalls danke." Keith stand auf und trat näher auf ihn zu. „Was war mit Jake und Rita? Wo hast du sie gefunden?"

Chase brachte kaum die Energie auf, es ihm zu erzählen. Deshalb blieb er bei den Fakten. Er erklärte, dass er zu Ritas Wohnwagen gegangen war, als Jake herausgekommen und die beiden sich leidenschaftlich geküsst hatten.

„Ich habe ihnen gesagt, dass sie das in Zukunft unterlassen sollen, und habe sie gebeten, sich tadellos zu verhalten." Chase rieb sich den Nacken. Er, Keith und Lisa könnten später über die Probleme sprechen, die eine Affäre zwischen den zwei Stars ihres Films bedeuten könnte. „Kurz gesagt: Sie haben versprochen, dass sie sich in Zukunft am Set anständig verhalten."

„Wow. Fragst du dich manchmal, welche Knüppel der Feind uns sonst noch zwischen die Beine werfen kann?"

„Ich bemühe mich, nicht daran zu denken." Chase spürte die Erschöpfung in seinem Lächeln. „Bis später."

Er ging, und als er zum Hotel zurückfuhr, schaltete er das Radio ein und hört Jeremy Camps „I Will Walk by Faith". Er drehte die Lautstärke weiter auf und ließ die Worte in sein Herz und seine Seele eindringen. *Ich will im Glauben gehen, selbst wenn ich nichts sehen kann ...* Chase ließ diesen Satz tief auf sich wirken. Als das Lied zu Ende war, schaltete er das Radio aus und schaute gedankenverloren die Autos an, die vor ihm an der Ampel standen. Die Bewohner Bloomingtons waren gute, fleißige Familienmenschen. Die meisten fuhren jetzt nach Hause zum Abendessen mit ihrer Familie und um mit ihren Kindern Hausaufgaben zu machen. Bei diesem Gedanken vermisste er Kelly und die Mädchen so sehr wie noch nie, seit er hier in der Stadt war.

*Gott, alles droht mich zu erdrücken. Ich kann dich bei dem, was gerade passiert, nicht sehen, und ich schaffe es auch nicht gut, im Glauben zu leben.* Er erinnerte sich an eine Szene aus dem großen Klassiker *Ist das Leben nicht schön?* Als George Bailey Probleme hatte, kam seine ganze Stadt ihm zu Hilfe und rettete ihn, indem die Leute Fünf-, Zehn- und Zwanzigdollarscheine in einen großen Korb warfen und ihn davor bewahrten, ins Gefängnis zu kommen, damit er Weihnachten mit seiner Familie verbringen konnte. Ein solches Wunder bräuchte er jetzt auch. *Aber, Gott, wer soll unseren Film vor dem Scheitern retten?* Er konnte bestimmt nicht erwarten, dass jeder Stadtbewohner ihnen zehn oder zwanzig Dollar schenkte. Es war eine Sache, dass sie zum Beten zusammengekommen waren, aber das jetzt? *Vater, ich stürze. Ich kann nicht mehr. Wir haben fast kein Geld mehr, und dann war alles umsonst. Das Geld der Investoren ist vergeudet, die Zeit der Schauspieler ist vergeudet. So viel Zeit und Energie.* Er fühlte die Tränen in seinen Augen und hatte Mühe, seine Gefühle in den Griff zu bekommen. *Ich schaffe das nicht, Herr. Ich komme mir vor, als beträte ich eine Löwengrube und zöge die ganze Filmcrew und die ganzen Schauspieler mit hinein.*

*Mein Sohn, ich bin bei dir ... Freue dich an deinem Leiden. Ich werde dich nicht verlassen oder im Stich lassen ...*

Die Antwort war weder klar noch laut noch eindeutig, aber der Zuspruch erfüllte im richtigen Augenblick seine Seele. Gott war bei ihm. Daran konnte Chase keine Zweifel haben. Gottes Geist wohnte in ihm, und wie Keith und Lisa sagten: Wenn Gott sie nicht hierhaben wollte, würde er sie an einen anderen Ort führen. Und da der Vers, der ihm in den Sinn kam, von Leiden sprach, hatte Chase jeden Grund zu glauben, dass genau das kommen würde. Die Schauspieler und die Crew würden für jede Stunde ihrer Arbeit ihr Geld bekommen. Sobald ihnen das Geld ausginge, müssten er und Keith vor alle treten und ihnen sagen, was los war. Alle würden ihre Sachen packen und ihres Weges gehen, und damit wäre die Sache erledigt.

Sie wären gescheitert wie noch nie zuvor in ihrem Leben.

Selbst er und Kelly hatten Probleme. Kelly machte sich panische Sorgen, was ein Scheitern des Films für ihre persönlichen Finanzen bedeuten würde. Sie hatte sogar davon gesprochen, dass sie nächstes Jahr um diese Zeit obdachlos sein könnten.

Vor dem Hotel stellte Chase sein Auto ab und trat schweren Herzens in die Lobby und ging am Kamin vorbei. Der ältere Mann am Empfang war zu allen Gästen sehr freundlich. Er war Christ, und Chase und Keith hatten ein paarmal mit ihm über das Ziel ihres Films gesprochen. Der Mann hatte versprochen, für sie zu beten. Jetzt winkte er und grinste Chase breit an. „Ein langer Tag am Set, mein Freund?"

„Ja, sehr lang." Chase lächelte den Mann an. „Aber Gott ist gut, nicht wahr?"

„Immer!" Der Mann reichte Chase eine frische Wasserflasche. „Morgen ist ein neuer Tag."

„Danke. Ihr Zuspruch bedeutet mir viel." Er bedeutete ihm mehr, als der Mann wissen konnte. Chase fuhr mit dem Fahrstuhl in sein Stockwerk hinauf und ging durch den Flur zu seinem Zimmer. Sobald er die Tür aufmachte, sah er, dass sich darin jemand bewegte, und wich zurück. Wann würde Rita endlich aufhören …

„Hallo, Chase." Es war nicht Rita, sondern Kelly.

Chase stellte seine Tasche ab und war zu überrascht, um sich zu bewegen oder etwas zu sagen oder etwas anderes zu tun, als seinen Tränen freien Lauf zu lassen. „Du? Wie bist du …?"

„Meine Eltern haben mir ein Flugticket gekauft. Ich musste einfach zu dir kommen." Sie saß am Tisch neben dem Bett, auf demselben Stuhl, auf dem Rita damals gesessen hatte. Chase hatte Kelly von dem Vorfall erzählt, und sie lächelte jetzt. „Ich hatte Angst, du würdest mich für Rita halten."

„Das habe ich im ersten Moment auch." Er holte tief Luft und erholte sich langsam von der Überraschung, sie zu sehen. „Hast du gesehen, dass ich auf den Flur zurückweichen wollte?"

„Das ist mir aufgefallen." Sie stand auf, und in ihren Augen standen jetzt auch Tränen. Sie streckte ihm die Arme entgegen. „Ich habe dich vermisst."

Er kam zu ihr, nahm sie in die Arme und drückte sie fest an seine Brust. Er klammerte sich an sie, als wäre sie der einzige Freund, den er auf der Welt hatte. „Du hast ja keine Ahnung, wie dringend ich dich heute Abend brauche."

„Doch, das weiß ich." Sie schluchzte und lehnte sich so weit zurück, dass sie ihm in die Augen schauen konnte. „Gott hat mir gesagt, dass ich kommen soll. Also konnte ich nicht wegbleiben. Du musst wissen, dass ich an deine Träume glaube, Chase. Wirklich." Die Tränen liefen ungehindert über ihre Wangen, und sie hob das Gesicht und küsste ihn auf eine Weise, die ihnen beiden die Luft raubte. Der Moment war von einer verzweifelten Leidenschaft und Angst erfüllt, einer Entschlossenheit, dass sie gemeinsam mit Gott gehen würden, egal, wohin der Weg sie führte. In dieser Umarmung, in diesem Moment tiefster Liebe und Sehnsucht wurde ihnen eines unmissverständlich klar: Egal, womit sie konfrontiert wurden, sie würden dabei einander nicht verlieren.

Als sie sich voneinander lösten, gab Kelly einen Ton von sich, der zum größten Teil ein Lachen, aber teilweise auch ein Weinen war. „Ich kann nicht glauben, dass ich hier bin. Es tut so gut, dich zu sehen."

„Wie gut es mir tut, kann ich gar nicht beschreiben." Er führte sie zum Bett, und sie setzten sich nebeneinander. „Ich war noch nie so mutlos, Kelly. Es war so schlimm, dass ich Angst hatte, dich heute anzurufen." Er schaute auf seine Hände hinab und drehte geistesabwesend an seinem Ehering. „Ich will nicht, dass du dir so viele Sorgen machen musst."

„Ich habe genug davon, mir Sorgen zu machen."

Die Entschlossenheit und Gewissheit in ihrer Stimme überraschten ihn. „Es hat sich nichts getan." Er musste ehrlich zu ihr sein. „Niemand hat sich gemeldet, und wenn wir nicht schnell zu Geld kommen, sind wir erledigt."

„Ich weiß." Aus ihrem Lächeln sprach ein tiefer innerer Friede. Sie nahm seine Hand und schob die Finger zwischen seine. „Aber falls das passiert, führt Gott uns trotzdem weiter."

„Wohin?" Chase erkannte diese neue, zuversichtliche Kelly kaum wieder. „Wohin?"

„Dorthin, wohin er uns führt." Sie drehte sich zu ihm um und umarmte ihn wieder. Sie vergrub den Kopf an seinem Hals und blieb lange so sitzen. „Ich habe vergessen, wie wichtig es ist zu träumen, Chase. Aber Gott hat mich daran erinnert." Sie stand auf und ging zu ihrem Koffer. Aus der Außentasche zog sie einen gepolsterten Umschlag und brachte ihn zu ihm. „Das habe ich neulich gefunden."

Chase hatte keine Ahnung, was sie gefunden haben konnte, das sie so sehr verändert hatte, aber er war dankbar. Nachdem er vorher verzweifelt zu Gott gefleht hatte, war er sicher, dass Kellys Besuch Gottes Art war, ihm Mut zu machen, selbst wenn die Ermutigung ihre Rechnungen nicht bezahlen konnte.

Kelly setzte sich wieder aufs Bett und zog einen kleinen Plastikrahmen aus dem Umschlag. Sie drehte ihn um und hielt ihn so, dass er das Bild sehen konnte. Sobald Chase begriff, was es war, liefen ihm die Tränen wieder übers Gesicht. Jetzt verstand er, warum sie gekommen war, warum Gott ihr gesagt hatte, dass sie hier sein müsse, um Chase an seine Träume zu erinnern. Er betrachtete das Bild und war wieder dort: Die heiße, schwüle Abendluft lag um ihn, und er entdeckte ein herrliches Wunder, das er bis zu diesem Tag nicht für möglich gehalten hatte.

Chase schaute seine Frau an, und mit zitterndem Kinn sagte er das Einzige, das ihm einfiel: „Wenn Glühwürmchen echt sind ..." Seine Stimme versagt, und er konnte den Satz nicht beenden. Er legte die Hände um ihr Gesicht. Er liebte sie mehr als je zuvor und versuchte es noch einmal. „Wenn Glühwürmchen echt sind ..."

Sie lächelte ihn mit Tränen in den Augen an. „Dann kann Gott uns auch durch diese Situation hindurchführen."

Sie umarmten sich wieder, und Chase fehlten die Worte, um ihr zu danken, um ihr zu sagen, wie viel ihr Besuch und diese Erinnerung ihm bedeuteten.

Das Leuchten des Glühwürmchens auf dem Foto hatte alles gesagt.

# Kapitel 23

Andi war am Freitagnachmittag für weitere Statistenrollen am Set, dieses Mal allein. Bailey konnte wegen ihrer Rolle als Freundin von Jakes Figur keine Statistenrolle mehr spielen. Als Freundin konnte man sie in Szenen, in denen sie über den Campus schlenderte oder in einem Vorlesungssaal saß und vielleicht erkannt werden könnte, nicht mehr einsetzen. Andi vermisste ihre Kameradschaft am Set, aber sie hatte nichts dagegen, dass sie dadurch weniger unter Beobachtung stand. Denn sie hatte etwas getan, das sie eigentlich auf keinen Fall hatte tun wollen.

Sie hatte wieder mit Jake Olson gesprochen.

Als sie kurz vor der Mittagspause am Set ankam, trat er auf sie zu und fragte, ob sie ihn zu einem Rasenstück ein Stück abseits vom Essenszelt begleiten würde.

„Hey." Er klang, als wäre er von sich selbst enttäuscht. „Das, was letzte Woche passiert ist, tut mir leid."

Zuerst war Andi vorsichtig gewesen. „Vergiss es." Sie wollte zum Zelt zurückgehen, aber er berührte sie am Arm. Diese Berührung jagte ihr einen Stromstoß durch den ganzen Körper, und sie drehte sich um. „Mehr gibt es dazu eigentlich nicht zu sagen." Sie schaute ihn an, als vergeude sie nur ihre Zeit mit ihm. „Ich will gerade essen gehen."

„Warte." Er ging ein paar Schritte und holte sie ein. „Ich habe mich damals wie ein Idiot benommen. Es war einfach so peinlich, als Dayne und seine Frau plötzlich auftauchten."

„Das stimmt. Ich hätte es nie so weit kommen lassen dürfen." Sie atmete laut aus. „Hör zu, Jake. Ich hatte nichts gegen einen Kuss. Einen Kuss und einen netten Spaziergang am See. Aber du hattest etwas ganz anderes im Sinn." Ihr Lächeln war abweisend und sie hatte die Absicht, ihn stehen zu lassen.

Aber er ließ nicht locker. „Bekomme ich noch eine zweite Chance? Ich glaube, ich habe dich unterschätzt."

Er schaute sie durchdringend an, und ihre Knie wurden schwach. „Mich unterschätzt?"

„Ja, ich habe unterschätzt, wie gut du bist. In meinem Beruf gibt es fast keine wirklich guten Mädchen." Er steckte die Hände in seine

Jeans und setzte einen Blick auf, mit dem er anscheinend ihr Mitgefühl erregen wollte. „Ein Mann wie ich kann aus der Übung kommen und vergessen, wie man mit einem Mädchen umgeht, das ... du weißt schon, das ein wirkliches Juwel ist."

Andi merkte, dass sie wieder schwach wurde. Nach der Stunde, die sie letzte Woche während des Footballspiels mit Cody gesprochen hatte, war es ihr nicht schwergefallen, Jake zu vergessen. Sie wollte nichts anderes als einen Freund wie Cody Coleman, einen Mann, der sie so liebte, wie Tim Reed Bailey liebte. Aber als sie jetzt so nahe neben Jake stand, gab ihre Entschlossenheit nach wie eine Sandburg, wenn die Flut kommt.

„Wirklich?" Sie verschränkte die Arme und versuchte, ihren gleichgültigen Gesichtsausdruck beizubehalten. „Du sagst das nicht einfach so?"

„Bestimmt nicht." Er bedeutete ihr, ihm zum Zelt zurück zu folgen. „Es ist Freitag. Ich dachte, wir könnten uns heute Abend vielleicht wieder treffen. Das ist alles."

„Aber nicht am Lake Monroe." Ihre Antwort kam schnell und war von einem neckenden, wenn auch widerwilligen Lachen begleitet.

„Nein. Nicht dort." Sein Grinsen war jetzt entschuldigend. „Wie wäre es irgendwo, wo viele Leute sind? Dann brauchst du dir keine Sorgen zu machen, ob ich Hintergedanken haben könnte."

Diese Idee klang mit jeder Sekunde besser. Andi versuchte sich vorzustellen, wie es wäre, mit Jake Olson gesehen zu werden, in irgendeinem Restaurant oder bei einer Party die Frau an seinem Arm zu sein. Da kam ihr eine Idee. „Ein Junge aus meinem Mathekurs hat mir von einer Party erzählt. Ganz in der Nähe des Universitätsgeländes."

„Das klingt gut." Seine Augen funkelten, und er sah weniger gefährlich aus als vorher.

Andi fragte sich, ob sie ihn zu schnell abgeschrieben hatte. Vielleicht tat es ihm wirklich leid, dass er sich so benommen hatte. Außerdem hatte sie nach ihrem Gespräch mit Bailey am letzten Samstag das Gefühl, dass ihre Mitbewohnerin nicht sehr begeistert war, dass Andi sich mit Cody traf. Außerdem hatte Cody sie weder angerufen noch ihr eine SMS geschickt; er hatte es also auch nicht besonders eilig, sie besser kennenzulernen.

Aber Jake. Jake war an ihr interessiert. Das schmeichelte ihr mehr, als sie zugeben wollte. „Ich gehe mit meinen Eltern essen, aber ich kann gegen acht zu der Party gehen."

„Perfekt. Schreib mir eine SMS, wenn du dort bist. Dann kannst du mir sagen, wo ich dich finde."

Sie schaute ihn flirtend an. „Das ist deine letzte Chance."

Er machte eine theatralische Verbeugung wie ein Gentleman aus früheren Jahrhunderten. „Ihre Freundlichkeit und Großzügigkeit überwältigen mich, meine Prinzessin."

„Jake!", kicherte sie. „Du bist ja verrückt."

„Verrückt nach dir." Er zog die Augenbrauen ein paarmal schnell in die Höhe, drehte sich dann um und ging zum Regieassistenten hinüber.

Andi trat ins Zelt und nahm sich einen Teller mit Tunfischsalat und gedämpftem Gemüse. Aber sie schmeckte kaum etwas davon, weil sie die Veränderung an Jake immer noch nicht glauben konnte. Zudem war sie sehr aufgeregt, weil sie heute Abend zum ersten Mal in ihrem Leben zu einer echten Party gehen würde. In einem Haus einer Studentenverbindung. Sie hatte in Filmen solche Partys gesehen und nahm an, dass diese Party auch so wäre: laute Musik, viel Lachen und Menschen, die tranken und sich miteinander amüsierten.

Sie war nicht sicher, wie weit sie alles mitmachen wollte, was auf der Party geschah, aber sie war aufgeregt und wollte unbedingt hingehen. Wie konnte sie wissen, was sie verpasste, wenn sie nicht wenigstens versuchte, so zu leben wie andere Leute? Und da Jake dabei war, müsste sie sich keine Sorgen machen, dass fremde Jungen ihr zu nahetraten.

Während des ganzen Nachmittags konnte sie Jakes Bewunderung fühlen, wenn sich ihre Blicke begegneten. Sie war überrascht und dankbar, dass ihre Eltern seine Aufmerksamkeit nicht bemerkten. Das Letzte, was sie wollte, war ein weiterer Vortrag von ihrem Vater darüber, was für ein Typ Jake Olson in Wirklichkeit war. Ihr Vater meinte es gut, aber er hatte keine Ahnung. Jake war ein anständiger Mann; das konnte sie sehen, nachdem sie heute mit ihm gesprochen hatte. Seine Erklärung, dass er nicht viel Übung mit „guten" Mädchen habe, klang vollkommen logisch.

Während der ganzen Dreharbeiten und auch noch beim Abendessen konnte Andi an nichts anderes als an ihre Pläne mit Jake denken. Sie und ihre Eltern gingen in ein Steakhaus, und Chase und seine Frau begleiteten sie. Die zwei Ehepaare unterhielten sich über die Dreharbeiten und vergaßen fast, dass sie auch dabei war. Andi war darüber froh, weil sie dadurch nicht so sehr auf sie achteten.

Gegen Ende des Essens beugte sich ihre Mutter über den Tisch und nahm Andis Hand. „Geht es dir gut, Schatz? Du bist so still."

„Mit mir ist alles in Ordnung." Keiner hatte von ihrem Date am letzten Freitag mit Jake erfahren, und falls alles gut lief, würden sie auch von heute Abend nichts erfahren. „An der Uni läuft es bestens. Meine Noten sind alle sehr gut."

„Das freut mich für dich, Schatz." Das Lächeln ihres Vaters war freundlich und lobend. „Du warst auch am Set sehr gut." Er sagte nicht, dass sie die Enttäuschung, weil sie die Rolle nicht bekommen hatte, gut weggesteckt hatte. Aber sein Tonfall verriet ihr, dass er das damit meinte. „Wie geht es Bailey?"

„Ausgezeichnet." Andi lächelte, als er ihre Mitbewohnerin erwähnte. „Ihre Proben für *Christmas Carol* laufen bestens. Sie ist der beste Geist der vergangenen Weihnacht, den es je gegeben hat." Andi erinnerte sich an die Proben gestern mit Bailey und Tim. Tim war als Scrooge hervorragend, und da Andi im ersten Akt mit ihm tanzen musste, hatte sie sich inzwischen auch schon mit ihm angefreundet.

„Tim ist wirklich sehr nett", hatte Andi neulich nach der Probe zu Bailey gesagt. „Ihr beide seid euch so ähnlich. Das ist unglaublich. Als hätte Gott ihn nur für dich gemacht."

Bailey hatte bei dieser Bemerkung nicht überglücklich ausgesehen, aber sie hatte ihr trotzdem zugestimmt. „Tim ist gut für mich. Das sehe ich jeden Tag ein bisschen mehr."

Es gab hin und wieder leichte Spannungen. Zum Beispiel hatte Andi das Gefühl, dass es Bailey nicht gepasst hatte, dass Andi sich letzten Freitag mit Cody unterhalten hatte. Aber das war nach ein paar Tagen vorbei gewesen. Sie und Bailey wurden immer bessere Freundinnen. Keine von ihnen würde etwas tun, um die andere zu verletzen, und sie erzählten sich, was sie über ihren Glauben und ihre Familie und die Jungen in ihrem Leben dachten. Bailey machte sich immer noch Sorgen, weil Andi mit dem Gedanken spielte, ein wenig gefährlicher zu leben.

„Rachel hätte dir gesagt, dass du dich von Jake fernhalten sollst", hatte Bailey heute Morgen bemerkt, als sie über ihre Pläne für den Freitagabend gesprochen hatten. Bailey würde wieder nach Hause fahren, und sie und Tim wollten ins Kino gehen. Andi hatte die Party erwähnt, und Bailey hatte sie zweifelnd angesehen. „Und Rachel wäre nie zu einer solchen Party gegangen. Das weißt du, Andi."

„Ja." Sie hatte einen traurigen Blick auf das Bild geworfen, das an ihrer Wand hing. „Und wohin hat sie das gebracht?"

Das Gespräch am Tisch drehte sich wieder um den Film, als Andi fühlte, dass das Handy in ihrer Handtasche vibrierte. Sie zog es heraus und las diskret, um nicht unhöflich zu erscheinen, die Nachricht. Ihr Herz schlug schneller wie immer, wenn sie seinen Namen las. Die SMS war von Jake. *Vergiss nicht, mir zu schreiben, wenn du zur Party gehst. Ich sitze im Hotel und kann es nicht erwarten, von dir zu hören.*

Sie schaute auf die Uhrzeit an ihrem Handy. Halb acht. Sie musste bald aufbrechen. Als sie mit dem Essen fertig waren, schlugen die Frauen noch einen Nachtisch vor.

„Wir waren viel zu lang nicht mehr alle zusammen", sagte Andis Mutter. „Ich könnte den ganzen Abend hier sitzen und mich mit euch unterhalten."

Diesen Satz nahm Andi als ihr Stichwort. Sie breitete die Hände auf dem Tisch aus, beugte sich vor und lächelte alle an. „Ich gehe jetzt lieber. Ich habe heute Abend noch einiges zu tun."

„An einem Freitag?" Ihre Mutter sah wieder enttäuscht aus. „Wir haben dich gern bei uns."

„Ich weiß." Es gelang ihr, traurig zu klingen, weil sie nicht länger bleiben konnte. „Es war schön mit euch." Sie konzentrierte den Blick auf ihre Mutter. „Wir treffen uns morgen zum Frühstück, nicht wahr? In dem kleinen Café gleich neben dem Campus?"

„Auf jeden Fall." Ihre Mutter schaute die anderen fragend an. „Ihr Männer seid morgen in einer Besprechung, oder?"

„Wir werden den ganzen Tag in Besprechungen sein und Telefonkonferenzen mit unserem Team zu Hause führen." Ihr Vater bemühte sich, entspannt auszusehen, aber seine Augen verrieten seine Besorgnis. „Ihr Frauen solltet ohne uns frühstücken gehen. Alle drei."

„Eine wunderbare Idee." Kelly sah so hübsch aus wie schon lange nicht mehr. Sie hatte sich schön frisiert und geschminkt und sie und Chase wirkten sehr verliebt. „Um wie viel Uhr treffen wir uns?"

„Sagen wir um zehn. Für den Fall, dass ich heute noch zu lange lerne."

Normalerweise hätte Andi lieber allein mit ihrer Mutter gefrühstückt, aber angesichts der ganzen Dinge, die sie ihren Eltern nicht erzählte, war sie froh, dass Kelly dabei war.

Sie einigten sich auf zehn Uhr. Dann umarmte Andi alle, verabschiedete sich und ging zum Parkplatz hinaus. Sie schrieb Jake eine SMS, sobald sie bei der Party ankam, noch bevor sie aus dem Auto stieg. *Ich bin da. Das große gelbe Haus auf der Ostseite der Straße.*

Zehn Sekunden vergingen, dann klingelte ihr Handy. Es war Jake. „Hey."

„Hallo." Ihr Mund war plötzlich trocken, und sie nahm die Wasserflasche, die sie in der Konsole zwischen den Sitzen stecken hatte. Er hatte nur dieses eine Wort gesagt, aber bei seiner Stimme wurde ihr schwindelig und sie konnte es nicht erwarten, was der Abend bereithielt. „Hast du meine SMS bekommen?"

„Ja. Ich weiß, welches Haus du meinst." Er hatte eine Art, jedes Gespräch persönlich, vertraulich klingen zu lassen. „Ich bin auf dem Rückweg vom Set schon ein paarmal daran vorbeigekommen. Dort stehen immer Studenten herum."

Sie lachte. „Das ist das Haus."

„Okay. Weißt du, es ist so ... Rita ist kurz vorbeigekommen. Sie will unsere Szenen der nächsten Woche durchgehen und noch ein wenig den Text üben."

„Oh." Andi kam sich vor wie ein Kind, dessen Luftballons plötzlich geplatzt waren. „Du kommst also nicht?"

„Nein, nein. Natürlich komme ich." Er klang, als wolle er sie auf keinen Fall enttäuschen. „Ich lasse mich vom Fahrer in spätestens einer Stunde dort absetzen. Später kannst du mich dann nach Hause fahren oder ich kann zu Fuß gehen. Das Hotel ist ja nicht weit weg." Seine Stimme verriet ihr, dass er es sehr bedauerte, dass er erst später kommen konnte. „Tut mir leid, Andi. Aber die Arbeit geht vor."

„Natürlich." Sie schaute durch die Windschutzscheibe auf die Leute hinaus, die sich schon vor dem gelben Haus versammelten. „Ich kenne eigentlich niemanden. Vielleicht gehe ich in mein Wohnheim und warte, bis ich von dir höre."

„Nein, im Ernst, Andi. Geh und amüsiere dich." Seine Fürsorge für sie war angenehm. „Du triffst bestimmt Leute, die du kennst. Und ich komme sofort, sobald ich kann."

Diese Idee klang besser, als allein in ihrem Zimmer zu sitzen. Adrenalin schoss durch ihre Adern, als sie sich ausmalte, allein das Haus zu betreten, ohne irgendjemanden zu kennen. Das war etwas, das die alte Andi nie getan hätte. „Okay. Vielleicht mache ich das."

„Noch eine Frage." Jake klang, als wäre er nervös, diese Frage auszusprechen. „Gibt es dort etwas zu trinken?"

„Trinken? Du meinst Alkohol?" Sie war überrascht. „Jake, komm schon. Es ist eine Studentenparty. Natürlich gibt es dort etwas zu trinken."

„Also ... stört es dich nicht, wenn ich ein paar Bier trinke?"

Wieder war sie gerührt, weil er fragte. „Ganz und gar nicht. Du kannst trinken. Du bist alt genug, und solange du nicht Auto fährst, stört es mich nicht. Du kannst dich ja von jemandem nach Hause fahren lassen."

„Ja. Aber ich wollte wissen, ob du etwas dagegenhast."

„Nein. Natürlich kannst du trinken." Die Gefahr reizte sie und machte sie zugleich unruhig. Wäre es wirklich in Ordnung, wenn Jake Alkohol trank, wenn er mit ihr zusammen war? Und wenn er sein Versprechen vergaß, sich wie ein Gentleman zu benehmen, wenn er etwas getrunken hatte? Sie atmete nervös ein. „Ich hebe dir sogar ein paar Bier auf, damit du etwas hast, falls sie zu wenig dahaben."

Jake lachte leise, und in seinem Tonfall lag eine Zärtlichkeit, die verriet, dass er heute anscheinend nichts anderes wollte, als einen netten Abend mit ihr zu verbringen. „Und du?"

„Ich?"

„Ja, trinkst du etwas? Du könntest zu Fuß in dein Wohnheim zurückgehen."

Auf diese Idee war Andi noch nicht gekommen. Sie dachte normalerweise nicht an Alkohol, aber vielleicht sollte sie es heute Abend einmal probieren. Wie er gesagt hatte: Sie müsste nicht Auto fahren oder sich von jemandem nach Hause bringen lassen. Sie könnte den Abend genießen, ein paar Bier trinken und dann in ihr Zimmer gehen und sich ausschlafen. Ihr Herz raste wie beim ersten Mal, als ihr Vater ihr in dem kleinen einmotorigen Flugzeug, mit dem sie im Dschungel von Indonesien unterwegs gewesen waren, Flugunterricht gegeben hatte.

„Ich bin noch nicht einundzwanzig."

„Das gilt nur, wenn du Alkohol kaufst. Sonst bekommst du keine Probleme."

Die Regel, die sie bis jetzt immer gehört hatte, war anders. In San Jose waren mehrere Jugendliche verhaftet worden, weil sie bei einer Party gewesen waren, auf der an Minderjährige Alkohol ausgeschenkt worden war. „Solange man nicht erwischt wird."

„Genau", gab er zu. „Aber das wirst du nicht, weil die Polizei nicht zu Studentenpartys geht. Ich will dir nicht sagen, was du tun sollst, aber ich würde sagen: Genieße dein Leben, Andi. Hast du das nicht gesagt, als wir uns das erste Mal unterhalten haben? Dass du es müde bist, immer so behütet zu sein?"

„Ja, die ganze Zeit." Was er sagte, klang sinnvoll. Eine Gänsehaut überzog ihre Arme, als sie wieder zu den vielen Menschen auf den Stufen und im Vorgarten des gelben Hauses hinausschaute. „Okay, vielleicht gehe ich hinein und trinke etwas."

„Gut." Er lachte, aber es klang nicht herablassend oder böse, sondern wie bei einem großen Bruder, der über die Naivität seiner kleinen Schwester lacht. „Du kannst auch ruhig zwei trinken. Zwei Bier schaden dir nicht. Ich komme, sobald ich hier wegkann."

Sie hörte eine Frauenstimme im Hintergrund, und Jake murmelte: „Gleich. Ich bin gleich fertig."

„Rita?" Andi konnte jetzt hören, dass es ihre Stimme war.

„Ja." Er klang gelangweilt. „Wir müssen noch arbeiten. Amüsiere dich. Wir sehen uns später."

„Schreib mir eine SMS, wenn du hier bist. Dann komme ich zu dir hinaus."

Er versprach es und sie legten auf. Als Andi aus dem Auto stieg und die Tür abschloss, konnte sie sich gut vorstellen, wie anstrengend es sein musste, Texte auswendig zu lernen und eine Szene zu spielen, ohne vorher stundenlang proben zu können. Ihr Vater hatte ihr erzählt, dass die Schauspieler manchmal kaum Zeit hatten, die Szenen vor den Aufnahmen durchzugehen. Andi vermutete, dass das zu den schwierigen Dingen im Leben eines Schauspielers gehörte. Kein Wunder, dass Jake und Rita so großartige Leistungen ablieferten, wenn sie abends noch arbeiteten, um den Text einzuüben. Seine Arbeitsmoral unterstrich, was sie schon heute am Set gewusst hatte:

Er war trotz allem ein netter, anständiger Mann.

# Kapitel 24

Andi überquerte die Straße. Als sie den Rasen betrat, durchfuhr sie ein prickelndes Gefühl fast wie ein Stromstoß. Sie tat es tatsächlich. Sie besuchte allein eine Studentenparty. Mehrere Jungen drehten sich um oder warfen einen Blick hinter sich und bewunderten sie. Diese Aufmerksamkeit machte sie ganz kribbelig. Als sie an der Tür ankam, traten zwei junge Männer auf sie zu und stellten sich vor.

„Du bist in meinem Mathekurs, nicht wahr?" Einer der beiden war kräftig gebaut, gut über einen Meter achtzig groß. Er trug ein Footballtrikot und eine Baseballkappe.

Sie konnte sich nicht erinnern, ihn schon einmal gesehen zu haben. „Äh ... ein Junge aus meinem Mathekurs hat mir von der Party erzählt, aber ..."

„Das war Ben!" Andis Gesprächspartner lachte laut. Er hielt ein Bier in der Hand und deutete damit auf seinen Kumpel. „Ich habe dir doch gesagt, dass Ben mehr ..." Er schien sich gerade noch zu beherrschen, ehe er etwas sagte, das er im Beisein eines Mädchens nicht sagen wollte. Er hielt die Hand in ihre Richtung: „Mehr Mumm hat als wir anderen." Er verschüttete wieder etwas Bier aus seiner Dose. „Es war eine gute Idee von Ben, dich einzuladen. Er ist drinnen. Ich kann dich zu ihm bringen, wenn du willst. Ich bin Lucas."

„Lucas will damit sagen, dass ich dich zu ihm führen kann." Der zweite Junge war ebenfalls sportlich durchtrainiert und hatte freundliche Augen. „Du solltest deine Zeit nicht mit Lucas verschwenden." Er hielt ihr die Hand hin. „Ich bin Sam. Und ich bin frei, falls dich das interessiert."

Andi kicherte über die Show, die die beiden abzogen. „Das ist schön." Sie trat ein paar Schritte von ihnen weg. „Ich sage Ben Hallo, dann komme ich wieder heraus."

Die Jungen wirkten harmlos, und als Andi ohne sie weiterging, wirkten sie nicht allzu enttäuscht. Es war nicht leicht, die Stufen hinauf und ins Haus zu kommen. Das Haus war voll mit Leuten, die sich in alle Richtungen aneinander vorbeidrängten. Als sie sich durch das Wohnzimmer geschoben hatte, erblickte sie Ben in der Küche. Plötzlich erfüllte die Situation alle ihre Sinne: die laute Musik, die durch das Haus dröhnte, das Lachen und die vielen Gespräche und das Gefühl, dass diese … diese Party und alles daran das war, was es bedeutete, wirklich zu leben.

Sie fühlte die Wärme der vielen Körper. Auf halbem Weg zur Küche stolperte ein Junge neben ihr und kippte Bier auf ihren Pullover. Andi lachte nur und half ihm, das Gleichgewicht wieder zu erlangen. Sie war noch nie mit betrunkenen Leuten zusammen gewesen, aber auch ohne Erfahrung wusste sie, dass der Junge nicht mehr nüchtern war.

„Entschuldigung." Er versuchte, sie an der Schulter zu berühren, verfehlte sie aber und wäre fast wieder gestürzt. „Wow, tut mir wirklich leid."

„Vergiss es." Sie ließ sich weiterschieben, und der Betrunkene bewegte sich in die andere Richtung zur Haustür.

„Hey", rief er ihr zu, als er schon ein Stück weg war. „Du bist schön. Weißt du das?"

Andi drehte sich nicht um. Sie wollte nicht, dass der ganze Raum wusste, dass er mit ihr sprach. Als sie bei Ben ankam, war er sichtlich überrascht und begeistert, sie zu sehen. „Andi Ellison, ich hätte nie gedacht, dass du tatsächlich kommst." Er musste schreien, um sich bei der Musik und den lauten Gesprächen Gehör zu verschaffen.

„Ich auch nicht." Sie schaute über die Schulter auf das volle Haus hinter sich. „Ich treffe mich hier mit jemandem."

„Gut …" Er legte den Arm um sie und führte sie langsam zu einem riesigen Mülleimer, der mit Bierdosen und Eis gefüllt war. „Ist das deine erste Studentenparty, Andi?"

„Woher weißt du das?" Sie grinste ihn an.

„Du, äh … du siehst ein wenig verloren aus." Er nahm eine eiskalte Dose aus dem Eimer, öffnete sie und reichte sie ihr. „Hier, für dich! Das Bier spendieren die Leute von der Studentenverbindung."

Andi nahm die Dose mit pochendem Herzen. So etwas Verbotenes hatte sie noch nie gemacht. Abgesehen von ihrem Treffen mit Jake vor einer Woche. War sie das wirklich? Stand sie wirklich in der Küche, umgeben von mehreren Jungs, die sie nicht kannte, und hatte eine offene Bierdose in der Hand? Sie wehrte sich gegen den Drang, aus dem Haus zu laufen und das Bier ins Gebüsch zu werfen.

„Du läufst jetzt nicht weg, oder?" Ben stand immer noch neben ihr und hatte den Arm um ihre Schultern liegen. Aber er war nur freundlich. Wenigstens empfand sie seine Aufmerksamkeit so.

„Weglaufen? Ins Wohnheim zurück, meinst du?"

„Ja, natürlich."

„Nein. Ich will meinen freien Abend hier genießen. Ich habe viel zu tun, weißt du. Mit dem Studium und dem Lernen und den Proben für das Theater."

„Ach, richtig." Er nickte übertrieben und trank einen kräftigen Schluck von seinem Bier. „Dein Vater ist dieser Produzent. Er ist in der Stadt und dreht einen Film. Jemand in Mathe hat mir von ihm erzählt."

„Ja, das ist mein Vater." Andi hätte gewettet, dass Ben keine Ahnung hatte, dass ihre Familie Missionare gewesen waren. In dieser Umgebung war sie auch froh darüber. Sie wollte die Aufmerksamkeit von sich ablenken. „Bist du bist Mitglied in dieser Verbindung?"

„Seit zwei Jahren." Er hob sein Bier. Auf der anderen Seite des Raums sahen ihn zwei Jungen und taten es ihm gleich. „Chaos und Wahnsinn, aber irgendwie habe ich es überlebt." Er deutete auf ihr Bier. „Dein Bier wird warm."

„Oh." Sie schaute sich im Raum nach einem Ausgang um, aber es gab keinen. Wenn sie Bier trank, wollte sie das so machen, wie es ihr gefiel, und sich nicht von irgendjemandem drängen lassen.

„Das Bier ist gut." Er grinste sie an und schrie immer noch, damit sie ihn verstehen konnte. „Wenn du es nicht willst, trinke ich es."

Andi schaute ihn an und entspannte sich. Ben versuchte nicht, sie zu irgendetwas zu überreden. Er war nur freundlich. Ihr fiel auf, dass sie in dem stickig heißen Haus wirklich Durst hatte. Mehr, als ihr bewusst gewesen war. Immerhin war sie gekommen, um Spaß zu haben. Jake hatte ihr gesagt, dass sie ein oder zwei Bier trinken sollte, und sie hatte zugestimmt. Sonst wäre sie jetzt zu Hause in ihrem Studentenzimmer und würde auf seinen Anruf warten.

Doch sie war jung und Single und war in dem Alter, in dem alle ihr Leben genießen sollten. Was war schon dabei, wenn sie ein paar Dosen Bier trank? Sie lächelte Ben an. „Ich trinke es. Ich hatte nur keine Zeit, weil ich mich mit dir unterhalten habe."

„Gut. Wir von der Verbindung kümmern uns um unsere Damen."

Andi lachte, weil sie nicht wusste, was sie sonst tun sollte. Ihr Herz hämmerte so kräftig in ihrer Brust, dass ihr vor Nervosität fast übel wurde. Was machte sie hier? Sie musste kein Bier trinken, nur weil sie auf einer Party war. Hatte sie das nicht in den letzten zwei Jahren immer wieder zu ihrer Mutter gesagt? Sie war ein paarmal zu richtigen Partys eingeladen worden, die von Mitschülern der High School veranstaltet worden waren. Aber jedes Mal hatte ihre Mutter gesagt, dass sie nicht hingehen könne.

„Andi, auf solchen Partys wird getrunken. Das ist nicht nur gesetzlich verboten, sondern es passieren auch viele unschöne Dinge, wenn Jugendliche zusammenkommen und trinken."

Andi hatte ihr darauf immer die gleiche Antwort gegeben: „Nur weil andere Leute bei einer Party trinken, heißt das nicht, dass ich das auch tun muss."

Aber jetzt stand sie mit einer offenen Bierdose in der Hand bei einer Party. Sie schaute auf die bernsteinfarbene Flüssigkeit hinab, die oben aus der Dose schäumte. Und wenn ihr schlecht wurde? Wenn sie es trank und sich in der Küche übergeben musste? Aber wenn es stattdessen wunderbar war? Als sie diesen inneren Zwiespalt nicht länger ertragen konnte, hob sie die Dose an ihre Lippen und trank einen langen Schluck. Die Flüssigkeit schmeckte furchtbar und stellte seltsame Dinge in ihrem Magen an. Sie wartete eine Minute, um zu sehen, ob sie noch andere sonderbare Nebenwirkungen spürte, aber sonst merkte sie nichts.

Ihr Herz hatte sich beruhigt.

„Gutes Zeug, was?" Ben zog sie vom Mülleimer mit dem Bier weg in eine etwas ruhigere Ecke in der Küche. „Erzähl mir, mit wem du dich hier triffst. Mit einem Jungen oder einem Mädchen?"

„Mit einem Jungen." Sie hob die Dose wieder an ihre Lippen und trank diesmal zwei Schlucke. Es brannte nicht mehr so schlimm wie beim ersten Mal, aber bei dem Geschmack erschauerte sie. Sie war froh, dass Ben das nicht bemerkte.

„Dein Freund?" Bens Aufmerksamkeit war jetzt nicht mehr nur freundschaftlich, sondern unübersehbar interessiert.

„Das könnte man so sagen." Andi gefiel es, jemanden zu haben, mit dem sie sich unterhalten konnte, aber sie war an Ben nicht interessiert. Er hatte einen deutlichen Bierbauch und ungepflegte, fettige Haare. In einem Film über Studenten wäre Ben der verrückte, rüpelhafte Typ.

„Ein neuer Freund?" Er zog die Braue hoffnungsvoll nach oben.

Sie lachte und trank wieder einen Schluck Bier. „Das könnte man so sagen."

Der Geschmack war wirklich grauenvoll, aber gleichzeitig merkte Andi, dass sich eine ungewohnte Wärme in ihren Adern ausbreitete. Sie war nicht nur körperlich entspannt, auch ihre Bedenken waren völlig verschwunden. Das Zimmer schwankte ein wenig, und sie hielt sich an Bens Arm fest. „Oh ... Entschuldigung."

„Du kannst dich gern an mir festhalten." Ben hielt sie fest und half ihr, das Gleichgewicht wiederzufinden. „Jetzt erzähl mir nicht, dass du eine einzige kleine Dose Bier merkst!?" Sein Blick verriet ihr, dass er sich um sie kümmern würde. Dann hob er seine Dose an die Lippen, legte den Kopf nach hinten und trank den Inhalt in einem einzigen Zug. Er zerdrückte die Dose und schleuderte sie durch die Küche ins Spülbecken. „Treffer!" Er hob beide Hände in die Luft, als feiere er einen Touchdown.

Andi war nicht wirklich schwindelig. Aber alles an dieser Party erschien ihr unkomplizierter, angenehmer. „Hey, Ben ... kann ich noch ein Bier haben?"

„Kommt sofort." Er ließ sie kurz allein, holte zwei Dosen und als er wieder bei ihr zurück war, hatte er beide schon geöffnet. „Bitte sehr." Er tat, als schaue er sie gespielt ernst an. „Dieser neue Freund von dir ... Er ist ein Versager, oder?"

Sie wusste nicht genau warum, aber die Art, wie Ben diese Frage stellte, war lustiger als alles, was Andi in letzter Zeit gehört hatte. Sie begann zu lachen, und als sie nicht mehr aufhören konnte, reichte sie Ben ihre offene Bierdose. Er legte wieder den Arm um sie und klopfte ihr in einem spöttischen Versuch, sie vor dem Verschlucken zu bewahren, auf den Rücken.

Sie richtete sich langsam auf und lehnte sich wieder an Ben. „Warum ... warum hast du das gefragt?"

„Weil ..." Er gab ihr das Bier zurück und trat dichter neben sie als vorher. „Weil er dich allein hierhergehen lässt."

Ja. So hatte es Andi bis jetzt nicht gesehen. Natürlich musste er noch arbeiten, das verstand sie. Aber er hätte sie natürlich nicht allein zu der Party schicken sollen. Das bedeutete nichts anderes, als dass es ihm egal war, ob sie in den Armen von jemandem wie Ben landete. Sie runzelte die Stirn. „Darüber muss ich nochmal genauer nachdenken."

Er half ihr, das Bier an die Lippen zu heben. „Dazu brauchst du das. Trinken und Denken sind gute Freunde."

Wieder begann sie zu kichern und trank in großen Schlucken das Bier, während sie zwischendurch immer wieder lachen musste. „Wie kommt es, dass du in Mathe nicht so lustig bist, Ben?"

„Mathe?" Er hob seine Bierdose und salutierte wieder in Richtung seiner Freunde. „In Mathe kann man kein Bier trinken. Wie viel Spaß bleibt da schon?"

„Das stimmt." Andi erkannte ihre eigene Stimme fast nicht wieder. Hatte sie diesem Jungen wirklich gerade gesagt, dass man ohne Bier keinen Spaß haben konnte? Sie hob die Dose und trank wieder einen großen Schluck. „Außerdem lachst du nicht so viel."

„Oh. Oh." Ben hielt die Hand vor den Mund, aber seine Besorgnis war nicht im Geringsten ernst gemeint. „Hier fängt jemand an zu lallen."

„Ich?" Sie bekam einen Schluckauf und begann wieder zu lachen. „Noch nicht." Dieses Mal hob Andi ihre Bierdose. Wenn Jake so spät kam, konnte sie sich auch mit Ben amüsieren. „Das ist erst mein zweites Bier. Da lallt man noch nicht." Sie machte eine theatralische, ausholende Bewegung mit ihrer Bierdose, wie sie es einmal in einem Film gesehen hatte. Aber dabei verlor sie wieder das Gleichgewicht und landete in Bens Armen. Bevor sie das Bier auf den Boden kippen konnte, trank sie den Rest und reichte ihm die leere Dose. „Mist. Tut mir leid."

„Kein Problem", flüsterte Ben an ihrem Ohr und küsste ihren Hals. „Ich kümmere mich um dich, Andi. Du kannst mir vertrauen."

Sie bemühte sich, sich wieder aufzurichten, aber dieses Mal hatte sie keine Zweifel mehr. Das Zimmer schaukelte. Sie riss die Augen weit auf und blinzelte ein paarmal. War das wirklich passiert? Hatte Ben sie gerade geküsst? Was er auch getan hatte, es fühlte sich wunderbar an. Sie lehnte sich an ihn und wollte das Zimmer zwingen, sich nicht mehr zu drehen. Sie tippte an seine Bierdose und grinste ihn an. „Das Zeug ist stärker, als es aussieht."

„Hast du noch Durst?" Er war jetzt noch näher, und sie konnte im ganzen Raum nur seine Stimme hören. „Nur noch eines, und dann reicht es. Okay? Wir haben genug."

Andi hatte sich noch nie so gefühlt, aber sie wusste, was mit ihr passierte. Es war gleichzeitig beängstigend und aufregend. Sie war betrunken und Ben nutzte diese Situation aus. Sie hatte erwartet, dass sie es hassen würde, wenn sie in eine solche Situation geraten sollte. Die Party, das Trinken und vor allem sich selbst. Stattdessen war die ganze Erfahrung trotz ihrer Bedenken wunderbar und überwältigend. Sie erfüllte ihre Sinne und weckte in ihr den Wunsch, dass es nie aufhören würde.

„Ja, Ben." Sie merkte, dass ihre Augen weicher und verführerischer wurden. „Noch eines. Aber nur noch ein einziges."

Er öffnete das Bier und kippte etwas davon weg, wenigstens sah es so aus. Dann nahm er eine andere Flasche und goss etwas in die kleine Öffnung. Aber vielleicht bildete sie sich das auch nur ein. Jedenfalls brachte er ihr das Bier. Während sie es trank, führte er sie aus dem Haus. Dieses Bier schmeckte anders, aber sie hatte keine Ahnung, woran das lag. Während sie sich durch die Menge schoben, gelang es Andi ziemlich gut, sich auf den Beinen zu halten. Sie lehnte sich an Ben, aber sie fiel nicht betrunken zu Boden. Das hätte keinen Spaß gemacht. Draußen führte er sie etwas abseits, wo weniger Lärm herrschte und weniger Leute waren.

„Das ist besser." Er legte einen Arm um sie und zog sie nahe an sich heran, bis ihre Körper sich berührten. Mit der anderen Hand trank er sein Bier leer und warf die leere Dose ins Gras.

Andi schloss die Augen und lehnte die Stirn an Bens Brust. „Hier draußen bekommt man mehr Luft."

„Wenn du das fertig getrunken hast, bekommst du sogar noch mehr Luft." Ben hob das Bier an ihren Mund, und mit seiner Hilfe trank sie es halb leer.

„Hey! Du Glückspilz, Ben ... ich wusste, dass du sie rumkriegen würdest."

Andi öffnete die Augen und schaute zu der Stimme hinüber, aber alles war irgendwie verschwommen. Sie erinnerte sich an diesen Jungen. Lucas, nicht wahr? Oder Rufus? Der Typ, der sie angesprochen hatte, als sie bei der Party angekommen war. Aus irgendeinem Grund war sie durch das, was er gesagt hatte, nicht beleidigt. Sie hob ihr Bier so, wie sie es bei Ben gesehen hatte, und rief ihm fröhlich zu: „Ja! Ben ist ein Glückspilz!"

„Offensichtlich." Rufus klang enttäuscht. „Das kannst du laut sagen." Ein paar andere lachten und klopften Rufus auf den Rücken, als sie gemeinsam zum Haus gingen.

„Hier." Ben hielt ihr das Bier wieder an die Lippen und half ihr, es leerzutrinken. „Trink es aus." Er warf die Dose hinter sich, und jetzt, da er die Hände frei hatte, legte er seine Arme um Andi. Er war warm, und in der kühlen Nacht fühlte es sich gut an, sich an ihn zu schmiegen. Eine Weile kam es ihr vor, als tanzten sie unter dem Sternenhimmel.

Andi lehnte den Kopf wieder an seine Brust. Sie war benommener als vorher und war froh, dass Ben ihr nicht vorschlug, ein viertes Bier zu trinken.

„Komm, ich will dir etwas zeigen." Er legte den Arm um sie und führte sie über die Straße auf den Campus. Wenigstens glaubte sie, dass es der Campus war, aber Andi war nicht sicher, weil sich alles um sie drehte, genauso wie vorher im Haus. Sie fanden eine Stelle auf dem Rasen bei einigen Bäumen, und er zog sie wieder nahe an sich heran und legte die Arme fest um sie.

„Wir brauchen nur Musik", flüsterte Ben an ihr Ohr.

Sie hatte Mühe, die Augen offen zu halten. Der Spaß, den es vorher gemacht hatte, verblasste, denn jetzt war ihr überhaupt nicht nach Lachen zumute. Sie war plötzlich sehr müde und in ihrem Magen stimmte etwas nicht. Ihr wurde sehr übel. „Was ist mit der Party?"

„Wir brauchen sie nicht." Bens Stimme war nett.

„Du bist ein netter Mensch, Ben. Danke, dass du dich um mich kümmerst."

„Ich habe dir doch gesagt, dass ich mich um dich kümmere." Er legte die Hand an ihren Hinterkopf und bewegte die Lippen wieder auf ihren Mund. Sein Kuss, seine leichte Berührung, das alles war nett und lenkte sie von ihrem Schwindelgefühl ab. „Ich kümmere mich die ganze Nacht um dich, Andi."

Sie wusste nicht genau, wie schnell die Zeit verging, aber seine Küsse wurden schnell intensiver und drängender. „Hey, mach langsamer. Es war besser, als wir getanzt haben."

„Ich zeige dir, was noch besser ist." Seine Stimme war immer noch freundlich, aber er war jetzt grober. Bevor sie ihn daran hindern oder sich abwenden konnte, schob er die Hände auf dem Rücken unter ihren Pullover. Er hielt sie fester als vorher. Zu fest.

„Hör auf." Sie rief die Worte. Wenigstens glaubte sie das. Aber er atmete zu schwer, um sie zu hören. „Ben! Ich habe gesagt, du sollst aufhören."

„Dein Freund ist nicht hier, Andi. Mach einfach mit. Ich kann dir noch ein Bier holen, wenn du willst."

Noch ein Bier? Bei diesem Gedanken zog sich ihr Magen zusammen. Sie musste sich von ihm befreien. Was hatte er vor? Er war wild und rücksichtslos und unbeherrscht, und plötzlich bekam sie Angst. „Hör auf!"

Aber er hörte nicht auf, sie zu küssen, und bewegte die Hände ungestüm unter ihrem Pullover. Irgendwann war ihr Gesicht nicht nur von seinen Küssen nass, sondern auch von ihren Tränen. „Bitte ... hör auf!"

Sie hörte Schritte näher kommen. Jemand rief laut: „Ist dort alles in Ordnung?"

Andi kannte die Stimme nicht und fragte sich, was für ein Bild sie wohl abgaben. Sie blinzelte und versuchte, wieder klar sehen zu können. Ein Junge und ein Mädchen standen da. Sie sahen beide besorgt aus. Andi rieb die Handflächen unter ihre Augen und beugte sich vor, um wieder normal atmen zu können.

Ben war wütend. Das spürte sie daran, wie er neben ihr kochte. „Verschwindet. Hier ist alles in Ordnung." Er trat einen Schritt zurück und schaute das Paar finster an, das es wagte, ihn zu stören.

„Sie hat gesagt, dass du aufhören sollst. Also hör auf." Der Junge trat einen Schritt näher auf Ben zu. Dann wandte er sich an Andi. „Willst du, dass er dich in Ruhe lässt?"

Andi hatte aufgehört zu weinen, aber ihr war immer noch furchtbar schwindelig. Sie nickte und versuchte zu antworten. Sie wollte sagen: Ja, natürlich solle Ben sie in Ruhe lassen. Aber stattdessen taumelte sie und stützte sich an einen Baum, rückte ihren Pullover zurecht und versuchte zu begreifen, was gerade passiert war. Bevor sie die richtigen Worte finden konnte, zog sich ihr Magen zusammen, und ohne Vorwarnung beugte sie sich vor und übergab sich auf den Rasen und auf Bens Schuhe.

„Igitt." Ben wich von ihr zurück und wischte die Schuhe auf dem feuchten Boden ab.

Eine zweite Übelkeitswelle folgte und warf Andi zu Boden. Sie landete auf Händen und Knien. Sie rang keuchend um Luft und war überzeugt, dass sie gleich sterben würde. Sie wollte um Hilfe rufen, aber wieder zog sich ihr Magen zusammen und sie konnte sich nur darauf konzentrieren, den nächsten Atemzug zu schaffen. Sie konnte kaum den Kopf heben, aber sie wollte sichergehen, dass Ben sie in Ruhe ließ.

Diese Sorgen hätte sie sich sparen können.

Ben schaute sie böse an und warf einen Blick auf die Spuren im Gras, die sie hinterlassen hatte. „Du bist eklig." Er schaute das Paar finster an. „Ich verschwinde." Er wischte sich wieder die Schuhe am Gras ab. „Seid ihr jetzt zufrieden?" Als er zum Haus zurückging, rief er zurück: „Ich hätte wissen müssen, dass du allen nur etwas vormachst, Andi Ellison."

Sie zitterte am ganzen Körper, und ihr Atem war immer noch mühsam und zittrig. Sie schaute das Paar an und merkte, dass ihr wieder Tränen in die Augen traten.

„Kommst du klar?" Der Junge trat einen Schritt näher. „Sollen wir jemanden anrufen?"

Ob es daran lag, dass sie sich erbrochen hatte, oder an der Tatsache, dass ihr bewusst geworden war, was gerade passiert war, wusste sie nicht. Aber Andi merkte, dass sie wieder ein wenig die Kontrolle über sich gewann. Sie stand vorsichtig auf und schaute mit zusammengekniffenen Augen zu den hellen Lichtern der Party auf der anderen Straßenseite. Dann wischte sie sich mit der Hand über den Mund und schüttelte den Kopf. „Das mache ich selbst." Sie tastete nach ihrem Handy und fand es in ihrer Jeanstasche. Das Paar wartete zögernd. „Wirklich. Ich komme schon klar. Es ist okay."

Schließlich gingen die beiden weiter. Andi setzte sich an den Baumstamm und schloss die Augen. Wen konnte sie anrufen? Bailey wäre so enttäuscht von ihr. Und ihre Eltern konnte sie auf keinen Fall anrufen. Plötzlich kam ihr ein Gedanke.

Sie konnte Cody anrufen.

Nach dem, was er ihr neulich erzählt hatte, würde er verstehen, was sie getan hatte. Mehr als jeder andere. Sie schlug die Augen auf und versuchte, sich auf ihr Handy zu konzentrieren. Nach ein paar vergeblichen Versuchen gelang es ihr, seine Nummer zu wählen. Die Übelkeit kam wieder. Deshalb versuchte sie, sich zu beeilen.

„Hallo?"

Scham und Angst raubten ihr die Luft, und sie konnte ein paar Sekunden nichts sagen.

„Andi? Bist du das?" Wo auch immer Cody war, es war ruhig bei ihm. Wahrscheinlich war er zu Hause und lernte, wie er es freitagabends meistens machte. Was würde er jetzt von ihr denken?

Sie hustete zweimal und versuchte, sich zu räuspern. „Ich bin es. Ich ... ich habe zu viel getrunken und brauche deine Hilfe."

„Wo bist du?" Seine Stimme war sofort ernst und besorgt.

„Das gelbe Haus der Studentenverbindung. Auf der anderen Straßenseite." Sie weinte wieder und hörte kaum, als er sagte, dass er unterwegs sei, weil sie sich schon wieder vorbeugte und sich übergeben musste. Als ihr Magen aufhörte, sich zu verkrampfen, legte sie sich auf einen sauberen Grasstreifen und wartete. Sie war nicht sicher, wie viel Zeit verging, aber das Nächste, an das sie sich erinnerte, war, dass Cody über ihr stand und ihr die Hand auf die Schulter legte.

„Komm." Er half ihr auf die Beine. „Wir müssen dich nach Hause bringen." Er schob den Arm auf ihren Rücken und stützte sie. „Was in aller Welt machst du hier, Andi?"

Sie war nicht sicher, ob seine Stimme eher enttäuscht oder eher besorgt war. „Ich ... ich wollte Jake hier treffen."

„Jake Olson?" Cody stützte sie und half ihr, sich zu bewegen. „Ich dachte, du hättest letzte Woche deine Lektion in Bezug auf ihn gelernt."

„Er hat gesagt, dass es ihm leidtut." Sie wollte ihn anschauen, in seine faszinierenden Augen schauen und sehen, ob er echt war oder ein Engel, der geschickt worden war, um sie zu retten. Aber sie konnte kaum den Kopf oben halten. Außerdem schämte sie sich zu sehr, um ihn jetzt anzuschauen. Sie wischte sich wieder mit der Hand über den Mund und fragte sich, ob sie ihren Pullover schmutzig gemacht habe.

„Was ist passiert? Hat dir jemand etwas getan?"

„Er hat es versucht ... aber ich ... musste mich übergeben ..."

Cody blieb alle paar Schritte stehen und half ihr, wieder das Gleichgewicht zu finden. „Das ist verrückt, Andi. Du hättest in große Schwierigkeiten geraten können."

„Ich ... ich bin in große Schwierigkeiten geraten ... Ein Paar kam vorbei, sonst ... hätte er ..." Sie begann wieder zu weinen. Sie blieb stehen und schlang die Arme um ihn. „Halte mich fest, Cody ... du musst mich festhalten."

Ein paar Sekunden ließ er zu, dass sie sich an ihn klammerte, aber dann entfernte er vorsichtig ihre Hände von sich. „Du musst nach Hause und brauchst dein Bett."

„Nein ... ich brauche dich. Du würdest mir nie so viel Bier geben." Sie schämte sich grenzenlos. Was sagte sie da? Sie klammerte sich an ihn. Es war ihr egal, dass sie so verzweifelt klang. „Ich brauche dich, Cody. Du musst mir glauben."

Er ging nicht langsamer und zeigte keine Spur von Interesse. „Du brauchst Gott und deinen Schlaf. Über den Rest können wir ein anderes Mal sprechen."

„Wirklich?" Ein neuer Hoffnungsschimmer regte sich in ihr. Vielleicht interessierte sich Cody trotzdem für sie, auch wenn sie sich heute Abend zum Narren gemacht hatte. „Wohin gehen wir?"

„Geh weiter. Wir sind fast da."

Sie erreichten eine Treppe, die ihr vage bekannt vorkam, aber als Andi versuchte, die Augen zu öffnen, sah sie alles doppelt. Und alles bewegte sich schnell und weigerte sich, an Ort und Stelle zu bleiben. „Mist." Sie vergrub den Kopf an seiner Schulter. „Diese Treppe schaffe ich nicht." Ihre Worte verschwammen miteinander, egal wie sehr sie versuchte, sich verständlich auszudrücken. Sie schämte sich. „Ich bin ein richtiger Knaller, was, Cody?"

„Darüber können wir später sprechen." Er war stärker, als sie gedacht hatte. „Halte dich an meinem Hals fest, okay?"

Sie tat, was er sagte, und er schwang sie auf die Arme. Dann trug er sie die Treppe hinauf und durch eine Tür. Dort stellte er sie ab und half ihr wie vorher, bis sie die nächste Tür erreichten. Ihre Zimmertür. Alles sah so bekannt aus. Natürlich, das war die Tür zu ihrem Zimmer.

„Hast du den Schlüssel?" Er wartete.

Einen Schlüssel? Sie tastete ihren Pullover und dann ihre Jeans ab und fühlte schließlich etwas. Ihren Schlüsselbund. Sie zog ihn aus der Tasche und hielt ihn ihm hin. „Ich weiß nicht, welcher ..."

„Ich habe ihn." Er öffnete die Tür und half ihr zu ihrem Bett. „Leg dich hin."

Sie fiel aufs Bett und legte den Arm über die Augen. Trotzdem drehte sich das Zimmer noch im Kreis und ihr Magen verkrampfte sich stärker als vorher. Sie hatte sich völlig zum Narren gemacht. Wie konnte sie Cody je wieder in die Augen sehen?

„Cody?"

„Gleich." Sie hörte fließendes Wasser und dann war er wieder bei ihr. Er hatte ein kaltes, feuchtes Tuch und eine Flasche Wasser in der Hand. „Setz dich auf. Versuch, das zu trinken."

Sie konnte kaum die Augen aufmachen und verstand nicht ganz, was er tat. Aber als das kühle Wasser ihre Lippen berührte, verstand sie es. Er half ihr. Er versuchte, ihren Rausch zu vertreiben.

„Ich lasse das Wasser hier, ja?" Er nahm die Flasche, stellte sie ab und kam wieder zu ihr. „Leg dich hin und leg das Tuch auf den Kopf."

Aber Andi wollte sich nicht hinlegen. Sie wollte, dass Cody sie so festhielt, wie Ben und Jake es versucht hatten. Bei jemandem wie Cody wäre es nicht beängstigend und grob, und in diesem Moment wollte sie nichts anderes als in seinen Armen liegen und von ihm geküsst werden. Sie rutschte zur Bettkante und schlang die Arme um ihn. „Bleib bei mir, Cody. Leg dich ein bisschen zu mir. Okay?"

„Andi, du weißt nicht, was du sagst." Er legte die Hand auf ihre Schulter und versuchte sanft, sie wieder aufs Bett zu legen. „Schlaf jetzt. Morgen wirst du nichts mehr von allem wissen."

„Doch." Sie stand auf und versuchte, ihn zu umarmen, aber ihre Beine gaben unter ihr nach. „Bleib hier, Cody. Bailey ist das ganze Wochenende zu Hause. Sie wird es nicht erfahren."

Als sie Baileys Namen erwähnte, verstärkte sich Codys Widerstand. Er trat einen Schritt zurück und löste sich aus ihrer Umarmung. Dann reichte er ihr das nasse Tuch und ging zur Tür. „Schlaf jetzt. Ich schaue morgen nach dir."

Andi war wütend und gedemütigt. Sie war sauer, weil er ihre Einladung abgelehnt hatte. Aber natürlich hatte er sie abgelehnt. Sie musste nach allem, was sie heute Abend erlebt hatte, furchtbar aussehen und riechen. Sie verabschiedete sich nicht von ihm und bedankte sich nicht. Sie sank nur aufs Bett zurück und legte sich das kühle Tuch auf die Stirn. Gut. Er konnte gehen. Sie brauchte Cody nicht, um sich gut zu fühlen. Sie brauchte nicht ...

Bevor sie den Gedanken zu Ende denken konnte, zog sich ihr Magen wieder zusammen. Sie versuchte, ins Badezimmer zu laufen, aber sie fiel auf den Boden und musste stattdessen kriechen. Ihr Gesicht fand mit knapper Not die Toilettenschüssel, als sie begann, sich wieder zu übergeben. Sie saß, wie es ihr vorkam, eine ganze Stunde auf dem kalten, feuchten Boden vor der Toilette, während ihr Magen sich alle paar Minuten zusammenzog.

Irgendwie schaffte sie es ins Bett zurück, aber ihr Herz raste wieder, und sie war entsetzt, als sie daran dachte, was sie getan hatte. Die furchtbaren Entscheidungen, die sie getroffen hatte, klagten sie an, bis sie Gott laut um Hilfe anschrie und ihn anflehte, ihr zu vergeben. Sie hätte nie zu der Party gehen sollen. Sie hätte nie Alkohol trinken sollen. Wie hatte sie sich von Ben so behandeln lassen können? Und was hatte sie zu Cody gesagt? Wie konnte sie ihm je wieder in die Augen sehen?

„Ich bin so schlecht", rief sie in die Dunkelheit hinein. „Liebst du mich überhaupt noch, Gott?"

Irgendwann musste sie eingeschlafen sein, denn das Nächste, an das sie sich erinnerte, war das grelle Tageslicht, das sie blendete, als sie die Augen aufschlug. Ihre Uhr zeigte an, dass es halb elf war. Sie blinzelte ein paarmal, bevor ihre Kopfschmerzen mit voller Wucht zuschlugen. Sie sah sich in der Küche der Studentenverbindung mit Ben und verabscheute sich selbst. Sie musste furchtbar ausgesehen haben. So billig und unmoralisch. Ein anderes Bild tauchte vor ihrem geistigen Auge auf: Ben, der etwas in ihr Bier kippte. Von drei Dosen Bier wäre ihr nie so schlecht geworden, obwohl sie zuvor noch nie etwas getrunken hatte. Er musste hochprozentigen Alkohol in ihr Bier gekippt haben. Das erklärte, warum sie so betrunken gewesen war.

Sie erinnerte sich, wie er sie über den Rasen geführt hatte und wie schnell alles außer Kontrolle geraten war. Erst jetzt dachte sie an das Paar, das sie gestört hatte, und an ihren Anruf bei Cody. Er war gekommen, ohne zu zögern, weil er ein netter Mensch war. Sie drückte sich Daumen und Zeigefinger an die Schläfen und versuchte, das Hämmern darin zu unterdrücken. Cody hatte sie zu Fuß nach Hause gebracht, oder? Das bedeutete, dass ihr Auto immer noch vor dem gelben Haus stand.

„Au." Andi stöhnte, als sie versuchte, sich aufzusetzen. Dann fiel ihr ein, dass sie mit ihrer Mutter und Kelly zum Frühstück verabredet war. Ihr Blick fiel wieder auf die Uhr, aber es war zu spät. Sie hätte um zehn Uhr dort sein sollen.

„Was habe ich nur getan?" Sie beugte sich über die Knie und hielt sich den Kopf. Sie hatte sich auf jede nur denkbare Weise zum Narren gemacht und gegen ihre Eltern und ihr Gewissen und vor allem gegen ihren Gott gehandelt.

Sie suchte auf dem Nachttisch ihr Handy, stellte aber fest, dass sie es immer noch in der Hosentasche hatte. Es war auf Stumm gestellt, und sie hatte, wie erwartet, drei entgangene Anrufe von ihrer Mutter. Sie fuhr mit der Zunge über ihre Zähne und verzog bei dem abstoßenden Geschmack in ihrem Mund angewidert das Gesicht. Sie hatte sich übergeben. Daran erinnerte sie sich jetzt. Der Alkohol von gestern Abend lag noch in ihrem Atem.

„Wie konnte das nur passieren?", murmelte sie und schlug sich die Hände vors Gesicht. Nach einer Minute holte sie Rachel Baughers Buch aus der Nachttischschublade. „Du würdest mich nicht wiedererkennen, Rachel." Sie blätterte in dem Buch und stieß auf ein Zitat, das ihr bis jetzt nicht aufgefallen war: *„Charakter ist eine lange fortgesetzte Gewohnheit." Plutarch.*

Eine lange fortgesetzte Gewohnheit? Was sagte das über Andi aus? Und was würde Rachel sagen, wenn sie jetzt hier wäre? Oder Bailey? Wie konnte sie ihrer Mitbewohnerin je wieder unter die Augen treten?

Plötzlich erinnerte sie sich an ihre letzte Frage, bevor sie gestern Nacht eingeschlafen war. Liebte Gott sie wirklich noch nach allem, was sie in der letzten Woche getan hatte? Zuerst hatte sie keine Antworten darauf, aber dann lehnte sie sich ans Kissen zurück und … hier lag das feuchte Tuch. Sie starrte es an. Langsam ging ihr ein Licht auf. Ja, Gott liebte sie, selbst wenn sie sich ihr Leben lang für das schämen würde, was sie getan hatte. Gott liebte sie, weil er ihr genau in dem Moment, in dem sie so verzweifelt gewesen war, Cody Coleman geschickt hatte.

Brauchte sie noch einen anderen Beweis?

# Kapitel 25

Ihre Zeit war fast abgelaufen. Bald würde Keith sich mit Chase zusammensetzen und einen Plan ausarbeiten müssen, wie sie die Schauspieler und die Crew zusammenrufen und ihnen für ihre gute Arbeit danken wollten, um ihnen aber gleichzeitig zu sagen, dass sie den Film nicht zu Ende drehen konnten. Der letzte Hoffnungsfunke, den sie gehabt hatten – dass *Entertainment Tonight* den Bericht über ihr Projekt irgendwann an diesem Wochenende senden würde – hatte sich zerschlagen. Der Produzent der Sendung hatte am Freitagnachmittag eine Nachricht hinterlassen, dass der Bericht fertig sei und wahrscheinlich irgendwann im nächsten Monat gezeigt würde.

Der Anruf beim Sender war eine weitere Aufgabe, die in den nächsten Tagen auf sie zukäme. Wenn Keith richtig gerechnet hatte, konnten sie bis Dienstagmittag drehen. Wenn bis dahin kein Wunder geschah, würden sie am Dienstag beim Mittagessen alle verabschieden und nach Hause schicken müssen.

Sie hatten eine weitere ganze Woche gedreht, und obwohl Keith sich um Andi Sorgen machte, weil sie sich in letzter Zeit von ihren Eltern zu distanzieren schien, gab es trotzdem etwas sehr Positives. Die Szenen, die sie hatten, gehörten zum besten Filmmaterial, das Keith oder Chase oder die anderen aus der Filmcrew je gesehen hatten. Die Schauspieler und die Crew gaben bei den Dreharbeiten zu *Der letzte Brief* alles. Falls sie es also irgendwie schaffen sollten, ihn trotzdem zu Ende zu drehen, würden sie die Welt mit der Macht eines guten Films erreichen können.

Aber im Moment weigerte sich Keith, sich jetzt schon wegen der Sorgen, die übermorgen auf sie zukommen würden, nach unten ziehen zu lassen. Er, Lisa und Chase waren auf dem Weg zum Sonntagessen bei den Baxters. Die Töchter von Dr. Baxter hatten Lisa seit dem Gebetstreffen immer wieder eingeladen. Keiner der Baxters wusste von den Geldproblemen, die die Produzenten plagten, aber Ashley war ein paarmal am Set gewesen, und sie hatte Lisa gefragt, wie ihre Familie weiterhin für das Projekt beten könne.

Wenn alles gut lief, hoffte Keith, dass die ganze Familie heute für sie beten würde. Er nahm die Hand seiner Frau, passte aber auf, dass er nicht an die Blumen stieß, die sie in der Hand hielt. „Ich bin froh, dass wir das machen."

„Ich habe mich darauf gefreut." Lisa sah so entspannt aus wie die ganze Woche noch nicht. In ihren Augen war nichts von dem Stress zu sehen, unter dem sie stand. „Ashley ist so nett. Wenn wir hier wohnen würden, würden sie und ich gute Freundinnen werden. Ihre ganzen Schwestern sind so nett. Und Katy, Daynes Frau. Diese Familie ist unglaublich."

Vom Rücksitz schaltete sich Chase in das Gespräch ein. „Es ist auf jeden Fall besser, als den ganzen Tag über das Geld zu sprechen, das wir nicht haben."

„Amen dazu!" Keith lachte. Dieses Gefühl war ihm so fremd, dass er sich selbst tadelte. Heute würde er den Tag mit seiner Frau und seinen neuen Freunden genießen, egal, was am Dienstag käme. Er würde sich über etwas anderes als den Film unterhalten, und er würde es genießen, Teil einer großen Familie zu sein, selbst wenn es nur für einen Tag war. Und egal, was vor ihnen lag, er würde lachen.

Er würde auf jeden Fall lachen.

Als sie in die lange Einfahrt bogen, ging die Sonne gerade unter und warf ein warmes Licht auf die Veranda, die um das ganze Haus herumging, und auf die Bäume, die das Grundstück auf beiden Seiten säumten. Keith hatte von Lisa gehört, dass Dr. Baxter das Haus vor nicht allzu langer Zeit an seine Tochter Ashley und ihren Mann Landon verkauft hatte.

„Unglaublich!" Lisa bat Keith, einen Moment anzuhalten. „Schaut euch das an. Das perfekte Familienhaus. Die Veranda und die Fenster. Selbst von hier bekommt man das Gefühl, dass diese Wände sehr viel Liebe gesehen haben."

„Es ist so, wie ich es mir vorgestellt habe." Keith beugte sich über das Lenkrad und ließ das Haus auf sich wirken. „Ich kann mir vorstellen, wie Kinder über die weite Wiese laufen und ihre Bälle in den Basketballkorb werfen."

„Es sieht so aus, als wäre hinter dem Haus ein Bach. Wahrscheinlich ist er perfekt für Schlangen und Frösche." Chase grinste. „Aber im Moment glauben sie wahrscheinlich, dass wir uns verirrt hätten oder so was in der Art."

Keith lachte laut. Er stellte das Auto neben einem halben Dutzend anderer Autos ab. An der Tür wurden sie von Ashley begrüßt, die ihre kleine Tochter auf dem Arm trug. Ihre hübschen, dunklen Haare hatte sie hinter das Ohr gesteckt. „Kommt herein. Es sind schon alle da."

„Ich habe dir Blumen mitgebracht." Lisa reichte ihr den Blumenstrauß. „Danke für die Einladung."

„Danke für die Blumen. Wir freuen uns, dass ihr gekommen seid."

Als sie durch den Eingangsbereich und durch einen Flur gingen, blieb Ashley vor einem Bild an der Wand stehen. „Das habe ich gemalt." Sie zuckte leicht mit einer Schulter. „Das mache ich, wenn Bailey hier ist und auf die Kinder aufpasst."

Keith, Lisa und Chase blieben stehen und betrachteten das Kunstwerk. Lisa sagte als Erste etwas dazu. „Es ist unglaublich faszinierend. Bevor wir gehen, musst du mir deine anderen Bilder zeigen. Alles, was du hierhast."

Ashley lachte und ging weiter durch den Flur. „Das beste Kunstwerk in diesem Haus sind die Gesichter am Tisch."

Dieser Gedanke war ermutigend und erinnerte Keith, Lisa und Chase daran, dass der Film nicht das Wichtigste war, auch wenn in dieser Woche womöglich alles auf dem Spiel stand. Die Menschen waren viel wichtiger. Ashleys Bemerkung erinnerte Keith daran, dass mit Andi etwas nicht stimmte. Keith und Lisa hatten das schon seit dem letzten Wochenende gewusst, aber sie sprach nicht mehr als ein paar Worte mit ihnen. Auch heute hatten sie Andi gefragt, ob sie mitkommen wolle, aber sie hatte abgelehnt. Sie hatte gesagt, dass sie zu viel zu lernen habe. Es klang nach einer Ausrede. Morgen wollten er und Lisa sie zum Essen einladen und herausfinden, was sie belastete. Aber im Moment wollte er dankbar sein, dass Ashley ihm unbewusst geholfen hatte, wieder die richtigen Prioritäten zu setzen.

Sie kamen im Wohnbereich des Hauses an. Die Szene, die sich in der Küche und im Esszimmer abspielte, war wie aus einem Film, den Keith eines Tages gern drehen würde. Ashley lenkte die Aufmerksamkeit der anderen auf sich und stellte die drei vor.

„Und jetzt stellen wir uns euch vor", lachte sie. „Macht euch keine Sorgen, dass ihr euch alle Namen merken müsst. Es wird nicht abgefragt."

„Eine Prüfung würde aber helfen!" Ein blonder Junge trat zu ihr und legte den Arm um sie. Er war zehn oder elf und unübersehbar ihr Sohn.

„Danke, Cole." Ashley schaute ihn mit hochgezogenen Augenbrauen an. „Aber unsere neuen Freunde müssen keine Prüfung ablegen."

„Okay." Er schaute sie fröhlich an, als wolle er sagen, dass die Sache mit der Prüfung nur eine Idee gewesen sei. Dann deutete er auf seine Brust. „Ich bin Cole."

„Und ich bin Maddie", sagte ein lebhaftes Mädchen, das neben ihn trat. Die beiden schauten sich an und begannen zu kichern.

„Einen Moment!" John Baxter wischte sich die Hände an seiner Jeans ab und klatschte ein paarmal kräftig. „Alle gehen zu ihrer Familie. Dann stellen wir uns richtig vor."

Keith lachte wieder. Er legte den Arm um Lisa und versuchte nicht einmal, ein ernstes Gesicht aufzusetzen, während die Baxters sich bemühten, sich mit einem gewissen System vorzustellen.

„Okay. Fangen wir bei Dayne an, und dann machen wir der Reihe nach weiter. Vom Ältesten zum Jüngsten. Alle in eurer direkten Familie."

Cole beugte sich zu dem Mädchen hinüber, das seine Cousine sein musste. „Was ist eine *diskrete* Familie?"

Sie verzog das Gesicht, als überlege sie sich eine passende Antwort. „Wahrscheinlich die Leute, zu denen du gehörst. Deine Mama und dein Papa und so."

„Jetzt seid bitte einen Moment ernst." Ashley warf Cole und seiner Cousine einen halbstrengen Blick zu. „Hört Dayne zu. Er fängt an."

Dayne stellte sich, seine Frau Katy und ihre gemeinsame kleine Tochter Sophie vor. Keith lächelte. Als ob Dayne Matthews und seine Familie sich vorstellen müssten!

Nach Dayne winkte ein großer, schlanker Mann mit der Hand. „Ich bin Peter." Er grinste. „Ich habe in diesen Zirkus eingeheiratet." Er wartete, bis das Lachen und die Kommentare verstummt waren. „Ich bin mit Brooke verheiratet, und das sind unsere Töchter Maddie und Hayley."

Maddie, das vorwitzige Mädchen, das mit Cole gesprochen hatte, hob die Hand und platzte dann heraus: „Nur damit ihr es wisst: Hayley hat vor Kurzem Rad fahren gelernt." Sie schaute ihre Mutter an und wartete auf ihre Zustimmung, da diese Information offenbar wirklich bemerkenswert war. Sie nickte. „Ich dachte, das sei wichtig für unsere diskrete Familie."

„*Direkte* Familie." Brooke legte den Finger an die Lippen. „Jetzt hören wir den anderen zu."

Wieder verkniff Keith sich ein Lachen. Diese Menschen waren wirklich wunderbar. Ihm ging es bereits genauso wie Lisa: Wenn sie hier wohnen würden, würden sie jede Woche zu ihrem Familienessen kommen.

Als Nächstes ergriff eine junge Frau, die große Ähnlichkeit mit Ashley hatte, das Wort. „Ich bin Kari, und das ist mein Mann Ryan. Unsere Annie, ein Jahr alt, schläft nebenan."

„Hoffentlich." Ryan strich sich mit gespielter Erleichterung über die Stirn.

„Ja, hoffentlich." Kari verzog das Gesicht. „Und das ist Jessie und das ist unser Sohn, R. J."

Ashley kam als Nächste. „Mich kennt ihr schon. Ich bin Ashley, und das ist Landon. Unsere Kinder sind Cole, Devin und die kleine Janessa Belle."

Während die Vorstellungsrunde weiterging, hatte Keith das starke Gefühl, dass jedes dieser jungen Paare eine einzigartige, schöne Geschichte zu erzählen hatte, wie sie sich ineinander verliebt hatten und welchen Weg sie gemeinsam zurückgelegt hatten. Er hoffte, eines Tages mehr als nur ihre Namen zu erfahren.

Ein ruhiger Mann meldete sich als Nächster zu Wort. „Ich bin Sam, und das meine Frau Erin. Wir sind erst vor Kurzem aus Texas nach Bloomington zurückgezogen." Er stellte seine vier Töchter vor, die alle süß und höflich waren, aber zurückhaltender als die anderen Kinder.

Als Letzter kam Luke. „Mich kennt ihr schon."

„Ja." Chase nickte bestätigend. „Nach den vielen Stunden, die wir miteinander mit der Gewerkschaft gekämpft haben, könnten wir fast verwandt sein."

Luke lächelte und sprach weiter: „Das ist meine Frau Reagan und das sind unsere Kinder Tommy und Malin."

Beide Kinder klammerten sich an das Bein ihrer Mutter, aber Tommy trat lang genug aus seinem Versteck hervor, um die Hände wie Krallen zu heben und ein lautes Brüllen auszustoßen. „Ich bin nicht Tommy. Ich bin Tommysaurus Rex."

„Es freut mich, dich kennenzulernen." Keith biss sich auf die Lippe, um ernst zu bleiben. Sicherlich gab es für einen Dinosaurier keine größere Beleidigung als nicht ernst genommen zu werden.

„Ich bin John, der Vater dieser wunderbaren Familie." Dr. Baxter lächelte Keith an und sagte dann so laut, dass die anderen ihn verstehen konnten: „Keith und ich lernten uns kennen, als ich Jake Olson nähte, falls ihr das nicht wisst." Er legte den Arm um eine hübsche Frau mit modisch frisierten, graublonden Haaren. „Und das ist meine Frau Elaine."

„Puh." Chase tat, als schreibe er sich alle Namen auf die Hand. „Ich bestehe diese Prüfung nicht, Cole. Ich falle bestimmt durch."

„Ja, aber *meinen* Namen haben Sie sich gemerkt!" Er kam angelaufen und schlug sich mit Chase ab. „Das ist das Wichtigste!"

Dieses Familienessen würde Keith nie vergessen. Zwei Tische waren im Esszimmer aufgestellt, und alle hatten daran Platz. Obwohl acht verschiedene Gespräche fast gleichzeitig liefen, schienen sich alle perfekt zu ergänzen.

Als wäre die Musik und der Rhythmus im Leben der Familie Baxter immer schön und harmonisch.

Keith und Lisa saßen neben John und Elaine. Irgendwann während des Essens erkundigte sich John nach Andi. „Ich dachte, sie käme mit."

„Das hatten wir auch gedacht." Keith spürte den ungewohnten Schmerz in seiner Brust, wenn es um seine Tochter ging. „Sie macht gerade eine schwere Zeit durch. Sie ist verwirrt und hin- und hergerissen zwischen dem, wie sie erzogen wurde, und dem, was sie meint zu verpassen."

„Wir sind nicht sicher, ob sie ganz ehrlich zu uns ist." Lisa beugte sich näher vor, damit John sie besser verstehen konnte. „Wir erleben so etwas zum ersten Mal."

„Ich weiß, wie das ist." Aus Johns Augen sprach eine tiefe Weisheit, die er in vielen Anfechtungen erworben haben musste. Er nickte zu Luke hinüber, der bei Chase am anderen Tisch saß. „Luke war während seiner Studienzeit auch sehr schwierig. Es gab eine Zeit, in der ich nicht sicher war, ob er zu uns zurückkommen würde."

Dieses Geständnis verblüffte Keith. In der Zeit, die sie mit Luke verbracht hatten, hatte er seinen starken christlichen Charakter bewundert. In den Verhandlungen war er freundlich und geduldig gewesen, ehrlich und direkt. Sich Luke als rebellischen Studenten vorzustellen war nicht nur verblüffend, sondern auch tröstlich.

„Sie finden den Weg zurück." Johns Lächeln gab ihm neue Hoffnung, die er dringend brauchte. „Wenn man ein Kind auf dem Weg erzieht, den es gehen sollte …" Aus seinen Augen sprach ein tiefer Schmerz. „Dann kehrt es auf diesen Weg zurück."

Als sie aufgegessen und das Geschirr abgeräumt hatten, nach der Nachspeise und dem Kaffee und nachdem Ashley Lisa mehrere ihrer Bilder gezeigt hatte, warf Keith einen Blick auf die Uhr und erklärte, dass sie sich verabschieden müssten. „Vor uns liegt ein langer Arbeitstag."

„Solange wir noch alle zusammen sind …" – John bedeutete den anderen, näher zu kommen – „… wollen wir für unsere neuen Freunde beten."

Alle stellten sich im Kreis auf. Einige Erwachsene hoben ein Kind auf ihre Hüfte und signalisierten den anderen Kindern, die im Wohnzimmer blieben, dass sie leise sein sollten. Während des leichten Durcheinanders trat Dayne neben Keith. „Immer noch kein Investor?"

„Nein." Keith fühlte die Verzweiflung in seinem Lächeln. „Am Dienstag haben wir kein Geld mehr. Nur noch so viel, um alle nach Hause zu schicken."

Dayne verzog das Gesicht. „Das ist so falsch. Es muss doch jemanden geben, der helfen kann." Er überlegte einen Moment und schüttelte dann den Kopf. „Wir müssen wirklich beten. Nicht nur heute Abend, sondern so, wie Cole gern betet. Bis etwas passiert."

„Das tun wir. Gott wird uns erhören, wie auch immer seine Antwort ausfällt. Dass ihr hinter uns steht, bedeutet uns sehr viel. Das wollte ich noch sagen." Keith umarmte Dayne. „Und falls Gott uns weiterhin Filme drehen lässt, hoffe ich, dass wir dich überreden können, dass du zu einem unserer Filme aus dem Ruhestand zurückkehrst."

Dayne lachte herzlich. Er schüttelte Keith die Hand und nickte langsam. „Ich würde es mir überlegen. Das kann ich dir versprechen."

Schließlich standen alle im Kreis zusammen und hielten sich an den Händen. John leitete mit klarer, kräftiger Stimme das Gebet. „Vater, wir kommen zu dir und bitten dich, dass du die Nöte unserer neuen Freunde siehst und die Anfechtungen, mit denen sie bei ihrem Filmprojekt konfrontiert werden. Wir kennen nicht alle Einzelheiten, aber du kennst sie, und deshalb beten wir, dass du vor Keith und Chase hergehst und hilfst, dass nichts, dass absolut nichts sich ihrer Entscheidung, für dich Filme zu drehen, in den Weg stellen kann. Die Unterhaltungswelt ist ein großes Missionsfeld, Herr. Diese beiden sind bereit, dort deine Arbeiter zu sein. Deshalb bitten wir dich: Sei bei ihnen, während sie diesen Film zu Ende drehen. Hilf ihnen, ihn gut zu Ende zu bringen, auf eine Weise, die dir die Ehre gibt."

John schwieg, und in der Stille meldete sich eine leise Stimme: „Bitte, Opa ... darf ich beten?"

Keith öffnete die Augen und schaute das kleine, blonde Mädchen neben Brooke und Peter an. Er erinnerte sich an sie, weil sie etwas Besonderes ausstrahlte, eine engelhafte Unschuld, die sie irgendwie von den anderen unterschied.

„Ja, Hayley, du kannst beten." John lächelte und nickte seiner Enkelin zu.

„Lieber Jesus." Sie machte eine lange Pause, vielleicht aus Schüchternheit oder vielleicht, weil sie um die richtigen Worte rang. „Danke für deine Wunder."

Im ganzen Raum wurde es still, und nach ein paar Sekunden schmunzelte John leise. „Dem ist nichts hinzuzufügen. In Jesu Namen. Amen."

Chase war von der Familie Baxter zutiefst gerührt. Es faszinierte ihn, dass sie Fremde so herzlich in ihrer Mitte aufnahmen und dass sie Gott und sich gegenseitig so sehr liebten. Eines Tages würde er gern mit Kelly und seinen erwachsenen Kindern einen solchen Abend verbringen, mit den zwei Töchtern, die sie jetzt hatten, und mit den Kindern, die in den kommenden Jahren hoffentlich noch Teil ihrer Familie werden würden.

Als der Kreis sich auflöste, umarmte und verabschiedete man sich, und Keith, Lisa und Chase gingen zu ihrem Mietwagen hinaus und schlossen die Haustür hinter sich. Chase wollte gerade die Verandastufen hinabsteigen, als sein Handy klingelte. Er zog es aus der Tasche und lächelte. Es war Kelly. Sie war wieder nach Hause geflogen, und er vermisste sie mehr als je zuvor. Er hielt das Telefon an sein Ohr. „Hallo, Schatz."

„Chase! Du warst wunderbar! Du hast deine Berufung verfehlt, Schatz!" Ihre Stimme war ganz aufgeregt.

„Moment! Kelly, beruhige dich." Sein Tonfall erregte Keiths und Lisas Aufmerksamkeit, denn sie blieben stehen und drehten sich zu ihm um. „Was soll das heißen, dass ich wunderbar war?"

„In dem Interview!" Sie stieß einen Freudenschrei aus. „Du hast deine Berufung verfehlt, Schatz. Du hättest Schauspieler werden sollen."

„Moment!" Er lehnte sich an den Verandapfosten und versuchte, aus ihren Worten schlau zu werden. „Sprichst du von meinem Interview mit *Entertainment Tonight?*"

„Natürlich." Sie war vor lauter Glück ganz außer Atem. „Soll das heißen, du hast es nicht gesehen?"

„Man hat uns gesagt, dass sie es erst im nächsten Monat senden."

„Das stimmt nicht. Die Sendung ist gerade zu Ende. Ich finde, sie war perfekt."

„Es wurde also tatsächlich gesendet?"

Keith trat zu ihm und fragte leise: „*Entertainment Tonight?*"

Chase nickte und sah plötzlich neue Möglichkeiten. „Ich hoffe, jemand hat es aufgenommen."

„Ja, meine Eltern. Es gab eine Vorankündigung für den Beitrag, deshalb wusste ich, dass er kommen würde."

„Das ist ja unglaublich. Das heißt ..."

„Das heißt, dass noch eine Chance besteht." Kelly senkte die Stimme, und er fühlte ihre Liebe. „Ich weiß, dass du keine Zeit hast, aber ich musste dich anrufen. Ich glaube wirklich, dass Gott etwas Großes vorhat."

Das Gespräch ging zu Ende, und Chase und seine Freunde staunten über diese Wende der Ereignisse. „Eigentlich sollte uns das nicht überraschen. Die kleine Enkelin von John Baxter hatte den Glauben, den wir alle haben sollten."

Chase klammerte sich auf dem ganzen Rückweg zum Hotel an diesen Gedanken. Als er sich schlafen legte, dachte er über ihre Situation nach. Sie hatten alles, was sie hatten, in diesen Film investiert, aber im Moment standen sie kurz davor, alles zu verlieren. Die Schauspieler und die Crew würden wütend reagieren, und die Nachrichtensender würden sie als Beispiel für weltfremde Christen darstellen, die keinen Platz in der Unterhaltungsindustrie hatten. Trotzdem – bevor er einschlief, tat Chase das, wozu Gott ihn aufforderte. Das, was die kleine Hayley heute Abend getan hatte:

Er dankte Gott für seine Wunder.

# Kapitel 26

Der Dienstagmorgen begann ohne die geringste Spur eines Wunders, das sie dringend benötigten. In nur wenigen Stunden würde alles vorbei sein. Chase bemühte sich nach Kräften, sich nur auf die Szene zu konzentrieren, die gerade gedreht wurde, und zu glauben, dass trotzdem etwas geschehen konnte, dass ein Anruf kommen würde und sie wieder im Geschäft und in den schwarzen Zahlen wären. Aber wenn sie die Dreharbeiten am Vormittag abschlossen und zur Mittagspause aufbrachen, hätten sie nur noch genug Geld, um die Leute nach Hause zu schicken.

In anderen Bereichen hatten sie seit dem Gebet mit den Baxters einen Durchbruch erlebt. Andi war am Montag zum Set gekommen, offenbar um mit Jake Olson zu sprechen. Aber sie hatte ihn dabei überrascht, wie er Rita Reynolds geküsst hatte. Obwohl es Chase überhaupt nicht gefiel, dass seine zwei Hauptdarsteller eine Affäre hatten, hatte diese Nachricht Andi schockiert. Keith und Lisa hatten gestern Abend zwei Stunden mit ihr gesprochen, nachdem die Dreharbeiten für den Tag abgeschlossen gewesen waren, und Keith hatte Chase heute Morgen berichtet, dass sie sich wieder nähergekommen waren.

„Sie hat uns erzählt, dass sie Alkohol getrunken hat und einige schlechte Entscheidungen getroffen hat. Sie weiß, dass sie rebellisch war, und es tut ihr leid." Er sah traurig, aber ehrlich erleichtert aus, als beschäftige ihn die finanzielle Krise, die wie ein Damoklesschwert über ihnen hing, überhaupt nicht mehr. „Sie hat uns erzählt, dass Bailey ihr geholfen hat, ihre Fehler in Ordnung zu bringen, und dass ihre Mitbewohnerin ihr helfen will, nicht wieder vom richtigen Weg abzukommen. Im Moment sehe ich das als Erhörung unserer Gebete. Andi macht sich Sorgen, dass ihre Kommilitonen über sie reden, aber das ist zu erwarten. Sie unternimmt Schritte in die richtige Richtung."

Diese Neuigkeit hatte er beim Frühstück bekommen, wo Chase wieder gestaunt hatte, dass Keith und Lisa überhaupt etwas essen konnten. Besonders Keith. Er hatte sich bereit erklärt, den Schauspielern und der Crew beim Mittagessen die schlechte Nachricht zu überbringen.

Chase wusste nur, dass er, wenn er in der Haut seines Freundes stecken würde, sich an einen ruhigen Ort zurückziehen und um Kraft bitten würde.

Er telefonierte in der Vormittagspause mit Kelly, und obwohl ihre Kapitulation immer näher rückte, weigerte sie sich, sich entmutigen zu lassen.

„Ich glaube an dich", sagte sie ihm. „Und Gott liebt dich mehr, als ich das je könnte. Es wird also alles gut werden, so oder so."

Sie hatte versprochen, den ganzen Tag zu beten. Lisa traf sich mit Freundinnen und wollte ebenfalls beten. Fast jede Viertelstunde schaute Chase zum blauen Himmel hinauf und versuchte, bis zu Gottes Thron zu sehen. *Hörst du uns, Gott? Die Zeit ist fast abgelaufen.* Aber die einzige Antwort war das Ticken der Uhr. Die letzten zwei Stunden vergingen schnell. Chase war fest entschlossen, auch zum Schluss gute Arbeit zu leisten und sicherzustellen, dass sie die besten schauspielerischen Leistungen einfingen und die optimale Beleuchtungsqualität hatten. Damit die Teile des Films, die sie hatten, von unübertrefflicher Qualität waren. Sie waren bis jetzt keine Kompromisse eingegangen, und sie wollten jetzt nicht damit anfangen.

Als der Mittag immer näher rückte, zogen sich die Muskeln in Chases Magen zusammen, bis er nicht mehr sicher war, ob er aufrecht zum Essenszelt gehen konnte. In weniger als einer Stunde müssten sie sich vor der ganzen Crew und den ganzen Schauspielern demütigen und ihre Niederlage eingestehen. Alle würden sich darüber aufregen, einige würden bestimmt richtig wütend werden. Sie würden wissen wollen, warum man ihnen das nicht früher gesagt hatte, und Chase war nicht sicher, was Keith ihnen darauf antworten würde.

Sie hofften auf ein Wunder von Gott, aber Gott tat nichts. Sie wollten niemanden beunruhigen, da sie fest glaubten, dass Gott den Film retten würde. Was für ein furchtbares Zeugnis für ihren christlichen Glauben würden sie abgeben! Chase versuchte immer noch, sich den Rest des Tages auszumalen, als die Mittagspause kam. Er legte das Megafon auf den Regiestuhl und kämpfte gegen seine große Resignation an. Seine Augen waren feucht, als er sich zum letzten Mal vom Set abwandte und zu Keith hinüberging.

„Es ist so weit."

„Ich weiß."

„Ich verstehe das nicht."

„Ich auch nicht." Keith stand aufrecht da und schaute an Chase vorbei zu den majestätischen Bäumen und den Herbstblättern, die im ungewöhnlich warmen Wind zu Boden flatterten. „Wir wollen hier etwas Gutes tun." Er schaute Chase wieder an. „Aber Gott lässt es nicht zu." Ein trauriges Lachen kam aus seinem Mund. „Ich weiß, dass er dafür einen Grund hat. Aber ich sehe diesen Grund nicht."

„Vielleicht hätte sowieso niemand zugehört." Das war eine Möglichkeit, die Chase seit dem Abendessen bei den Baxters durch den Kopf ging. Vielleicht wollte Gott sie vor einem noch größeren Schmerz bewahren. Gott tat das manchmal, nicht wahr? Andererseits würden sie den Grund vielleicht nie erfahren.

Chase schaute auf sein Handy und sah, dass er einen Anruf auf seiner Mailbox hatte. Von ihrem Team in San Jose. Er wusste, was es war, und würde es sich später anhören. Er hatte heute Morgen in ihrem Büro in San Jose angerufen und gebeten, dass man ihm den aktuellen Kontostand faxte. Der Anruf war wahrscheinlich nur jemand aus dem Büro, der ihm mitteilte, dass das Fax abgeschickt worden war. Es lag im Produktionswagen.

„Kommst du?" Keith legte den Arm um Chases Schulter, als sie zum Essenszelt gingen.

„Ich muss vorher noch in den Produktionswagen und das Fax mit dem Kontostand holen."

„Gut. Dann sehen wir uns in ein paar Minuten." Keiths Blick zeigte, dass er Frieden über die Situation hatte. Wenn aus dem Film nichts werden würde, dann läge das nicht daran, dass sie zu wenig gebetet hätten oder dass Gott nicht gut oder gerecht wäre. Sondern daran, dass es Gottes Wille war. Und Gottes Wille war perfekt.

Egal, wie viel Kraft die nächste Stunde sie kosten würde.

\* \* \*

Als die Mittagspause fast zu Ende war, kehrte eine deutliche Unruhe bei den Menschen ein, die unter dem Essenszelt zusammensaßen. Keith hatte das Gefühl, dass einige ahnten, was los war, warum er von Tisch zu Tisch gegangen war und sie gebeten hatte, nach dem Essen noch zu bleiben. Natürlich musste es Schwierigkeiten geben. Warum sonst bat ein Produzent, der sonst drängte, jede Minute am Set zu nutzen, seine Schauspieler und die Filmcrew, nach der Pause noch zu einer Besprechung zu bleiben?

Keith zog Lisa hinter das Zelt neben den Platz, an dem die Leute vom Catering sich aufhielten. Es war ihm egal, wenn diese Leute ihn für komisch hielten, aber Keith brauchte einen Ort, um zu beten, und er konnte nicht weit weggehen. Er musste in ein paar Minuten seine Ankündigung machen.

Ein paar Meter vom Grill entfernt, der von den Hamburgern, die Paul zum Mittagessen serviert hatte, noch heiß war, schauten sie sich an und fassten sich an den Händen.

Lisas Liebe und Hingabe leuchtete aus ihren Augen. „Geht es dir gut?"

„Ja." Er zuckte die Schultern. „Wir haben alles getan, was wir konnten. Ich bereue nichts. Es gibt nichts, das ich anders machen würde."

„Diese …" Ihre Lippe zitterte, aber sie lächelte ihn trotzdem an. „Diese Situation sagt nichts darüber aus, wie gut du als Produzent bist. Das musst du wissen. Der Film wäre unvergesslich geworden. Das wissen die Leute, die in den letzten Wochen hier waren."

Er zog sie langsam an sich heran und umarmte sie. „Danke." Dann betete er zum letzten Mal für den Film und dafür, dass Gott ihnen zeigen möge, wie es weitergehen sollte. Als er endete, gab er seiner Frau einen Kuss. „Wir schaffen das."

„Ja." Sie ging mit ihm ins Zelt zurück, ohne auf das Geflüster unter den Cateringmitarbeitern zu achten. Bald würde jeder wissen, was los war.

Im Zelt waren die meisten mit dem Essen fertig, und das Lachen und die lauten Gespräche, die normalerweise in der Mittagspause zu hören waren, waren besorgten Gesichtern und flüsternden Fragen gewichen. Aller Augen waren auf Keith gerichtet.

Lisa beugte sich zu ihm vor. „Wo ist Chase?"

„Keine Ahnung. Er ist zum Produktionswagen gegangen, um ein Fax zu holen." Er ließ seinen Blick über den Bereich vor dem Zelt schweifen. „Er müsste längst hier sein."

Zu der angespannten Atmosphäre im Zelt kam jetzt eine starke Unruhe, und nach einer weiteren Minute, in der er auf seine Uhr geschaut und das Unausweichliche vor sich hergeschoben hatte, atmete Keith langsam ein. „Ich fürchte, Chase verpasst es." Er wechselte ein ernstes Lächeln mit seiner Frau und trat vor die Leute. An dieselbe Stelle, an der er gestanden hatte, als er ihnen den Grund für diesen Film erklärt hatte. Damals hatte er von seiner Hoffnung gesprochen, dass der Film Menschenleben verändern könnte. Damals hatten die Schauspieler und die Crew neuen Mut gefasst und sich mit Leidenschaft und Engagement weiter in das Projekt gestürzt.

Heute würde es völlig anders sein.

„Danke, dass ihr alle hier seid." Keith versuchte, seine aufgewühlten Gefühle in den Griff zu bekommen. Er schluckte und schaute ein paar Sekunden zu Boden und bat Gott um Kraft. Als er wieder sprechen konnte, blickte er auf. „Ihr alle wisst, dass *Der letzte Brief* ein unabhängiger Film ist. Das heißt, dass Chase und ich kein Geld von einem Studio angenommen haben, weil das bedeuten würde, die inhaltliche Kontrolle aus der Hand zu geben." Er versuchte vergeblich zu lächeln und hoffte, seine Augen würden das sagen, was seine Miene nicht sagen konnte. Auch jetzt war es für sie keine Lösung, das Projekt einem Studio zu übergeben.

Die Leute, die auf den Bänken und an den Tischen saßen, hörten ihm aufmerksam zu, ein paar beugten sich vor, als strengten sie sich an, jedes Wort zu hören.

„Die inhaltliche Kontrolle ist uns sehr wichtig. Wir glauben, dass dieser Film eine Botschaft hat, die den Zuschauern helfen könnte, die sie zu Gott und ihren Familien zurückführen könnte. Wir sind nicht bereit, so viel Zeit und Energie zu investieren, um dann zuzulassen, dass ein Studio alles verändert." Er schluckte wieder. „Wir haben Geld für den Film zusammengebracht und fuhren mit der Absicht hierher, uns an ein festes Budget zu halten."

Wieder warf Keith einen schnellen Blick zum Zelteingang. Warum war Chase nicht da? Sie sollten zu zweit vor den Leuten stehen und eine Einheit bilden. Er wollte auf die Knie fallen und Gott sein Leid klagen und ihn bitten, ihm zu zeigen, warum er das alles zuließ. Aber das konnte er jetzt nicht. Er musste zur Sache kommen.

„Es waren lange Tage und es gab Schwierigkeiten, und obwohl jeder von euch sein Bestes gab, hatten wir nicht geplant, dass die Dreharbeiten so lang dauern würden. Damit will ich sagen ..." Keith hob den Kopf und sah, dass Chase durch den Zelteingang hereinstürzte. Seine Augen strahlten, und er schüttelte vehement den Kopf und fuchtelte mit einem Blatt Papier.

Die Leute saßen mit dem Rücken zu Chase und waren zu sehr darauf konzentriert, was Keith sagte, um Chase überhaupt zu bemerken.

„Was wir gedreht haben, ist faszinierend." Er versuchte, den Blickkontakt zu jedem Einzelnen herzustellen, aber trotzdem wurde er von Chase abgelenkt, der ihm mit Handbewegungen etwas sagen wollte. Aber was? Sollte er aufhören zu sprechen? Sollte er ihn zu sich rufen? Sollte er endlich zur Sache kommen? Der Zettel war bestimmt das Fax mit dem Kontostand, aber warum war das jetzt so wichtig? Keith räusperte sich und geriet leicht aus der Fassung. „Ihr ... ihr gehört zu den talentiertesten Schauspielern und zur fähigsten Crew, die ich je gesehen habe, und ihr seid mit Abstand die besten Mitarbeiter, mit denen ich bisher zusammengearbeitet habe. Und ..." Keith sprach ein paar Sätze weiter, in denen er wiederholte, was er schon gesagt hatte, und versuchte dabei die ganze Zeit zu begreifen, was Chase ihm sagen wollte, warum er so aufgeregt war.

Schließlich gab Chase es anscheinend auf, als könne er es nicht länger ertragen, missverstanden zu werden. Er ging durch den Gang, hielt die Hand hoch und unterbrach Keith mitten im Satz. „Entschuldigung." Sein Blick verriet, dass er es ihm gleich erklären würde. „Was er sagen will: Ihr seid wirklich gut und es macht Spaß, mit euch zusammenzuarbeiten." Ein Lächeln setzte in seinen Mundwinkeln ein und zog dann über sein ganzes Gesicht. „Aber jetzt wäre es schön, wenn ihr alle wieder an eure Plätze geht. Die Mittagspause ist vorbei. Wir haben heute einen straffen Zeitplan. Ihr wisst alle, was ihr zu tun habt." Er hob die Hand, um allen zu versichern, dass alles in Ordnung sei. „Danke."

Ein paar Sekunden schauten die Leute sich gegenseitig an und waren sichtlich verwirrt. Aber dann stand Janetta Drake auf und forderte die anderen auf: „Kommt, Leute. Ihr habt gehört, was er gesagt hat." Sie warf Chase und Keith einen vielsagenden Blick zu und grinste dann ihre Schauspielerkollegen an. „Bringen wir diesen Film gut zu Ende."

Keith schaute ihnen verwirrt nach. Lisa trat zu ihm, und sie drehten sich zu Chase um. Keith fühlte sich kraftlos, als er seinen Mitproduzenten anschaute. „Du hast sie wieder an die Arbeit geschickt." Er war nicht sicher, ob Chase auf Risiko spielte oder den Verstand verloren hatte.

„Ja." Chase schaute hinter sich, um sicherzugehen, dass sie allein waren. „Hier." Er hielt Keith den Zettel hin. „Lies das."

Es war ein Fax, aber nicht von ihrem Team in San Jose. Als Keith zu lesen anfing, begannen seine Beine zu zittern. Das war nicht ihr Kontoauszug. Es war ein langer, detaillierter Brief von einem Anwalt. Keith hielt ihn Chase wieder hin. Er hielt die Spannung keine Sekunde länger aus. „Fass bitte zusammen, was in diesem Brief steht. Was ist passiert?"

Chases Augen glänzten. „Du ... ich. Wir haben es geschafft! Gott hat es getan! Wir haben das Geld." Er schaute nach oben und stieß einen Siegesschrei aus. „Wir haben das Geld! Wir sind wieder im Geschäft!"

„Was? Jetzt? In letzter Minute?" Lisa sah verblüfft aus. Die Überraschung verschlug ihr die Sprache.

„Es war das Interview." Chase nahm den Zettel und deutete auf den zweiten Absatz. „Erinnerst du dich an Ben Adams? Seine Tochter ist Produktionsassistentin. Sie hat den Bericht in *Entertainment Tonight* gesehen. Sie rief ihren Vater an, und er hat eins und eins zusammengezählt. Zuerst die ganzen Mitteilungen, die du hinterlassen hast, Keith, und jetzt ist seine Tochter von dem Film begeistert." Er lachte und ging ein paar Schritte auf und ab und war vor Freude und Staunen ganz aus dem Häuschen. „Ben Adams ist eingestiegen. Was wir brauchen, gibt er uns. Schau dir das an." Er deutete auf eine Zeile weiter unten in dem Brief.

„‚Ben Adams würde gern bei *Oak River Films* in jeder Höhe und bei jedem Film investieren. Er zahlt, was nötig ist, um diesem Projekt zum Erfolg zu verhelfen. Er wird sich noch heute bei Ihnen melden.'"

Keith umarmte Lisa. Sie klammerten sich aneinander und versuchten, gegen ihre Tränen anzukämpfen, aber es gelang ihnen nicht. „Was nötig ist?"

„In jeder Höhe?" Lisas Überraschung und Freude brachen sich in einem erleichterten Lachen Bahn. „Das kann nur Gott gewirkt haben."

„Genau." Chase strahlte die beiden an. „So handelt Gott gern. In letzter Minute, damit wir ganz genau wissen, dass es nicht unsere Leistungen oder unsere großartigen Pläne oder unser Fleiß ist, der das Wunder gewirkt hat. Sondern er."

Keith war nicht allzu sehr überrascht. Er hatte die ganze Zeit geglaubt, dass Gott ihnen das Geld verschaffen könnte, um den Film zu Ende zu drehen, falls er wollte. Nein, das Gefühl, das ihn jetzt überwältigte, war nicht so sehr Überraschung, sondern eine unbeschreibliche Dankbarkeit. Ihr großer, mächtiger Gott gab ihnen grünes Licht, auf einem Missionsfeld weiterzuarbeiten, das dringend die Wahrheit hören musste.

Während er seine Frau umarmte, dachte er darüber nach, was Chase gesagt hatte: Dass Gott sie vielleicht vor einem größeren Scheitern und Schmerz bewahren wollte. *Danke, Herr, dass du mit uns noch nicht fertig bist. Dass du zwei durchschnittlichen Männern wie Chase und mir erlaubst, einen solchen Film zu drehen.*

*Ich weiß, was ich mit euch vorhabe: Ich, der Herr, werde euch Frieden schenken und euch aus dem Leid befreien. Ich gebe euch wieder Zukunft und Hoffnung.*

Keith wusste, dass dieser Bibelvers eine direkte Antwort von Gott war, der die ganze Welt im Blick hatte und trotzdem Zeit hatte, zwei kleinen Produzenten seine Gnade und Barmherzigkeit zu erweisen.

Er fasste Lisa und Chase an den Händen. „Herr, wir sind sprachlos und staunen über deine Macht und Stärke und darüber, wie heute dein Wille geschah. Wir versprechen dir ..." Er brach ab, und seine Stimme verriet seine aufgewühlten Gefühle. „So sicher, wie wir heute hier stehen, dass wir diesen Film und jeden anderen Film, den du uns machen lässt, zu deiner Ehre drehen und die Botschaft der Wahrheit und von Glaube und Umkehr nicht abschwächen werden. Wir wollen deine Stimme in die Welt bringen, solange du uns das tun lässt. Wir danken dir, Gott. Wir feiern deine Herrlichkeit, und wir freuen uns, dass du Ben Adams in unser Leben geführt hast. In Jesu Namen. Amen."

Keith öffnete die Augen und grinste seine Frau und seinen besten Freund an. „Jetzt kommt mit hinaus. Drehen wir den Film zu Ende."

\* \* \*

Die Party fand auf einem Rasenstück an der Ostseite des Universitätsgeländes statt, unweit des Bereichs, auf dem die letzten Szenen gedreht worden waren, und nicht weit von der Stelle, an der Chase vor einigen Stunden sein Megafon genommen und die Worte gerufen hatte, auf die er seit dem ersten Tag, an dem sie den Set betreten hatten, gewartet hatte.

„Die letzte Szene ist im Kasten! Wir haben es geschafft!"

Jetzt feierten die Schauspieler und die Crew mit gegrillten Rippchen und einer riesigen Schokoladentorte, auf der stand: „Glückwunsch an die faszinierenden Mitarbeiter von *Der letzte Brief.*"

Chase füllte sein Glas mit Eistee, als Janetta Drake auf ihn zutrat und ihm auf die Schulter klopfte. „Sie haben es geschafft."

„Kommen Sie, Janetta." Nichts konnte Chases großartige Laune beeinträchtigen. Er grinste seine Lieblingsschauspielerin an. „Sie wissen genau, dass das nicht ganz stimmt."

„Sie haben recht." Sie strahlte ihn an. „Gott hat es geschafft." Sie legte den Kopf schief, als überlege sie, ob sie weitersprechen sollte. „Sie hatten vor einer Woche große Probleme, nicht wahr?"

Er atmete scharf ein und schüttelte kurz den Kopf. „Sehr große."

„Als Sie während Keiths Rede ins Zelt kamen, geschah das, weil Gott Ihnen ein Wunder geschenkt hatte, nicht wahr?"

„Hatten Sie sich im Produktionswagen versteckt?" Er lachte, weil er jetzt wieder lachen konnte. Sie konnten jetzt alle lachen, nachdem dieser kritische Tag hinter ihnen lag.

„Ich habe gebetet, wie Sie gesagt haben. Jeden Tag. Und an jenem Morgen hatte ich beim Aufwachen das starke Gefühl, dass ein sehr ernster Kampf um die Fortführung der Dreharbeiten zu unserem Film geführt wurde. Ich nahm an, dass etwas Großes geschehen würde. Jeder von uns wusste, worauf Keith mit seiner Rede hinauswollte."

„Sie haben recht." Chase schmunzelte. „Mit allem. Und ja, ich bekam an jenem Tag die Nachricht, dass wir einen neuen Investor haben. Er will alles tun, um uns zu helfen. Nicht nur bei diesem Film, sondern auch bei allem anderen."

Janettas Lächeln verriet, dass sie das nicht überraschte. Sie umarmte ihn kurz. „Wir haben einen mächtigen Gott."

„Ja, das stimmt."

Chase hätte Kelly gern bei sich gehabt, aber es war Freitag, und bis gestern waren sie nicht sicher gewesen, ob sie heute mit den Dreharbeiten fertig werden würden. Jetzt würden er und Keith noch einen Tag hierbleiben und dafür sorgen, dass alles abgebaut und an die richtigen Orte verschickt wurde, und dann würden sie nach Hause fliegen. Deshalb war es sinnvoller, wenn Kelly und die Mädchen zu Hause auf ihn warteten.

Keith und Lisa unterhielten sich mit dem Kameramann und lachten über etwas. Chase schaute sich auf der Party um und genoss entspannt jedes Detail. Janetta hatte ihm erzählt, dass ein paar der Schauspieler nach allem, was sie am Set zu ihrem Film erlebt hatten, ihr Leben Gott neu übergeben hatten. Bei diesem Gedanken musste Chase lächeln. Gott ließ schon jetzt zu, dass Menschenleben verändert wurden.

Am Rand der Wiese, die an den Parkplatz grenzte, sah er eine Bewegung. Andi und Bailey waren zu der Party gekommen. Sie grinsten beide und wirkten glücklich. Die Mädchen gingen zu Lisa und Keith hinüber, und es war unübersehbar, dass sie trotz der Probleme, die Chases Freunde mit ihrer Tochter hatten, auf einem guten Weg waren.

Das war ein weiterer Sieg. Chase fühlte, dass Gott sehr mächtig unter ihnen wirkte. Die Aufnahmen waren bis zum Schluss atemberaubend gut gewesen, und wenn das Material geschnitten und zusammengestellt war, hätten sie bestimmt einen Film, der bei Filmfestivals und Preisverleihungen eine Chance hatte.

Die Zukunft war strahlender, als Chase sich vorstellen konnte. Deshalb genoss er die Feier und dass sie gemeinsam die Ziellinie erreicht hatten. Er trank seinen Eistee und lehnte sich an einen Picknicktisch, der für die Party aufgestellt worden war, als er hinter sich Stimmen hörte.

Er drehte sich um. Obwohl die Sonne unterging und es um sie herum allmählich dunkel wurde, sah er zwei Leute auf sich zukommen: einen freundlich aussehenden Mann über sechzig und eine große, langbeinige, blonde Frau mit einer starken Ausstrahlung, die aus ihren Augen und ihrem Lächeln leuchtete. Er hatte beide noch nie zuvor gesehen. Im ersten Moment vermutete er, dass sie Einwohner von Bloomington wären, die beim letzten Drehtag zuschauen wollten. Aber als sie näher kamen, eilte Keith auf sie zu und stellte sich ihnen vor. Chase konnte nicht hören, was sie sagten, aber die Körpersprache seines Freundes verriet, dass Keith sie erwartet hatte und dass er sich freute, sie zu treffen. Chase ging auf sie zu.

„Hey, da ist er." Keith winkte ihn zu sich. „Komm! Ich möchte dir Ben Adams und seine Tochter Kendall vorstellen."

Chase bemühte sich, seine Überraschung nicht zu zeigen, als er die Puzzleteile zusammenfügte. Das war Kendall Adams, die Frau, die den Bericht in *Entertainment Tonight* gesehen hatte. Kendall reichte ihm die Hand. „Ihr Interview hat mir sehr gefallen."

„Ja." Ihr Vater trat auf ihn zu und gab ihm auch die Hand. „Sie haben Ihre Absichten klar und deutlich vermittelt. Sehr gut gemacht, junger Mann." Ben schien zu merken, dass er sich noch nicht vorgestellt hatte. „Entschuldigen Sie. Ich bin Ben, und das ist meine Tochter Kendall."

„Ich bin Chase Ryan, Sir." Er schaute Ben und dann wieder Kendall an. „Es freut mich, Sie beide kennenzulernen." Er lächelte in Keiths Richtung. „Ich wusste nicht, dass Sie heute kommen."

Keith schmunzelte. „Ich wollte dich überraschen."

Chase zog die Brauen in die Höhe. „Das ist dir gelungen."

Alle lachten. Keith führte sie über den Rasen zu dem Tisch, an dem Lisa saß. Keith stellte sie einander vor. Dann schaute Kendall die Gruppe an und ihre Augen funkelten, als hätte sie noch eine Überraschung für sie. „Es freut mich, dass Sie alle sitzen."

Chase mochte sie auf Anhieb. Ihre Entschlossenheit und die positive Einstellung, die sie ausstrahlte, gefielen ihm.

„Sie müssen sich an Kendall gewöhnen." Ihr Vater tätschelte ihre Hand. „Sie gibt nie Ruhe. Ich sage immer, dass man in ihrer Nähe aufpassen und mit allem rechnen muss." Er senkte die Stimme und beugte sich über den Tisch zu Keith und Chase. „Es ist, als hätte sie einen direkten Draht zu Gott."

Chases Aufmerksamkeit war geweckt. Er vergaß fast zu atmen, während er wartete, was jetzt kommen würde.

„Bevor ich heute das Büro verließ, bekam ich einen Anruf von einem Literaturagenten." Kendall lachte. „Ich bin nicht sicher, woher er gehört hat, dass mein Vater Kontakt zu Ihnen beiden hat. Aber er hat mir gesagt, dass eine seiner Autorinnen eine großartige Geschichte hat, die seit über einem Monat die Nummer eins auf der *New-York-Times*-Bestsellerliste ist. Die Frau hat Angebote von Produzenten, die aus ihrem Buch einen Film machen wollen, aber sie hat alle abgelehnt."

„Die Angebote kamen von den falschen Leuten." Ben lächelte Kendall stolz an und schaute sie erwartungsvoll an.

„Jedenfalls hat der Agent mir erzählt, dass seine Autorin die Filmrechte gern Ihnen überschreiben würde. Sie hat den Bericht in *Entertainment Tonight* auch gesehen und kann es nicht erwarten, mit Ihnen zusammenzuarbeiten."

Was? Chase musste sich beherrschen, damit seine Kinnlade nicht nach unten fiel. Hatte sie das gerade wirklich gesagt? Natürlich wusste Chase sofort, um welches Buch es sich handelte, und er hatte keine Zweifel, dass ein Film zu dem Thema starkes Potenzial hatte. Er schaute Keith an und sah ihm an, dass sein Freund genauso überrascht war wie er. Chase hielt sich auf beiden Seiten an der Bank fest, um nicht zu Boden zu fallen. „Das ist ja unglaublich und ..."

„Einen Moment noch!" Kendall lachte hell. „Das war noch nicht alles." Sie wechselte einen verschwörerischen Blick mit ihrem Vater. „Willst du es ihnen sagen?"

„Nein, Schatz." Er überließ ihr gern diese angenehme Aufgabe. „Das war dein Erfolg."

„Sobald ich wusste, dass wir die Rechte zu dem Roman bekommen können, habe ich einen Freund angerufen. Er heißt Brandon Paul." Sie zögerte und sah eher wie ein kleines Mädchen an Weihnachten aus als nach einer mächtigen Geschäftsfrau im Showbusiness.

In Chases Kopf begann sich alles zu drehen. Brandon Paul? Brandon Paul war einundzwanzig, ein Disneystar, dessen Gesicht und Bild auf allem, ob T-Shirts, Lunchdosen oder Schlüsselanhängern, zu sehen war. Alles, was er anpackte, verwandelte sich in Gold. Aber was noch wichtiger war: Die junge Generation blickte zu ihm auf und wollte so sein wie er.

„Es sieht folgendermaßen aus." Kendall sprach leise, damit die Leute am Nachbartisch nicht hören konnten, was sie sagte. „Ich habe ihm von dem Buch und von Ihnen beiden erzählt, und ... nein, er ist kein Christ, aber er legt Wert auf ein sauberes Image. Er spricht heute mit seinem Agenten, aber er würde gern die Hauptrolle spielen."

Keith sah aus, als fiele er gleich in Ohnmacht. Chase verstand, wie er sich fühlte. Er versuchte zu schlucken, aber sein Mund war zu trocken. Stattdessen schaute er Kendall an. „Ist das Ihr Ernst? Das alles ist in den letzten paar Tagen geschehen?"

„Ja! Gott ist mit Ihnen beiden. Das spüre ich." Sie streckte die Arme aus und konnte ihre Begeisterung nicht länger zügeln. „Er ist der Herr der ganzen Welt. Wer kann da schon sagen, wie groß Ihre Mission werden wird?"

Sie unterhielten sich noch eine Weile, und Ben lenkte das Gespräch wieder auf seine Tochter. „Kendall liebt ihre Arbeit als Produktionsassistentin." Er strich sich mit nachdenklichem Blick über das Kinn. „Aber ich denke, es wäre für sie besser, wenn sie mit Ihnen beiden zusammenarbeiten würde. Ich investiere auf jeden Fall in Ihren Film. Das ist also keine Bedingung. Ich wollte es nur erwähnen."

„Papa ..." Kendall warf ihm einen Blick zu, der verriet, dass er seine Befugnisse leicht überschritten hatte. Sie wandte sich an Chase und Keith. „Ich wollte Sie das heute noch nicht fragen, aber es wäre schön, wenn Sie darüber nachdenken könnten. Ich kann Ihnen viel Geld beschaffen. Nicht nur von meinem Vater, sondern auch von anderen Investoren, die ich kenne." Sie zögerte, und ihre Aufregung war wie ein frischer Windstoß in einem stickigen Saal. „Ich glaube genauso wie Sie, dass in diesem Film eine große Kraft steckt. Und ich würde gern daran mitarbeiten, wenn Sie mich lassen."

Keith antwortete für sie beide. „Diese Idee gefällt mir. Chase und ich können nächste Woche darüber sprechen."

Sie lächelte. „Gut."

Ihr Gespräch wandte sich nun der Qualität der Aufnahmen zu, die Chase und Keith am Set in Bloomington gedreht hatten, und dann den Möglichkeiten, die sie für ihr nächstes Projekt sahen. Kendall und ihr Vater blieben nur eine Stunde und fuhren dann zum Flughafen zurück. Sie waren extra gekommen, um ihnen diese unglaublichen Neuigkeiten persönlich zu sagen.

Nach und nach löste sich die Party auf. Die Schauspieler und die Filmcrew umarmten sich, tauschten Telefonnummern aus und versprachen, in Kontakt zu bleiben. Eine warme, feuchte Wetterfront war über die Stadt gezogen. Die Bloomingtoner sprachen schon das ganze Wochenende davon, dass das der Altweibersommer sei und dass es nicht einmal im August so warm gewesen sei. Chase fand dieses Wetter sehr angenehm. Die warme Abendluft tat nach der Kälte von vor einer Woche einfach nur gut. Sie gingen zum Auto, als Chase plötzlich stehen blieb und mehrere Sträucher am Rand der Wiese anstarrte. Das konnte nicht sein, aber ... Er war von dem Anblick fasziniert und bekam eine Gänsehaut.

„Was ist?" Keith folgte seinem Blick. „Was gibt es dort zu sehen?"

„Siehst du nicht, wie sie vor den Sträuchern leuchten?" Lisa grinste und schmiegte sich zärtlich an Keith. „Das sind Glühwürmchen. Die letzten in diesem Sommer."

„Genau." Chase konnte den Blick nicht abwenden. „Glühwürmchen."

Sie stiegen ins Auto, und Chase dachte an das Gebet der kleinen Hayley, an das Interview mit *Entertainment Tonight* und an den Glauben seiner Frau und seiner Freunde. Er wurde daran erinnert, dass Gott ihr Versorger war und es gut mit ihnen meinte, dass er Wunder wirkte und allmächtig war. Nach allem, was sie in der letzten Woche erlebt hatten, und nach den Siegen, die sie errungen hatten, leuchteten heute Abend natürlich Glühwürmchen. Er fühlte Gottes Nähe, mit der er ihn an seine große, wunderbare Liebe erinnerte.

Denn wenn Glühwürmchen echt waren, dann konnten sie mit Gott alles schaffen.